운명에 맞선 당당한 도전

명자꽃

문혜성 지음

명자꽃

초판 1쇄 인쇄 2020년 7월 10일
초판 1쇄 발행 2020년 7월 17일

지 은 이 문혜성
디 자 인 박애리
펴 낸 이 백승대
펴 낸 곳 매직하우스

출판등록 2007년 9월 27일 제313-2007-000193
주   소 서울시 마포구 모래내로7길 38 서원빌딩 605호(성산동)
전   화 02) 323-8921
팩   스 02) 323-8920
이 메 일 magicsina@naver.com
I S B N 979-11-90822-00-8

*책값은 표지 뒤쪽에 있습니다.
*파본은 본사와 구입하신 서점에서 교환해드립니다.

명자꽃

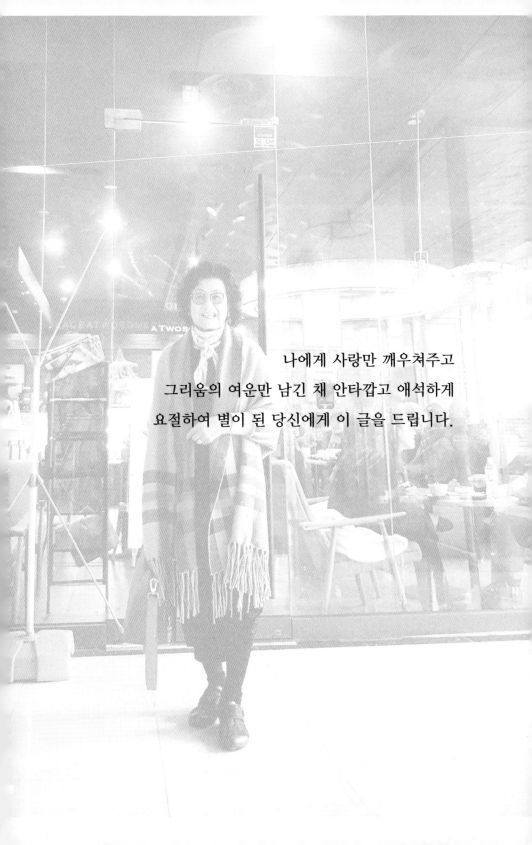

나에게 사랑만 깨우쳐주고
그리움의 여운만 남긴 채 안타깝고 애석하게
요절하여 별이 된 당신에게 이 글을 드립니다.

명자꽃

벚꽃 피니

백목련 꽃 피고

벚꽃 지니

백목련도 따라 집니다

행여 꽃잎 밟으면

봄도 그만 가버릴 것만 같아

까치발로 꽃나무 아래를 걸어 나올 때

생울타리 푸른 잎 사이로

배시시 웃으며 나를 반기는

명자꽃

수줍음 많던

첫사랑을 쏙 빼닮은

*백승훈 시인

프롤로그

이 세상에서 제일 슬픈 일이 무엇일까?

사랑하는 이의 이름을 불렀을 때 대답이 없는 것이다. 사고무인(四顧無人) 적막한 나는 홀로 멀고도 험한 길을 걸어야 하는데, 끝없는 절망과 체념은 회의로 울부짖고 있었다. 하지만 슬픔도 시간이 지나면 차츰 익숙해지는가 보다. 생활에 쫓기고 시간에 떠밀려 나도 모르는 사이 백미의 소중한 그이를 조금씩 잊어가고 있는 것 같았다. 하지만 익숙해졌을 뿐 그인 내 가슴속 깊은 곳에 늘 자리하고 있었다. 어느 땐 망각이라는 그 자체가 날 슬프게 만들기도 했지만, 그저 잊은 듯 마치 없었던 듯 살고 있었으니 사람은 참 적응에 익숙한 존재인가 보다.

"인생이란 낯선 여인숙에서 하룻밤을 지내는 것과 다를 바 없다."라는 테레사 수녀의 말이 생각난다. 찰나의 불꽃같은 인생, 자랑하며 내세울 것 없이 살아온 그 여인숙에서의 하룻밤의 일들을 반추하듯, 굴곡 많은 한 여자가 주어진 많은 것들을 잃었음에도 포기하지 않고, 무거운 십자가를 온몸으로 부둥켜안고 포기보다는 실패하더라도 다시 달려들어 오로지 목표한 바를 이루어가는 모습을 생생하게 그려보려 한다.

그러나 내 머릿속 기억만 굳게 믿고 있던 나는 조그만 낙서나 메모 한 장 적어 놓은 것이 없었기에 차츰 희미해지는 생각들은 시작하기를 망설이게 했다. 게다가 시간이 점점 더 빨리 흐르는 것을 몸으로 느끼며 다짐만을 수없이 반복하던 중 마치 쓰러지면서 누워버리는 도미노처럼, 돌 한 덩이 빠지며 무너져 내리는 돌담처럼, 자신했던 내 건강에 적신호가 켜졌다.

  내가 아파봐야 남의 아픔을 안다고 했던가? "위암인데….'라는 이창홍 박사의 전화에 10분의 1만 남아도 살 수 있는 암이라고 남을 위로해왔던 나는 "하늘이 노랗고 앞이 캄캄하다.'라는 표현을 누구보다 생생하게 경험했다. 살아온 날들이 한꺼번에 스쳐 가며 무엇을 어디서부터 어떻게 정리하고 마쳐야 할지 헤아려지지 않았지만, 역설적이게도 그날 밤 나는 이 글을 빨리 써야겠다고 마음을 다진다. 다행히 내시경으로 끄집어낸 암세포는 3㎝ 정도였고, 초기에 발견되어 항암 주사나 방사선치료 등의 후속 조치가 필요하지 않았다. 명의다운 예견과 고집으로 암을 발견해준 오랜 친구에게 다시 한번 감사를 한다.

  이후 집필을 마치고 교정과 사진 선별 작업을 하던 중 이 글이 건강을 핑계로 더 늦어지게 된 사건이 발생한다. 아침 운동 중 스트레칭을 하는데 가슴이 조금 답답해 서둘러 운동을 마치고 세브란스 병원으로 차를 돌렸다. 심전도 검사 결과 맥이 20밖에 뛰지 않았다. 두말도 없이 휠체어에 옮겨져 중환자실 침대 위에 눕혀지는 신세가 되었다. 열흘 이상 입원하여 검사를 진행했지만, 맥은 정상으로 돌아오지 않았고, 인공심장박

동기 삽입 시술 외엔 방법이 없었다. 그렇게 작년에 넣은 스탠스(stents)에 이어 내 몸에는 하나의 기계가 더 추가되었고 전기장판, 전자레인지, MRI 등 전자기기와 거리를 두고 살아야 하는 비영구 3호 장애인이 되면서 출판 계획은 더 늦춰지게 되었다.

팔자나 운명이란 것들을 믿고 싶진 않았지만, 명리나 예언은 언제나 나를 앞질러가서 기다리고 있다가 내 삶을 훼방 놓는 그런 놈이라고 생각했던 때도 있었다. 하지만 이번엔 어려움 속에서도 팔자란 놈이 나를 구해줬다고 감사하면서, 공항검색대에서 고난의 VIP 훈장과도 같은 카드를 들고 다녀야 하는 사실도 익살스럽게 받아들였다. 폭풍 속에서도 포기가 없었기에 오늘이 있고, 용기를 잃지 않고 달려왔기에 목표한 바의 길로 나아갈 수 있었다. 그리고 이 모든 길의 해답은 무한한 노력이었다.

이 글은 'Autobiography(자서전)'라는 거창한 말보다 내가 살아온 'Life Essay'라는 말이 더 어울릴 것 같다. 철없이 놓쳐버린 엄마와의 가슴 아픈 이별, 그 벌로 내게 남겨진 사랑하는 내 형제들, 요절하는 남편을 못 잡고 보내며 남긴 내 몸과 같은 자식들, 그리고 지금까지도 나를 울고 웃게 하는 가족들과의 흘러간 추억들을 모두 담아본다. 내게 다가와 만난 수많은 인연과의 동행도 여기에 솔직히 정리해보았다. 지적인 문학성으로 감동을 주거나 읽는 사람을 흥분하게 하는 글은 못 되겠지만, 마냥 더 밝고 높고 먼 곳을 향해 쉴 줄도 쉬는 법도 모른 채 뛰었던 한 여인의 이야기를 생생하게 기록한 글이다. 단지 이 글을 접하는 변명 없는 이들에게 평범한 인생의 성공이란 '어디서 시작하여 무엇을 했는지'의 결과보다는 '원하는 목표에 얼마만큼 왔는가'와 '어떻게 노력하며 살아왔는지'의 과정에 가치를 두었으며 '누가 언제 보아도 최선을 다해 살아온 본보기였으면, 또 독자들이 오래 기억해주는 대상의 글이었으면'을 바라면서.

젊음이 거추장스러웠던 어느 날 부산행 기차 안에서 조용히 돋보기로 책을 읽고 있는 백발의 할머니가 부러웠던 일이 있었다. 난 언제 저 나이가 되나? 저렇게 차곡차곡 하나둘 나이 쌓아 평화로운 얼굴로 책에 얼굴을 묻고 있는 저 노인의 마음에도 어떤 욕심이나 무슨 근심이 있을까….

나도 어느덧 나이 80. 아직 내겐 할 일이 남아 있을 뿐! 그러나 욕심이나 근심은 없다. 그리고 지금 나는 고상하게 스마트 폰 문자를 두드리며 여유 작작 반포 사거리 출발 신호를 기다리고 있다. 이젠 50년 전 기차 안의 노인같이 아름다운 행복 악보를 화려하게 두드려도 되지 않을까.

2020년 7월 관악산 자락에서

문 혜 성

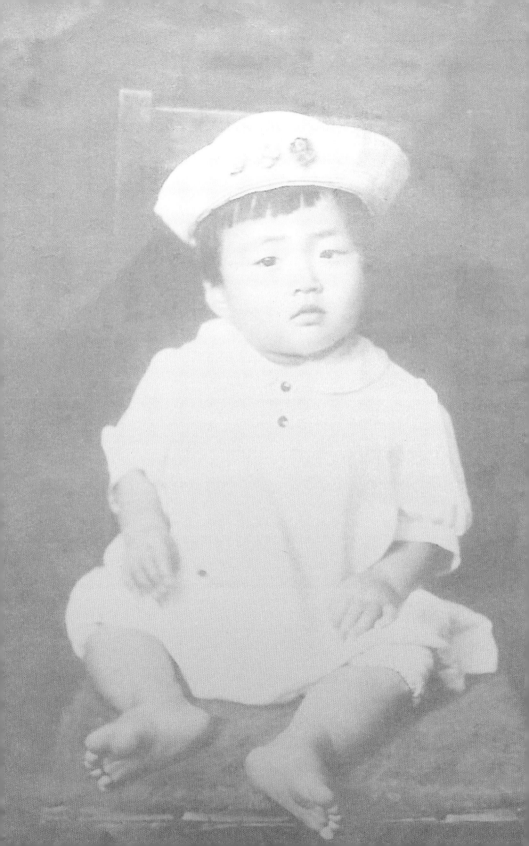

1장
쌀 침대 위에서
세상을 만나다

외할아버지는 갈수록 점점 더 흉포해
지는 왜정 치하에서 싹싹 긁어가는 공출을 피해
갈 수 없었고 더욱이 딸이 해산할 때는 한참 보
릿고개이니 출산 후 쌀밥도 제대로 못 먹일 것
이 염려되어. 할아버지 할머니 두 분만 아시는
비밀로 미리 두꺼운 요를 만들어 놓으셨다. 그
요 속엔 물론 푹신한 흰 솜 대신 하얀 쌀이 가득
들어가 있었으니 나는 세상에 하나뿐인 특수제
작 쌀 침대에서 태어난 것이다. 증조할아버지의
말도 안 되는 무조건의 사랑을 받으며 어린 시
절을 재미있고 즐겁게…

01

이보시오,
운전수 양반!

이보시오! 운전수 양반! 차를 세우시오!"

우렁찬 고함이 만원 버스 안을 크게 울렸다. 매우 급하나 위엄이 서린 목소리였다. 고함의 주인공은 두루마기 정장의 기골이 장대하고 준수한 외모의 어르신이었다. 정거장을 출발한 지 얼마 되지 않은 버스는 그 기세에 즉시 멈춰 섰다. 두루마기 어르신이 다시 외쳤다.

"문을 열지 마시오!"

버스 안의 사람들이 영문을 몰라 술렁이기 시작했다. 그 와중에 틈을 비집고 나가려는 움직임이 있었다. 그리고 이게 웬일인가? 그 순간, 버스 바닥으로 만 원권 지폐가 우수수 쏟아져 흩어졌다. 두루마기 어르신은 침착한 동작으로 사람들을 통해 지폐를 모으시더니 차곡차곡 헤아리기 시작했다. 만 원권으로 확인된 백 매. 백만 원. 그러자 두루마기 어르신은 "돈이 맞소, 이제 문을 여시오!"라고 말했다. 사람들이 술렁이는 사이, 한 남자가 잽싸게 열린 문으로 빠져나가려 했다. 사람들은 다시 웅성거렸다. 한 젊은이가 용감하게도 나가려는 사람을 손으로 잡으며 어르신에게 물었다.

"소매치기를 왜 그냥 내보내십니까?"

그러자 어르신은 차분하게 대답했다.

"돈은 찾았고 액수도 맞으니 그만 되었소, 그냥 내보내시오!"

젊은이가 잡았던 손을 놓자 남자가 잽싸게 버스 밖으로 사라졌다.

외조부와 외조모

"운전수 양반, 이제 갑시다. 지체되어서 대단히 미안하오!" 차는 다시 출발했고 버스 안은 아무 일도 없었던 듯 이내 평정을 되찾았다.

이 두루마기 어르신이 바로 밀양 손씨(密陽 孫氏) 관(冠)자, 옥(玉)자를 쓰는 나의 외할아버지시다. 꼭 하실 말씀만 하셨던 외할아버지. '말하는 벙어리'는 평상시 하도 말씀이 없으셔서 어릴 적 내가 할아버지 몰래 지어드린 별명이었다. 물론 할아버지 앞에선 한 번도 불러보지 못했다.

나는 어릴 적 외할아버지와의 추억이 꽤 많다.

외가댁은 지금의 남양주 근교에 있었다. 동네 이름이 '한 가구당 한 평 씩밖에 소유할 수 없다'라는 뜻의 호평리(戶坪里)였다. 그래서인지는 모르겠으나 모두 가난했다. 그런 동네에서 우리 외가댁은 그래도 행세나하는 대갓집으로 제일 많은 농토를 소유한 부농이었다. 외할아버지는 근교에서 큰 존경을 받으며 지역의 중요한 일을 결정하고 처리하던 큰 어른이셨다.

경춘선이 처음 뚫릴 때, 외할아버지의 땅이 꽤 많이 수용당하게 되었다고 한다. 들은 말로는 할아버지 소유의 뒷산 쪽으로 이어지는 경춘선이 이상하게 휘어지며 설계되어 할아버지 땅이 더 넓게 수용될듯하게 되었을 때, 공사설계도를 보신 할아버지는 철도국과 맞서 항의하셨고 일이 커지면서 양주서장까지 동원되었다고 한다. 그때의 양주서장이 조선 사람이었으니 다행이었지, 왜정의 서슬이 시퍼럴 때라 하마터면 큰일 나실 뻔했다. 물론 그 후에 설계도는 변경되었다고 한다.

외가를 생각하면 웅장한 기둥에 올려 놓은 커다랗고 둥글둥글한 서까래들로 장식된 천장과 그 아래로 펼쳐진 넓은 대청마루, 그 한 편을 차지하고 들어앉은 커다란 뒤주와 그 위에 나란히 놓여 항상 반들반들하던 백자 항아리들이 떠오른다. 뒤편 여닫이문 밖으로 한눈에 보이는 뒤뜰 안은 검은 돌담과 함께 자연의 아름다운 풍경이 마치 고궁 같은 느낌을 그대로 담고 있었다.

넓은 안방은 윗방 아랫방으로 나뉘어 있었는데 먹감나무 삼층 머릿장과 문갑으로 뺑 둘러앉힌 아랫방은 늘 따뜻했다. 아랫목엔 언제나 노 할머니께서 앉아계셨고, 넓은 윗방은 온돌이 없는 방으로 언제나 서늘했다. 그곳엔 늘 먹을거리가 많아서 찬방이라 불리기도 했다. 할아버지는 주로 사랑방에 머무셨다. 이런저런 일들로 찾아오는 손님들과 친척들 외에 사랑방을 드나드는 사람은 청소하는 뒷방 아줌마와 나뿐이었다. 그러다 보니 집에서 할아버지와 가장 많은 이야기를 나눈 사람도 자연 나였다.

난 쉴 새 없이 조잘거렸는데 할아버지께서도 그 입을 막으실 수가 없으셨던 것 같다. 그래서인지 할아버지께선 항상 나에게 옛날이야기를 들려주시곤 하였다. 그중에 지금도 생각나는 것이 '팥고물 이야기'다

옛날 어느 마을에 똘똘치 못한 사위가 처가살이를 하며 살고 있었다. 사위는 떡이 먹고 싶어 죽겠는데, 장모가 떡을 만들 생각을 안 하더란다. 기다리다 못해 사위가 물었다. "왜 요즘은 떡을 안 해 먹어요?" 하니, 장

모는 "뒷산에서 부엉이가 울어야 떡을 해 먹는 것이라네."라고 말했다. 그러자 사위는 그날 밤 뒷산에 올라가 "부엉이가 운다~" "부엉이가 운다.~"고 했다. 그걸 듣고 있던 아내가 하도 딱해서 "부엉이가 운다"고 하면 어떡해요? 부엉이는 '부엉부엉' 울어야지요."하고 말해 주었다. 그날 밤 뒷산에선 "부엉이가 '부엉부엉' 하고 운다.~" 장모는 마지못해 떡쌀을 씻어 담그고 떡을 만들었다. 윗방에서 아내가 이제 막 만든 김이 무럭무럭 나는 떡을 썰고 있는데 옆에서 남편은 턱을 받치고 떡만 보고 앉아 있었다. 보다 못한 아내는 어른들 몰래 얼른 떡을 조금 썰어 주었다. 그랬더니 받아먹던 남편이 "앗! 뜨거! 앗! 뜨거!" 하는 것이 아닌가? 아랫방에 있던 장모가 "뭐가 그렇게 뜨거우냐?" 하고 물으니 딸이 어른들 몰래 남편을 먼저 먹였다는 게 민망해서 "아니에요! 팥고물이 하나 떨어졌나 봐요!" 했다. 그러니까 이 눈치 없는 사위는 "이게 팥고물이야? 이게 떡이지!"라고 했더란다. 실감 나게 들려주려고 할아버지께서 하셨던 대사가 너무 재미있어 나는 번번이 얼마나 웃었는지 모른다.

다른 긴 거의 다 잊어버렸는데 이 이야기만은 하도 여러 번 들어서 줄줄 외우고 있다. 지금 생각하면 이야기 밑천이 떨어진 할아버지께서 내가 재미있어하니까 여러 번 들려주신 것 같다. 과묵하신 할아버지는 온종일 외할머니와 함께 계셔도 통 대화가 없으셨다. 외할머니 역시 말씀이 없으셔서 어떤 때는 한바탕 싸우고 난 후의 집안 분위기 같았다. 그런 집안에서 자랐음에도 우리 엄마는 적은 말수는 아니었으니 그래도 다행이지 않은가?

외가댁 돌담 울타리를 지나 돌아가면 큰 밭이 있었는데 여름이면, 토마토, 참외, 수박, 옥수수, 풋고추 등을 언제나 따먹을 수 있었다. 그 뒤쪽 집은 할아버지 사촌인 작은 할아버지 댁이었다. 그 뒷산도 우리 할아버지 산이었는데 밤나무로 가득 찬 그 산에 올라가서 아줌마들이 따다 주던 머루, 다래의 맛은 지금도 잊을 수 없다. 그 외에도 산에는 고사리, 고비, 취나물, 원추리, 어수리 등 산나물이 많이 났다. 고비나물은 지금 나의 새끼손가락만큼 굵었고, 할머니는 거기에 귀한 소고기를 넣고 볶아 주셨는데 얼마나 맛있었는지 모른다.

큰 바깥마당 끝에도 텃밭이 있었다. 거기엔 아욱, 시금치, 상추, 쑥갓, 가지 등이 자라고 있었다. 밭 끝으로는 작은 개울이 있어 항상 맑은 물이 졸졸 소리를 내며 흘렀다. 여름엔 그 냇물에 시원하게 얼굴을 축였고, 밤이면 삼촌들에게 망을 서게 하고 목욕을 하곤 했다. 물을 조금만 거슬러 올라가면 그물을 치고 물고기도 잡을 수 있었다. 맑은 물에서 빠르게 헤엄쳐 다니는 물고기들은 보기에도 마냥 즐거워 보였다. 그물에 잡힌 물고기로 매운탕을 맵지 않게 따로 끓여 주어도 난 그들이 불쌍하다며 먹지 않았다.

지금 그 자리에는 그 좋은 풍광들이 모두 사라지고 대단지 아파트들이 줄지어 들어서 있다. 개발이 발표되어 신문을 장식하던 날, TV 뉴스에서 큰 외숙모가 플래카드를 들고 개발 반대 데모행렬 맨 앞자리에서 소리치며 서 있던 모습을 본 게 엊그제 같은데 말이다.

02

갓 스물 보석 같은 새색시가
양로(養老)가정에

양주군 금곡면 호평리(楊州郡 渼金面 戶坪里) 부농집안의 맏딸로 태어난 엄마는 그곳에서 자라셨다. 그곳 금곡초등학교에서 받은 교육이 전부였던 엄마지만 모든 면에서 고등학교를 마친 사람보다 뛰어나셨다. 무엇보다 엄마는 현명한 여자였다.

종로에서 한의원을 하시는 엄마의 당숙, 외할아버지 사촌동생 손관수(孫冠壽) 할아버지는 어린 시절부터 많은 조카 중 유독 장조카인 엄마를 자랑스러워하시며 사랑하셨다고 한다. 손관수(孫冠壽) 할아버지의 한의원과 우리 할아버지 집이 바로 이웃이어서 아주 가깝게 지내셨다고 했다. 당숙 집을 드나들던 조카와 이웃 총각의 만남은 자연스럽게 이어졌고 중매 반 연애 반으로 결혼까지 성사되었다. 양가 모두 맏아들과 맏딸의 개혼(開婚)이어서 엄마의 혼수랑 예물 가례 등은 근간에선 소문날 만큼 큰 잔치였다고 들었다.

엄마가 시집왔을 때 우리 집은 말 그대로 층층시하(層層侍下)였다. 할아버지께 들은 말로는 증조할아버지 내외분, 홀로 되신 할아버지, 노총각이었던 22살의 아버지와 여덟 살 아래 철부지 삼촌, 두 형제를 길러

부모님

주신 진외할머니도 계셨던 집안에 갓 스물의 새색시의 입성은 귀하고 영롱한 보석보다 광채가 났던 존재였다고 했다.

집안에 꼭 계셨어야 할 친할머니이신 밀양박씨 박태순(密陽 朴氏 朴泰順) 할머니께선 이미 10년 전에 돌아가셨으니 집안 살림의 중심인 주부가 부재한 집안 분위기는 여간 삭막하지 않았고 시집살이 또한 여간 부담스럽지 않았다. 처음에는 집안 살림을 맡아 하던 말순 아줌시의 텃세도 만만치 않았다고 들었다.

할아버지께 전해 들은 바에 의하면 나의 할머니는 당신의 어머니와는 달리 아주 귀티 나는 미인이셨다. 무남독녀로 금지옥엽 자라신 분이었는데 안타깝게도 몸이 아주 약하셨다. 당시 원서동에선 부유하게 사는 집안이었으므로 유명한 계산한의원에서 몸에 좋다는 보약을 많이 드셨다고 한다. 그래서인지 몸도 많이 좋아지신 듯했다. 결혼 후 남매를 낳으시고는 경성제국대병원에서 더 이상의 출산은 불가하다는 진단이 내려졌는데도 원래 손이 귀한 집안이라 할머니는 포기하질 못하셨다. 출산할 수 없다는 주위의 말들을 뿌리치고 20대이신 할머니는 하나는 더 낳아야겠다는 일념으로 임신을 하셨고, 삼촌을 낳으시곤 끝내 몸을 회복하지 못하셨다.

결국, 백일도 안된 핏덩이 삼촌 병흔(炳炘)을 남기고 출산 후유증으로 세상을 떠나셨다. 큰아들이라야 겨우 아홉 살인 병근(炳根), 두 살 아래 여동생 병문(炳文) 등 삼 남매를 남기신 채.

병문(炳文) 고모는 2년 후 결국 어머니 곁으로 갔다고 했다. 어릴 때 아버지께선 가끔 "우리 병문이가 살아 있었다면 지금 몇 살일 텐데." 하시며 죽은 고모를 그리워하시곤 했다. 생각해보면 한창 20대의 외동딸을 여의신 할머니의 친정어머니께선 당시 얼마나 애통하셨을까? 사위의 간절한 부탁과 외동딸이 남기고 간 세상천지의 셋뿐인 피붙이들을 외면하실 수 없으셨던 진외할머니, 수탉 할머니라는 별명을 가지셨던 모씨(毛氏) 할머니께선 그때부터 외손 셋을 맡아 기르시며 사돈들과의 동거는 시작되었다.

03

큰 발을 물려주신
여성기독교의 선구자(진 외할머니)

만약 진외할머니가 안 계셨더라면 아버지 형제가 이렇게 구김 없이 건강하고 밝게 자라질 못했을 거라는 이야기를 어릴 때부터 많이 들었다. 모씨 할머니! 내가 어렸을 때 보았던 그분의 커다란 환갑사진은 고집과 자존심을 함께 갖추신 거만한 인상을 지니셨고 체격이 아주 크셨다. 색색의 음식으로 높이 고여진 상차림 앞에 화려한 두루마기 차림으로 위풍당당하고 기품 있게 앉아계시던 위엄 있던 모습. 눈빛이 형형하여 여장부 같은 참으로 인상적이었던 진외할머님은 마치 남자 같은 인품이셨다. 그 시절 여성으로선 아주 드물게 신앙 또한 선구자이셨다. 그런 외할머니의 깊은 신앙생활의 영향으로 아버지는 유아세례를 받은 기독교 신자였다.

어린 시절부터 신앙생활을 하던 아버지는 어느 때부터인지 교회에 안 나가시더니 1970년대 초에 서울 서초구 잠원동 성당에서 세례를 받고 가톨릭 신자 본명 돈 보스코로 사셨다. 돌아가시기 5년 전인 85세부터 외출이 힘드셔서 주일 미사 참석을 못 하실 때면 잠원동 성당에서 은퇴하신 장대익 루도비꼬 신부님께서 집에 오시어 미사를 드려 주시곤 했다.

할머니는 그 시절 발이 너무 커서 시중에선 맞는 고무신을 살 수가 없었다고 했다. 그래서 고무신 공장에서 맞춰와 신으셔야 했다.

그 할머니 큰 발을 우리 아버지가 닮으셨고 아버지 발을 우리 형제 중 내가 받았고, 내 발을 또 큰아들이 그대로 빼다 박고 그 발을 또 작은 손녀딸이 닮아서 지금도 나는 가끔 작은 손녀딸의 원망 섞인 투정을 듣는다. 할머니 발을 닮아서 자기가 예쁜 구두를 못 신어본다는 이야기다. "하하! 그건 맞다!" 나도 어렸을 때부터 몇 번이나 아버지 발을 닮아서 창피하다고 구두를 새로 맞출 때마다 아버지께 짜증을 부리곤 했었으니까….

초등학교 5학년 1학기 때 연극을 하는데 한복을 입어야 했다. 키는 제일 꼬마였는데 발은 커서 엄마 버선과 고무신을 신었었으니.

아무튼, 모(毛) 할머니는 용감하고 매우 활동적이셨다고 한다. 그러니 그 시절에 사돈 내외분이 계신 집에 입주하여 동거하실 배포가 있지 않으셨을까 싶다.

수탉 할머니라는 별명에 어울리게 모 할머니는 누구에게도 만만하지 않으셨던 분이셨다. 언변도 좋으셔서 당시 어느 경우건 할머니께서 옳다고 생각하시면 말로는 당해낼 사람이 없었다고 한다. 그래서 어릴 적 이런 분의 영향을 받은 덕분에 아버지와 삼촌이 누구에게도 빠지지 않는 말솜씨를 지니게 되었는지도 모르겠다. 당시 우리 집은 비원 바로 옆집이어서 할머니는 궁중 여인들과 자주 어울리셨다고 한다. 가깝게 다니신 분 중엔 이비(李妃)라고 불리는 분이 계셨다.

'이비'라는 분과는 지금의 정동감리교회를 함께 다니셨다고 한다. 당시 정동교회 6대 손정도 목사(1882-1931)와 김일성의 부친 김형직

(1894-1926)과는 잘 아는 친구 사이였고 유언으로 손 목사에게 김일성을 부탁(?)했다고 했다. 그러니 북조선의 초대주석 김일성은 기독교인이었고 어머니 강반석 씨 역시 기독교인이었을 것이다. 사실 반석(磐石)이라는 이름으로 봐서 기독교인이 분명하다. 그리고 해방 전 기독교인들은 신앙에 상당한 열정을 가진 사람들이었다고 들었다.

수탉 할머니와 친하게 어울려 다니시며 교회도 늘 함께 가셨다는 아버지도 기억하시던 '이비'라는 분은 머리에 금박 조바위를 쓰고 쓰개치마(신윤복의 풍속도에 나오는 두루마기 같은 상의)를 그 위에 덧입고 다니셨다고 한다. 그분이 궁녀였는지 상궁이었는지는 정확히 알 수는 없다. 아마도 고종 황제의 성은을 입었으나 정비인 명성황후가 엄해서 한 편에 숨어 지내던 분으로 짐작된다. 그래서 수탉 할머니와 함께 교회를 다니며 믿음으로 외로움을 달래고 지내셨던 게 아닌가 싶다. 그때 우리 집이 비원 바로 옆이고 할머니가 남자같이 괄괄하신 성격에 붙임성까지 있던 분이셨으니 두 분이 잘 어울리셨던 것 같다.

몇 해 전, 조선왕조 마지막 왕손 비인 이방자 여사가 일본에서 귀국해 창덕궁 낙선재에서 기거하며 일생 동안 만든 칠보전(七寶展)을 열었다. 그때 낙선재에 가서 둘러보며 우리 수탉 할머니 생각을 해보았다. 아마 그 시절 어떤 알음알음으로 소개를 받으시고 그 친구를 사귀시어 궁중 출입을 자주 하셨는지는 모르겠으나 여성들의 외출이 흔치 않았던 시절이니 어쨌든 대단히 활동적인 여장부가 아니셨을까 하는 생각을 해보았다.

원래 조선의 왕들은 정비 외에 많은 비빈들을 둘 수 있었으나 유독 명성황후만은 그걸 허하질 않았다고 한다. 역대 왕비 중 제일 투기가 심했던 분이라 불릴 만큼 성은을 입은 상궁들 모두는 힘들게 살았다고 한다. 그래서인지 당시 궁중엔 왕의 성은을 입고 외롭게 지내다 궁 밖으로 내처진 여인들도 있어서 의지할 곳을 찾아 교회를 다니며 외출도 하면서 믿음으로 정착하지 않았을까 싶다. 국법으로 금기되어 있던 천주교 신자도 상당히 많았다고 들었다. 진외할머니께서도 딸도 없는 집에서 사돈들과 함께 지내셨으니 얼마나 말 못 할 사연과 한 또한 많으셨을까? 또 얼마나 외로우셨을까? 그래서 돈독한 믿음을 가진 기독교의 선구자가 되셨으리라.

눈이 상당히 높으셨고 당시 고급 일제 우유를 비롯해 아기들 먹을 건 뭐든 가슴에 품고 다니시며 덥게 해서 손자에게 먹이셨다고 한다. 겨울엔 손자들 운동화까지도 조개탄 아궁이 밑에다 놓았다가 따뜻하게 만들어 신게 하셨다니 이분이 손자들에게 쏟은 사랑과 정성은 정말 대단했다고 할 수 있다.

두 형제를 돌보시며 가끔 사돈인 증조할아버지와 충돌도 있으셨다고 들었다. 그러나 형제를 돌봐야 한다는 사명감 때문인지 두 분 모두 여간 팽팽하지 않으셨다고 한다. 그때마다 사위인 우리 할아버지는 중간에서 얼마나 힘드셨을까 싶다. 지금도 우리 할아버지를 생각하면 마음이 짠해지고 좀 오래 사셨더라면 하는 아쉬움과 함께 자꾸자꾸 보고 싶고 그리워진다. 냉정하셨지만 고상하고 멋쟁이였던 울 할아버지셨는데….

04

시대의 한량이자 사업가
증조부

증조할아버지는 그 시절 아주 드물게 볼 수 있는 비즈니스맨이었던 것 같다. 경기도 동탄면 신리(東灘面 新里)에서 부농집안의 삼 형제 중 치강(濟養), 치상(濟旭)에 이어 막내로 태어난 증조할어버지 문무경(文武慶)은 한눈에도 지체 높아 보이는 우람한 풍채에 기골이 장대하셨다. 그러고 보면 아버지의 체격이나 모습이 증조할아버지를 많이 닮으셨다.

"사람으로 출세하려면 도시로 나가야 한다."는 어릴 적 서당에서 배운 말을 잊지 않으시고 서당 책과 함께 중국어책을 허리춤에 꼭 꾸리고 다니셨다고 한다. 그리고 끝내 부모님과 대소가들의 완강한 반대를 뿌리치고 만주로 떠나셨단다. 무슨 사업인지는 들었을 텐데 잊어버렸다. 아무튼, 뛰어난 머리로 중국어 만주어 통역도 잘하시고 많은 돈을 버셨다고 들었다.

내가 기억하는 증조할아버진 70을 넘기셨을 때였다. 할아버지께선 어린 나를 정말 이성을 잃고 아낌없이 예뻐해 주신 것 같다. 당시 앞니가 한 개 빠지셔서 명자(나의 호적 이름)라는 '자'자 발음이 안 되어 늘 나를 '명개'라고 부르셨다. 난 그때 그 말이 왜 그렇게 골이 났던지 모르겠다.

몇 번이고 고쳐드려도 늘 그 발음만은 한 개 빠진 앞니 사이로 새어 나왔다. 내가 속상해하는 건 문제가 아니지만, 효자이신 우리 할아버지는 노할아버지 신경 쓰시게 한다고 차라리 내 이름을 '명개'로 호적까지 바꿀 생각까지 하셨다니 결코 작은 사건은 아니지 않았나 싶다. 얼마 전 미국 친구들과 국내를 여행하며 둔내를 지나 월정사를 가는데 어쩌면 내 이름이 될 뻔했던 '명개'라는 지명이 이정표에 나오는데 우리 증조할아버지를 회상하며 혼자 슬며시 웃었다.

증조할아버지는 내가 세 살 때부터 재한 일본인 자제를 위해 시중에 나와 있던 유치원 가방이나 어린이용 소꿉놀이 애기그릇, 연필 등을 사다 주시곤 했다. 할아버지도 그런 어른의 사치를 막으실 수는 없으셨던가 보다. 당시 대청마루엔 큰 밥상이 세 개씩 차려지곤 했는데 난 항상 증조할아버지와 겸상을 했다. 옆에 앉은 증조할아버지의 시중 아닌 시중을 받으면서 말썽도 피워가며 밥을 먹었다. 할아버진 뭣이든 먹이려고 애쓰셨고 그때마다 난 먹지 않으려 고집을 피웠다.

특히 할아버지가 드시던 숭늉은 절대로 안 마셨다. 수염이 빠졌다는 이유에서였다. 안 먹는다고 고집 피우는 나에게 잡수시던 숭늉을 극구 마시게 하셨던 일은 우리 집 밥상에서 거의 매일 일어나는 사건이었다. 하나도 안 빠졌으니 한 모금만 마셔보라고 하시는데, 절대로 마시지 않겠다고 고집을 피우는 내 모습은 온 식구들의 웃음을 자아내곤 했다.

엄마한테 나중에 들은 이야기지만 할아버지는 밖에 나가서 좋은 게 눈에 띄시면 뭐든 내게 사다 주셨다. 특히 주변 일본 아이들에게 절대 빠지지 않게 하려고 옷이나 장난감 등 무엇이나 사 오셨다고 한다. 그중에도 빨간 유치원 가방은 꽤 인기 있었다. 할아버지는 내게 새 옷을 사 입히고 밖으로 데리고 나가서서 친구나 일본인들이 "정말! 참! 예쁘네요." 하는 칭찬 듣는 것을 낙으로 삼고 사셨단다.

그러던 어느 날 할아버지와 놀다가 나는 무엇 때문인지 대단히 골이 나고 말았다. 아마도 내 나름대로는 엄청 큰일이었을 게다. 나는 그만 그 빨간 가방을 마당 한가운데 있던 우물에 나무 뚜껑을 열고 빠뜨려 버렸다. 당연히 집안은 발칵 뒤집혔고 이내 일꾼들이 여럿이 와서 그 깊은 우물에 들어가 물을 몽땅 퍼내는 대공사와 함께 난리가 났다. 그때 할아버지께선 "높은 우물가에 어린 게 올라갔을 때 위험했을 텐데 넘어지지 않은 게 얼마나 다행이냐."고 하시면서 일을 무마시키셨다. 할아버지께선 그렇게 말도 안 되는 사랑으로 나의 큰 잘못을 덮어주셨다. 그때 그 집엔 수도가 있었는데 왜 우물이 또 있어야 했는지는 지금 생각해도 모를 일이다. 아마도 수돗물이 24시간 나오지 않았던 때문이 아니었을까 싶다.

어쨌든 난 그렇게 귀여운 투정을 부리며 어리광과 응석으로 유복한 어린 시절을 즐겁고 행복하게 보내고 있었다. 증조할아버지께선 내가 여섯 살이 되던 해에 돌아가셨다.

내가 조금 철이 들 때까지 살아 계셨더라면 좀 더 잘 해드렸을 텐데. 할아버지 마시던 숭늉도 얼른 받아 마시고 거칠어서 따갑다고 절대 안 해드리던 숱 많고 따끔따끔하던 수염에 뽀뽀도 해 드리고, 할아버지 냄새 난다고 하루 세 번만 안아 주시기로 약속했던 짙은 포옹도 수시로 안아드렸으면 얼마나 기뻐하셨을까? 자식이 효를 하려 해도 부모님이 기다려 주시지 않는다는 옛말이 생각난다.

그때 우리 서울 집은 큰 정방형 형태의 집이었다. 대문을 들어서면 왼쪽에 손님방이 하나 있었다. 중문을 넘어서서 오른쪽으로 가면 증조할아버지께서 쓰시던 방이 있었고, 왼쪽으론 할아버지께서 기거하시던 방이 있었다. 거기까지가 별채였던 것 같다. 그리고 ㄷ자의 안채가 있었다. 증조할아버지께서 편찮으셨던 생각은 전혀 안 나고 돌아가시던 날의 기억만 난다. 할아버지께서 '아버지! 아버지!' 하고 통곡하며 부르시던 목멘 소리에 내가 쫓아 들어가려고 하니까 아줌마가 얼른 안고 안채로 데리고 가서 나는 울면서 발버둥을 쳤다. 안방에서 창호지에 침을 발라 구멍을 뚫고 내다봐도 사람들이 많아 우리 할아버지 모습은 전혀 보이질 않았다.

이어서 안채 마루에 하얀 집 같은 커다란 상청이 만들어지고 할아버지께서 몇 번이고 아이고~아이고~ 하시며 크게 우시던 생각이 난다. 그렇게 해서 나에게 아낌없이 사랑을 듬뿍 쏟아 주시던 증조할아버지와 함께했던 즐거운 시간은 아름다운 추억만 남기며 희미하니 끝자락이 조금씩 자취까지 없어진다.

그 후 난 얼마 동안 일본 아이들이 다니는 유치원에 예의 그 가방을 메고 다녔단다. 일본에서도 인기였다는 그것은 혹시 리꾸사꾸(rucksack)는 아니었을까? 왜 그런지? 그때의 일은 전혀 기억이 나지 않는다. 행복했던 나의 어린 시절은 이렇게 조금씩 지워져 토막토막 흐릿한 옛일로 남았다가 이내 그리고 차츰 사라지고 만다.

엄마는 가끔 그때를 회상하며 이야기하셨다.

"넌 그때 얼마나 예쁘고 귀엽고 말을 잘 했었던지 너와 말을 붙여본 사람은 누구든지 한마디라도 더 하고 싶을 만큼 반했다. 그때만 해도 너 같이 옷을 예쁘게 입혀 데리고 다니는 조선 사람은 길에 흔치 않았단다."
라고.

언젠가 삼촌이 엄마에게 이런 말 하는 걸 들었다.

"형수! 혜성인 어려선 그렇게 예쁘더니 점점 더 미워지네요." 그러니까. 엄마가 "더 자라면 제 인물 다시 나오겠지요!"라고 했다. 그런데 그 인물(?)은 다시 나오지 않은 것 같다.

05

Noblesse Oblige를 행하고 요절하신 멋쟁이 할아버지

Noblesse Oblige를 실천하시다

냉철하시고 멋쟁이셨고 현명하셨던 나의 할아버지! 문장식(文章植)이시다. 할아버지는 그 시절 상당히 멋을 아는 아주 훌륭하신 신식 할아버지셨다. 냉정하면서도 인정도 많으셨지만 거짓말하는 건 절대로 용서 안 하시던 분이셨다. 내가 유치원 다닐 때 쯤이다. 친구를 만나고 온 일로 삼촌이 별로 크지 않은 거짓말을 했다가 꾸지람 듣는 것을 보면서 '아! 할아버지께선 사소한 거짓말도 용서하시지 않는구나!' 하고 느낀 적이 있다. 또 당신 아버지께서 이뤄놓으신 부(富)를 아주 잘 쓰시고 가신 분이기도 하다. 돈이란 원래 벌기보다는 용처가 더 어렵다고 하지 않았던가? 그 시절에 나서지 않고 커다란 자선사업이라는 멋진 '기부'를 실천하신 분이셨다.

어쩌면 우리나라 'Noblesse Oblige'의 거의 시초가 아니셨을까 싶다. 그때 서울대 전신인 경성제국대학이 우리 집 근처였다. 많은 인재가 지방에서부터 일본인들과의 치열한 경쟁을 뚫고 경성제국대학에 입학했다. 대부분 시골에서 형설의 공을 이루어 어렵게 대학까진 올라왔으나 땅을 팔아 학비를 마련한 가난한 우수학생들은 겨우 입학만 해놓고 거처할 곳이 없어 고생이 많았던 그들 수십 명에게 의식주를 제공하셨다고 한다. 대부분 장남이었던 그들은 각 집안의 기둥이며 희망이었다. 한 집의 운명을 짊어지고 올라온 인재들에게 묵묵히 행하신 숙식 제공은 대단한 봉사였고, 할아버지는 당시 모든 학생들의 소문난 존경의 대상이셨다고 들었다.

1895년 이후 단발령 때, 증조할아버지께서 고집을 꺾지 않으시다가 많은 재산을 잃게 되시는 일이 있으셨단다. 남은 재산을 도저히 보존할 수 없어서 할 수 없이 아들만 머릴 깎게 하셨다고 들었다. 그 아들인 할아버지 시대, 1930년대 창씨개명이 내려졌을 때도 두 부자는 끝까지 버티시다가 굴욕적인 대우를 더 이상 견디기 힘들었고 많은 재산과 자식들 교육문제를 해결할 수 없어서 하는 수 없이 개명을 하시었으나 '이와모도(岩本, 바위 밑동=근본은 그대로라는 뜻)'라는 이름으로 그나마 위로를 삼으셨다고 한다. 지금 생각해도 그야말로 존경할 만한 할아버지 부자셨다.

할아버지

증조할아버지가 돌아가시고 다음 해에 해방이 되었을 때 서울은 완전 격동기였다. 혈기왕성한 삼촌은 거친 친구들을 만나고 다니는 등 방황을 하며 공부나 집보다는 어디인지 모를 곳으로 외출을 자주 했다. 때론 마르크스 레닌주의 등 사상적인 문제를 논하며 식구들을 불안하게 만드는 바람에 할아버지로서는 감당하기 어려우셨던 것 같다. 그래서 고민 끝에 당분간 과수원집인 시골로의 피정 같은 것을 핑계로 삼촌을 설득하여 동탄으로 내려가시는 길을 택하셨다.

요즘 부모들이 아이들의 상급학교 진학을 위해 도시로 이사를 한다는 건 흔히 있는 일이고 또 지금 서울 사람이 지방으로 이사하는 것과는 엄청난 차이가 있는 이사였을 것이다. 그러나 그 시절 아들의 장래를 위해서 풍기를 바로 잡고 잘못 사귄 친구들과 관계를 끊어 좋은 길로 보내려 택한 시골행은 대단히 용기 있는 결단이셨다. 그야말로 맹모삼천지교가 아닌 문부삼천지교(文父三遷之敎)가 아니었나 싶다. 할아버진 얼마나 많이 고민하시고 내리신 처사였을까?

그때의 경기도 동탄은 아주 시골이었고, 오산역에서 내려서도 8km 이상을 걸어 들어가야 하는 산간벽촌이었다. 손녀 손자들까지 우리 식구 모두를 이끌어야 하셨으니…. 지금도 난 우리 할아버지의 용단에 존경을 표하지 않을 수 없다. 과수원집으로 이사하던 날, 엄마는 짐 트럭이 신작로에 멈춰 서자 앞으로 살 집을 건너다보고는 그 자리에 털썩 주저앉을 정도로 기가 막히셨다고 했다.

마을에서 멀리 떨어져 있진 않으나 산 밑 끝자락으로 끝없이 펼쳐진 넓은 과수원, 그 속에 파묻힌 외딴집 한 채! 그러나 시동생을 위한 시부의 결단을 거역할 수는 없었다. 그로부터 우리 식구들은 밤이면 여우가 어슬렁거리며 내려온다는 산간의 외딴집에서 정말로 많은 일을 겪었다.

아버지는 교육 공무원직 소속을 수원군으로 희망하니 곧 전근으로 이어졌다. 우리 네 식구는 몇 년 동안 수원 근교로 옮겨 다녀야 했다. 엄마는 고민에 빠졌다. 할아버지와 삼촌 두 분만 과수원집에 사시게 할 수 없었기 때문이다. 당시 서울서 이사 내려온 52세의 멋쟁이 서울 할아버지에 대한 말들은 근동의 화제였고 자연히 할아버지 재혼 이야기도 돌왔다. 엄마만의 생각일지 모르겠지만, 아무튼 아주 적당한 할머니 자리가 엄마한테 중신이 들어왔다. 그분은 당시 41세로 수원 도립병원 간호부였다. 엄마는 여러모로 적당하다고 판단하고 할아버지의 재혼을 추진하셨다.

그렇게 해서 할아버지는 새 배필을 맞으셨다. 새 할머니는 그냥 수더분하게 생기신 분으로 보통 키에 좀 나이가 들어 보이셨다. 기독교인이었던 새 할머니는 할아버지와 띠동갑이셨는데 어린 내 눈에도 나이 차가 그리 크게 나 보이지 않는 어울리는 한 쌍이셨다. 아마도 멋쟁이 할아버지께서 젊어 보이신 이유도 있었을 것이다. 새 할머니는 교회가 멀리 있어 주일 예배는 못 가셨지만, 신앙에 대한 열정이 있으셨다. 그런 영향이었을까, 우리 삼촌은 말년에 훌륭한 성직자로 크리스천 서적에 표지 모델로 등장하는 장로님이 되셨다.

그렇게 두 분과 삼촌을 오붓하게 과수원집에 남겨놓고 우리 식구는 정남이라는 곳의 관사로 이사를 했다. 그곳에서 나는 초등학교에 입학했다. 넓고 긴 다리를 건너 한참을 더 걸어가야 하는 정남 학교였다. 엄마는 큰동생과 배 속의 아기 때문에 한집에 사는 문간방 아줌마에게 나의 등하교를 맡기셨다. 하지만 난 어린 소견에도 그 아줌마가 창피했다. 그래서 다른 엄마들은 운동장 뒤에 쭉 서서 기다리는데 나는 한사코 아줌마에게 집에 가라고 했다. 그때는 아침반 점심반이 있어서 두어 시간 후엔 다시 데리러 와야 하는 형편인데도 기어코 집으로 돌려보내곤 했다.

그때 난 할아버지께 천자문을 배우다가 떨어져 살게 되면서 중단했다. 하지만 그 실력은 학교에서 선생님들의 칭찬을 받기에 충분했던 것 같다. 나이도 제일 어리고 키도 전체에서 제일 작아 1번이었다. 아기 같은

데 말도 잘하고 시골아이들 속에선 돋보였던지 선생님들의 귀여움을 많이 받았다. 체육시간에 달리기를 하면 '요~이-땅!' 하기도 전에 먼저 나가서 이를 악물고 뛰어도 겨우 3등을 했으니, 아마 키도 작은 데다가 어린 체구로는 역부족이었던 것 같다.

그렇게 한 학기가 가고 추석을 지내러 할아버지 댁으로 가게 되자 할아버지 뵐 마음으로 설레어 밤잠을 못 자며 가슴 부풀었던 기억이 난다. 할아버지 댁에 가서는 거의 할아버지 방에서 나오지 않고 곁에 딱 달라붙어 종일 시간을 보냈다. 맛있는 추석 음식보다 추석 전 엄마가 지어주신 예쁜 추석빔을 입은 나를 보며 예뻐해 주시는 할아버지 모습을 보는 게 더 좋았다. 엄마는 눈치 없는 나를 그 방에서 몇 번이고 불러내셨다.

그렇게 짧고 아쉬운 며칠의 추석을 보내고 과수원 가족들과 헤어지기 싫어 몇 번이나 할아버지 품에 안겨서 울고 울기를 거듭하다가, 우린 다시 정남으로 돌아갔다. 그 후 이틀, 돌아와서 한숨 돌리기도 전에 급전이 왔다. '할아버지 위독' 우린 급히 할아버지 댁으로 달려갔으나 우리가 도착하니 할아버지께선 이미 운명하신 뒤였다. 추석에 드신 음식 때문이었는지는 모르겠으나 국소복막염을 동반한 급성충수염이었다고 한다. 그렇게 성품도 당당하시고 단단하신 체격에 아주 건강하시던 할아버지셨는데 당신 아버지께서 돌아가신 지 겨우 2년여… 그리도 어이없고 허망하게 가 버리신 것이다.

새 할머니를 모셔다 놓고 채 1년도 못 사시고 겨우 54세의 나이로 허무하고 억울하게, 그것도 단 하루도 누워서 앓아보지 못하고 가시다니. 어린 소견에도 서울에서만 계셨더라면, 아니 서울같이 병원이 좀 가까웠더라면, 그런 맹장염 정도는 수술만했어도 그렇게 돌아가시진 않으셨을 텐데 하는 생각으로 원통하고 안타까워서 더욱더 크게 울었다. 그때 생각만 하면 지금도 마음이 아프고 울적해진다.

70여 년이 지났는데도 아버지 형제가 오열하던 모습은 지금도 생생하게 귀를 울리며 쟁쟁히 들리는듯하다. 그때 일곱 살이던 나도 얼마나 억울했었는데 새 할머니의 심정은 오죽하셨을까? 서울에서 시골로의 과감한 이사, 생전 처음 겪는 농촌 생활의 적응, 20년을 넘게 혼자 지내시던 분이 짊어져야 할 새로운 결혼생활의 부담 등 할아버지는 여러 가지로 힘이 드셨을 것이다.

삼촌으로서도 생전 처음으로 불러본 엄마였고 새엄마에게서 처음 받는 사랑으로 하루하루가 즐거웠을 텐데 그리도 어이없이 끝이 나고 말았다. 아무튼, 할아버지는 울부짖는 우리를 비정하게 남겨둔 채 허망하고 쓸쓸한 길을 홀로 외로이… 그렇게 우리 곁을 영원히 떠나셨다.

어릴 적부터 할아버지께서 내게 심어주신 말씀은 "어떤 경우든 거짓은 절대 안 되며 가장 나쁜 일이다." "사람은 언제나 정직해야 된다." 그리고 "누구라도 남을 해하지 말고 어느 때 어디에서도 남을 돕는 사람이 되어야 한다."라고 하셨다. 손수 몸으로도 행하신 그 모습과 함께 내가 지금껏 살아오면서 가장 가슴 깊이 새겨진 생활의 지표가 되었다. 그렇게 할아버지는 과수원집 뒷산에 고이 누우셨다.

그렇게 또 나의 아까운 한 세대가 지나갔다. 우린 모두 통곡과 오열 속으로 빠져 멈추는 발길과 함께 못내 아쉬워하는 삼촌과 새 할머닐 과수원집에 남겨두고 눈물범벅이 되어 허전한 마음을 서로 달래며 다시 정남으로 돌아왔다. 그런 슬픔 속에서도 일상은 이어지고 시간은 어김없이 흘러갔다.

두 달 후 엄마는 과수원집에 다시 돌아가서서 딸들 셋 중 성품은 엄마와 가장 많이 닮았고, 외모는 현대식으로 생기신 할아버지의 눈과 이마를 꼭 빼어 닮아 '됫박이마'라고 불렸던 혜정이를 간호사이던 새 할머니의 조산(助産)으로 출산하셨다. 할머니는 정성을 다해 며느리의 출산을 도우셨다. 겉으로 보기에 그런대로 삼촌도 잘 지내는 것 같았다. 엄마는 몸조리하시느라 아버지와 나를 정남에 꽤 오래 두었던 기억이 난다. 아버지는 토요일이면 엄마에게 다녀오시곤 하셨다. 그때마다 문간방 아줌마 내외가 나를 친절하게 보살펴 주셨다. 처음에는 아줌마 내외가 싫었지만, 나중엔 잘 따르게 되었다. 아마 어린 마음에도 정이 그리웠고 뭔가 여러 가지로 아쉬웠던 게 아닐까 싶다.

아버지께서 엄마에게 가시고 난 어느 토요일이었다. 밤엔 혼자 자기가 무서워서 할 수 없이 문간방 아줌마 방에서 잤다. 밤중에 한기를 느껴 잠을 깨어보니 난 장롱 밑으로 굴러 들어가서 자고 있는 게 아닌가? 당시 장롱들은 장 밑 공간이 꽤 높았던 것 같다. 옆을 보니 아줌마 내외가 꼭 껴안고 자고 있는 것이 보였다. 마치 나를 밀치고 둘이만 사이좋게 꼭 끼고 자는 것 같았다. 순간 야속하고 북받쳐 오르는 서러운 마음에 그 길로 일어나 옷을 주워 입고 할아버지 댁에 갈 요량으로 길을 나섰다. 아마도 늦은 저녁 시간이었나 보다. 길을 물어볼 사람을 만날 수 있었으니 말이다. 나중에 엄마 말씀이 11월 늦은 밤 차가운 날씨에 일곱 살 밖에 안 먹은 어린아이가 한 시오리 길은 족히 걸어서 갔다는 것이다.

그러니 자다 깬 내외는 얼마나 당황하고 놀랐겠는가? 낮에도 할아버지 댁에 가고 싶다고 했으니 그쪽일 거라고 짐작한 아저씨가 면사무소에서 숙직하는 직원에게 사정해 자전거를 빌려 타고 뒤따라 오셨다. 캄캄한 길 저 앞에서 뛰다시피 걸어가는 내 뒷모습을 보고는 그 아저씬 그만 크게 엉엉 울었다고 했다. 그 이야기는 온 식구들이 울다가 웃다가 했던 에피소드이다. 그 사건으로 나는 정남에서 아주 대단한 깍쟁이로 소문이 났다. 어쨌든 그 일로 해서 엄마는 예정보다 일찍 집으로 돌아오셨다.

청천벽력 같았던 할머니의 임신

엄마가 돌아오고 얼마나 지났을까? 한 달여쯤 지난 어느 날 우리 집엔 정말 큰 사건이 벌어졌다. 새 할머니께서 한 장의 쪽지만을 남긴 채 종적을 감추신 것이었다. 홀로 남겨진 삼촌의 충격은 이루 말할 수 없었다. 난생 한 번도 누구에게 엄마란 말을 건네 보지 못했던 삼촌은 새 할머니에게 정을 듬뿍 쏟고 또 사랑을 받으며 아버지의 빈자리도 같이 채우면서 서로 의지하고 외로운 설움도 함께 나누었을 텐데, 하루아침에 그런 새어머니가 사라졌으니 얼마나 기막혔을까? 아마도 삼촌의 하늘은 할아버지 돌아가셨을 때만큼이나 더 큰 슬픔과 절망으로 내려앉았을 것이다.

거기에다 더욱 우리 식구들을 놀라게 한 건 그때 42세의 할머니께서 임신하셨다는 소식이었다. 모두를 경악하게 만들었던 임신 사건은 할머니가 더는 여기에서 삼촌과 함께 지낼 수 없었던 이유로 이해되며 다가왔다. 며느리의 출산 때도 이미 할머닌 배가 불러오는 상태였을 테니 말이다.

그 후 삼촌은 거의 모든 일을 제쳐두고 할머닐 찾아다녔다. 그렇게 우리도 모르게 미친 듯 어머닐 부르며 헤매고 다녔던 삼촌이 난 너무 불쌍했다. 하지만 작정하고 꼭꼭 숨어버린 분을 찾아내기란 쉽지 않았다. 그 후 한동안 의욕을 잃은 삼촌은 이런저런 일들로 아버지 속을 많이 상하게 했다. 좀처럼 내색 않으시며 사랑으로 삼촌을 보살피시던 아버지를 뵈며 어린 나는 끝없는 형제애를 다시 한번 몸으로 느꼈다. 내가 어렸을 때 아버지가 삼촌을 바라보던 인자하신 눈빛은 어느 부모에 비길 바가 아니었다. 보호자이신 아버지와 엄마도 딱하고 안 되었지만, 삼촌이 얼마나 불쌍해 보였던지, 난 어린 소견에도 삼촌을 이해했고 언제 어느 경우에라도 삼촌 편에 서 있었다.

06

혜성(慧星),
쌀 침대 위에서 세상과 만나다

나는 하와이 진주만 공격(12월 7일) 이 있기 5개월 전, 그러니까 1941년 7월 17일 음력 유월 스무사흗날 본적인 서울 종로구 원서동 1번지(鍾路區 苑西洞 1番地) 지금의 돈화문(敦化門) 옆 현대사옥 자리에서 태어났다. 할아버지 남평 문씨(南平 文氏). 본명(本名) 장식(章植) 아명(兒名) 태식(泰植)의 손녀(孫女)로 아버지 문병근(文炳根)과 엄마 밀양 손씨(密陽 孫氏) 손금순(孫今順)의 장녀로 태어났다.

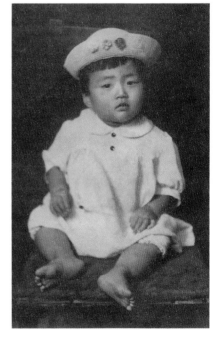

엄마의 친정인 경기도 남양주군 금곡면 호평리에서 외증조할아버지 내외분 외할아버지 밀양 손씨(密陽 孫氏) 관옥(冠玉), 할머니 강릉 최씨(江陵 崔氏) 최옥분(崔玉粉), 그리고 엄마의 여동생 삼순(三順). 연년생이던 명룡(命龍) 등 외삼촌들의 축복 속

에 고고성을 울리며 세상과 첫인사를 했다.

외할아버지는 사랑채 마루에서 엄마의 산고 소리를 들으며 밤을 새우셨다고 한다. 그날따라 왼쪽이 둥근 반달과 함께 유난히 빛나는 하늘의 별들을 보면서 할아버지는 천마산 기슭에서 50년을 살면서 그날같이 아름다운 별빛은 처음 보았다고 하셨다. 어떻게나 밤하늘을 수놓은 천정(天庭)의 은하수 별빛이 아름다운지 할아버지께선 그날 별들에게 난생처음 부탁, 아니 기원을 하셨다고 한다.

"하늘의 별님들이시여! 당신들 같이 반짝반짝 빛나는 총명한 눈을 가진 예쁜 손녀딸을 만나게 해주십시오!" 이 어려운 시절에 태어나서 어떻게 살 것인가를 걱정하시면서도 어둠이 드리워져 어수선한 이 나라에 작은 빛이 되어줄 현명하고 아름다운 딸을 보내 달라는 기원을 거듭하시며 밤을 보내신 아침, 큰딸이 여아를 순산했다는 기별을 들으시고 그리도 기쁘시고 좋으셨단다.

"드디어 우리 혜성(彗星)이가 세상에 나왔구나! 부디 건강하고 씩씩하게 자라다오. 할아버지가 너에게 정말 고맙구나!" 그리고 혜성과 같이 태어난 '지혜로운 별(혜성慧星-Comet)'이라고 나의 아명(兒名)을 지어주시고 그때부터 할아버진 나를 그렇게 부르셨다.

그로부터 19년 후 엄마가 돌아가시고 황망할 때 난 뭐라도 믿고 의지하고 싶었다. 동생들과 새로운 삶을 시작할 각오를 하며 통의동의 작명소를 찾아갔다. 그때 외할아버지가 지어주신 혜성(彗星)이란 아명 이야길 했더니 그 혜성(彗星)이란 이름이 너무 좋아 아직까지 행복했다고 하며 이제부터는 한자만 바꾸어 보라고 했다. 그리고 앞으로는 모두 좋아질 것이라 하며 다섯 남매의 이름을 모두 지어준다. 혜성(惠聖), 성원(晟

原), 혜정(惠楨), 성준(晟準), 혜원(惠媛). 우리 자매들은 그날부터 그렇게 그 이름을 부르기로 했다.

그때도 큰 이유 없이 호적을 바꿀 수가 없어서 식구들과 친구들만이라도 부르도록 했다. 지금도 우리 세 자매는 그 이름을 부르며 살고 있다. 그때의 나로선 거금을 들여 지어온 이름인데 잘한 일이었는지는 나도 모르겠다. 남편도 늘 혜성, 경상도식으로 끝 자만 부르는 식의 '성아!'라고 불러주었다.

그 후 8년, 내가 27세가 되었을 때다. 그렇게도 말씀이 없으신 외할아버지셨지만 내가 시집가기 한 달 전 외할머니를 모시고 우리 집에 오셔서 처음으로 내가 태어나던 날의 이야기를 아주 길게 해 주셨다. 지그시 감으신 눈에선 애써 감추려 하셨지만 끝내는 눈물을 보이셨다. 큰 두 손으로 껴안듯 내 손을 꼭 잡으시고 한참을 바라보시더니

"이제 우리 혜성이가 어른이 되는구나!" 하셨다. "어밀 닮아 예의 바르고 현명해서 아무리 어려운 시댁일지라도 잘 이겨나가리라 이 할애빈 믿는다. 너는 어려서부터 명석해서 이 할애비를 얼마나 기쁘게 해줬는지 모른다."라는 말씀과 함께 "신사년 여름 너희 모녀를 서울에 보내고 나서, 보고 싶고 눈에 아른거려 잠을 못 이뤘다."고 하셨다. 매일 올라와서 보고 싶어도 어른들 때문에 못 오셨다는 아주 옛날이야기까지 해주시며 당신이 자식 아홉을 낳아 길러봤지만 너 같은 아이는 처음이었다고 하셨다.

"눈에 넣어도 아프지 않을 내 새끼! 어미까지 먼저 보낸 가여운 내 새끼. 우리 혜성이! 내 아가! 이 자식아! 너의 불운은 네 어미가 모두 가지고 갔으니 너는 행운만 움켜쥐고 행복하게 살아야 한다!" 하시면서 한참을 꼭 껴안아 주시었다. 등 뒤에 감추서서 보이진 않았지만 감싸 쥐신 내

손등으로 떨어지는 뜨거운 눈물. 할아버지께선 그날 먼저 간 큰 딸이 얼마나 보고 싶으셨을까? 정말 난 우리 외할아버지께서 그렇게 많은 말씀을 하시는 걸 처음 보았다. 그날 밤 할아버지와 난 그렇게 부둥켜안고 얼마나 많이 울었는지 모른다. 그날도 하현달 그림자 위로 밤하늘을 수놓는 무수한 별들이 할아버지와 손녀딸의 어깨 위를 비추며 속삭이고 있었다.

그것이 그리도 말수가 적으셨던 우리 외할아버지께서 내게 해주신 처음이자 마지막 당부셨고 유언이었다. 할아버지는 다음날 외할머니를 내 결혼 혼수 준비의 총감독으로 남겨두시고 금곡으로 가셨다. 그리곤 보름 후 친척 상갓집에 가셨다가 낙상하여 그 후유증으로 돌아가셨다. 신혼여행에서 돌아온 내 인사도 받아보지 못하시고 얼마 후 돌아가셨다. 엄마가 출가한 다음 해 이모도 바로 서울로 시집을 갔고, 눈 씻고 찾아봐도 재미라곤 하나도 없는 연년생 외삼촌들 일곱 하고만 사셨고, 외할머니 또한 말씀을 안 하시는 분이셨으니 얼마나 집안이 삭막했으면 손녀딸을 바라셨으며 항상 그렇게 보고 싶어 하셨을까.

외할아버지께선 외아들로 자라서서 평소 남자 형제 있는 집을 늘 부러워하셨고 그러니 자연 아들만 좋아하시게 되어 외삼촌을 내리 일곱을 낳으셨어도 마다치 않으시고 그때마다 기뻐하셨다고 들었다. 그러다 연세가 드시니 예쁜 손녀딸의 재롱을 보고 싶으셨던가 보다. 그리고 당시는 아버지가 학도병으로 일본에 징병 되어 생사를 모를 때이기도 했다. 그러니 당신 딸이 얼마나 안쓰러우셨을까? 그러나 식구 모두는 산모가 불안해할까 봐 모두 명랑한 척했다고 들었다.

아무튼, 엄만 가끔 말씀하셨다. 그 시절에 딸을 낳고 으쓰댔다고…. 그렇게 양가 모두가 처음 맞는 손녀였다. 외할아버지는 갈수록 점점 더 흥

포해지는 왜정 치하에서 싹싹 긁어가는 공출을 피해갈 수 없었고 더욱이 딸이 해산할 그때는 한참 보릿고개이다 보니 출산 후 쌀밥도 제대로 못 먹일 것이 염려되었다. 그래서 할아버지는 할머니와 두 분만 아시는 비밀의 두꺼운 요를 만들어 놓으셨다고 한다. 특수제작품인 그 요 속엔 물론 푹신한 흰 솜 대신 하얀 쌀이 가득 들어 있었다. 그러니 나는 세상에 단 하나뿐인 두꺼운 쌀 침대에서 태어난 것이다.

외할아버지의 쌀 침대 아이디어는 정말 기막혔던 것 같다. 쌀 침대라니! 누가, 아니 어떤 일본 순사라도 산모가 누워있는 요를 감히 들춰 볼 수 있겠는가? 외할아버지의 훌륭한 기지 덕분에 그렇게 그 어려운 시절에도 우리 두 모녀는 먹을 것 걱정 없이 흰 쌀밥으로 호강하며 지낼 수 있었다. 쌀 침대는 할아버지께서 엄마와 나에게 내어주셨던 최초이자 최후의 전무후무한 선물이며 아인슈타인보다 더 천재적인 아이디어였다.

그리곤 삼칠일을 지나 우린 서울로 돌아왔다. 당시 70을 넘으신 외증조할머니께서 갓난아일 안고 청량리역에 내리셨단다. 본가에서 마중 나간 할머니께서 받으시려 했더니 "안 됩니다. 아일 맞받으면 안 됩니다." 하시며 맞받으면 아이 앞날이 순조롭지 않다는 말이 있다면서 그대로 안고 원서동까지 걸어오셨다고 한다. 인력거도 타시지 않고. 얼마나 대단한 노인의 기운이셨나 싶다. 외할아버지의 어머니께선 울 엄마보다 더 오래 사셨다. 90을 훨씬 넘기셨으니까.

그렇게 축복받은 귀여운 아이는 본가에 와서도 대단한 인기였다. 어렸을 적 우리 엄마한테는 나에 대한 권한은 하나도 없었다고 한다. 엄마는 "젖 먹일 때만 내 딸이었다."라고 가끔 웃으며 이야기하셨다. 본가에서도 일찍 죽은 고모를 빼고는 4대째 딸이 없었으니 100년 만에 태어난 딸이었다. 거기다 3년 만에 남동생을 본 것도 내가 귀여움을 받는 큰 이유가 되었다고 한다. 엄마는 자기가 낳은 딸도 마음대로 혼내지 못하고 어떤 때는 저렇게 버릇없이 자라서 어쩔까 싶으셨다고 한다. 특히 친할아버지는 냉정하시고 엄하셨지만, 증조할아버지는 이성을 떠나 무조건 사랑하셨다 한다. "어멈아. 네가 낳았어도 네 자식만은 아니다!" 하시며 나를 보는 재미로 노년을 사신 증조할아버지셨으니 더할 나위 있었겠는가?

어쨌든 나는 엄마의 풍부한 모유를 먹으며 건강하게 자라면서 하루하루 재롱이 늘어갔다. 당시 아버지 생사를 몰라 불안해하던 어른들의 마음을 채우는 큰 역할을 했다 한다. 돌을 며칠 앞둔 어느 날 밤, 마침내 아버지가 돌아오셨다. 말만 들어도 기막히고 무서운 탈영을 해서 일본에서 석 달을 걸려 돌아오셨다고 했다. 세 분이 같이 탈영을 했는데 한 분은 탈출하다 총에 맞아 숨지고 한 분은 밀항까지 잘 마치고 부산까지 와서 병이 나서 돌아가셨단다.

돌아오신 아버진 사람 같지 않아서 처음엔 식구들 모두가 알아보지 못했다고 한다. 그도 그럴 것이 총알을 피해 탈영을 해서 군수물자 실은 배 밑 칸에 숨어 부산까지 밀항을 했다. 그리곤 계속 한 달을 산길로만 돌아서 족히 500km나 걸어 서울까지 올라왔으니 그 몰골이 오죽했겠는가. 밤마다 서울이 있는 북쪽을 향해 산으로만 걸으셨다니 지금 생각해도 풀 수 없는 의문이다. 선비 같기만 하시던 아버지가 어떻게 그리 용감할 수 있었는지 믿기지 않는다. 얼마 전까지도 우리 형제들은 가끔 그 이야길 했지만 뭔가 그럴싸한 답을 찾아내지 못했다.

집에 오셔서도 물론 벽장에서 거의 2년을 숨어 지내셨다. 처음엔 벽장 작은 문틈으로 흘러들어오는 햇빛조차도 감당하지 못하셨다고 한다. 조금 안정되시면서 딸내미가 보고 싶어 밤에 자는 모습만을 내려와 보시곤 기뻐하셨다니 밖에 사는 식구와 숨어 지내는 아버지 모두 얼마나 힘드셨을까 싶다. 그래도 밖에서 들리는 딸의 재롱 소리는 컴컴한 벽장 속의 아버지께 커다란 기운을 넣어 주었다고 한다. 어느 날인가 나는 밖에서 놀다 들어와선 따지듯 할아버지께 묻더란다.

"난 할아버지가 두 개, 할머니가 세 개인데 오또상은 왜 없느냐? 아무개 아무개는 오또상이 있는데." 하며 찾아오라고, 장에 가서 사 오라고 떼를 쓰는 바람에 벽장 속의 아버지도 웃고 벽장 밖의 모든 식구도 다 웃었다고 한다. 얼마 후 내 돌잔치가 아주 간소하게 치러졌다. 벽장의 아버지가 알려질까 두려워 소문나게 잔치를 할 수 없었다는 엄마의 말씀이었다. 날씨가 삼복중이었으므로 돌떡을 하려고 쌀을 담가 놓은 게 쉴 정도로 더운 날씨였다고 한다. 작년에도 내 생일은 엄청 더운 초복 날이었다. 그리고 그날은 혜정이 남편 최 서방이 일 년 두 달을 무의식 상태로 있다가 하늘나라로 간 날이기도 하다.

나는 자라면서 말도 남보다 잘하고 무엇이나 빨리 배우고 총명했다고 한다. 엄마 말씀이 하나를 가르쳐 주면 열을 알았다고 하니…, 생후 8개월째 되면서부터는 구두만 신겨주면 아장아장 걸어 다녔단다. 아무튼, 돌날에 중문 대문만 넘겨주면 내 돌떡을 내가 날랐다고 하니 빠르긴 빨랐던 모양이다.

그로부터 53년 후에 태어난 큰 손녀가 나를 닮아서인지 7개월 만에 아장아장 걸었다. 몸무게를 못 이긴 양다리가 O자로 휘어져 외할아버지이신 사돈어른께서 매일매일 주물러 펴주셨던 기억이 난다. 발가락도 닮았다는 유전인자의 놀라운 힘이 상기되는 장면이다.

07

지체높고 못 말리는 어린 상전

어느 날 수구문(水口門)[1] 밖에 사는 친척 아저씨가 오셔서 내 돌 사진이 신당동 어느 사진관에 크게 확대되어 걸려 있다고 말했다. 할아버진 그 길로 인력거를 불러 신당동으로 달려가셨다. 그리고는 누구 허락을 받았느냐고 호통을 치시며 큰 사죄와 함께 그 사진을 즉시 내리게 하셨다. 이후 이 이야기는 우리 집안의 오랜 화제가 되었다. 그때 우리 집 골목 입구, 그러니까 우리 집과 마주 보이는 건너편 이층집에 일본인 부부가 살고 있었다. 그 집에 사는 하이칼라 아저씨는 내가 부르던 그 아저씨 호칭이었고 조선총독부에 다녔다고 한다. 나는 돌을 지나면서 일본말을 아주 잘했다고 한다. 그 아저씨 내외에겐 아이가 없어서 나를 아주 많이 귀여워했다. 그 아저씬 퇴근하면 나를 너무 보고 싶어 해서 할아버지께 부탁하여 할아버지 허락하에 나는 그 집에 거의 매일 마실을 갔다. 그 집에서 아줌마가 까주었던 미깡(귤) 냄새는 아직도 내 코끝에 맴도는 듯한

---

1) 수구문(水口門) : 서울 중구 광희동에 있는 조선의 사소문인 광희문(光熙門). 시구문(屍軀門)·수구문(水口門)이라고도 하였으며 서소문(西小門)과 함께 시신(屍身)을 내보내던 문이다.

데. 어느덧 70년이 훨씬 지나갔다. 항상 일본인과 대화를 해서 일본말을 더 잘할 수 있었지 않았을까?

네 살 때쯤, 어느 날 삼촌 마중 나간다고 큰길까지 나갔다가 할아버지께서 잠깐 한눈을 파는 사이에 내가 없어졌다고 한다. 집안이 온통 난리가 나고 근처엔 다 찾아봐도 없었고 결국엔 퇴근하신 앞집 하이칼라 아저씨까지 알게 되었다. 그 아저씨는 경성방송국까지 가서 미아신고를 했고 일본어 방

이모가 지어오신 한복을 입고

송으로 미아를 찾는다는 6시 뉴스가 방송되고 난 후 조금 후에 어떤 일본인 부부로부터 나를 데리고 있다는 연락이 왔다고 한다.

그 부부 이야기에 의하면 퇴근하는데 아기가 턱을 고이고 누군가를 기다리고 있는 모습이 너무 귀여워 말을 걸었다고 한다. 처음 보는 아저씨에게 스스럼없이 말도 잘하며 계속 수다를 떨면서 하도 예쁜 짓을 하니 귀여워서 계속 말을 시켜 보았다는 것이다. 꼬마는 "아저씨 집은 어디냐?"고 묻더란다. 저쪽 골목이라고 했더니 "나 거기 혼자 갈 수 있다."라고 너스레를 떨면서 앞서 걸어가더란다. 많이 가 본 곳이구나. 하고 처음에는 뒤따라가다가 자기 집 앞까지 아장아장 걸어가기에 집으로 데리고 들어갔는데 너무 귀엽고 재미있어 시간 가는 줄 모르고 함께 있었노라고 백배 사죄를 해서 그냥 지나갔다고 한다.

난 어려서 사람을 무척 잘 따랐던 모양이다. 증조할아버지께선 어린

나를 앞세우고 집 근처 산책하시는 게 유일한 낙이셨다. 그리고 또 그 시간은 벽장 속에 숨어 지내던 아버지가 내려오셔서 씻기도 하고 활동하는 시간이었다. 한번 나가면 할아버지께서 사거리 가게에서 이것저것 사주시곤 하셨는데, 어느 날 하루는 내가 뭔가 삐쳐서 집 앞까지 혼자 걸어왔다. 모두 방심하고 있는 차에 대문 틈으로 아버지가 있는 집을 들여다보는 사태가 벌어진 것이다. 그때 뒤따라오신 할아버지께 "할아버지 우리 집에 까만 도로뽀오(일본말로 도둑)가 들어왔어! 빨리 파쭉소(파출소)에 가서 일러야 해!"라고 했다.

그때서야 눈치채시고 '아차' 하신 증조할아버지는 아이를 데리고 큰길가로 멀리 나가며 네가 할아버지를 잘못 보았을 것이라고, 내 정신을 홀딱 빼놓고 관심을 돌리시느라 아주 혼이 나셨다고 한다. 분명 새까만 도둑이(아버지) 수돗가에서 세수하고 있었다고 우기는 나를 설득하는데, 그때는 다 삭은 유치 때문에 내게 절대 금기로 되어있던 제일 좋아하는 눈깔사탕까지 사 줘도 계속 고집을 피우는 통에 무척 힘드셨다고 들었다. 지금도 단것을 즐겨 먹지만 그때도 사탕을 너무 좋아해서 유치가 다 썩어 어려서부터 치과에 가서 이를 뽑았던 생각이 난다.

그 후엔 아버지의 외출시간도 조심스러워 상당히 제한되었고 모두가 신경을 썼다고 하니 어린 상전치고는 아주 지체 높은 상전이어서 꼬마상전에게 안 들키려고 숨어 사신 아버지도 그렇고, 탈영병을 벽장에 두고 살아야 했던 다른 식구들은 또 얼마나 오랜 시간을 가슴을 졸였을지 짐작이 간다. 생각하면 참으로 아찔했던 순간이었다.

그때 엄마는 가끔 그런 생각도 하셨단다. 우리 가족에게 여러 가지로 호의적이던 일본 아저씨 내외에게 언제까지 숨어 지내야 할지 모르는 아버지의 탈영에 대해 의논을 할까 하는 생각도 했었다고 하니 그때 만약 그렇게 했더라면 어떻게 되었을까? 글쎄! 지금으로선 상상이 어렵다.

8월 15일 해방이 되던 날. 난리 통에 아저씨가 총독부에서 집에 들를 틈도 없이 총독부 상사를 모시고 함께 피신하며 일본으로 건너가고 아줌마만 남았다. 해방 직후 흥분한 조선인은 미처 빠져나가지 못한 일본인들에 대한 앙갚음이 더러 있었고 심지어는 죽음에까지 이르는 사태도 있었다고 한다. 어찌 되었건 많은 고초를 당할지도 모르는 아줌마를 집에 데려다 보호해준 것은 할아버지셨다. 또한, 할아버지는 아줌마가 일본으로 무사히 돌아갈 수 있도록 주선하는 큰 도움을 주셨다니, 인생사 다 새옹지마이고 이 모두가 삶의 아이러니가 아닐까?

2장
전쟁 중에도
마냥 즐거웠던 학교생활

3살, 6살, 9살의 우리 삼 남매는 자고
나면 항상 다른 집에 있었다. 한번은 우리 집 머
슴살이를 하던 한 서방네 다락에서 셋이 앉아서
자고 있었다. 벽장이 너무 좁아 셋을 누일 수도
없었는가 보다. 그런 상황에서도 우리가 쌀밥을
자주 먹을 수 있었던 건 엄마의 기막힌 기지와
배짱 때문이었다.

08

똑소리 나는 서울 다마내기

1950년 6·25전쟁이 일어나기 전, 나는 초등학교 4학년이 되기까지 아버지의 전근으로 세 번이나 전학을 다녀야만 했다. 학교를 옮겨갈 적마다 나는 생각했다. 인사말은 아주 똑똑하고, 거창하게 해야 하겠다고…. 우물쭈물하면 시골 언니 같은 한 반 아이들에게 어린애 취급을 당할 것 같다고 생각해서 꽤 신경을 썼다. 약간의 사투리를 쓰던 경기도 변두리

초등학교 5학년 담임 서강빈 선생님

사람들은 내 말을 서울 사투리라고 했다.

　조금 친해진 다음, 한 친구가 네 서울 말투 자체가 상당히 얄밉게 들렸었노라고 말해 주었다. 그래서인지 친구들은 악의 없는 노래로 날 놀렸다 "서울내기~ 다마내기~ 맛 좋은 고래고기~" 그래도 다행인 건 날 크게 따돌리진 않았다는 것이다. 그 증거로는 여러 친구가 철마다 나에게 이 것저것 가져다주었다. 자기 집 마당에 열리는 과일들을 마치 서로 경쟁이나 하듯 어떤 날은 책보자기에 책보다 더 많이 한 아름씩 싸서 가지고 왔다. 봄이면 앵두, 살구, 여름이면 참외, 가을엔 감, 대추, 호두, 밤, 곶감 등… 나는 그때 얻어먹었던 대추보다 더 단맛이 나는 대추를 그 후 한 번도 먹어보지 못했다.

　또 생각나는 건 개떡이라고 불리는 검은색에 가까운 진초록의 쑥떡이다. 팥과 바람까지 잔뜩 넣어 만들었던 바람 떡. 팥을 거피 내어 만든 편떡은 집안의 큰 행사가 있을 때마다 가져다주었다. 큰집에서 얻어 왔다며 송화다식, 쌀 다식, 콩다식, 약식, 약과 등도 가지고 왔다.

　그때 우리 반에 영자라는 친구가 있었는데 난 그 친구가 가져다준 것은 절대 먹지 않았다. 이유는 단순했다. 그 친구는 늘 코를 흘리고 있었고, 코밑에 아예 두 줄의 홈이 파여 있었다. 여담이지만 30년이 지나서 그 친구가 우연히 내 일터인 병원으로 치료를 받으러 왔다가 만난 적이 있다. 그 시절의 초등학교 동창생과 결혼했는데 남편도 나를 잘 기억하고 있었다.

　결혼하고 포장마차를 하면서 오랫동안 고생도 많았지만, 지금은 큰 성공을 해서, 꽤 잘살고 있었다. 내게 자랑하고 싶었던지 어느 날 날을 잡아 퇴근 시간에 맞춰 차를 가져와서 자신이 북창동에서 운영하는 대형

술집으로 데리고 갔다. 우리가 들어갈 때, 마침 일을 시작하려고 40명이 넘는 전 직원이 지시를 받는 중이었다. 대단한 규모였다. 그날 나는 여러 가지로 크게 대접을 받고 왔다. 난 너 어릴 적에 왜 그렇게 코를 흘리고 다녔느냐고 귓속말로 슬쩍 물었다. 정말 궁금했다. 그랬더니 친구는 모두가 들릴 정도로 그걸 내가 어떻게 알겠느냐고 크게 얘기해서 모두 웃고 말았다.

친구는 자기들 부부가 성공한 원인이 이것 같다며 다음과 같은 이야기를 해주었다. 포장마차를 할 때 집에 들어가면 둘 다 피곤해서 기진맥진했는데, 그런 상황에서도 남편은 꼭 앞치마 주머니에 종일 장사한 돈을 받아 넣어 꼬깃꼬깃한 지폐를 일일이 펴서 차곡차곡 요 밑에 다림질하듯 깔아놓고 자더라는 것이다. 역시 돈이란 물건도 자신을 아끼는 사람에게 찾아 들어가게 마련일까?

어쨌든 나는 그렇게 학교를 여러 번 옮겨 다니면서도 친구를 잘 사귀며 그때그때 적응을 잘하고 재미있게 지냈고. 인기도 있었다. 우리는 몇 년간의 객지 생활을 마치고 전쟁이 나기 몇 달 전에 과수원집 건넛마을에 정착했다. 그해 늦은 가을 이제 가장이 되신 아버지께서는 마을 입구 넓은 터에 시골에 어울리지 않는 근사한 집을 지으셨다. 부자가 망해도 삼 년 땔 나무가 있다고 했던가? (해방 후 토지 등 재산 대부분은 채권으로 묶여있었다고 들었다) 집이 꽤 좋았다. 넓은 대청마루 위에 대들보가 얹어지던 날 상량식을 했다. 그때도 나는 엄마가 지어주신 예쁜 한복을 입고 마치 주인공같이 늘 중심에서 귀여움을 받았던 기억이 난다.

놀랄 만한 일은, 집이 미처 완성되기 전 어느 날 오후 아버지의 깜짝 선물인 큰 양수책상이 내 방에 들어온 것이다. 초등학교 3학년 학생이 쓰기엔 벅찬 크기였다. 동네 사람들이 다 그 책상 구경을 하러 올 정도였다. 구경거리는 책상뿐이 아니었다. 대청마루에서 유성기를 돌리면 마루 아래에 댓돌 밑으로 온 동네 아이들이 와서 아예 자리를 잡고 앉았다.

신불출의 만담, 여쭈어라 타령. 곰보타령, 베틀가, 등을 틀고 또 틀고 하도 여러 번 돌아가서 나는 아예 만담 대사를 몽땅 외울 정도였다. 구경하는 아이들마저 외웠을 만큼 유성기는 돌고 또 돌아가고. 우리 재봉틀도 재봉사인 엄마와 함께 동네 집 집마다 돌아다니며 돌리고 또 돌리고. 누구네 큰일이 있을 때마다 엄마는 옷 짓는 봉사를 하시느라 바쁘셨다. 어떤 때는 아예 옷감까지 모두 사다 해 주셨다. 한번은 이장 댁에 잔치가 있었다. 그 아줌마는 엄마 유똥 치마저고리를 오래전부터 얼마나 부러워했었다. 그런데 그날 그걸 그냥 내어주시는 게 아닌가? 난 놀랐다. 엄마도 아꼈던 옷이었고 엄마가 한 번인가 입었던 옷. 정말 한들한들 늘어지는 날씬하게 보이는 옷이었는데 남이 필요하다 하면 다 내어주시는 분이 우리 엄마였다. 엄만 정말 남에게 주는 데는 인색함이 없는 누구에게나 항상 그렇게 베푸시는 인정 많은 성품이셨다. 내가 가진 것보다 친구가 더 많은 것을 가지고 있어야 속이 편한 마음 착한 엄마는 어느 때 보면 천사 같았다

그때 나는 친구네 집 수수밥이 왜 그리도 맛있었던지. 엄마 몰래 쌀밥을 가져다주고 바꿔먹곤 했다. 지금도 수수밥, 좁쌀밥, 팥밥, 팥죽, 호박죽, 군고구마, 삶은 감자, 찐 옥수수, 군밤, 수수부꾸미 등은 내가 가장 좋아하는 잡곡밥과 주전부리다.

09
엄마는 어쩜, 그리도 용감하셨을까?

    그렇게 4학년 1학기를 보내고 있을 때 전쟁이 났다. 1950년 6월 25일 일요일 아침, 6·25전쟁이 발발한 것이다. 나중에 들은 이야기지만 수원에서 근무하시던 아버지께선 전쟁이 터지고 직장에서 바로 대구로 내려가셨는데 엄마에게 연락을 부탁한 분이 미처 소식을 전하지 못 하신 채 사고가 났다고 한다. 다음 월요일에도 화요일에도 난 학교엘 갔다. 집으로 피난민들이 잔뜩 몰려 내려온 건 며칠이 지난 후였다. 피난민들 속에 있던 엄마 친구 신당동 아줌마네 식구들도 우리 집에서 며칠을 묵고 내려갔다.

    그 아줌마는 그때 내려가다 그만 폭격으로 돌아가셨다고 들었다. 그때 엄마는 피난민들을 마치 손님 대접하듯 하셨다. 모든 걸 아까운 것 없이 다 꺼내어 요리해 주셨다. 엄마를 보면 마치 이 난리가 며칠 후면 끝날 것 같이 보였다.

    그렇게 법석대던 피난민들이 모두 떠

나고 난 며칠 후 우리 집에선 아주 이상한 상황이 벌어지기 시작했다.

생전 웃을 줄 모르는 것 같은 무섭고 냉혹한 얼굴의 몇 명 내무서원들이 몰려오더니 안방부터 광까지 모든 물건에 빨간딱지를 붙였다. 내 책상에도 예외는 없었다. 반동분자의 집이라는 게 그 이유였다. 그리곤 집 안에 있던 사람들 전부를 나가게 하더니 대청마루에 몇 개의 책상을 날라 와서 진열해 놓는다. 그리고는 마치 미리 정해진 자기 자리인 양 차례로 앉았다.

그중에는 친구 금자네 집에서 머슴살이하던 방 서방 아저씨도 있었다. 감나무 높은 곳에 연시 된 감을 장대로 따주시던 키 크고 맘 좋던 그 아저씬 아예 나와 눈도 마주치지 않았다. 나는 아는 체를 하려다가 엄마의 눈짓에 멈칫했다. 그렇게 그날부터 우리 집 대청마루는 내무서 사무실이 되었다.

그 후 엄마는 아예 우릴 그 근처엔 얼씬도 못 하게 엄명을 내리셨다. 얼마 후 대청마루 끝 큰 기둥에서 홍 따귀 아저씨(홍 형사라고 평소 범인을 잡으면 일단 따귀부터 때렸다 해서 붙여진 이름이란다)가 총살되었다는 것이다.

그때부터 엄마는 아주 이상해지셨다. 그때 우리 초등학생들은 동네 어귀 방앗간에 가서 노래를 배웠다. 다녀와서 엄마한테 '김일성 장군 노래'를 연습하고 왔다고 했더니 엄마는 나에게 당부하듯 내일부터 가서는 노래 배울 때 앞에 나가서 빨치산 김일성 장군 노래 등을 크게 부르고 가사도 다 외워오라고 말씀하셨다. 그러더니 어느 날부터인가 엄마는 여성동맹위원이 되어서 빨간 완장을 팔에 두르고 다니셨다. 아마 그때부터 우리 집의 전쟁은 시작된 것 같다. 나중에 들은 이야기도 있지만, 엄마는 남몰래 분주하셨던 것 같다. 밤엔 밤대로 바빴고 낮엔 직책 공무에 충실해야 했다. 엄마는 곧 승진했지만, 우리 엄마 손금순을 위원장으로 부르는 사람은 많지 않았다.

밤이면 낯모르는 남자가 찾아와 엄마를 불러냈다. 조금 전 반동분자 문 아무개가 집으로 들어가는 걸 봤다는 신고가 있어 본청에서 나왔으니 어서 데리고 나오라는 것이었다. 엄마는 그 말을 맞받아서 반가워하며 그 사람 어깨를 '탁' 친다. "동무! 그래요? 그 말이 정말이에요? 나도 모르고 있었으니 우리 함께 찾아봅시다. 동무! 어서 들어오세요!"라며 집으로 들어오라고 했다. 또 아는 서원이 왔을 땐 그때그때 처신이 다르게 행동하셨다.

3살, 6살, 9살의 우리 삼 남매는 자고 나면 항상 다른 집에 있었다. 한 번은 우리 집 머슴살이를 하던 한 서방네 다락에서 셋이 앉아서 자고 있었다. 벽장이 너무 좁아 셋을 누일 수도 없었는가 보다. 그런 상황에서도 우리가 쌀밥을 자주 먹을 수 있었던 건 엄마의 기막힌 기지와 배짱 때문이었다. 나중에 들어 알았지만, 그때 우리 집에 쌀 넣어 두는 광(안방 뒤에 윗목 측엔 뒷마루 아랫목 측엔 오시이레라고 하는 마루방이 있었는데 우리는 쌀 광으로 썼던 것 같다)은 물론 빨간 딱지가 붙어있었지만, 광의 마루 밑이 부엌 찬장 밑과 연결되어 있던 것이다. 엄마는 그 부엌 찬장 밑을 파고 들어가 쌀 광으로 들어가는 데 성공했고, 쌀가마마다 조금씩 표시 나지 않게 쥐가 파먹은 것 같이 쌀을 꺼내 오셨다. 정말 그 배짱이 대단하지 않은가? 우린 그렇게 엄마의 기지로 굶주리지 않고 쌀밥을 먹으며 건강하게 살아남을 수 있었다.

엄마는 그때 경찰이나 지주 등 반동분자들을 총살했다는 정보가 입수

되는 날 밤이면 밤중에 사십 리 길을 걸어서 수원비행장을 몇 번이나 몰래 가셨다고 한다. 당시 수원비행장 광장엔 수도 없이 많은 시체가 일렬로 줄지어져 있었다고 한다. 어머니는 거기에 혹시 있을지도 모를 아버지와 삼촌을 찾으러 가신 것이다.

여름이라 부패한 시체도 있었고 매를 맞아 얼굴을 알아볼 수 없는 시체도 있었지만, 엄마는 자신이 지어 입힌 속옷을 보고 아버지나 삼촌을 찾을 작정이었다고 한다. 그 많은 사람의 팬티 고무줄 맨 앞부분을 다 열어 보셨다니 요즘 탑 컵(Top Cop)보다 더 용감한 분이시지 않았나 싶다. 그때 엄마의 그 지독한 기질이 어디에서 나왔었는지 모르지만, 엄마는 오직 삼촌이나 아버지 두 분 중 한 분만이라도 살아 돌아오시길 기원했었고 아니면 어떻게 하던 한 분의 시체라도 찾고 싶으셨다고 했다.

그 여름이 지나가면서 인민군들이 후퇴할 무렵 때부터 후기에 갈수록 엄마의 고생은 더 심해졌다. 북진하는 인민군들이 몰려와서 뭐든 뒤져서 가지고 가고 훔쳐 먹고 수틀리면 총질을 해댔다. 엄마는 우리 셋의 안전을 위해 아예 더 시골에 있는 동탄면 신리 먼 친척댁으로 데려다 놓았다. 그때 엄마는 당장 돈이 될 만한 재봉틀과 유성기도 함께 날랐다. 물론 패물들도. 그런데 엄마가 미처 생각하지 못한 것이 있었다. 그 집 작은형님이 동탄면 인민위원장이었다는 것이다.

엄마가 밤에 돌아오니 재봉틀, 유성기, 쌀 등 우리 짐들이 모두 밖으로 나와 있었다. 엄마는 놀라서 그 밤 우리를 다른 집으로 급히 옮겼다. 그 형님은 끝내 월북하셔서 아직 소식이 없고, 그 직계가족들은 외국에 나갈 때마다 신원보증이 어려워 애를 먹었던 기억이 난다. 이제 그 아들이 80이 넘었고, 그 오빠는 지금도 우리 집 일이라면 앞장서서 해주신다. 그

30년 후엔 남편이 그 딸을 한전 교환원으로 취직시켜 준 일이 있어 늘 고마워하셨고, 그전에도 식모 구해주시는 것이랑 약 뱀을 잡아 오시는 둥 무슨 일이고 나서서 해 주셨다.

다음 해 1950년 말 1951년 1월 초 압록강과 두만강 유역까지 북진했던 유엔군이 중공군의 공세에 밀려 내려온 1.4 후퇴 때다. 작년 여름 곤욕을 치른 엄마는 외삼촌 내외를 데리고 부산행 피난 기차를 탔다. 열차는 대만원을 넘어 머리 위에 또 하나의 칸을 만들 정도로 조그만 공간도 없이 사람들은 계속 올라왔고, 나중에는 매어 달려서라도 가려는 사람들마저 있었지만 누군가가 쫓아냈던 것 같다. 어떤 사람은 고추장 통에 발이 빠지는 둥 위 칸에서 밀려 떨어지며 들리는 아우성은 말 그대로 아수라장이었다.

그러나 그렇게 달리던 기차는 이유도 모른 채 대전역에서 세워졌고 호루라기를 불어대며 떠밀려 대전역에 던져지듯 내려진 우리 식구는 더 내려가는 것을 포기하고 그날 밤, 역전광장에 외삼촌이 가마니로 바람벽 삼아 지어준 집(?)에서 자고 당장 살아야 할 집(아버지 친구였는지? 파일럿이 살던 일본식 집)을 잡아, 짐을 옮기고 엄마는 먼저 삼촌을 찾았다. 삼촌은 마침 대전에 근무하고 있었다. 우리 식구는 그 집에서 몇 달간 피난 생활을 하며 지냈다. 어느 날 경찰병인 삼촌이 가져다 뒷방 구석에 숨겨 놓아둔 총을 호기심이 많고 장난기가 심했던 성원이 밤에 가지고 나와 방아쇠를 잡아당긴 사건이 터졌다. 하마터면 한방에서 자고 있던 온 식구가 다 죽을 뻔한 아슬아슬한 순간이었다. 72발 기관총이었는데 성원이 '앗! 뜨거'하고 총을 던진 순간 총알은 천장을 뚫고 나갔고, 눕혀진 총은, 다행히 세 발에 그쳤다. 성원은 그 일로 두 손가락을 심하게 다쳤다. 그렇게 한 손을 싸매어 둘러메고도 삼촌의 총을 몰래 빼어다 다시 시도해보는 성원이었다. 아버진 그때 대구까지 내려가 계시다가 한참 후에 올라오셨다.

10

공평한 체벌이 야속했던 날의
아름다운 교훈

1.4 후퇴 이후 엄마는 서울에 올라가려 했지만, 우리 집은 이미 폭격에 불타 흔적도 없이 사라지고 말았다. 서울 집은 할아버지께서 서울재산정리를 하실 때 수탉 할머니께서 말년에 사셨던 집을 아버지가 상속받으신 오래된 한옥이었다. 아버지는 당신이 졸업하신 재동초등학교 바로 옆인 데다 동네가 조용하니 우리 남매들이 상급학교에 가면 사실려고 두셨던 것 같다. 그 후로 어떻게 되었는지는 나도 잘 모르겠다.

엄마는 오산집이 싫으셨을 것이다. 그때 엄마는 여성동맹 위원장을 지낸 일로 약식이지만 재판을 받으셨다. 엄마는 "세 아이를 살리는 일이라면 그보다 더 한 일이라도 했을 것이다."라고 말씀하셨다고 한다. 재판은 수월하게 끝난 것 같았다. 잘은 모르겠으나 수복 후 아버지께선 그 지방 반공청년단 일을 하셨고 엄마가 원래 크게 나쁜 일은 맡아서 하시지 않아서 쉽게 풀리지 않았나 싶다. 그 후 나는 대전 피난처에서 올라와 오산초등학교 5학년으로 편입해 들어갔다. 그대로 한 해를 월반했으니 5학년 남자 한 반, 여자 한 반 중 제일 어린 나이였다. 그때 오산은 아주 시골이었고 반 아이들은 거의 다 나보다 서너 살 위였으므로 난 키도 작고, 하는 짓도 어렸다. 그래서인지 같은 반 아이들에게까지 귀여움을 받았던 것 같다.

아버지는 조그만 게 2km나 되는 등하굣길을 걸어 다니는 게 안쓰럽다며 교장 선생님 사택에서 먹고 자면서 공부하도록 해주셨다. 교장 선생님께선 이북에서 피난 나오신 분이셨는데 마침 따님이 나와 같은 반이었다. 춘자는 9남매에서 다섯째였는데, 언니가 넷이나 돼서 난 너무 신이 났다. 그 언니들과도 잘 지냈다. 특히 물색없이 성품이 좋았던 셋째 언니와는 더 친했던 것 같다. 그로부터 27년 후, 내가 참 힘들었던 시간에 부산에 살고 계신 넷째 언니 집으로 온 식구가 내려가서 크게 신세를 지고 왔다. 형부께서 우리를 부산 송정해수욕장까지 아침저녁으로 데려다주곤 하셨고 언니의 시어머니께선 우리 도헌이의 수술을 위해 아침마다 기도해 주셨으니 정말 잊을 수가 없이 고마운 분들이다.

증조할아버지의 고향이기도 했던 그곳 시골에서 아직 전쟁 중이었지만 나는 재미있었던 일들이 많았다. 그때 아버지의 뒷심이 꽤 컸던 것 같다. 지금 생각하면 말도 안 되는 일도 많이 있었다. 한번은 미국에서 온 학교 구호물자 중에 한눈에 보아도 아주 많이 탐이 나는 케이스까지도 멋있었던 근사한 하모니카가 있었다. 여름 방학 숙제로 일기를 써오는 것이었는데 5학년 전체에서 일등을 해서 내게 그 하모니카가 돌아왔다. 지금 생각하면 내가 일기를 그렇게 잘 썼을까?

또 나중에 들어서 알게 된 일인데, 같은 반 창수라는 아이가 나에게 잘 보이려고 멀쩡한 이를 한 개 갈아서 금니를 살짝 보이게 해 넣었다고 한다. 공부도 일이 등을 하는 역전 음식점집 외아들이었는데 그 어머닐 얼마나 졸랐을까? 그때 나는 그 친구가 금니를 했었는지조차 몰랐는데 말이다. 난 그때 열한 살 그 애는 열다섯 벌써 사춘기였을까?

한 번은 우리 반 전체가 큰 잘못을 해서 단체로 벌을 받았다. 손바닥을 벌리고 한 줄로 서서 눈을 감고 서 있었다. 저 끝에서부터 선생님이 한 사람씩 회초리로 때리면서 오셨다. 맞는 아이마다 아파 신음 소릴 낸다. 내 차례가 왔을 즈음 겁이 덜컥 난 나는 순간 슬그머니 팔을 내렸다. 그랬더니 회초리 소리가 반대쪽에서 났다. 선생님이 그대로 나를 지나쳐 가신 것이다. 지금 생각해보면 있을 수 없는 일이었다.

5학년 가을 어느 날이었다. 1반 전체가 벌을 받고 있었다. 우린 뭐가 그리도 재미있었는지 문 사이로 서로 다투며 들여다보고 있었다. 그때의 학교는 폭격으로 전소되어서 남아 있는 교실이 없었다. 아마도 수원비행장이 가까워서 폭격이 더 심하지 않았을까 싶다. 임시로 창고에서도, 방앗간에서도, 날씨 좋은 날은 나무 그늘에서도 수업했다. 그날 그 임시 건물의 문은 미닫이가 아니고 안으로 밀치고 들어가는 여닫이문이었는데, 모두 문에 붙어서 안을 들여다보고 있었다. 안에서 벌어지는 벌서고 있는 광경이 너무 재미있었다. 그러다 무게를 이기지 못한 밀치는 문이 갑자기 안으로 넘어졌는데 맨 앞에 있던 나는 당연히 교실 안으로 내던져졌다. 큰 압사 사고가 날 뻔했던 사고였다.

선생님도 놀라셨고 모두 그 교실로 들어가서 교단에서 손을 들고 서 있었다. 거기서 특혜는 없었다. 그런 채로 선생님은 한 시간이 거의 다 되도록 안 오시고, 다른 아이들은 선생님 안 게시니 손을 내리기도 했지만 난 절대 내리지 않았다. 무엇 때문이었을까? 처음 당한 공평한 체벌이 야속했던 모양이다. 나중엔 팔이 완전히 굳은 것 같았다. 한 시간쯤 지난 뒤에 선생님이 오셔서 모두 돌아가라 하시는데도 난 팔을 내리지 않았다. 아니 못 내렸다. 정말 내릴 수가 없었다.

애들이 모두 나가자 선생님이 웃으시며 나에게 팔을 내리라고 하시는데도 팔을 그대로 들고 있었다. 선생님이 나를 달래시며 "주물러 줄까?" 하셨다. 선생님과 함께 우리 집으로 오는데 난 뭐가 서러워서 그렇게 울었는지 모르겠다. 밖은 이미 늦게 드리워진 노을이 구름에 업혀 이미 넘어간 해를 받쳐주는 듯하더니 이내 하늘엔 하나둘 별들이 반짝이며 캄캄해지고 있는 어두운 밤길을 아쉬운 대로 비춰주고 있었다. 그날 밤 서강빈 선생님은 집까지 날 데려다주시면서 오랜 시간 많은 이야길 해주셨다. 앞으로 살아가면서 겪어야 할 어려운 일도 혼자 극복해야 할 험한 일도, 해결해야 할 억울한 일도 많을 것이다. 그것 모두 네가 혼자 감당해낼 네 몫이며 네가 해야 할 일들이다. 난 선생님의 말씀을 들으면서 나의 잘못을 크게 뉘우쳤고 창피해서 더 큰 소리로 울었다.

그때는 고무줄놀이도 참 많이 했다. 남자아이들이 중간에 들어와서 뛰면서 훼방을 노는 바람에 장소를 여러 번 옮겨 다녀야만 했다. 그땐 이 세상에 남자아이들이 없었으면 참 좋겠다는 생각도 했다. 조그만 돌멩이로 공기놀이라는 걸 편 갈라서 했는데 내가 제일 잘하는 놀이었다. 그래서 주로 어느 편도 아닌 깍두기를 자주 했다.

또 둥그렇게 원을 그려놓고 하는 땅따먹기도 많이 했다. 가져갈 수도 없는 학교운동장 땅을 한 뼘이라도 더 차지하려고 왜 그리도 악착같이 했는지 모르겠다. 제기차기는 주로 추울 때 많이 하고 놀았고 눈 내리는 겨울날엔 썰매 타기에 매일 바빴다.

당시 난 웅변대회에도 나갔었다. 앞뒤 대사는 생각이 안 나는데 중간쯤 절정에서 "무엇이~~ 아니고 그 무엇이겠습니까?"를 크게 외치면서 대사에 없는 코밑을 한번 쓰윽 문지르는 제스추어(gesture)를 멋있게(?) 하는 바람에 그 후 한참 동안 놀림을 받은 적도 있었다.

3.1절 기념행사로 연극을 했는데 6학년 1반 담임선생님이신 최창연 선생님은 정말 대사 외우기는 물론 연기연습을 무섭게 많이 시키셨다 그 결과 모두들 연기도 곧잘 하고 내용이 좋다고 해서 무대가 큰 수원극장에 가서도 공연을 했다. 내가 맡은 역이 독립운동가의 딸인 비련의 여자 주인공이었다. 1반 반장이었던 남자 주인공 홍융태는 뒤통수가 납작

해서 별명이 맷돌짝이었고 그 후 나에겐 '맷돌짝 홍융태 딸'이란 닉네임이 오랫동안 학교 졸업 후까지 따라 다녔다. 그때 그 연극은 히트했고, 한참 동안 화제가 되었다.

3.1절 연극 후, 뒷줄 세번 째가 나

5학년 말에는 졸업생 언니들께 보내는 송별사를 애절하게 읽어 선생님과 선배들을 눈물바다로 만들게 한 적도 있었고, 우리 졸업식 땐 고별사로 많은 친구들과 후배들의 심금을 울려보기도 했다. 졸업생 전체를 대표하는 상을 받을 때는 키가 너무 작아서 사과 궤짝 같은 걸 놓고 올라가 받았다. 아마도 그땐 시골 학교에선 조그마하고 귀엽고 용감했던 게 큰 무기가 아니었을까 싶다.

엄마와 돼지엄마가 외출하시면 마루도 반들반들하게 닦아놓고 방 정리도 잘해 놓아서 엄마에게 늘 "우리 혜성이 안 해서 그렇지 하기만 하면 기막히게 잘한다."라는 칭찬을 들었다. 한번은 김치찌개를 끓여서 동생

들과 밥을 먹고 엄마 것도 남겨놓았더니 돼지엄마까지 너무 맛있게 만들었다고 칭찬해 주었다. 사실 엄마가 솜씨 내어 담가놓은 김치와 찬광 소금항아리에 보관해 놓았던 소고기에 집 앞 텃밭의 싱싱한 파까지 넣었으니 맛이 없을 리가 없었다.

엄마는 할아버지들에게 빼앗겼던 첫 딸에 대한 사랑을 뒤늦게야 찾으셔서인지 무엇이나 내가 하면 자랑스러워하시고 인정해 주시는 데 인색하지 않으셨다. 성적표를 가져오면 며칠을 좋아하셨고, 저녁에 책을 읽고 있으면 "축농증 걸리면 어떡하니!" 하시면서 그만 읽고 자라고 성화를 대셨다. 난 엄마한테 공부하라는 잔소릴 한 번도 들은 기억이 없다. 그런데도 난 내 아이들을 칭찬하는데 그리도 인색했으니 내 판단이 잘못된 것이었을까 생각하면 어디 잘못한 게 한 둘이었겠는가 마는 다시 그 시절이 돌아와도 나는 그렇게 엄격하게 다스렸을 수밖에 없었을 것이다.

난 늘 운이 좋았고 학교에서도 집에서도 인정을 받았던 어린 시절을 기쁘고 즐겁고 행복하게 보내고 있었다.

초등학교 졸업기념

11
신이 내린 하숙집 아줌마

　내가 중학교 입학할 때가 마지막 국가고시였다. 500점 만점에 400점 넘는 친구들은 다섯 명 정도였다. 여자 중에서는 중학교 진학을 하는 친구가 다섯 명쯤 되었던 것 같다. 그중 400점을 넘은 남자 반에서 1~2등을 다투던 Y이라는 친구는 신체검사과정에서 음성 나환자로 판정이 나서 안양 나환자촌으로 들어갔다는 소식을 듣고 너무나 마음이 아팠다.

　한 30년이 지난 후에 그쪽으로 의료봉사를 자주 나가는 가정의에게 부탁해서 그 친구 소식을 들었는데 나환자촌 내에서 같은 환자와 결혼을 해서 행복하게 살고 있다고 한다. 또 그 안에서도 선도자 역할을 하고 있다고 하니 역시 머리 있는 친구니까 어디에 가서도 제 할 일을 하고 있구나 하고 안도의 마음을 가진 적이 있다.

중학교

　어쨌건 나는 열심히 공부한

결과대로 국가고시 점수가 잘 나와서 가고 싶었던 S여중에 합격했다. 서울수복이 되었다. 하지만 학교들이 거의 소실되어 서울로 올라갈 수가 없어서 수원 서둔동이라는 곳에 대학교 건물을 빌린 종합학교로 가게 되었다. 종합학교는 각 학교 학생이 다 함께 모여 수업을 했다. 시간마다 선생님이 바뀌어 들어오시고 수업내용에 영어 시간 등이 있었을 뿐 초등학교와 차이가 없었던 것 같다. 학교에 대한 애착 같은 것도 없었을 뿐 아니라 서로 이름도 모르고 또 알려고 하지도 않았다. 지금 생각하면 그냥 나그네끼리 모여서 사는 집 같았다고나 할까?

종합학교는 한 학기를 마치고 해산되었다. 나는 서울로 올라가야 했지만, 우리 서울 집은 완전히 소실되어 흔적도 없으니 딱히 갈 집이 없었다. 종합학교에 다니는 동안도 집에서 기차로 두 정거장 통학하는 것이 불편해서 아버지 친구의 소개로 수원역 근처 고등동에서 하숙을 하고 있었다.

하숙집은 수원에서는 보기 드문 좋은 집이었다. 정원에 정자도 지어져 있고 석탑까지 일본식으로 아름답게 갖춰진 정통 일본식 집이었다. 철도청에 근무하는 C 아저씨는 늘 집을 비우시고 부산 서울을 오가는 기차 내 근무를 하셨던 것 같다. 큰딸의 공부가 늘 걱정이라고 좀 돌봐달라는 것이 아저씨의 부탁이었다.

하숙을 치기보다는 가정교사 중학생을 구하시지 않았었나 싶다. 초등학교 1학년이었던 그 애는 아주 외로워 보였고 공부시간 외에도 내가 학교에서 돌아오면 내 방에 와서 늘 같이 있길 좋아했다. 공부도 같이했다. 나도 그때 학교가 별 재미가 없어서 하교 후 집으로 곧장 왔다. 얼마 지나지 않아 알게 된 일이지만 그 집에는 큰 비밀이 있었다. 혼자 생각으로 살림에 관심이 없다고 여겨왔던 아줌마. 세 아이의 엄마에게 신이 내렸다는 것이다.

겉으로 보기에는 집도 잘 살고 아무 걱정 없을 것 같은 집인데 사정은 달랐다. 얌전하고 멀쩡한 아줌마가 신이 내렸다니 처음 듣는 이야기라 난 반신반의했다. 그 집에선 며칠에 한 번씩 한바탕 분란이 일어났다. 아줌마가 집을 나가면 안 들어오는 것이었다. 아저씨가 며칠 만에 집에 와서는 아줌마가 없으면 남문 뒤 신풍동 쪽 무당(소굴=아저씨표현)집에 가서 아줌마를 붙잡아오곤 했다.

잡혀 온 아줌마는 며칠이고 앓아누워 꼼짝도 안 했다. 어느 날 중학교 1학년짜리 어린 나에게 그 아저씬 심각한 이야길 해 주셨다. 무당집에 가면 아줌마가 시뻘건 옷을 입고 펄쩍펄쩍 뛰고 있다는 것이다. 그런 걸 강제로 집에 데려오면 저렇게 몸이 아프다는 것이다.

그렇다고 해도 저 사람을 저대로 무당을 만들 순 없지 않겠느냐는 것이다. 난 아저씨도 아이들도 불쌍한 생각이 들어 내가 조그만 힘이 된다면 돕겠다고 생각했다. 그러니 아이들은 셋인데 엄마를 따르는 아이도 없고 철이 조금 든 큰딸은 나를 의지하고 싶었을 수밖에 없었을 것이다.

팔달산과 학도호국단장 수양 언니

나의 중학교 시절 살던 곳은 오산과 동탄의 근교에 자리 잡은 마을로 입구에 우리 과수원집이 있었다. 마을 안쪽에 아버지가 지으신 집이 있는 곳은 신작로에서 들어가는 입구만 뚫리고 산이 삥 둘러 병풍처럼 둘러싼 가마니 같이 생겼다 하여 '가마메'라고도 불리는 오산면 부산리(鳥

山面 釜山里)였다.

자그마한 산등성이를 넘어 큰 말(마을)이랑 모두 합쳐봐야 50채 남짓의 초가로 이루어진 정말 말 그대로 평화로운 산간마을이었다. 내가 여학교 교복을 입고 나타나면 아이들은 신기해 졸졸 쫓아다녔고 내 앞에서 직접은 못 하셨지만, 할아버지, 할머니들은 "계집앨 돈 처들여 가며 뭣 하러 공부시키는지 모르겠다."라는 뒷말이 들리기도 하고 눈치를 보내며 수군거리기도 했다.

여자 공부시키는 건 서울 집(우리 집을 동네 사람이 부르던 이름)이니까 할 수 있는 거지 하는 것이었다. 가깝게 지내는 오빠뻘의 아저씨들은 "너 여자가 공부해서 뭐 하려고 그 고생 하고 다니니?" 하는 말을 대놓고 하기가 다반사였다.

그때 아버지께선 수원에서 3년 마치고 고등학교를 본교로 가는 게 어떠냐고 하셨으므로 나도 그렇게 하기로 하고 그곳에 주저앉게 되었다. 나는 나중에 이 일을 크게 후회했다. 좀 고생이 되더라도 그때 서울로 학교를 올라왔어야 하는 건데 하고 말이다. 종합학교는 해산 후 여학생이 거의 다 수원에 있는 S여중으로 들어간 것 같다. 그래서 키순대로 정해진 뒤라 내 번호가 맨 뒤에서 두 번째인 79번이었다.

학교 교실 복도마다 쭉 놓인 신발장엔 자기 번호대로 일렬로 운동화를 벗어 올려놓아야 했다. 제일 큰 아이들과 같은 줄이었던 내 번호에 운동화를 올려놓으려면 키는 작아서 올리기 힘들었지만, 신의 크기는 키 큰 아이들과 똑같았다. 담임선생님께선 번호는 뒷자리지만 책상은 맨 앞자리를 주셨다. 그런데 앞에 앉으니 애로사항이 있었다. 생물 선생님은 말씀하실 때마다 입에서 침이 튀기 일쑤였다. 교단에서 내려와 수업하시는 날은 내 필통 위에 침이 튀어 잔뜩 묻어 있었다.

나는 '사이다'란 별명을 지어드렸다. 그때 생물 선생님께서 발이 큰 사람은 폐가 크다는 말씀을 해주셨는데. 난 아직도 그게 사실로 증명되었다는 말을 들어보지 못했다. 지리 선생님은 황해도 해주에서 피난 오신 곱슬머리 선생님이셨는데 늘 체크 무늬 재킷을 입고 다니셨고 수업 시간마다 고향 자랑을 한 번도 빼놓으신 일이 없었다. 두고 온 고향을 그렇게도 가 보고 싶어 하셨는데 아마도 못 가 보셨겠지….

2학년 때 1반 담임선생님이신 이재철 선생님께선 퇴근하시다 불의의 사고로 돌아가셨다. 그때 우린 얼마나 슬프게 그 선생님을 보내드렸는지 모른다. 학교에서 치러진 장례식에서 어린 두 자매와 미망인을 보면서 얼마나 울었던지. 우린 모금을 해서 사모님에게 영통시장에 수예점을 내어드렸다. 영어 선생님은 2년 반 동안 다섯 번이나 바뀌었던 기억이 있다.

전시라 영어 선생님이 없었던 것 같다. 바짝 마르신 음악 선생님은 만담가 같으셔서 나같이 노래를 못 부르는 학생들도 음악 시간을 기다렸다. 트럭사고가 나는 장면에서도 'Kiss. Kiss'하고 이야기하시는데 너무 재미있었다. 가사 선생님은 서울분이셨는데 아주 날씬하고 멋쟁이셨다. 가끔 외국영화 이야길 해 주셔서 우린 모두가 좋아했다. 그때 엘리자베스 테일러가 주연한 '푸른 화원(Little Women, 1949년 작. 작은 아씨들)'을 서울에서 관람하고 오셔서 실감 나게 이야기해주셨는데 얼마나 재미있게 들었는지 모른다. 몇 년 후 직접 보니까 얘기로 들은 것보다 그저 그랬다. 리즈테일러가 코를 높이려고 핀셋을 코에 꽂고 있는 장면은 인상적이었다.

어느 날부터인가 우리 교실의 내 책상 쪽을 기웃거리는 고3 언니들이 눈에 들어왔다. 그리고 며칠 후 학도호국단실에서 선배 언니가 날 부른다는 말을 들었다. 그때 규율부 고2 언니들보다 더 무서운 선배가 학도호국단이었으므로 난 몹시 졸아 있었다. 오라는 점심시간에 맞춰서 갔다. 평소에도 학도호국단 언니들은 아주 멋졌다. 공부도 잘한다고 들었고 가죽 혁대를 허리에 딱 매고, 교기 등을 번쩍 들고 교내와 시내 행진을 할 땐 얼마나 멋있어 보였던지!

엄하고 딱딱해서 무섭게만 보였던 그 호국단장 언니가 의외로 자상한 얼굴로 물었다. "네가 문○○냐?" "네!" 하고 대답했더니, "그래? 너 언니 있어?" 하면서 형제, 가족 사항을 물었다. 그러더니 이어 "너 나하고 수양 자매 안 할래?" 하는 것이었다. 나는 놀라기도 했지만 내심 너무 좋았다. 이 언니가 웬일로 나랑 수양 자매를 하려나? 하면서 망설이는 척했지만 "네!" 하고 지체없이 대답하면서 곧 부모님의 승낙을 받도록 하겠다고 말했다.

학도호국단 단장 언니 이름은 진형이었다. 입학식도 지나고 한차례 자매 맺는 일들이 이미 끝나서 그 언니는 포기하고 있었다는 것이다. 그런데 며칠 전 친한 친구가 '1학년 1반에 네가 좋아할 타입의 너와 똑 닮은 조그마한 아이가 있더라.'라는 이야길 해주었다고 한다.

그래서 몇 번이나 우리 반을 기웃거리며 보았다는 것이다. 진형 언니와 난 그렇게 자매가 되었고, 3대 독자 아버지의 외동딸인 언니는 여동생이 생기고 언니라면 팔촌 언니도 없는 나에게는 친절하고 상냥한 언니이면서 학교 내에선 아주 든든한 백이 생긴 것이다.

학교 선배라는 존재는 참 이상하다. 지금도 선배에겐 한 살 위라도 언니 소리가 술술 나오니 말이다. 며칠 후, 언니는 나를 자기 집에 데리고 갔다. 집은 전형적인 한옥이었다. 정말 내 마음에 꼭 들게 얌전하게 차려 놓은 집이었고 언니의 격에 맞는 집이었다. 아버지께선 고등학교 교장 선생님이셨는데 작년에 병으로 돌아가시고, 고등학교 교사이신 어머니와 가정부 그렇게 단출한 세 식구였다. 늦게 결혼한 어머니께서 결혼 10년 만에 얻은 언니는 집에선 아주 귀한 딸이었다. 어머니는 물론 가정부 할머니까지 날 무척 환대해 주었다. 언닌 작년부터 마음에 맞는 후배를 찾아보았으나 마땅한 동생 감을 못 골라 이젠 고3이라 아예 포기하고 있었다고 하며 너무 좋아했다.

이렇게 해서 나는 대선배를 언니로 맞아 그 한해를 얼마나 아주 기분 좋고 행복하고 즐겁게 보냈는지 모른다. 친구들이 모두 부러워하는 일이 많았다. 한번은 남학생들한테서 온 편지들을 받은 친구들 몇 명이 반성문을 쓰는 일이 있을 때 언니가 나를 빼주었다. 언니는 고3이라 대학 준비도 해야 했는데 가끔 집으로 날 데리고 가서 밥이랑 여러 가지를 대접해 주었다. 그때 가정부 할머닌 언니의 어머니께서 시집오실 때 친정에서 같이 온 분이셨는데 음식을 아주 맛있게 잘 만드셨다. 잡채며 편육, 갖가지 전, 조기구이, 새우젓달걀찜, 장조림 등을 해 주셨다.

어느 날인가 언니가 이번 토요일은 꼭 시간을 비워놓으라고 했다. 하지만 그 지난주 토요일도 시험공부 때문에 집에 가지 못한 나는 작은 남동생 성준의 만화책도 사놓고 해서 꼭 가려고 마음먹었지만, 언니의 말을 거절할 수 없었다. 할 수 없이 집에 가는 걸 포기하고 언니 집으로 가서 가족들과 함께 언니의 생일을 축하해주었다. 그날 처음으로 'Happy Birthday'를 영어로 부르며 가사도 적어 왔었다. 내년 언니 생일엔 내가 크게 불러주겠다고 하면서…. 언니가 생일이란 말을 안 해서 빈손으로 간 게 좀 부끄러웠는데 나중에 엄마가 손수 수놓은 예쁜 수저 집을 선물하라고 주셔서 내 체면이 섰다. 언니 엄마가 우리 엄마의 수놓은 솜씨도 칭찬해 주시며 너무 좋아하셔서 난 으쓱댈 수가 있었다.

그런데 그날 그렇게 집에 안 간 것이 얼마나 천만다행이었는지 모른다. 그날 통학 열차에 대형사고가 난 것이다. 오산역 앞 2km 전방 후미길 건널목에서 생선을 실은 트럭과 달리는 열차가 크게 충돌했는데 그 칸이 바로 여학생 칸이었다. 여학생들 몇 명이 사망했다. 생선과 범벅된 여학생들의 사고 상황이 신문에 크게 보도가 되었다. 그러니 불행 중 다행이랄까? 그렇게 그날도 언니는 언니 생일파티로 나를 위험한 곳에 안 가도록 해주었다.

진형 언니는 서울에 있는 Y대 가정과에 합격했고 딸만 서울에 보낼 수 없다는 어머니 역시 서울시립대 교수로 가시면서 언니 집 모두 서울로 이사를 했다. 언니와 헤어지던 날은 일요일이었고 내가 언니 집에 도착했을 때는 이미 트럭에 낯익은 짐들이 올라가 실려 있었다. 예정보다 좀 이르게 차가 막 떠나려는 시간이었다. 언니와 나는 아주 못 볼 사람들처럼 서로 부둥켜안고 얼마나 울었는지 모른다. 트럭 운전사의 재촉이 없었으면 더 많은 이별의 시간이 걸렸을 것이다. 그날이 마지막이 될 예감이라도 있었는지 우린 그렇게 울면서 아쉽고 서운하게 손을 놓으며 헤어졌다. 진형 언니! 나의 언니에 대한 가슴 아픈 이야긴 나중에 한 번 더 써야 할 것 같다.

보통 집에 갈 때는 서울서 천안까지 가는 완행 통학 열차를 탔다. 일찍 가고 싶을 때는 한 2km를 걸어서 매교동 네거리까지 가곤 했다. 보통은 선배 언니들과 같이 걸어갔다. 사거리에서 교통정리를 하는 순경 아저씨한테 부탁하는 것은 언제나 내 몫이었다.

"아저씨! 트럭 좀 세워주세요!" 하면 아주 큰 트럭을 세워주시곤 하셨는데, 나는 키가 작아서 언니들이 먼저 타고 위에서 잡아주어야 올라탈 수가 있었다. 그렇게 트럭을 잡아서 타고 가면 운 좋을 땐 세 시간은 집에 일찍 도착했다. 기분 좋은 주말이었다.

엄마가 주시는 용돈을 쓰지 않고 모았다가 동생들 소꿉놀이와 만화책을 사다 주었다. 그래서인지 동생들은 토요일을 많이 기다렸다. 특히 작은 남동생 성준은 유난히 큰누나를 따랐고. 말을 잘 못 해서 수원을 '수건'이라고 하곤 했다. 그렇게 수건에 가서 공부하는 나를 기다려 주는 동생들이 있어서 나 또한 토요일이 기다려졌다.

그때는 기차 통학생이 참 많았다. 천안에서 서울까지 다니는 통학 열차는 겨울엔 수원역에 아침 깜깜할 때 도착했다. 그래서 학교에서 숙직실을 내주어 등교 시간까지 공부하게 했다. 그래서인지 통학생들은 거의 다 공부를 잘했다. 학교에선 통학생들에게 많은 배려를 해주었다.

그때는 또 수원과 인천을 오가는 '수인선'이라는 기차와 수원과 여주를 오가는 '수여선'이라는 작은 레일로 가는 기차가 있었다. 수인선 여학생 칸에서 우리 반 친구의 불행한 사고가 있었다. 송자라는 친구였다. 그다지 까불거나 하는 친구는 아니었는데 왜 그런 일을 당했는지. 기차가 굴다리를 지날 때 친구끼리 장난을 좀 쳤던가 보다. 여름이라 기차 문이 열려있어서 기차 밖으로 떨어지는 사고를 당하고 말았다. 옷이 걸려서 한참을 끌려가다 목숨은 구했지만, 그 친구는 다리 하나를 절단해야 했다.

그때 수원의 팔달산은 원형 그대로 잘 보존된 예쁘고 참 잘생긴 야산이었다. 올라가서 공부도 하고 잠도 자고 놀기도 했다. 비가 온 뒤면 맑은 물에 머리를 감기도 하고 뒤쪽으로 가서 빨래도 했다. 겨울에 집에 가지 않는 토요일엔 매산로에 있는 목욕탕엘 다녔는데 돌아오는 길에는 머리에 고드름이 주렁주렁 달려있어도 추운 걸 몰랐다.

하숙집에서 일하시는 아주머니는 '생길 엄마'라고 불렀다. 처음엔 아이 이름이 '생길'인가보다 했는데 아이가 없어서 아이 생기라고 젊었을 때 붙여진 이름이라고 한다. 그런데 끝내 아인 안 생기더라고 했다. 그 아줌마가 세 들어 사는 집이 바로 옆집이었고, 주인 무궁화 할아버지께서 어느 날 금관조복을 입으시고 사당에 절하시는 걸 보려고 구경 간 적도 있다. 그때 수원은 역에서 남문까지도 걸어서 다니던 작은 도시였다. 동네 아는 집에 서로 마실 다니던 그 시절이 너무 그립다. 지금의 동수원인 원천으로 소풍 가서 김밥이랑 삶은 달걀을 특식으로 먹었을 때였으니까.

12

논두렁에 찢어버린
대학합격증

고등학교는 본교 S여고로 원서를 냈다. 하지만 면접이 끝난 후에 날아 온 공지는 이랬다. 본교생이라도 일단 타교에서 오는 것이므로 기부금을 내야 한다는 것이다. 아버지께선 몹시 화가 나셨다. 엄마와 나 우리 모두 그렇게 아버지의 처분만 기다리고 있었다. 다음날 퇴근하신 아버지는 공립학교인 창덕으로 가는 것이 좋을 것 같다고 말씀하셨다. 난 안 가겠다고 우기며 S여고를 고집했다. 아버지께선 다시 생각해보자고 하셨고 우린 또 그렇게 이삼일을 기다렸다. 결국, 난 엄마가 '제3고녀'라고 부르던 창덕으로 진학하게 되었다. 불만이었지만 어쩔 수 없었다. 원서교부 후 시험이 있었고, 이어 조기홍 교장 선생님의 면접이 있었다. 왜 그 많은 학교 중에서 이 학교에 오게 되었느냐고 질문하셨다.

"여성을 위한 여성을 완성시키는 교육을 받기 위해서 이 학교를 선택했다."라고 말씀드렸다.

난 미리 준비하지도 않았는데 어떻게 그런 대답을 했는지 정말 모르겠다. 한데 그 말은 조 교장 선생님이 가장 좋아하시는 말이었다. 일찍이 생활관 운영으로 여성의 생활교육을 철저히 하는 것을 목표로 하는 선생님의 취지가 반영된 답변이었다.

대부분 학생이 다른 학교에선 상상할 수 없을 만큼 교장 선생님을 모두 존경했다. 그런 교장 선생님 이하 이태현 선생님, 기린 박충범, 청개구리 이웅복, 햇병아리 김기석, 메께비 이재희, 땅꼬마 김덕양, 소다빵 이평우, 공민 김영기 선생님 등 협조하에 일사불란하게 완숙한 여성 교육을 목표로 하는 한마디로 천생 여자를 양성시키는 학교였다.

점점 학교에 애착이 생겼다. 조기홍 교장 선생님은 문교부 기생이란 별명에 어울리는 품위 있는 미모와 교양을 겸비한 분이셨다. 그 하이힐 소리까지 우아해서 강당 조회시간 전에 몹시 시끄럽다가도, 교장 선생님의 또각또각 구두 소리가 복도 저 멀리서 들리면 물을 끼얹은 듯 조용해졌다. 어느 땐가 교장 선생님의 어머니께서 돌아가시고 처음 출근하셨을 때, 우리 학생들은 교장 선생님을 복도에서 마주치면 "상사 말씀 드릴 말씀 없습니다."하고 인사를 했다. 그 어려운 인사를 그때 벌써 했으니 그분을 존경하는 한편, 참 조심스럽고 어려웠었다는 생각이 든다.

조 선생님의 훈시 중 나를 포함한 졸업생 모두가 깊이 새겼던 말씀은 내 딸에게까지 이르게 되었다. "여자란 언제 어느 때, 사고로 인해 남이 볼 때를 대비해 속옷까지 항상 정결하고 깨끗해야 한다."고 하신 평범한 말이다. 언젠가 딸아이가 내 구멍 난 팬티를 보더니 "엄만 왜 그 옷을 빨리 안 버리지? 교장 선생님께 혼나려고 그래?" 했던 기억이 난다. 우리 모두가 그토록 좋아하고 존경했던 조기홍 교장님은 성신여대 총장을 지내시고 딸이 살고 있는 LA에서 말년을 보내셨는데 나가시면 집을 못 찾아오셔서, 방송까지 했다는 이야기를 들으며 인생의 무상함(人生無常隔世之感)을 느끼곤 했다.

고등학교 시절은 그렇게 즐겁고 재미나게 지나가고 있었다. 청개구리, 말대가리, 기린, 소다빵! 하며 선생님들 별명으로 노래를 지어 부르기도 했다. 미술 윤중식 선생님은 지금 생각해도 너무 고맙다. 하루는 미술 시간에 내 얼굴을 빤히 쳐다보시더니 "너 미대 안 갈래?" 하셨다. 그 후부터는 계속 관심을 주셨다. 그전까지 나는 그림 실력은 빵점이라고 생각했었는데, 소질이 있었나 보다. 그때 미술 점수도 잘 받았다. 선생님은 이북에서 피난 내려오셔서 홀로 아들 하나를 데리고 사셨다.

사십여 년 후, 윤 선생님 전시회 때 화분을 사 들고 미술전에 갔었다. 그런데 그곳에서 내 대학교 친구 최순희가 화분을 받고 있었다. 그리곤 선생님께 소개하는 것이 아닌가? 다름 아니라 그때의 그 아들이 순희 시누이 남편이라고 했다. 신기한 우연은 이렇게 자주 일어난다.

선생님은 내가 동창회장 할 때 오셔서 일인극도 재미있게 보여주시더니 100세까지 사시다 가셨다. 인재 발굴 잘하시던 선생님 말씀을 믿어서 듣고 그때 미대를 갔더라면 지금 난 어떻게 살고 있을까? 혹시 가끔 개인전도 개최하는 유명한 추상파 화가가 되어있진 않았을까? 우리 동기 중 미대 간 친구가 대여섯은 족히 되었고 미대 교수가 둘이나 있다.

고등학교

우린 공립학교 고2 고3 학생들과 바인 클럽을 만들어 함께 영어 공부도 하며 수많은 추억거리를 쌓았다. 바인 클럽의 회장이 지금 나와 함께 있는 안 대사다. 창덕 모임인 물망초에선 공부하는 시간을 쪼개어 장래 우리 인생에 대해서 심각하게 토론도 하며 떠들고 웃고 또 웃었다. 가랑잎만 굴러가도 웃는다는 게 고교 시절 아니겠는가? 지금 생각하면 아름다운 꿈길에서, 반짝이는 꿈을 꿈같이 꿈꾸던, 사랑의 꿈 희망의 꿈이 가득 찼던 꿈의 시절이었다.

그때의 즐거운 추억은 수없이 많다. 육군사관학교에서 사관을 하시다 오신 박상천 선생님은 '핸섬한 삶은 돼지'라 불렸고, 뚝섬에 가서 심재철 선생님께 수영을 배웠는데 그때 내 수영복은 재봉시간 김경인 선생님 시간에 만들었던 내 작품이었다. 선생님이 두 다리를 잡고 가르쳐 주는 게 싫어서 수영 배우길 포기 한 일은 나중에 나이 들어 힘들게 배우면서 후회하기도 했다. 그때 배워둘걸! 하고.

지금은 동대문역사문화공원이 된 서울운동장에서 했던 매스게임(mass game) 때의 힘들었던 연습. 광릉으로 소풍 가서 크낙새를 꼭 보고 와야 한다고 헤매고 다니던 일. 지금은 멀리 돌아가 있는 미영이가 사진에 제 가슴이 크게 나왔다고 사진을 동그랗게 구멍을 뚫어 오려 가지고 온 일. 역시! 잊지 못할 많은 추억이 깃들어 고여 있는 고교 시절이다.

경주 수학여행도 빼놓을 수 없다. 중앙선을 타고 있으면 낙후된 석탄 기관차 안에선 2,000m의 치악산 똬리굴을 지나고 나면 콧구멍이 새카매진 서로 서로의 얼굴을 쳐다보며 얼마나 웃어댔는지! 또 돌아올 땐 청주가 집인 친구가 치악산역 산간에서 내리는 걸 손 흔들어주며 산속 시골집을 가진 춘강이 부러웠던 일도 있었다. 생전 처음 친구들과 어울렸던 안동여관에서의 즐거운 하룻밤의 소란들! 어찌 몇 분의 선생님들 감시가 소용이 있었겠는가.

밤새 웃고 떠들고 밤을 그대로 보낸 채 컴컴한 새벽 5시 석굴암을 걸어 올라가려 어깨를 옹크리며 세운 구령조정, 그 와중에 내 운동화만 없어졌던 기막힌 사건도 있었다. 물론 이 큰 발에 맞는 신은 있을 리 없었고. 그렇다고 포기할 나는 더욱 아니었다. 길 건너 할아버지한테 달려가 얻어온 짚신도 싸이즈가 있다는 걸 처음 알았고. 100미

고등학교 물망초

터도 못가 작살 나버린 브라운 짚 단화! 그때 붙은 내 닉네임이 '아이아이'였다. 아프리카 마다카스카르에 사는 이 원숭이는 야행성으로 어둠 속에서 나무 위를 유령처럼 이동한다고 한다. 왜 그때 누가 먼저 내게 그런 닉네임을 붙였었는지는 잘 모르겠으나 그날 그 시간에 기막히게 적절한 이름이었다.

어쨌건 수학여행을 다녀와서 재미있고 행복했던 기억의 후유증은 또 얼마나 오래 갔던지! 또 현영이가 비 오는 날, 혜미 네 수세식 변기에 올라가 일을 봤다가 흙 닦느라 못 나왔던 일. 그 이야기를 30년 후 뉴욕에서 온 혜미와 호텔에 모인 친구 여럿이 모여 하면서 하도 크게 웃어대어 롯데호텔 경비에게 주의까지 들어야 했다.

우린 충정로 아현동 한옥에서 살았고, 그때 우리 집에 놀러 왔던 몇몇 친구들은 하나같이 우리 엄마를 '처녀 엄마'라고 했다. 그 복잡하셨던 속에서도 우리 엄마는 여전히 젊고 예쁘셨다

그렇게 돌아올 수 없는 시간은 훌쩍훌쩍 지나가고 있었다. 1957년부터 아버지께선 엄마 고모부와의 사업계획에 푹 빠져 계셨다. 사업자금을 만드시느라 동탄, 오산 등의 있는 땅을 하나하나 팔아 올리셨다. 엄마는 반대하시다가 아버지의 일방적인 고집이 안 꺾이시니 마지막엔 목숨까지 담보해서 막으려 하셨지만 역부족이셨다.

그때부터 우리 집의 평화가 깨지고 서서히 먹구름이 되어 검은 이동을 하고 있었다고 할 수 있다. 하지만 엄마가 아버지와 고통스러운 나날을 보내고 계시는 동안 난 아무것도 몰랐다. 한번은 학교에서 돌아와 집을 들어서는데 이모와 엄마가 안방에서 하는 이야기를 우연히 듣게 되었다.

아버지의 이야기가 막 끝난 듯 이모가 홧김에 "딸도 그렇게 공주처럼 키워서 어떡하느냐?"고 했다. 정말 우리 엄마는 내게 하다못해 숭늉 떠오는 심부름조차 시키지 않으셨다. 엄만 웃기만 하시다가 "우리 혜성인 막내며느리로 시집보낼 거야! 머리가 있으면 사람을 부릴 줄 알게 될 테니 걱정마라."고 하셨다. 그러자 이미 화가 나 있던 이모는 부리는 것도 할 줄 알아야 한다며 두 분은 평소와 달리 별일 아닌 일로 언성을 높이고 계셨고 나도 못 들은 척했지만 불안한 예감이….

하루는 엄마가 나를 조용히 부르시더니 심각하신 어조로 말씀하셨다. 엄마는 나를 어떠한 일이 있어도 일하는 여자, 전문여성으로 키우고 싶다고 하셨다. 그 당시에 여자아이를 전문인으로 키우고 싶다는 엄마의 발상은 대단한 것이었다. 지금은 전문인이란 말을 많이 알고 전문인이 많은 세상이 되었지만, 그때는 그런 단어조차도 정말 생소한 때였다. 그런 데다 더욱이 여자한테는 더욱더 요원했었다. 여자를 중학교 보내는 것도 어려운 시기였으니 말이다. 그러나 그때 엄마는 이미 모든 각오가

되어있으셨다.

고등학교 3학년 2학기 개학을 하고 두 달쯤 지난 무렵이었다. 진학해야 하는 친구들은 어느 대학 무슨 과를 선택하느냐의 문제로 심각했다. 그런데 그때 우리 집은 그야말로 난리가 났다. 무진회사(신탁은행 전신)에서 우리 집을 압류하는 사건이 일어난 것이다. 너무 놀라고 무서워서 모두들 울고만 있었다. 3일 후 엄마는 나에게 이 일은 아버지와 엄마가 처리할 테니 넌 박충범 선생님과 의논하여 대학갈 준비만을 계속하라고 하셨다. 난 엄마 말씀대로 바보처럼 진학 준비만 하면서도. 어떻게 될지 모르는 내 앞날이 불안하여 가까운 친구에게까지도 집안 이야기 대학 이야기를 도통 의논하지 않고 비밀로 진행하고 있었다.

아마 나는 그때부터 나만의 비밀을 나 혼자만 알고 처리하는 버릇이 생긴 것 같다. 그리곤 그 당시 아버지 친구이시기도 했고 3학년 주임이셨던 박충범 선생님께만 상담을 받았다. 원서를 내고 시험을 치고 합격을 하고 이 모두를 오직 선생님과 의논을 했고 모두가 잘 안 될 경우를 가정해서 내 자존심을 세워주셨던 선생님은 언제나 조용히 내 편에 계셨다. 고향이 이북이셨던 박 선생님은 성격이 아주 차가우신 냉철한 분이셨지만 진정으로 나를 사랑해주시고 끝까지 인정해 주신 분이다. 선생님은 무슨 일이든 내 입장에 서서 도와주셨다. 2012년 돌아가실 때까지 57년 반세기 이상을 들어내 놓지 않고 상담해 주시고 나를 믿어주시며 내 마음을 읽어주시던 고마우신 선생님이시다. 몇 년씩 연락을 못하다가 만나뵈도 그간의 모든 사정을 이해하셨던 선생님. 난 죽어도 선생님을 잊지 못한다.

후에 알고 보니 엄마는 원서를 살 돈도 없어서 시집올 때 가지고 왔던

모시 치마저고리 감을 파셨다고 한다. 고등학교를 졸업하던 날의 단출함
도 나를 외롭고 슬프게 했다. 그때 아버지께선 사업수습 등 연속된 사고
로 인해 못 오시고 중학생인 남동생과 엄마만 왔다. 엄마의 얼굴은 비장
했지만, 그 모든 것을 감추고 계신듯했다. 나는 아무 일도 없었던 듯 평온
하게 고등학교를 마치며 조용히 대학진학을 준비하고 있었다.

충정로에서 이사 나오던 날, 엄마와 난 "이제부터 시작!"이라고 손가락
을 걸며 외쳤다. 그러고 나서 난 모든 친구와 연락을 끊었다. 엄마는 전세 계약서를 담보로 나도 모르게 무언가 시작하기로 준비하신 것이다. 답십리 벌판에 들어선 신 주택가 동회 앞집에 생활용품 가게를 열기로….

진열장을 짜서 들여와 정돈해 놓고는 진열장도 가게도 너무 큰 것 같아 채워질 물건들을 사 들여오는 걸 염려한 것은 모두 초보들의 우려였다. 물건들은 여기저기 도매상에서

졸업식날. 좌측부터 나 엄마 영순

와서 채워주고 다음 날 새벽에 또 들어오고 자꾸자꾸 자전거로 다른 물
건이 배달되어왔다. 정신없이 바쁜 나날이었다. 정리·정돈도 하면서 가
격도 정하고 계산조차 서툴렀던 장사라고는 처음인 가게주인들은 손님
이 들어오면 손님을 맞고. 인사말 하는 것 조차도 어색해하며 그렇게 엄
마와 나 둘은 모두 시행착오를 수도 없이 겪으면서 쌀렘, 낙타. 쿨 등의
담배 이름 술 이름까지 겨우 파악해 차츰 자신이 생겨갈 즈음이었다.

가게를 연 지 이십 일 그 밤 엄마가 갑자기 서울대학병원 응급실로 실려 가시며 입원하셨다. 그간 너무 피곤하셨구나! 내 짐작도 잠시. 유산 후유증이라니 금시초문이었다. 다 큰딸에게도 사실을 숨기시고 당신의 건강만 믿고 너무 무리하신 것이었다. 그로부터 두 달 의료진과 환자인 엄마의 피나는 노력에도 병은 점점 악화되어 가고 있었다. 병은 폐렴에서 폐농으로 진행되었다. 폐농이 안 잡히니 엄만 시설이 좋다는 메디컬 쎈터로 옮기셨고, 그쪽에서도 최선을 다했겠지만, 엄만 보름 후 영원히 못 돌아올 길로 가시고 말았다.

눈 깜짝할 사이, 며칠 사이, 아니, 두 달여 사이 일어난 이 기막힌 현실 앞에 나는 어찌할 바를 모른 채 그저 멍하니 끌려다니다 나는 내 정신도 함께 엄마를 산에 두고 온다. 집에서 기다리고 있는 통지서 'Y대학교 가정대학 합격' 난 누구와도 의논할 수 없는, 이걸 찢어 없애기까지 몇 번이나 읽었을까? 그리고 그 종이가 낡아 닳도록 보고 또 보고 생각하고 또 했다. '보류하자!' 결정하고 나니 기가 막히고 너무 엄청난 이 불행을 의논할 염치가 없어 박 선생님과도 연락을 못 했다.

그때부터 내가 Y대 경영대학원에 등록하기까지 30년 동안, 난 Y대학에 간 일도 없었고 그 학교에 다니는 친구들도 만나지 않았다. 그렇게 커다란 시련의 막은 서서히 오르고 있었다.

3장
나에게
끝없는 사랑만을 주셨던 분들

사십 년도 못 채운 짧은 생을 살다 홀연히 훌쩍 세상에서 떠나버리신 우리 엄마! 난 엄마 딸로 태어나서 얼마나 행복했는지 모른다. 엄만 나의 전부였고, 나를 위해선 뭐든 하셨던 엄마는 열아홉 살이나 먹은 딸에게 유산 사실도 숨기시며, 생리대까지 빨아주셨던 분. 우리 다섯을 위해 자신의 인생을 살다가신 우리 엄마는 얼굴만 예쁜 게 아니고 마음씨까지 천사 같았다. 엄마는 그렇게 짧게 살다 떠나시려고 그리 모습도 아름답고 마음씨도 순결하고 곱고 선량하게 태어나시었나 보다.

13

얼마나 더 살면
엄마를 잊을 수 있을까?

지고지선(至高至善)의 사랑, 울 엄마

엄마! 울 엄마! 사십 년도 못 채운 짧은 생을 살다 홀연히 훌쩍 세상에서 떠나버리신 우리 엄마! 난 엄마 딸로 태어나서 얼마나 행복했는지 모른다. 엄만 나의 전부였고, 나를 위해선 뭐든 하셨던 엄마는 열아홉 살이나 먹은 딸에게 유산 사실도 숨기시며, 생리대까지 빨아주셨던 분, 우리 다섯을 위해 자신의 인생을 살다가신 우리 엄마는 얼굴만 예쁜 게 아니고 마음씨까지 천사 같았다. 엄마는 그렇게 짧게 살다 떠나시려고 그리 모습도 아름답고 마음씨도 순결하고 곱고 선량하게 태어나시었나 보다.

현모양처란 말만으론 부족했던 엄마는 다섯 살 아래인 시동생을 전실 자식 아니냐는 소리를 들어가며 친가를 데리고 다니시고 시골 동네를 헤집어 놓고 수없이 벌려놓았던 못된 장난도 수용한 분이다. 꽃 같은 나이에 남몰래 겪으셨던 시집살이. 29세의 젊은 엄마가 자식 셋을 품에 끼고 시체까지 뒤적이며 이겨낸 6.25 전시에는 갖은 고초를 당하면서도 세 자식을 지켜내시려 안 하신 일 없이 겪으셨던 무수한 고생들.

아버지의 사업을 온몸으로 막으시며 마지막까지 어떻게든 살아보려고 애만 쓰시다가 허무하고 원통하게 세상을 버리신 가련한 분. 정성을 다해 기르신 자식 다섯의 효도 한 번 못 받아보시고 억울하게 돌아가신 엄마. 이 미숙한 글솜씨로는 모두는커녕 일부도 담을 수도 표현할 수도 없는 불쌍한 우리 엄마.

내가 아끼던 것도 필요한 사람에게라면 모두 건넬 줄 아셨고. 그래서 뭐든 남에게 주는 데 인색함이 없이 내어주셨고, 욕심이라곤 찾아볼 수 없던 그런 분이셨다. 내 앞엣것보다 남의 것이 더 크고 많아야 마음이 편했던 그런 여인. 부자로 살아 사람을 많이 거느리고 살 때도 거만하거나 오만하지 않고 겸손하여 아랫사람을 배려하고 언제나 인정을 베풀 줄 아는 분이셨던 우리 엄마는 반드시 좋은 곳에 가 계실 것이다.

요리도 잘하시고 동양자수도 뛰어나게 놓으시며 바느질 솜씨도 빠지지 않으셨던 엄마. 새로 지어 우리에게 입혔던 옷. 간단복(지금의 원피스)은 모두 히트했고, 동네 아이들 사진 찍을 때마다 등장했던 모델용 옷들도 모두 엄마의 솜씨였다.

그러나 우리 엄만 냉정한 면도 있으시고 맺고 끊는 것 또한 분명하게 확실한 분이셨다

개성사람 아니냐는 인상을 풍기셨던 엄만 누구와의 많은 거래도 없으셨는데 망해서 피난하다시피 청량리 밖으로 이사하는 엄마에게 전세계약서 40만 원 종이 한 장 받아놓으시고 장사밑천 하라고 100만 원을 선뜻 건네주셨던 서대문 아줌마. 모든 보증을 자처하고 나서주셨던 충정로 아줌마, 엄마 가신 후까지 얼마나 많은 시간을 너그러이 기다려 주셨는지, 그땐 황망하여 간단히 드렸던 인사, 늦었지만 엄마 대신 깊이 감사드립니다.

한이 많아 눈이나 감으셨을까?

아이들이라면 껌뻑하시면서 무조건 용서하시고 버릇없이 구는 것까지도 예뻐하시던 아버지와는 대조적으로 작은 잘못도 그냥 지나치시질 않으시던 엄마는 아버지의 우유부단함에도 냉철하고 침착하게 대처하시며 우리 오 남매에겐 체벌로라도 다스리시고 지엄하게 가르치시던 분이셨다.

그렇게 자기 몸과 같이 애지중지 사랑하시며 정성으로 기르신 당신의 다섯 어린 자식을 누구에게도 맡기지 못하신 채 눈도 제대로 못 감으셨을 울 엄마. 그날 엄마 혼자 누워계시던 어둠 깔린 중환자실에서 엄마 딸이 엄마한테 마지막 건넸던 말 엄마는 잊지 않으셨죠? 기억하시지요?

"엄마? 나 오늘 홍릉에 가서 이불 빨았어! 얼마나 추웠는지 몰라!"

"그래? 우리 딸이 이불 빨래를 다 했어? 추운데 참! 고생했네! 우리 혜성이 손 좀 만져보자"

난 아침에 엄마가 깨어나서서 할 말까지 예상하고, 그날 밤 참을 수 없이 피곤해서 엄마의 따스한 가슴에 얼굴을 묻고 앉아서 잠들었었는데. 잠깐 잔 것 같았는데. 너무 조용해서 깨어보니 엄마 숨소리가 안 들리는 것이었다. "엄마! 아! 난 그때만 생각하면 내 가슴을 마-악 두드리고 치면서 울곤 해요. 엄마한테 정말 미안하구. 죄송하고. 엄마의 마지막 숨소리도 못 듣고 잠들었던, 열아홉 살이나 먹은 철부지 딸을 엄마도 용서하지 마시라고요. 나는 도저히 꾸짖음도 벌 받을 자격도 없어요. 정말 사랑하는 엄마의 임종도 못 지킨, 딸도 아니고 딸이랄 수도 없어요." 자신의 목숨보다 딸을 소중히 여기셨던 어머니의 마지막도 놓쳐버린 나 자신을 아무리 자책한들 무슨 소용이 있을까.

서울대병원에서 옮겨가신 지 보름, 북구 스칸디나비아 메디칼센타의 의료시설을 믿고 난 엄마가 곧 좋아지시리라 믿었다. 모든 장기를 기증하시고 쓸쓸히 떠나신 울 엄마. 난 별의별 생각을 다 한다. 그때 우리 집에 막내 미남이 하나 있었다. 진기(珍基)라고. 너무 잘 생겼었는데 혜원이 아우를 본 사내아이. 그 아이가 돌 안에 홍역을 앓다가 죽지만 않았던들 엄마가 그렇게 가긍하게 돌아가시진 않으셨을 텐데. 우린 모두 세 살 터울이었으니까….

엄마가 가신 후 내 꿈에 몇 번인가 나타나셨던 엄마는 꿈속에선 통 말씀이 없으셨고 무언가 짐을 들고 조용히 걸어가기만 하셨다. 나는 꿈에서 엄마와 함께 걷다가 잠에서 깼다. 그때마다 난 몹시 심한 몸살을 앓는다. 나는 엄마가 나를 나무라시는구나 싶었다. 그러나 그것도 몇 차례. 그 후에 기다리고 기다려도 엄마는 한 번도 모습을 보여주시지 않으셨다. 많이 아파도 좋으니 그렇게 꿈속에서라도 뵐 수 있으면 좋겠는데 그 후 몇십 년이 지나도 단 한 번 엄만 나에게 오시지 않으셨다.

그 당시 시골에선 초등학교 보내는 것도 대단했던 시절. 초등학교 교육이 전부였지만 그래도 너무나 현명했던 엄마였는데. 이 모든 일련의 사태를 전적으로 아버지 때문이라고 생각했던 나. 그런데 철이 나고 나선 나도 아버지를 이해하는 쪽으로 바뀌게 되었다. 그것조차도 전부 엄마한테는 미안했다. 엄마를 산에 눕히고 온 3일 삼우제 다음날 난 아무 생각도 준비도 없이 집을 나섰고 달포 이상의 방황을 했다.

아름답고 청초하고 얌전하고 부지런하고 필요한 말도 되도록 아끼셨던 우리 엄만 내가 아는 외할머니가 자신을 낳아주신 친엄마가 아니라는 사실도 딸인 나에게까지 숨기고 가신 분이셨다. 나는 상당한 미인이셨던 엄마와 외할머니와의 외모가 너무 달라서 언제 날을 잡아 벼르고 별러 도동 엄마 고모님 댁을 찾아가서 몇 시간이나 끈질기게 조르고 캐물어 알아냈다.

엄마가 시집오시던 날, 그러니까 당시 일곱 살이던 배다른 큰외삼촌이 시집가는 누나를 기어이 따라가겠다고, 할아버지께서 딸이 태어난 날 심어 20년을 길러서 만들어 주신 오동나무 장롱속에 들어가 앉아 있었다는 일화는 그 때로선 대단한 화제였기에 그 후 몇 년이나 지난 후에 나도 들어 알고 있었다. 지금도 그렇지만 이복 사이라고는 믿기지 않는 일이었으니 말이다. 외삼촌이 누나가 얼마나 좋았으면 그랬을까? 오늘날까지도 우리 오 남매에 대한 일곱 삼촌과의 돈독한 사랑은 누구도 의심할 수가 없다.

외할머니께선 내가 결혼할 때도 집에 오셔서 한 달 동안이나 혼수 감독을 해주셨다. 엄마가 가신 30년이 지나 돌아가실 때까지도 큰 손녀딸이 온다는 연락을 받으시면 사흘 전부터 엿기름을 달여 엿을 고시고, 도토리묵을 쑤어 놓으시고 밤을 까서 손질하신다고 큰 외숙모는 늘 질투 비슷이 이야길 하셨다. 엄마가 말씀 안 하셨으면 그냥 모르고 살았어야 했는데 엄마 말씀을 어긴 것 같아서 그것도 엄마한테 미안하다. 하지만 난 나대로 아직 함구하고 살고 있다

사과나무에 포승줄로 꽁꽁 묶여있던 아이

과수원집에서 살 때의 일이다. 삼촌은 시골로 내려가 살면서 학교 때문인지? 두 주일에 한 번쯤은 서울에 올라갔다. 그러던 어느 날 과수원에서 아직 익지도 않은 사과를 따 먹던 동네 남자아이를 잡아서 사과나

무 아래에다 포승줄 같은 것으로 꽁꽁 묶어놓고는 그만 깜빡 잊은 채 서울로 올라가 버린 것이었다.

밤에 엄마가 주무시려는데 과수원에서 여우 우는소리가 나더란다. 그땐 야산에서 여우가 내려오곤 했던 시절이니까, 그냥 자려다가 아무래도 여우 우는 소리치고는 좀 이상해서. 엄마는 그때 '돼지엄마, 돼지아빠'라고 집에 일을 봐 주시던 내외를 깨워 손전등을 켜고 나가서 과수원을 한 바퀴 돌아보며 울음소리 나는 곳을 찾아봤더니 한 남자아이가 포승줄에 꽁꽁 묶여있더라는 것이다. 여우가 어슬렁대며 내려와 울어댔으니 얼마나 무서웠을까? 엄마는 집으로 데려다가 밥을 먹이고 마을의 그 아이 집까지 가서 시동생이 급한 일이 있어서 깜빡 잊었을 거라고 백배 사죄를 했다. 그리고 아이의 마음이 다 나을 때까지 매일 그 집을 찾아가 건강안부를 물었다는 것이다. 결국, 그 부모님들이 엄마의 마음 씀씀이에 탄복하고 말았다.

그 남자아이는 당시 제대로 먹지 못해 키가 작았을 뿐 알고 보니 나이가 찬 총각이었다. 나중에 우리 남매들은 그를 아저씨라고 불렀다. 아저씨 키는 늙으실 때까지 그대로였다. 그 아저씬 매일 새벽이면 우리 집으로 와서 당시 넓은 과수원을 삥 둘러 심어 있던 아카시아를 베어 가시까지 잘 다듬어 아궁이에 딱 넣게끔 잘라서 차곡차곡 산더미 같이 쌓아주곤 하셨다. 또 집안의 어려운 일이 있거나 할 때 거의 매일 새벽에 와서 도와주었다. 그리곤 또 남의 집 일을 하러 가곤 했다.

아저씨가 엄마한테 늘 '마님'이라고 부르자 엄마는 어느 날 "지금이 조선 시대도 아니고, 무슨 마님이냐! 누나라고 불러라." 하셨다고 한다. 아저씨는 그날 너무나 좋아서 집에 가서 밤새 울었다고 한다. 그 후 엄만 아저씨를 아예 우리 과수원에서 일하게 하셨다. 아저씨는 자기 집 일처럼 몸을 아끼지 않고 열심히 하시고 엄마와는 서로서로 잘하시고 도우며 지내셨다. 내가 새벽 기차 타러 나갈 때는 아저씬 늘 배웅도 해주셨다. 그땐 내가 무섬을 너무 타서 산등성을 넘어갈 땐 나무그림자가 귀신 같아서 아저씨를 앞으로 가랬다 뒤로 가랬다 했다. 열 번이라도 왔다 갔다 해주던 아저씨였다.

그렇게 지내다 우린 서울로 아예 올라오고, 그 후 아저씨는 입대하셨다. 군대에 계실 때 엄마가 돌아가셔서 소식을 보냈더니 특별휴가를 나오셔서 병원 한 귀퉁이에서 눈이 퉁퉁 붓도록 우시면서. 날 원망스럽게 바라보시던 그 아저씨의 큰 눈을 난 아직 기억한다. 너무도 건강하셨던 분이시고 뜻밖의 일이니 누구라도 탓하고 싶었을 것이다.

이후로도 우리 형제들은 계속 아저씨와 연락을 하고 지냈다. 아저씨는 그때 우리 과수원에서 일하며 배운 노하우를 바탕으로 과수원을 하셔서 큰 부자가 되셨다. 하긴 원래 근면하셨으니까 성공하셨다는 것은 당연한 일일 게다. 지금은 그 일대에선 가장 큰 부자 소리를 들으시며 사신다. 우리가 내려가면 농사지으신 거라며 이것저것 바리바리 싸서 차에다 챙겨주시던 가마메 아저씨는 해마다 배 농사를 지으셨다고, 집집마다 한 상자씩 올려보내셨고, 어느 과일이건 농약을 일곱 번씩 쳐야 벌레가 안 먹는다고 하시며 무농약이라 해도 잘 씻어 먹으라고 당부하셨다. 우리가 내려가면 몇십 년을 늘 한결같이 반가워하고 천진하게 웃으시던 아저씨.

아저씬 그로부터 60년을 하루같이 엄마 산소를 살아 있는 누님 돌보듯 보살피셨다.

작년 봄에 폐암 선고를 받으셨단 소식을 듣고 달려 내려갔을 때도 아픈 기색 없이 반겨주셨고 "이젠 살만하시니 농약 같은 건 손수 치시지 마시고 사람 사서 하세요."라고 말씀드렸더니 "내가 일 안 하는 날은 죽는 날이여" 하고 말씀하시던 아저씨. 안타깝게도 그 해를 못 넘기고 돌아가시고 말았다. 가끔 우리가 엄마 산소를 갈 때는 우리를 앞서가며 낫으로 풀을 쳐주시던 아저씨 모습이 자꾸 생각난다. 그때 항상 "나 살았을 때 자주 내려와! 나 죽으면 헛거여."라고 하시던 말씀도 기억나고. 자주 못 가 뵈어서 미안도 하면서 무한했던 순한 정이 정말 그립다. 이제 아저씬 하늘나라에서 엄말 다시 만나셨겠지! 내려갈 때마다 고향의 엄마를 뵌 듯 얼마나 의지가 되었는데.

난 가끔 우리 형제들이 이마만큼 잘 사는 건, 물론 우리 형제들의 남다른 수고도 있었겠지만 곱고 어지신 우리엄마가 하늘에서 별이 되어 내려다보며 사랑으로 도와주시고 있기 때문이라고 굳게 믿고 늘 그렇게 여기면서 살고 있다.

14

사십 갓 넘어 혼자되신 아버지

영원한 이조시대 선비

요즘 같은 만혼 추세로는 장가도 안 갔을 나이 마흔 하나에 혹을 다섯이나 달고 혼자되신 우리 아버지. 혹자는 마누라가 죽으면 화장실에 가서 웃는다고 하지만. 아버지에겐 그건 천부당만부당한 이야기였다. 우리 아버진 달랐다. 어려서 어머닐 일찍 여의서서인지 고독을 두려워하시고 외로움을 유독 많이 타셨다. 그런 아버지께 엄마는 사랑하는 아내이면서 어머니같이 의지하고 믿었던 오른팔이셨다.

아버지가 엄마에게 말을 낮추거나 화를 내시거나 언성을 높이시는 걸 한 번도 보지 않고 자랐으며 소소한 일까지 의논하시는 두 분은 정말 한 쌍의 원앙이셨다. 원래 성품이 자상하신 아버지가 엄마를 쳐다보시던 눈빛 그 모습은 아직도 내 눈에 선하다. 엄마를 보내시곤 아마 아버지의 가슴 아니 온몸은 송두리째 내려앉으셨을 것이다. 겉으로 보기에 의연하게 대처하시는 것 같았지만 그 속은 오죽하셨을까?

내 설움에 북받쳐서 나는 아버지의 절망을 못 읽었다. 거기다가 그땐 아버지에 대한 미움(엄마 병인인 인공유산)은 몇 배 더 크게 내 가슴을 누르고 압박했었으니까….

옛말에도 중간상처는 패가망신이라 하지 않았던가? 교육공무원으로 평탄한 삶을 사시고 할아버지와 아버지 슬하에서 어려움을 모르고 부유하게만 사시던 아버지셨다. 어디를 가나 많은 사람의 존경을 받으며 좋은 모습만 보여주시던 분. 마치 조선시대 진사 패스한 선비 같았던 우리 아버지는 180cm 훤칠한 키에, 인품 좋은 미남이셨다

언제나 호탕한 웃음으로 사람을 대하시며 누구를 만나실 때나 시원시원하시고 인상 좋으시다는 말을 듣는 멋있고 선한 분이셨다. 거기에 정직하고 반듯한 성격에 사람을 사랑하는 것 또한 아버지의 장점이셨다.

나 아닌 다른 사람도 모두 당신과 똑같다고만 믿으셨던 아버지는 인간관계에서도 만점이셔서 우리에게도 늘 "서울역의 지게꾼도 막 대하면 안 된다, 사람은 누구나 다 똑같으니 차별하지 말고 항상 모두에게 친절하고 인사 차려 사귀어 두어라."라고 하셨고. 당신도 몸소 실천하시며 어떤 사람에게도 자상하시고 사랑 가득 담아서 대해 주셨다. 누구에게나 정직과 믿음을 바탕으로 사랑하시던 이것이 나는 아버지의 작은 'Noblesse Oblige'라고 말하고 싶다.

끝없이 높았던 자식 사랑

아버지께서는 어디든 장녀인 나를 데리고 다니시길 좋아하셨다. 어려선 아버지를 따라 기생집까지도 몇 번이나 갔던 기억이 있다. 작은 엄마라고 아버지 친구가 소개했던 기생 마담의 볼수록 매력 있던 얼굴과 한복 맵시는 어린 내 눈에도 얼마나 예뻤던지. 정말로 작은 엄마라고 부르고 싶을 정도로 마음에 들었다.

아줌마가 챙겨주셨던 곶감도, 한과도, 호두 말이 대추도 받아먹을 때마다 얼마나 기분이 좋았고 맛도 있었던지. 아버지께선 어딜 가나 "제 큰여식입니다." 하시고 자랑하시는 게 기쁨이셨다. 나 또한 아버지가 갖추신 품위 능력 어느 자리에 가서나 어울리시는 잘 생기고 멋진 아버지의 딸로 태어난 것이 무척 자랑스러웠고 행복하고 또 존경스러웠다.

아버지가 우리 다섯 남매에게 베푸신 사랑 또한 남달랐다. 요즘의 아버지들과 그때의 아버지들은 아주 달랐던 시절이었지만, 우리 아버진 유난히도 자식들을 사랑하셨다. 그래서 주위의 내 친구들은 이런 아버지를 둔 나를 부러워했다. 엄마는 손이 귀한 집안이라 자식을 너무 버릇없이 키우신다고 하시며 언제나 냉정하신 편이셨다.

아버진 늘 어릴 적 엄마의 부재로 부족하고 아쉽게 받았던 사랑을 가족들에게 마음껏 베풀며 사셨고, 엄마를 아내이면서 어머니처럼 안팎으로 많이 사랑하고 의지하셨던 것 같다. 정이 많으셨던 분으로 동물을 원래 좋아하시어서 한 십 년 지방에 내려가서 살 때는 집안이 온통 동물원 같았다.

한 번은 돼지가 새끼를 낳던 날, 아버지께선 밤샘하시며 돌봐주시다가 새벽녘에 낳은 새끼를 안고 집안까지 들어오셔서 어린 나를 질겁하게 만드셨던 일도 있었다. 어렸을 때 성준이도 돼지하고 뽀뽀한 입이라고 한동안 아버지와 뽀뽀를 안 할 정도로 아버진 동물을 사랑하셨다.

토끼들에게 주려고 행복의 세 잎 클로버를 보시면 타고 가시던 자전거를 멈추시고 언덕을 올라가 행운을 가져다준다는 네 잎 클로버를 찾으시다가 행복만 한 움큼씩 뜯어 오셨다. 닭, 개, 토끼, 오리에게도 사랑을 담아 정성을 기울여 기르셨다. 그때 우리 집은 그들의 집인 부속 건물이 몇 채씩이나 있었다.

우리 형제들은 어릴 때 늘 아버지 귀가를 기다리다 잠들곤 했다. 어쩌다 아버지가 늦게 귀가하시는 날, 그대로 잠들어 버리면 아버지는 우리다섯을 모두 깨워 일렬횡대로 세워놓고 벌로 노래를 부르게 하셨다. 그리고 또 그날의 지낸 일들을 들으시며 상으로 내리느라 주신 돈으로 아버지 주머니가 몽땅 비워질 때가 많았다. 내가 어디 아프다고 하면 언제나 업어주셨다. 아버지 등은 언제나 넓고 높고 아늑하고 포근해서 좋았다. 사실 그땐 진짜 아플 때보다는 꾀병과 응석이 더 많았다. 난 아주 커다랄 때까지 많은 날을 그리도 따듯하고 편해서 좋았던 아버지의 안락한등에 업혀 잠들곤 했었다.

우리가 어렸을 때 아버지와 함께한 놀이 중 생각나는 것이 있다. 아버지는 위를 보고 반듯이 누우시고 우린 아버지의 엄청 넓고 큰 발바닥에가슴과 배를 대고 엎드렸다. 자동적으로 아버지의 발은 기중기처럼 올라갔다 내려오면서 '빵 깨 빠-방_깨~빵깨 빠방 깨' 하는 자동 구령이 나왔다. 그렇게 올라갔다 내려갔다 수도 없이 구령과 함께 움직이는 건 큰 빵깨였고, 더 어릴 때는 아버지의 꾸부린 무릎에 가슴을 대고 엎드리면 올라갔다 내려갔다 하며 구령을 빨리 부르는 게 작은 빵깨였다.

어느 때는 발을 엇갈려 주욱 나란히 펴놓고 "한 알 때 두 알 때 삼 아중나_알 때 육낭 거지 팔 때 장군~ 고드래 뻥! 똥! 땅! 끝!" 이기고 지는 게뻔한데 뭐 그리 즐거웠는지 모른다. 이런 기발한 놀이를 누가 또 알겠는지. 내가 석헌이를 낳고 그 이야길 했더니 남편의 구령은 또 달랐다. 이거리 저 거리 각거리 인사 만사 주머니 땡 똘똘 말아 장구통… 이렇게 했다니 동네마다 각기 달랐나 보다. 오산중학교에 재직하실 때에 난 아버지께서 수업하시는 걸 몇 번 가서 들은 적이 있다. 말씀을 어찌 잘하시고 칠판 글씨는 또 얼마나 명필이셨는지. 당신의 장남 풍림유화 회사건물을 지을 때도 상량식 대들보에 아버지의 글씨가 걸렸다. 현판도 물론 아버지의 명필이다.

아버지께선 89세에 돌아가시기까지 자식들에게 늘 연필로 편지를 써 보내셨다. 어떤 때는 광고지 뒷면에도 써 보내셨다. 절약하시는 걸 손수 보여주신 사례라고 생각한다. 손자 손녀들에게도 편지를 보내시곤 하셨다.

팔순을 넘기신 후부터는 유독 손자, 손녀들과 말씀 나누시기를 좋아하셨다. 어느 손자이고 손녀이고 간에 마음에 맞으시면 붙들고 이야길 꺼내셨다. 정치, 경제부터 사회, 시사 토론에 이르기까지 다양하게 화제를 이어가시곤 했다. 어쩌다 시간에 쫓기는 놈이 걸렸다 하면 큰일이었다. 그날은 못 빠져나가는 사태가 벌어졌으니까. 특히 장 외손인 석헌이를 많이 사랑해주셨다. 둘째 사위 최성호가 "아버지가 왕이시라면 왕위계승은 아마 장외손인 석헌에게 주셨을 것"이라고 말하곤 했었다. 친손인 종우가 원래 늦은 원인이 외손들이 먼저 사랑을 차지한 이유였으리라.

사업하실 분은 아니셨다

아버진 어릴 때부터 할아버지께 효자셨다. 말썽만 피우던 삼촌과는 달리 늘 모범생이셨고 엄하셨던 할아버지 눈에 한 번의 거슬림도 없으셨다. 학교공부도 재동초등학교 시절부터 중학교 대학까지 일본인들보다 돋보이게 우수해서 늘 할아버지 마음에 꼭 드는 장남이셨다.

하지만 그렇게 자라서서인지 경제관념은 영 없으셨다. 난 한때 이런 생각을 한 적이 있었다. 아버지께서 먼저 돌아가시고 엄마가 살아계셨다면? 엄마는 떡 장사를 해서라도 자식들 교육의 책임은 끝까지 지셨을 거라고. 그러나 아버지는 아버지로서는 만점이셨지만 우리 엄마의 남편으로서는 조금 부족하지 않으셨을까.

하지만 남편에 대한 존경을 기본으로 알고, 마음 깊이 심어 담고 사셨던 우리 엄마의 내조를 받으며 얼마나 행복한 20년을 보내셨을지 상상이 가고도 남는다. 내가 엄마의 딸이어서 좀 쑥스러운 이야기가 되는지 모르겠지만 나를 비롯 엄마의 딸들도 모두 지아비한테 하는 건 모범인 걸 보면서 모전여전을 생각하게 한다. 오죽하면 언제인가 새어머닐 아시는 아버지 친구가 이런 말씀을 하셨다. "네 아버지도 참 알 수 없는 사람이다. 네 엄마 같은 사람하고 살던 사람이 어떻게 저런 분하고 맞추며 사실 수 있는 건지 쯧쯧" 나가시면서 한탄 비슷이 하시던 말씀이 생각난다. 그건 나도 마찬가지다. 새어머니의 성격을 참고 사시는 아버지가 장하기도 하고 또 딱하기도 했었으니까.

엄마가 살아계실 때 일이다.

아버지는 어느 날 사표를 내시고 사업을 하시겠다고 나서신다. 일생을 장사로 닳고 닳으신 엄마의 고모부는 당시 영등포에서 재봉틀 공장을 하고 계셨다. 그분의 감언이설에 빠지셨던 것 같다. 엄마의 반대에도 불구하고 고집 하나로 밀어붙이시며 사업을 하신다고 우기셨다.

그렇게 남대문 경찰서 맞은편에 당시 유행하던 나까오리 모자를 판매하는 DP모자점을 크게 내셨지만, 모자가 필수이던 유행이 한물가면서 얼마 후 실패하셨다. 또 논을 더 팔아 올려 낙원동에 연탄공장을 내셨다. 그땐 연탄사업이 한창일 때라 한 1년 남짓 구공탄을 찍어내지 못해 공급을 못할 정도로 성황을 이루며 잘 되는 듯했지만, 연탄제조 과정이 수동이던 때라 기계에 직원의 손이 잘리는 사고와 함께 기울기 시작하더니 결국 문을 닫게 되었다. 그 후에도 또 하신 사업이 있었지만, 지금이나 그때나 사업이란 사장이 뭐든 직접 달려들어서 해야 했는데 우리 아버진 그런 게 전혀 안 되셨던 분이니 그런 모두가 실패의 요인이 되지 않았을까 하는 생각도 해본다.

팔아 올리신 땅 외에 살던 집까지 저당 잡히고 빚까지 진 아버지는 은행에 이자를 못 갚아 집이 경매에 넘어가서 우리 일곱 식구는 길거리로 나 앉게 되었다. 그때도 엄마가 기지를 발휘해서 청량리 밖 신개발되는 답십리에 새집을 찾아서 이사했다. 내 기억으로 아버지 생전에 남의 집 전세로 가신 건 처음인 것 같다.

그 후 아버진 5정보의 산도 고스란히 빼앗긴 적이 있다. 아버지는 6·25 직전에 산을 매입했는데 매도인이 글을 모르는 분이라 아들이 조금만 기다려 명의이전을 해가라고 부탁을 해서 등기이전을 미루는 것으로 합의가 되었다 한다. 나중에 듣고는 이해가 안 되는 부분이었다. 무식이신 분이 맷돌 장사를 해서 돈을 벌기만 하면 그때는 산값이 아주 쌌다고는 하나 여러 곳의 여러 필지를 매입했다가 매도하면서 모두 명의변경을 안 해 놓았다는 것이⋯ 난리 통에 그 매매인은 돌아가시고 매수인인 아버진 정신없는 시간을 지내느라 산에 신경 쓰지 못한 채 계시다가 벼락을 맞으신 것이다. 아버지가 능장을 부리신 건 확실하지만. 청량리에서 약국을 하던 약사인 아들이 욕심이 생겼던 것이다. 그때 자신의 친구이자 민사재판으로 유명했던 LSH 변호사인 친구를 시켜 마치 자기가 빚이 있는 것처럼 서류를 만들어 놓고 아직 자기 아버지 명의로 되어있는 땅을 모조리 가차압 해 놓았다는 이야길 듣고는. 놀랬지만. 어쨌든 서류를 보니 상황은 우리가 다 빼앗기게 되어있었다. 가차압해 놓은 등기 서류를 가지고 나는 즉시 LSH 변호사를 찾아갔다. 하지만 짜인 각본대로 돈 400만 원을 내야 한다는 것이다.

400만 원의 빚을 대신 갚아주면 풀어 주겠다는 것이다. 당시 그 돈이 적지는 않았지만, 산의 값도 조금 오른 데다 5정보나 되는 넓은 산이 아닌가? 나는 차라리 합의를 보는 게 훨씬 나을 것 같아 그걸 갚아주고 끝내자고 아버질 설득했다.

하지만 아버지께선 '사필귀정(事必歸正)'이라고 하시면서 재판을 진행하셨다. 당시 거간(居間)이 그 동네 이장이셨는데 가수 이장희의 할아버지이시기도 했다. 하지만 이분이 중풍으로 쓰러져서 누워계시니 우리에겐 아주 불리했었다. 결국, 고등법원까지 올라간 재판에서 아버지는 완전히 패소했고 엄마가 누워 계신 그 산을 모두 빼앗기고 말았다. 지금은 효성그룹으로 넘어갔다는 그 땅. 아버진 그 일로 매우 괴로워하셨다. 훗날 장남인 성원이 같은 동탄면 선산의 한 필지인 산 6,000평 정도를 사서 아버지 마음을 조금은 편안하게 해 드렸다.

이런 일들로 해서 난 우리 아버지를 한마디로 답답하다고 일컫기는 싫다. 이 시대에 세파에 물들지 않고 타의 양심을 존중하고 끝까지 '사필귀정(事必歸正)'을 믿으며 사신 분이 어디에 또 있을까? 아마도 흔치 않을 것이다. 아버지께선 평생을 행복하게 사셨다. 엄마가 가시면서 날개가 꺾이셨고 그 일로 믿었던 큰딸은 집을 나가 행방불명까지 되었으니, 양 날개가 부러진 듯 아버진 완전히 삶의 의욕을 잃고 말았던 그때의 몇 년과 농공업학교 사건을 빼고는 일생을 행운을 안고 태어나서 사시다가 가신 분이다.

나는 왜 아버지가 재혼을 안 하실 거라고 철석같이 믿었던 것일까? 엄마가 돌아가시고 7년 후 서랍 안에서 아버지가 남산 팔각정에서 어떤 여인과 찍은 사진을 보고 가슴이 철렁 내려앉았다. 그 후 어느 날부터인가 삼촌 등 주위 몇 분이 나를 설득하기 시작했다. '효자 열 명이 악처 하나만 못 하다.'는 등 여러 가지 말로…. 난 사실 엄마 사인이 임신 중절로 인한 후유증이었는데, 설마 아버지께서 재혼하시겠나 하는 마음을 갖고 있었다. 삼촌 등 모두는 아버지가 나 때문에 재혼 엄두를 못 내신다고 알고 있었다. 그건 맞지만! 난 사실 동생들을 봐서라도 계모는 절대로 안 된다고 생각했다.

하지만 혼자서 우기는 데는 한계가 있었다. 난 정말 끝까지 아버지를 잘 모시려고 했었고. 자신도 있었다.

엄마가 가신지 칠 년이 지난 후 추석에 삼촌을 만나 상의를 했다. 우리 집엔 어떤 분을 모셔야 될까 하고. 삼촌이 내민 명단은 여러분이었다. 아버지 친구분이셨던 한양대 교수 아저씨가 소개한 사람, 거창 경찰서장 부인으로 남편이 납치되고 혼자 계시는 분, 한복집을 하시는 분, 6·25 때 폭격으로 자식 다섯을 한꺼번에 잃으셨다는 분, 장춘초등학교에 재직하시는 분 등등. 여러분 중 마음에 드는 분이 있는지 한 번 만나보라는 것이다. 난 이제 마음을 돌리는 수밖에 도리가 없었다. 나 혼자는 더 이상 버틸 수가 없었다. 그리고 한 분 한 분 만나보기 시작했다.

몇 분을 만나 뵙고 나서 내 판단에 그중 한 분이 조금 괜찮았다. 당진이 고향이시고 염전하시는 부모의 4녀로 태어나서서 짧은 결혼생활의 아픔을 겪고 15년을 혼자 지내는 분이었다. 오로지 살림만 할 수 있는 분이라 마음에 들었고 우선 체격도 큼지막하시고 눈, 코, 입이 시원시원하게 생긴 분이었다. 아버지께선 원래 체구가 자그마한 사람은 싫어하셨으므로. 그리고 또한 마음 쓰심도 크실 것 같았고 자랄 때 어렵지 않게 지내신 분이라 마음의 여유도 있으실 것 같았다. 조금 이기적이지만 딸린 식구가 없어 좋을 듯했다. 신부님이 소개하셨다는 것도 마음에 들었다. 내 생각과 함께 몇 번 만나보시고 아버지 마음에 드시는 분으로 결정하시라고 말씀드렸다. 그렇게 해서 얼마 후 경주 최씨(慶州 崔氏)에 사열(四烈)이라는 돌아가신 엄마와 동갑인 분이 그해 늦가을, 우리 식구에 합류하셨다. 가까운 가족들만의 조촐한 회식과 함께 집으로 들어오신 것이다.

그때 난 우리 엄마한테 정말 미안했다. 그날 밤 나는 밤새 엄마! 엄마! 정말 미안해! 그렇게 얼마나 여러 번 엄말 불렀는지 모른다. 하지만 피해 갈 수 없는 현실이었다. 새어머닌 오신 날부터 일하는 사람을 내보내시고 살림을 도맡아 하셨다. 잡채를 아주 맛있게 해주시고 아버지께서 즐겨 드시는 과일주도 담그시고 기관지가 안 좋으신 아버지를 위해 경동시장에 가서서 산도라지도 사다 말리어 가루를 내셨다. 아버지께 아주 잘하신다. 말씀이 좀 없으신 듯 보였으나 난 그 부분도 말씀이 많은 것보다 오히려 괜찮았다. 무엇보다 깔끔하신 면이 좋았다. 그렇게 하루하루 보내며 우리 집은 그런대로 평정을 되찾은 듯했다. 난 그것을 '땜질 가정'이라고 말하고 싶었다. 애써 다른 집과 똑같은 가정을 유지하고 있다고나 할까? 하지만 무엇보다 아버지 얼굴에서 사라졌던 옛날의 웃음을 되찾으신 것 같아 마음이 놓였다.

난 아버지의 가슴속에서 엄마가 영영 사라지면 어쩌나 하는 쓸데없는 걱정까지 하면서 동생들에게는 거듭 강조내지 부탁을 한다. 아버지를 위해서 우리는 작은 것들을 참고 견디자고.

힘든 일이 있어도 다 함께 참으며 살아보자고 손가락을 걸었다. 이젠 동생들도 자라서 성준이 중학교 2학년 막내가 6학년. 둘 다 말귀를 알아들을 나이가 되었다.

하지만 시간이 지나면서 새엄마의 이상하리만큼 괴팍한 성격이 나타나기 시작했다. 이분의 성격은 보통을 넘었다. 하지만 누구에게도 단점은 있는 것 아닌가. 난 동생들에게도 거듭거듭 당부를 했다. 아버지를 위해서 웬만한 것들은 모두 참아야 한다고 말이다. 하지만 그것은 나의 오판이었고 그 그릇된 판단은 결국 동생들을 너무 괴롭고 힘들게 한 고통의 나날이 이어지는 생활을 만들어 주었다. 이 모두는 내 선택부터가 잘못되어서 저질러진 일이었다.

20세기 장화홍련전

내가 시집을 가고 난 후 우리 집에서 벌어진 참담한 일들. 그때부터 동생들의 불행은 시작되었다. 막내를 비롯해 동생들 모두가 그분에게 그리 당하면서도 이제 막 신혼생활을 시작한 큰 언니에게만은 쉬쉬하며 지냈다. 얼마나 어려웠고 힘들었으면 얼마 전 성준이 그때를 회상하며 이런 말을 했다.

"누나 난 그 시절은 추억하기도 싫고 억만금을 준다 해도 다시 돌아가고 싶은 생각이 없어!" 한다. 오죽했으면 그런 말로 그 좋은 시절의 추억조차 몸서리치도록 거부하겠는가? 누나가 정말 미안하다! 미안하다!

시대가 달라 비교할 순 없겠지만 그야말로 장화홍련전의 배씨 부인 같은 성격의 새어머니와의 생활. 이를 악물고 참고 지냈을 동생들. 그 와중에 착하신 아버지는 우유부단 그 자체였고, 형수의 친정집에까지 따라

다닐 정도로 가까웠던 엄마와 달리 시동생인 삼촌과의 거리도 아주 멀어지고 말았다.

나중에 들은 이야기지만 동생 성원이 제대하고 집에서 잠을 자는데 연탄을 아낀다고 구멍을 얼마나 꼭 막아놨는지 죽은 사람 입김만도 못하게 차디찬 방에서 잠을 잤단다. 원래 추위를 많이 탔던 남동생은 첫 월급을 타서 전기장판부터 샀다고 한다. 전기장판을 사다 놓고 밤에만 몰래 깔고 잠을 잤는데 어느 날 그게 갑자기 없어졌다고 한다. 아무리 찾아도 없더니 며칠 후 쓰레기통바닥에서 산산조각으로 가위질해 잘게 썰어진 장판 조각들이 나왔다니 얼마나 기막혔겠는가?

중학 1학년인 막내가 설거지를 하고 나면 지저분하다고 설거지통에 그대로 다시 집어넣는 일이 한두 번이 아니었다고 했다. 막내는 언제나 최대한 신경을 써서 했단다. 그날도 또 애써 닦아 엎은 깨끗한 그릇들이 개숫물 통으로 다시 던져지니 동생이 아까워서 한마디 했단다. "아주 깨끗하게 했는데요." 그 말한 것을 말대답했다고 하며 막내 머리채를 잡아당겨 머리카락을 반은 뽑아 놨다는 것이다. 이렇게 어머니 기분에 의해 벌어지는 직설적인 행동은 하루에도 몇 차례씩 터졌다. 난 그 소릴 듣고 정말 참을 수가 없었다. 아버질 찾아뵙고 정말 안 되겠다고 말씀을 드린다. "알았다. 이제 네 말 알아들었으니 걱정하지 말거라." 하신 아버진 또 용단을 못 내리신다. 아버지의 그런 결정장애로 난 그 후에도 몇 번이나 그렇게 자식으로서 차마 할 수 없는 악역을 거듭하게 되었다.

악몽 같은 그런 날들이 지나가고 있을 즈음. 성가병원 응급실로 급히 오라는 연락을 받고 달려갔다. 응급실 입구에 넷째가 쪼그리고 앉아 있었다. 그리고 얼굴, 목, 가슴까지 온통 붕대에 감긴 채 침대 위에 석고같이 뉘어진 막내가 응급실 안쪽으로 보였다. 어떡하니? 널 어떡하면 좋단 말이냐? 청천벽력도 유분수지 3도 화상이란다. 어려서부터 그 어려운 환경 속에서도 명석하고 명랑해서 언니들 말도 잘 듣고 오빠들과도 잘 어울리고 씩씩하게 자라주어 고마웠는데, 성격도 좋고 똘똘하게 공부도 잘해서 약대를 보내는 게 좋겠다고 마음먹고 있었는데.

우리 불쌍한 막내는 늘 학교가 끝나면 집에 가기 싫어서 우리 집으로 하교를 하곤 했다. 그래도 아버지와 고등학교까지는 함께 지내야 한다고 마음먹고 조마조마 기다렸는데, 그때 그냥 우리집에서 학교를 다니게 하고 함께 지낼 걸 그때서야 후회한들 무슨 소용이랴?

그날 막내와 성준은 새어머니가 부엌에 들어가 뭐 하나라도 꺼내 먹는 것을 노골적으로 싫어하니 눈치가 보인 나머지 방에서 버너로 라면을 끓여 먹으려고 했다고 한다. 물이 영 안 끓어서 불이 꺼진 줄 알고 버너에 알코올을 보충하려다가 불이 확 붙어 버린 것이다.

일요일엔 현금을 마련하기 힘들었을 때였다. 돈을 마련하려고 TV를 들고 나갔던 남편의 배려에는 지금도 감사하고 있다. 막내의 인생은 그 일로 인해 그때로부터 반 토막이 났다. 한참 사춘기일 때이니 흉터에 대한 집념만 가득해서 삶을 포기한 듯 대학도 안 가려 했다. 당시 고등학생인 그 애가 겪은 고통을 어떻게 이루 말할 수 있을까마는 막내는 죽을 고생을 하며 열 번을 넘는 성형을 했지만 Keloid(일종의 피부병으로 흉터가 딱딱하고 커지는 체질) 체질이라 목 부분에 흉터가 지금까지도 남아 있어 아직도 목을 못 내어놓고 살고 있다.

그 후에도 새엄마의 성격은 여전했다. 한 번은 엄마 생신날 가니, 큰 올케가 대문 밖에서 울고 서 있었다. 늦게 왔다고 대문을 안 열어준다는 것이다.

나는 생각했다. 새엄마와 우리 남매들과의 복잡하고 불편하게 이어지는 관계를 보며 여자는 어떤 일이 있어도 일부종사를 해야 한다고 말이다. 하지만 나도 어느 틈엔가 재혼이란 걸 하게 되었고 이미 전실 아이들의 계모가 되어있으니 이것 또한 해서는 안 될 아이러니가 아닐까? 그러니 사람은 어떠한 경우에라도 장래에 대한 장담은 그건 막말이 된다는 것을 다시 한번 생각하게 한다.

소 잃고 외양간 고친다는 말이 있듯이 우리 식구는 그때서야 아버지 댁 근처로 이사를 하기로 했다. 그러나 그것으로 어머니의 성격을 어떻게 해볼 수는 없었다. 그 후에도 크고 작은 분란은 수시로 일어났다.

1976년 봄 큰동생 성원이 결혼하면서 성준을 데리고 있기로 하고, 막내는 우리 집에 와 있는 것으로 장화홍련전의 막은 일단 내려졌다.

사고 후의 그 애의 성격은 강해졌다. 그냥 고삐 풀린 망아지 모양 어디로 튈지를 모르는 막내를 내가 인정사정없이 엄격하게 다루었던 것을 난 후회하지 않는다. 그때는 어쩔 수 없었다. 막내의 마음속엔 늘 저에게만 관대하지 못했던 것이 지금도 앙금이 되어 남아 있다. 그렇게밖에 할 수 없었던 언니의 입장을 알 수 있는 날이 오겠지! 하고 난 오늘도 기다린다. 내가 마냥 너그럽게만 했으면 지금의 너희들이 이렇게 반듯하게 자랄 수 있었을까 하는 생각도 조금 해줬으면 하는 마음의 기대를 하면서 말이다.

혜성아! 너무 애쓰지 말거라

세파에 물들지 않고 정말 끝까지 선비로 사시다 가신 우리 아버지를 난 존경한다. 이 세상에 날 태어나게 한 그 이유만으로 난 어버이들에겐 감사해야 한다고 생각한다. 그리고 어릴 때 얼마나 많은 사랑을 나에게 쏟아부어 주셨는가? 그 시절 아무나 받지 못하던 고등교육을 어버이 슬하에서 행복하고 순탄하게 받았지 않았나? 항상 고맙게 생각한다. 할아버지께 받은 정직이라는 가훈을 바탕으로 누구에게나 믿음으로 주고받는 사람이 되어야 한다고 말씀하신 아버지는 정직과 믿음이 몸에 밴 그 자체이셨으니 아버지는 지금도 내가 살아 있어야 할 이유이고 내 몸과 같은 마음속의 지주이시다.

아버지

아버지께선 비교적 거의 평생을 아주 행복하게 사신 분이다. 말년을 측근에서 모시던 장남 부부는 소문난 효자였고, 차남 내외, 어머니가 항상 치과집 애라고 불렀던 효성스러운 혜정의 정성과 막내의 손자 손녀까지 많은 자식과 손자들의 효도를 받으시며 행복하게 사시다 가셨다.

1978년도 남동생 성원이 사업을 시작할 때 나는 전 재산인 집 두 채를 은행에 넣어 기업자금을 마련하는데 도와줬다. 동생은 사업을 도와주시던 김 사장이라는 인맥과 기술 외엔 가진 것이 없었지만 동생 성원은 나의 기둥이자 우리 모두의 보루(堡壘)였기에. 잘 안되면 어떻게 하나? 하는 우려는 할 상황이 아니었고 염려까지도 물론 그만 붙들어 매어 놓아야 했었다. 개업하면서 다음 해 제2차 석유파동으로 어려움을 겪었지만 착실한 동생은 참고 견디며 잘 넘겨주었다.

그렇게 동생 일이 잘 풀리기 시작하자 내 강남 집에서 오래 사시던 부모님 두 분을 성원은 바로 장남인 자기집으로 모셔가길 원했지만, 부모님은 그 집에서 거의 20년을 사시다가 1994년 남동생 집 화곡동으로 이사를 하셨다. 그리고 돌아가시는 2008년까지 아버지를 회사 주주로 만들어 놓은 남동생의 지혜로 매달 주주 배당을 받으시면서 큰소리치시고 사셨다. 아버지께선 두 번의 시련을 겪으시고 꺾이실 풀조차 없어지셔서 나에게 대한 미안한 마음으로 얼굴조차 마주치지 못하시던 한때를 제외하고는 평화롭고 행복한 일생을 사셨다.

15

시대를 잘못 만났던 우리 삼촌

매력이 넘쳤던 삼촌

내가 이 글을 쓰면서 삼촌에 대한 이야기를 하지 않을 수 없다. 엄마, 아버지 다음 내가 세상에 태어나면서부터 함께 사랑을 나누면서 살아온 가장 가까운 피붙이이고 또 내가 제일 좋아했던 분이다. 나이는 나와 13살 차이인 우리 삼촌이 나는 이 세상에서 제일 멋있고 잘 생겼다고 여기며 살았다.

삼촌은 재작년에 90세 나이로 돌아가셨지만, 그 몇 년 전까지만 해도 남자로서의 매력이 풍겨 넘치는 그런 아저씨였다. 키가 크고 흰 얼굴에 선비 타입의 아버지와는 아주 다른 인상이셨다. 잘생긴 큰 눈에 적당한 키, 아버지보다는 약간 까무잡잡한 피부색의 삼촌은 형제지간이지만 그 풍김이 아주 달랐다.

내가 기억하는 삼촌은 늘 여자가 따랐다. 그래서 난 "우리 삼촌을 보고 반하지 않으면 사람 볼 줄 모르는 거지!" 하는 웃기는 생각까지 했다. 세상에 잘못 태어난 사람이 어디 있겠느냐마는 삼촌은 태어날 때부터, 어떻게 보면 뱃속에서부터 어려운 삶을 시작했다고나 할까? 약한 어머니와

삼촌 친구와(가장 오른 쪽)

지낸 태아 열 달부터 힘들었을 거란 생각을 한다. 심청이 같이 동냥젖을
얻어먹은 건 아니지만 어머니의 젖꼭지 한번 물어보지 못했다고 하니.

기죽지 않은 개구쟁이라서

어려서는 외할머니의 정성으로 자랐고 조금 커서는 다섯 살 위 형수의
밑에서 성장했다. 그런데도 기죽지 않고 형수 친정집 온 동네를 마치 외
갓집에 온 소년 마냥 돌아다니며 개구쟁이 짓을 다 저질러서 삼촌이 다
녀간 후면 우리 외할아버지께서는 그 뒷수습에 바쁘셨다고 들었다. 그
래도 엄마는 오히려 기죽지 않고 자라주는 삼촌이 자랑스러웠다고 이야
기했다.

남의 집에 달려있어도 연시가 다 된 감은 다 내 것이었고, 사돈 동네에
할아버지뻘 되는 분도 다 별명을 붙여놓고 불렀다고 한다. 배가 나왔다
고 '이 배때기'라 부르고 키가 큰 분은 큰 밤톨, 작으면 작은 밤톨, 뚱뚱하
면 똥자루. 온통 밉지 않은 익살을 떨어 동네에서 서울 도령이 나타나면
으레 밤 구덩이(그땐 외가댁 동네엔 뒤뜰에 각자 자기 밤 구덩이가 있었
다)는 내어줘야 했고, 물고기 잡는데 쫓아가서는 윗물을 헤집고 다녔다.

산에 나무하는 데 따라가서 낫을 써보겠다고 고집을 피우다 손을 베이는 등 아주 크고 작은 사고를 내는 골칫덩어리 사고뭉치였다.

하지만 엄마는 하나도 귀찮아하거나, 낯붉히는 일 한번 없이 시동생에게 많은 사랑을 부어주셨다. 그렇게 오랫동안 사랑을 나누면서 살아온 엄마는 가끔 삼촌의 얼굴에 아주 외로운 기색이 보일 때면 그걸 어떻게 해결해 줄 방법이 없었다고 회상하기도 했다. 시동생은 역시 시동생이었으니. 그래서 이런 말이 있나 보다. 옛날 여름에 바깥마당 멍석에서 자고 있는 자기 자식들은 다 안 아 들이다 방에 눕혀도 시동생은 자식보다 어린데 못 안았다고 한다. 그러면서 형수는 "고것도 마저 반짝 안아 들여갔으면 좋겠다만 법이 있어 못하겠네!"라고 했다는 것이다.

해방 직후 중학 5년을 졸업할 무렵 친구들과 몰려다니는 모습을 보며, 엄마는 늘 불안하여 종로경찰서에 근무하는 엄마의 육촌동생 손종아 아저씨에게 부탁하여 늘 비상대비까지 했다고 한다. 그러나 삼촌은 근본이 나쁘지 않아 누구를 때리거나 못된 행동은 하지 않았다. 시절이 해방 후 격동기라 정국은 어수선했고 젊은 혈기에 사상 등을 논하면서 각종 모임을 하니 어른들이 더 불안했었던 것 같다. 결국 1946년 할아버지께서는 온 식구를 동탄으로 이끄시는 커다란 결단을 내리셨다.

어디에서도 앞장섰던 선구자

시골에 내려가서도 삼촌은 4H 클럽[1] 등 모임을 만들어 활동하니 혈기왕성한 청년들은 지도자를 만난 듯 모여들며 60년대 새마을운동 같은

---

1) 4H 클럽(4H Club) : 농업구조와 농촌생활의 개선을 목적으로 하는 농촌 청소년의 학습단체로 4H란 두뇌(head), 손(hand), 마음(heart), 건강(health)의 머리글자를 딴 것이다. 과학적인 머리(知育), 성실한 마음(德育), 일하는 손(技育), 튼튼한 몸(體育)을 지향한다.

선구자 역할을 하려 했으나 그때 낮에는 논밭에서 일하고 밤에는 가마니를 짜는 등 바쁜 청년들의 잦은 외출은 어른들의 언성을 높게 하고 크게 작게 일을 벌이는 것마다 할아버지께 꾸중 듣는 일이 많았다. 한번은 삼촌이 돈이 필요한 큰일이 있었나 보다. 엄마는 당신 시계를 아버지 몰래 빼어내어 주며 팔아 해결을 보게 하셨다. 얼마 후 또 다른 일이 벌어졌을 땐 아버지가 엄마에게 상의 없이 시계를 팔아 주셨다. 나중에 두 분은 서로 시계가 없다는 걸 아시곤 얼마나 황당하셨을까? 두 분 다 같이 삼촌을 자식 이상으로 사랑하셨던 거다. 나 또한 삼촌 일이라면 뭐든 할 수 있었고 어떤 일이라도 해 드리려고 했다.

한 번은 삼촌이 홍도라는 기생에게 홀딱 빠졌었다. 그 기생은 권번(기생들 교육 주로 창. 소리 같은 것을 배우는 곳)에 소속되어 있었고 그 집엔 사감 같으신 아주 날카롭게 생긴 할아버지께서 장죽을 입에 물고 늘 마루 끝 앞마당에 서 계셔서 들어갈 엄두도 못 냈다. 삼촌은 편지를 써서 홍도에게 전하라고 했다. 나는 한번 해보겠다고 하고 그 집에 들어가는 데는 성공했으나 어느 틈엔가 그 할아버지께서 마당에 나와 서 계신 게 아닌가? 꼼짝 안 하시고 두어 시간 이상 서 있는데 날은 어두워 오고 마루 밑에 냄새와 함께 있는 나는. 컴컴해지면서 금방 쥐라도 나올 것 같아 참는 데 한계가 왔을 즈음. 이윽고 할아버지가 들어가시고 나는 지나가는 여자에게 홍도를 만나게 해달라고 했더니 자기가 친하다고 전달해 주겠다고 했다. 난 한사코 홍도를 만나야 한다고 고집했고 결국 직접 전달할 수 있었다. 그때 달빛에 본 홍도의 얼굴은 내 눈에도 정말 황홀하게 아름다웠다. 마루 밑에서 그 고생을 했는데도, '과연 우리 삼촌 눈은 상당히 높구나"를 감탄하면서 어두운 마당에서 달빛에 비친 홍도의 자태를 몇 번이나 돌아다보았는지 모른다. 그 공로로 난 삼촌에게 예쁜 간단보꾸(간단복 簡單服)를 한 벌 얻어 입었다. 그 후에 삼촌과 홍도라는 기생이 어떻게 잘 만났는지는 한 번도 들은 바 없다. 할아버지께서 갑자기 돌아가시니 아버지께선 삼촌을 감당하기가 너무 벅차셨다. 엄마와 의논 끝에 장가를 일찍 보내면 마음을 잡을까 고민하시다 중매를 넣었다. 삼촌은 책임질 가족은 안 만들겠다고 극구 거절했다. 책임 못 질 가족 만들어서 원망받는 것보다는 평생 나 홀로 일만 하며 살고 싶다고 고집했지만, 삼촌은 형의 의지를 꺾을 수는 없었다.

장가가던 날 색시를 데리러 말을 타고 가던 늠름한 새신랑 삼촌의 모습은 얼마나 멋졌는지 모른다. 작은 엄마는 그 근동 양반 집안의 아주 얌전한 규수로 그리 예쁜 편은 아니었고 애교도 없었던 것 같지만. 참한 성격에 말수도 적었다. 그러니 삼촌이 성에 찰리가 없었다. 얼마 후 삼촌은 경찰시험을 보았다. 마도라는 곳으로 발령이 나서 아예 집을 나가 그곳에서 살았다. 나이가 차서 군 소집장이 나올 때인데 왜 경찰이 되려고 했는지 모르겠다. 마도라는 곳에 가 있는 동안 삼촌은 집엘 자주 안 왔다.

나는 매주 삼촌에게 장문의 편지를 보냈다. 작은 엄마가 일주일 동안 외롭게 지내시며 토요일마다 늦게까지 삼촌을 얼마나 애타게 기다리시는지 모른다는 내용과 밤이면 대청마루 끝에서 하늘의 별을 헤아리며 밤 늦게까지 앉아계신다는 말부터. 삼촌의 손수건을 만들어 수를 놓고 계시는 데 아주 예쁘다는 등 삼촌이 올 때쯤은 완성될 거라고도 썼다. 삼촌이 좋아하는 굴비도 좋은 것으로 사다 놓았다는 등 크고 작은 한 주 간의 모습들을 다 써서 보냈다. 그곳에서 삼촌은 결혼했다는 말을 하지 않았다는데 결국 내 편지로 들통이 났다고 한다. 하지만 그때 마도에서도 삼촌은 외로웠던지 누나 한 분을 사귀었다. 아이가 셋인 미망인인데 마도서 앞에서 가게를 하고 있다고 했다.

6·25 전쟁이 발발하고 삼촌은 경찰병으로 일선에 출정했다. 북으로 전진하려는 아군과 내려오려는 공산군과의 큰 전투가 있던 포천 전투에서 다리에 큰 부상을 입었다. 대퇴부에 총알이 관통했고 이내 정신을 잃고 말았다. 얼마가 지났는지 깨어보니 이미 모두 후퇴를 해 주위엔 한 사람도 없었고 몸은 꼼짝할 수 없었다고 한다. 저 멀리 큰길에 후퇴하는 지프(jeep)들이 열을 지어서 남으로, 남으로 향해 내려가는 것이 아주 조그맣게 보이더란다.

삼촌은 이대론 죽을 수 없다고 결심하고 온 힘을 다해서 큰길까지 기어서 갔다. 그것들은 미군 지프였다. 아무리 소리 질러도 먼지 속에 엎드린 삼촌이 보일 리 없고 계속 줄지어 달리기만 하더란다. 삼촌은 생각다 못해 위험을 무릅쓰고 굴러가는 어느 지프의 바퀴를 사력을 다해 잡았다고 한다. 차는 급히 세워졌고 차에 태워진 후엔 이내 의식을 잃었다. 눈을 떠보니 수원도립병원이었다고 한다.

의식이 돌아오니 마도서로 연락이 되고 가족이라고 해서 그 수양 누이가 왔고 그다음은 우리 집으로 연락이 와서 엄마와 작은 엄마가 새 호박단 이불을 싸 가지고 달려갔다. 그때 나도 울면서 따라가려 했던 기억이 난다. 엄마가 도착하니 그 누이가 와 있더란다. 공연히 작은 엄마에게 미안한 마음이 들었다는 엄마는 그 자리에서 서로 인사를 나누었는데 그분에게 "나도, 동서도 시누이가 없으니, 우리 앞으로 시누이 사이로 잘 지내자"라고 회자정리(會者整理)를 하셨다고 한다. 엄마는 나름 예의를 갖추신 것이었다. 이렇게 엄마와 작은 엄마에겐 공연히 뭔가 찜찜한 시누이가, 우리 형제들에겐 수양 고모가 한 분 생겼다.

그리곤 얼마 후 1·4 후퇴가 일어났는데, 우리 식구는 부산행 피난 기차를 탔지만 대전에 내려진다. 더는 내려가는 것을 포기하고 당장 살 집을 잡아, 짐을 풀어놓고는 엄마는 삼촌을 찾아 연락해보니 마침 삼촌이 대전에서 근무하고 있었다. 엄마는 삼촌을 집으로 이사 오게 하였다.

그 후에 모습을 나타내신 수양 고모는 근처에 조그만 다다미 두장짜리 방을 얻어 살면서 서대전역에서 서양 담배를 팔았다. 고모는 아주 싹싹하고 수단이 좋았다. 한번은 군복 바지 뒤에다 '염색'이라고 붉은색으로 써진 옷을 입고 와서 모두 놀랐던 생각이 난다. 몇 달 후 대전에서 서울로 올라올 때도 고모는 수완이 좋아 화물차 앞 기관차 맨 앞 칸에 타고 올라오고 우린 걸어서 올라온다. 성원과 나는 소 장수에게 소를 빌려 타고 혜정인 외숙모 등에 업혀 올라왔다. 아버진 그때 대구에서 계시다가 한참 후에 올라오셨다. 서울 수복 후에 얼마 동안 삼촌 소식이 없어서. 엄마는 애타게 마도서를 중심으로 여기저기 수소문하고 있었다.

그렇게 지내던 1년이 훨씬 지난봄 삼촌의 소식을 듣게 되었다. 정말로 큰 대형사고를 친 것이다. 지금은 안성군으로 편입된 용인군 고삼면이라는 시골에 가서 중학교 교사로 근무하며 고모와 함께 살림을 차리고 그분 사이에 아들을 낳은 것이다. 엄마의 예감이 맞은 것이었다. 이미 아들 돌잔치를 했다는 것이다. 그때 난 중학교 시험을 치고 나서 4월 입학을 준비하며 놀고 있었을 때였는데, 내 눈으로 꼭 보고 오겠다며 삼촌을 찾아가기를 고집했다. 그리고 엄마에게 허락을 받아냈다.

겨우 초등학교를 졸업한 나였지만 버스를 두 번이나 갈아타고 가야 하는 지금의 안성군 고삼면으로 달려갔다. 날 마중하는 그분(고모)은 남색 치마에 노란 저고리 새색시였다. 반면 그렇게도 외모에 신경을 쓰던 삼촌은 지금까지 내가 보았던 분이 아닌 웬 중년의 아저씨였다. 바지는 한참 추켜올려야 되는 위치에 내려와 있었고 헐렁한 상의. 처음 보는 그런 삼촌의 변한 모습에 난 눈물이 왈칵 쏟아졌지만 애써 참았다.

시골집의 여닫이문을 열고 단칸방으로 들어가서 한편에 쪼그리고 앉은 나는, 먹지도 않고 삼촌이 반갑다고 이런저런 말을 걸어도 묵묵부답 한참을 뾰로통하게 앉아 있었다. 속으론 너무 어이없어 무슨 말부터 먼저 해야 할지 곰곰 생각하면서. 그러다 드디어 입을 열어 따지기 시작했다. 삼촌에게 먼저 말한다. 저분은 도저히 우리 작은 엄마가 될 수 없다고, 이 시골에서 뭐 하시는 거냐고, 빨리 정리하시라고, 그리고 집으로 오시라고. 크게 소리를 치며 따지듯 이야기하고는 아기 엄마한테는 끝까지 고모라고 호칭하며 따졌다.

앞길이 창창한 20대의 삼촌을 이 시골구석에 데려다 놓고 어쩔 작정이냐? 아버지 엄마는 물론 우리 식구 모두 허락하지 않는 이 생활을 하루라도 빨리 청산하시라고 말을 마치고. 열두 살 먹은 게 그렇게 큰소리치고는 물 한 모금 안 마시고 방 한쪽에 쪼그리고 앉은 채 밤을 지내고 새벽에 그 집을 나왔다. 삼촌이 뭐라도 먹고 가라고 하는데 막무가내로 뛰쳐나왔다. 그런데 지금 생각해도 신기한 건 그때 삼촌네 아기는 한번 안아보고 싶었다. 그러나 애써 참았다. 삼촌이 내 마음을 읽은 듯. 그러는 나를 달래느라 보여준 아기 사진 중에 한 장을 몰래 챙겨서 가지고 나왔으니 정말 핏줄은 어쩔 수 없나 보다.

밖은 이른 봄이라 아직 어둠이 깔려 있는 서산 위에 빛을 잃은 달이 겨우 얹혀있는데 버스는 아직이었다. 버스를 기다리는 나를 정류장까지 쫓아 나와 찾고 있는 삼촌을 피해 어느 시골집 담벼락에 붙어 숨어서 얼마나 펑펑 울었는지 모른다. 아침 햇살이 희미하게 하늘 위에서 내려와 울려 퍼지는 고요한 시골의 스산한 아침 골목. 몸에는 한기가 스며들어 오는데, 배고픔도 잊은 눈물은 좀처럼 그치질 않았다.

그 후 집에 게시던 작은 엄마는 내가 없을 때 친정으로 갔고, 수원으로 이사한 삼촌에겐 두 아이가 더 태어났다. 그분은 엄마가 돌아가시고 나서 한참 후에서야 모두가 인정하는 작은 엄마가 되었다.

하지만 엄마는 돌아가실 때까지 그분을 동서로 인정하지 않으셨다. 얼마나 삼촌이 아까우셨으면 그랬을까! 엄만 삼촌을 정말 많이 사랑했고 무슨 일이고 해주지 못해 안타까워하면서도 그 일만은 허락도, 용서도 못 하셨다. 얼마나 이해심 많고 너그러운 엄마셨는데 사람들 입에 오르내리는 삼촌이 엄마는 얼마나 가슴이 아프셨을까?

난 세상의 어느 누구든 삼촌에 대해 나쁘게 이야길 하면 언제나 싫었다. 늘 삼촌 편에 있다. 하지만 그 일만큼은 엄마와 같은 생각이었다. 그로부터 삼촌은 첫째를 놓치시고, 두 아들을 키우셨고 엄마가 가신 후 사촌 아이들은 하루가 다르게 자라고 있는데 장조카의 입장에서 삼촌만 집에 드나드는 생활을 계속할 수는 없었다. 두 조카들을 인정하는데 십 년이 더 걸렸다.

좌측 삼촌 우측 아버지

4장
이대로 죽을 수야 없지 않은가?

밥은 굶어도 먼저 동생들을 학교에 보내야겠다는 결심을 했다. 그건 또 엄마의 뜻일 거라고 생각하니 패기가 생겼다. 그러나 현실은 녹록하지 않았다. 사실 그때 내 처지론 찬밥 더운밥 가릴 상황은 아니었다. 우선 집에서 한입이라도 덜어야 하는 절박함도 있었다. 그 집에서 기거하며 7개월을 지냈다. 잘 차려진 밥상에 앉을 때마다 나는 동생들의 초라한 밥상이 떠올라 목이 메어 먹을 수가 없었다

16

보인 스님!
제발 저를 좀 받아주세요...

그렇게 우리 엄만 당신의 장기마저 외국인 병원에 기증하고 39년 남짓의 짧은 생을 마감하셨다. 아직 어린 동생 넷도, 빚도, 많은 슬픔을 얹은 짐들도 침묵과 함께 철모르는 열아홉 나에게 말없이 맡기신 채. 그리고 당신의 기둥이었고 영원한 동반자였던 이제 겨우 40세의 아버지를 이 땅에 홀로 남겨둔 채 허망하게 떠나버리셨다.

갑자기 들이닥친 이 기막힌 현실 앞에 슬퍼할 겨를조차 없었다. 당장 여섯 식구가 어떻게 연명해야 할지가 막막했다. 그다지 경제관념 없이 다달이 월급봉투만 엄마에게 전달하시면서 살아오신 아버지는 의지나 신념을 상실한 의지박약 상태인 것 같아 겨우 앉아계시는 것도 힘들어 보인다. 아버지만 쳐다보기 보다는 어떻게든 내가 헤쳐나가야 했지만 나도 그럴 자신이 없었다. 머릿속이 하얘져서 아무것도 생각나지 않았다. 그냥 어디로든 돌아올 수 없는 먼 곳으로 떠나고만 싶었다. 밤새 멍하니 방 한쪽에 웅크리고 앉아 있다가 새벽에 집을 나섰다. 그래, 그냥 가보자! 그냥 나를 버려 버리고 마냥 걸어 가보자. 정처 없이 걷다가 문득 정신을 차리고 보니 버스정류장에 서 있었다. 무작정 제일 앞에 멈춰 서 있는 버스에 올라탔다. 타고 보니 예산행 버스였다. 차창 밖을 내다보며 난 지금 어디로 가야 하나 고민하는 순간. 궁하면 통한다고 했던가? 내 머릿속에 일엽 스님이 계신 견성암이 떠올랐다. 일단 갈 곳이 정해지자 마음이 조급해졌다. 무조건 차에서 내려 마치 그곳에서 누가 기다리기라도 하는 것처럼 물어물어 찾아 올라갔다.

지금 생각하면 예산에서 버스를 내려 얼마를 걸어서 어떻게 덕숭산 견성암까지 갔는지 아득하기만 하다. 꼬불꼬불한 산길을 따라 거의 꼭대기에 다다르니 산속에 대웅전이 보였다. 또 양편으로 기다란 집 두 채가 눈에 띄었다. 난 여기에 왜 온 것일까? 갑자기 허기가 밀려왔다. 이미 점심 때가 훨씬 지나 있었다. 아직도 찬 겨울인데 땀을 흘리며 올라오는 단발머리 소녀를 보고 공양 간에서 일하던 동자 스님이 묻는다.

난 거침없이 "일엽 스님을 뵈러 왔다!"고 했다. 하지만 만공 스님의 제자 일엽 스님은 이미 다른 곳으로 떠나신 뒤였다. 그때 마침 옆을 지나시던 한 중년 스님께서 날 물끄러미 쳐다보시더니, 어디에서 어떻게 왔느냐고 묻지도 않으시고 방으로 들어오라고 하셨다. 구세주라도 만난 듯 고마운 마음에 무조건 쫓아 들어갔다. 방은 아주 조그맣고 간결했다. 책상에 서랍장까지 못 버려서 사방이 온통 세간으로 둘러 쌓여있는 우리 집 커다란 단칸방이 잠깐 내 머리를 스쳤다.

스님이 부탁해 동자가 차려온 밥상을 허겁지겁 비웠다. 상을 내어간 뒤 스님은 말없이 내 몰골을 쳐다보시더니 폭이 좁은 1인용 요를 내어주셨다. 스님께 묵례하고 누운 나는 단숨에 잠들어 버렸다. 그리고 얼마를 잔 것일까? 잠결에 예불 소리가 들렸다. 나도 모르게 자리에서 일어나 새벽예불 소리가 나는 대웅전으로 올라갔다. 그리고 부처님께 절을 올리기 시작했다. 다리가 저렸다. 그래도 아침 동이 틀 때까지 쉬지 않고 절을 올리고 또 올렸다.

나를 따뜻하게 맞아주신 스님의 법명은 보인이었다. 처음 나를 보았을 때 보인 스님은 내가 실연당해 집을 나온 아이라 생각하여 잘 달래서 집으로 돌려보낼 요량이었다고 한다. 하지만 스님이 아무리 달래고 이리저리 물어도 절대로 내 사정을 말하지 않았다. 그냥 중이 되고 싶어 왔고, 꼭 중이 되어야겠다고만 고집했다. 하루 만에 천수경을 다 외우고는 반야심경을 읽으면서 새벽 3시엔 어김없이 일어나서 대웅전에 가서 예불을 드렸다. 그리고 삭발례를 치러 달라고 스님을 졸랐다. 아무 대답도 안 하시며 웃기만 하시던 스님은 그때 무슨 생각을 하고 계셨을까?

스님은 몇 번인가 해미에 있는 개심사에 나를 데리고 가셨다. 그곳은 공부하는 스님들이 계신 곳인데 험한 산길을 한 시간 이상 걸어야 했다. 함께 걸으며 이런저런 이야기를 해주셨다. 지금도 그때 막무가내로 밀고 나가는 천진한 철부지 소녀를 무조건 사랑으로 보듬어 주신 보인 스님의 사랑을 잊을 수가 없다. 달포 이상을 보인 스님으로부터 내가 받은 사랑은 정말 무궁무진했다.

근처 다른 절에 일을 보러 가실 때에도 꼭 나를 데리고 가시는 걸 보고 동자 스님들은 나를 상좌 삼으시려나 보다 하며 부러워했다. 스님께선 그 산길에서 나에게 부처님 이야기에서부터 많은 세상 이야기를 해주셨다. 혼자 나가셨다 돌아오실 때면 이따금 주전부리도 사다 주셨다. 당시 절에 들어와서 부엌을 못 벗어나고 손이 벌겋게 터 있었던 동자 스님들의 밥은 쌀 한 톨도 찾아볼 수 없는 꽁보리밥이었다.

며칠 후 들은 얘기로는 보인 스님은 어려서 동자 스님으로 출가하실 때, 본가 부모님으로부터 받은 논이 있어서 절에서는 부자 스님으로 알려져 있었다고 한다. 스님 방의 벽장에는 그때는 상상도 못 했던 설탕 자루, 밀가루 포대가 있었고, 쌀 등 먹을 것들이 늘 가득 있었던 생각이 난다. 아무튼, 그때 그 스님과 같이 지내게 된 것은 큰 행운이었다.

스님의 특별대우와 사랑을 받으면서도 난 나와 가족들에 대해서 말하지 않았다. 그런데도 스님은 나를 믿어주셨다. 스님께서만 받아주신다면 스님의 상좌로 커서 훌륭한 대승으로 거듭나고 싶었던 나의 마음만은 진실이었다. 그러던 달포쯤 지난 어느 날인가 스님과 함께 해미읍 개심사에 다녀오는 길이었다. 스님께서 볼일이 있어서 잠깐 혼자 기다리고 있을 때 우체통이 눈에 들어왔다. 순간 동생들이 너무나 보고 싶어졌다. 불현듯 눈물이 핑 돌며 내가 살아 있다는 소식만이라도 전해야겠다는 생각이 들었다. 급히 엽서를 샀다.

잘 살고 있으니 내 걱정은 마시라고 간단한 소식만 적어 발신인 주소 없이 엽서를 우체통에 밀어 넣었다. 하지만 그때 내가 미처 생각지 못한 잘못이 있었다. 스탬프 소인이 해미읍으로 찍혔고 그 길로 아버지와 삼촌께서 해미읍을 뒤지는 일이 벌어진 것이었다. 두 분은 급기야 개심사까지 찾아오시고 정해사를 통해 견성암까지 올라오시게 되었다. 이렇게 해서 소식을 전한지 5일 만에 나는 아버지와 삼촌을 마주하게 되었다.

반백일 동안 10년은 더 초췌해진 아버지는 죽은 자식 다시 만난 듯 한시도 내 얼굴에서 눈을 떼지 못하셨다. 삼촌의 큰 눈에선 염주 알만한 눈물이 뚝뚝 떨어지고 있었다. 아버지는 목이 메어 말씀을 못 하시고 삼촌으로부터 자초지종을 들으신 스님은 내 손을 잡으시더니 나를 꼭 안아주시며 아무 말씀도 안 하셨다.

"그래! 그래!" 하시며 고개를 끄덕이시는 스님을 뒤로하고 나는 아버지와 삼촌을 따라나서고 있었다. 그렇게 두 분의 양팔에 붙들려 그곳을 떠나온 뒤로 소식 한 장 못 전했으니 나의 무심함에 스님은 얼마나 실망하시고 섭섭해하셨을까. 내가 다시 견성암을 찾아갔을 때는 이미 늦은 뒤였다. 스님! 너무 늦게 찾아뵈어 정말 한없이 죄송합니다. 마음속으로 용서를 빌었지만 아무 소용없는 일이었다. 보인 스님의 입적 소식을 전하는 중년의 낯선 스님이 보인 스님의 상좌였노라고 말씀하는데도 그 스님에게 일말의 정도 가지 않았다.

그때의 견성암 풍경이 아직도 내 머릿속에 선한데, 그 자취라도 남아 있으면 참 좋았을러만 스님을 추억할 아무것도 거기엔 없었다. 지금의 견성암 자리는 아래로 내려와 있어 운치도 옛날 같지 않고 너무 딱딱한 인도식 석조건물은 마치 템플스테이(temple stay)를 하는 고급여관 같았다. 그리고 견성암(見性庵) 앞까지 올라가는 구불구불하던 운치의 시골길은 사라지고 잘 닦아놓아 편리하고 넓은 주차장까지도 낯설고 마음에 들지 않았다.

너무 변해버린 풍경들이 스님이 떠나고 안 계신 빈자리의 쓸쓸함만을 보태고 있었다. 덕숭산(德崇山) 넘어 개심사(開心寺) 쪽 하늘을 보며 스님! 제가 왔어요! 하고 크게 소리치며 울고 싶었다. 보인 스님은 늘 나에게 중이 되어도 파계할 상이라고 말씀하셨다. 우스갯소리로 귀 뒷선과 머리 난 곳이 가깝다고 하시면서. 그건 내가 머리숱이 많아서 그렇다고 하면 스님은 씨 익 웃으셨다. 나를 처음 만나셨을 때도 그분은 아무것도 묻지 않으신 채 그냥 받아주시고 먹여주시고 재워주시며 기다려 주셨다. 보인 스님은 나중에 개심사 주지 스님이 되셨다고 한다. 스님도 나를 잊지 않으셨을까? 가끔 생각나셨을까? 너무 죄스러운 마음뿐이다. 스님을 생각할 때마다 지금도 나는 마음 한구석이 아프고 죄송한 그리움에 가슴이 아려온다.

17

방황을 버리고 온 나에겐

한 차례 방황을 끝내고 돌아온 나에겐 야박한 현실만이 온몸을 죄어 왔다. 당장 의식주가 문제였다. 아버지는 막내 혜원이를 이미 외갓집으로 보내셨고, 서대문 미동초등학교 2학년이던 성준이는 학교가 멀어 못 가고 집에서 빈둥대고 있다가 나를 보자 와락 품에 바짝 안기여 울며 볼을 비벼댔다. '누나! 누나!'를 부르며⋯ 봄에 초등학교를 졸업한 착해 빠진 혜정은 조그만 손으로 밥을 짓다가 쫓아 나와 한걸음 떨어져 크게 울음을 터트렸다. 중학교를 졸업한 큰동생 성원은 친구들과 어울려 방황하고 있었다. 제일 마음 약한 성원은 애써 울음을 참고 있는 듯했지만, 돌아서서 눈을 비비면서 가슴속으로는 누구보다 더 크게 울고 있다는 걸 난 잘 알고 있었다. 나는 한참 동안 세 동생을 부둥켜안고 울고 또 울었다. 마음속으로 '누나가 잘못했어! 그래 언니가 미안해!' 하면서 말이다.

아버지는 급한 대로 큰 외삼촌께 얼마간의 돈을 차용해 오셨지만 난 모른 척했다. 딱하게도 아버지는 생각까지 몽땅 버려 버린 사람 같았다. 방 한구석에 앉아 책을 보시다가 라디오를 들으시다가 그냥 그 자리에 정물처럼 종일 앉아계시곤 했다. 정말 말 그대로 숨이 막히는 상황이었다. 어디서부터 어떻게 손을 대야 한단 말인가? 잠이 들면 엄마가 꿈에라도 나타나 내게 길을 알려주실 것 같아 잠을 청해보기도 했다. 그렇게라도 현실을 벗어나 보려는 내 의지가 미웠던 것일까. 잠도 꿈도 내게서 멀리 달아나 버렸다.

우선 마음을 잡지 못하고 방황하는 큰동생 성원부터 따끔하게 잡아 놓아야 했다. 나보다 세 살 아래인 성원은 평소에는 누나라고 불렀지만, 화가 나면 이름을 부르며 대들곤 했다. 엄마가 계실 때도 허용될 수 없는 일이었지만 이제는 더더욱 그리해서는 안 되겠다. 아직 성원은 정신연령이 나보다 5~6년은 어린, 마음 약하고 철없는 남자아이였다. 나는 엄격한 누나로 거듭나기로 했다. 반말도 절대 용인하지 않았다. 엄두가 나지 않는 어려움은 있었지만 어떻게든 무너진 집안의 질서를 하나씩 바로 세워나가야 했다.

그러나 무엇보다 급한 것은 우선 의식주의 해결이었다. 아침에 일어나면 모두 나를 쳐다보는 것 같았다. 아니, 나만 쳐다보고 있었다.

18

엄마 없는 곳에선 난 아무것도

입주 가정교사

밥은 굶어도 먼저 동생들을 학교에 보내야겠다는 결심을 했다. 그건 또 엄마의 뜻일 거라고 생각하니 패기가 생겼다. 그러나 현실은 녹록하지 않았다. 지금의 이 상황을 극복하려면 내가 좀 더 독해져야 한다는 생각을 했다. 셋째 혜정에게 양해를 구했다. 내년에 오빠를 먼저 고등학교에 보내고 너는 한해 뒤에 중학교에 들어가도록. 늘 어려운 일이 있을 때마다 자신을 희생해준 셋째. 지금도 셋째 혜정이는 내 가슴 한구석에 앙금이 되어 아픔으로 남아있다. 그렇게 집안을 챙겨놓고 일자리를 찾아 나섰다.

첫 연락이 온 것은 가정교사 자리였다. 종암초등학교 6학년인 여자아이의 입주 과외선생으로 와서 봐 달라는 것이었다. 그때는 중학교 진학시험을 보던 때라 6학년에 중학대비 과외가 성행했다. 그 아인 국어 산수 성적이 모두 부족하여 진학을 염려한 아버지가 기초부터 정리를 좀 잘 해주어 중학시험에 꼭 합격하게 해 달라고 내게 부탁했다. 처음 뵌 아이 아버지는 잘 알려진 코미디계 연예인이셨다.

사실 그때 내 처지론 찬밥 더운밥 가릴 상황은 아니었다. 우선 집에서 한입이라도 덜어야 하는 절박함도 있었다. 그 집에서 기거하며 7개월을 지냈다. 잘 차려진 밥상에 앉을 때마다 나는 동생들의 초라한 밥상이 떠올라 목이 메어 먹을 수가 없었다. 나는 내가 할 수 있는 최선과 성의를 다해 가르쳐서 중앙여중에 입학시켰다. 그러고 나서 다시 소개받은 곳은 그 학생의 엄마가 소개한 후배의 딸이었다. 하지만 난 거절할 수밖에 없었다. 더 이상 어린 동생들을 아버지께만 맡기고 집을 나와 있는 건 아니라는 생각이 들었기 때문이다. 그나마 집에서 제일 무서운 사람인 내가 집에 없으니 집안의 질서가 말이 아니었다. 그때는 모두가 내 말만 들었을 때였다.

해군병원에서

돈이 될 수 있는 건 뭐든 다 해보고 싶었지만, 19세밖에 안 된 여자가 그것도 곱게 자란 맹물이 할 수 있는 일이란 별로 없었다. 그전에 부탁했던 곳에서 연락이 왔다. 근처 해군병원이었다. 두 다리나 걸쳐 아는 분의 소개를 받은 병원장님은 해군 대령이었다. 원장실에서 만나 아무 일이라도 하겠다고 사정했다. 그분은 현역이라서인지 확실하고 분명했다. 그래도 일류 고등학교를 나온 아가씨이니 할 일을 찾아보자며 이력서를 두고 가라고 했다. 그야말로 이력 없는 이력서는 간단했다. 우선 집이 가까워서 난 매달리듯 부탁하며 이력서를 내밀고 왔다. 군답게 역시 회답도 빨랐다. 바로 다음 날 연락이 왔는데 사무직 자리는 없고 우선 교환실에서 일을 해보면 어떻겠느냐고 했다. 사무직 일은 언제가 될지는 알 수 없으나 문관 모집 할 때 우선권을 주겠다고 했다.

그렇게 해서 어제까지 선생님이던 나는 교환실 미스 문이 되어 교환대에 앉았다. 교환실엔 나이 많은 선배 언니들, 그러니까 현역 하사 두 사람이 한 명씩 교대근무를 하고 있었다. 교환대에 앉아 선배 언니들이 가르쳐 주는 대로 드르륵 하고 전화 코드가 울리면 연필 같은 것을 꽂으며 '네!' 하고 나가야 한다. 하지만 세상에 쉬운 일은 하나도 없었다.

선배 언니들이 가르쳐주는 대로 해보았지만, 교환원 일은 정말 긴장의 연속이었다. 계급 높은 장교 방에서 드르륵드르륵하고 울리는데 늦게 받았다가 불호령이 떨어지는 건 다반사였다. 당시 신통치 않은 시설 탓도 있었겠지만. 불이 가만히 들어오는 게 아니고 크게 '드르륵드르륵' 소리를 내며 덜 덜 덜 움직였다. 지금도 난 그 기계음과 비슷한 소리를 들으면 겁먹고 놀랐던 그때 생각이 난다.

또 한꺼번에 여러 곳에서 울려댈 때는 어떤 것을 먼저 받아야 하는 건지 당황하게 된다. 바쁜 시간엔 손이 빠르지 않으면 "뭐야! 빨리 안 받고?" 등 상대 쪽에서의 반말이 귀청을 찌렁찌렁 울려댔다. 그런 숨 막히는 훈련이 거듭되며 계급 순서대로 성질 급한 분 신호를 먼저 받는 등 차츰 요령도 생기고 배짱도 생겼다. 석 달쯤 지나자 동시에 여러 군데서 드르륵거리며 울려대도 척척 받아낼 수 있게 되었다. 하지만 마음에 여유가 생기자 매일 반복되는 행동과 발전 없는 같은 날들에 대해 회의와 절망을 갖게 되었다.

어느 교환원의 수기에서 보았던 말이 떠올랐다. 화장실 안에 앉아서도 밖에서 노크하면 '통화 중!' 한다는. 아무래도 이건 아니지 싶었다. 비건설적이고 가능성도 없고 발전성 없는 다람쥐 쳇바퀴 돌듯 반복되는 이런 일에 종일 매달려 있어야 하는가? 문관시험은 언제 있을지 모르고… 고민하고 있을 때 다른 곳에서 또 연락이 왔다. 삼촌 친구가 연합신문사에 있는데 내 이야기를 했더니 면접을 오라는 것이었다.

화장품회사 경리사원

찾아간 연합신문사는 지금의 소공동 미도파 백화점 뒤 건물이었다. 면접관이 속기를 할 수 있느냐고 물었다. 난 잠시 망설임도 없이 또렷한 목소리로 "곧 배우겠습니다."라고 말했다. 그 대답이 너무 황당했는지 일순 면접관의 표정이 일그러졌다. 삼촌이 잘못 알고 속기를 할 수 있다고 해서 빚어진 오해로 나중에 들은 이야기로는 부서를 바꿔서라도 합격시켜야 하는 일이 되었다고 한다. 다짐받았던 사회부에로의 호기심은 물거품이 되고 그 다음 날부터 난 사회부가 아닌 광고부로 출근을 했다. 광고부의 주 업무는 제약회사 등을 다니며 광고를 따오는 것이었다. 나는 그때 3개월을 출근하며 작은 제약회사에서 10단 전횡의 광고 2건에 조그마한 10횡 정도의 광고 몇 개를 따왔다. 말만 신문사에서 일한다뿐이지 정말 적성에 안 맞는 외무직이었다. 그 신문사를 나온 뒤에도 나는 자그마한 회사들을 몇 군데나 다니다 다시 나오곤 했다. 불안해하는 동생들에게도 취직했다고 말하기 민망할 정도로 적당한 일자리를 구한다는 것은 쉽지 않았다.

또 매일 매일 신문을 뒤적였다. 이번엔 이름이 조금 알려진 중견 화장품회사에 경리직원을 모집한다는 광고가 눈에 들어왔다. 고졸 자격이란 조건에 눈이 머물렀고. 바로 원서를 내고 사원채용에 응시했다. 총 5명 모집이었는데 경리직원은 1명 모집이고 그 외 4명은 공장에서 물품 수납을 하는 직원이었다. 난 운 좋게도 한 명 뽑는 경리직에 합격하는 행운을 얻어냈다. 다음 주부터 일을 시작했다. 작지 않은 규모의 주식회사로 모든 판매와 수금은 외무사원들에 의해 좌지우지되는 회사였다.

출근하자마자 금전 출납과 어음 수표 등의 수금 정리와 월말 시산표 등, 한시도 자리를 비울 수 없는 중요한 업무가 내게 맡겨졌다. 매일 아침 외무사원들이 전날 마트와 약국 등에서 판매한 모든 물품 대금으로 수금된 어음 수표 등을 가져오면 입금 정리한 후 주문서 등을 확인해 영업부에서 배달하도록 전표를 전해주는 아주 민감한 일이었다. 월말이면 결산 시산표까지 작성해야 했으므로 눈코 뜰 사이 없이 바빴다. 물론 과장님 부장님 사장님 결재까지 끝나야 했으니 오랜 경리 통이고 그쪽으론 통달하신 그분들을 통과하는 데 지장 없도록 매일 신경을 써야 했다. 하순에는 늘 야근하는 게 다반사였다. 야근에 따른 수당도 짭짤했다.

그동안 일을 찾아다니면서 간절히 바랐던 것은 '무슨 일이든 항상 바쁘게 할 일만 있었으면 좋겠다.'라는 것과 또 '일이 아무리 어렵더라도 배워서 하는 발전 있는 일이었으면 하는 바람'이었다. 그런데 이 모두가 나의 기원대로 되었다. 그래서 야근으로 피곤할 때마다 그 생각을 떠올리고 흐뭇해하며 혼자 웃었다.

그때는 정말 전화 받을 시간도 없었다. 더욱이 주산이 서툰 나는 초등학교 때 배운 주산 실력이니 사람 없는 점심시간을 이용하여 책상 밑에 주판을 숨겨놓고 계산을 했다. 혹여 외부 사람이라도 볼세라 긴장되고 난감했던 시간이었다. 인계도 못 하고 떠난 선임은 여상을 나온 분이라서 월말 시산표 등 주산과 부기에 능했었는데 급히 결혼하면서 이민을 떠났다고 했다. 하루빨리 주산과 부기를 배워야겠다고 생각한 나는 첫 달부터 퇴근 후엔 종로 YMCA에 있는 중앙경리학원에 가서 주산과 부

막내는 초등학교에 혜정이는 중학교에

기 능을 배웠다.

밤낮으로 피곤해서 거의 매일 코피가 나왔지만 난 건강엔 자신이 있었
으므로 까짓 코피쯤이야 하고 가볍게 넘기곤 했다. 3개월 정도 다닌 후
주산 6급, 부기 2급을 땄다. 시산표 작성도 훨씬 수월해졌다. 갓 스무 살
인 나는 계절이 오는 소리조차 들을 사이도 없이 바쁜 시간을 벅찬 일들
로 즐거운 비명 속에서 보내고 있었다. 덕분에 집에 일도 회사 일도 모든
게 순조롭게 진행되고 있었다.

이듬해 봄 성원이는 고등학교에 갔다. 그동안 외갓집에 맡겨졌던 막
내도 다시 집으로 데려왔다. 그때 마침 방 두 개짜리 집이 같은 값에 나
와서 우린 그 집으로 이사를 했다. 다음 해 셋째도 중학교엘 가고 성준은
초등학교 3학년 막내도 초등학교에 입학했다. 제일 마음에 걸렸던 막내
혜원이가 주눅 들지 않고 씩씩하게 학교 적응을 잘 해주는 게 무엇보다
고마웠다. 크게 보채지도 아프지도 않고….

공납금을 한꺼번에 내는 어려움이 있을 때를 대비해 돈을 모아둬야 했다. 난 마른 수건을 쥐어짜듯 절약을 하고 또 절약했다. 몸이 건강하니 점심은 가볍게 때우고 차비도 최대한 줄였다. 힘든 일도 많았지만 이미 각오했던 일이었기에 스스로 위로하며 기꺼이 이겨냈다. 내가 노력한 만큼 하는 일들이 큰 문제없이 잘 풀려나가는 것 같아 뿌듯했다. 동생들이 무탈하게 한 학년씩 올라갈 때마다 해냈다는 자신감에 무한한 희열을 느끼고 있었다. 그때 나는 항상 나보다는 동생들이 먼저였으니, 힘들때마다 다짐하며 스스로를 담금질했다.

내가 행복하게 부모 밑에서 많은 사랑을 받으며 열아홉 해를 살았으니 이제 내가 받은 사랑을 동생들에게 나누어 주면서 엄마의 빈자릴 채워 주고, 우리 집안을 옛날의 평화롭고 기품 있는 가문으로 만들어 놓겠다는 의지 등등. 그것은 중환자실에서 의식 없는 엄마와 한 약속이기도 했다.

다음 해엔 회사 근처로 이사를 했다. 교통비도 줄일 수 있고, 퇴근하면 동생들을 더 많이 돌볼 수 있을 뿐 아니라 나도 조금 더 쉴 수 있어서 편했다. 하루는 고등학생인 큰동생 성원이 체육 시간에 철봉에서 떨어지는 사고가 있었다. 허리를 심하게 다치고 턱밑이 깨져 많은 피를 흘리며 집으로 와서 나를 놀라게 했다. 그래도 턱밑 상처가 잘 아물어 흉터가 남지 않아 다행이었지만 그때의 후유증으로 성원은 지금까지도 허리가 안 좋아 고생하면서 살고 있다.

성원의 친한 친구 몇이 저녁이면 동생을 자꾸 불러내 어딘가로 데려가곤 했다. 몰래 지켜보고 있다가 동선동에서 신흥사까지 잠옷 바람으로 뒤따라가 모여서 웅성거리고 있는 그 애들을 혼내고 동생을 데려온 적이 한두 번이 아니었다. 그렇게 나는 잔소리꾼이자 엄격한 누이가 되어 갔다. 그뿐만 아니라 동생의 친구들까지 무서워하는 악랄한 '준 엄마'로 변해갔다. 성원이 고등학교, 혜정이 중학교, 그리고 초등학교에 다니는 두 동생 모두가 손을 타는 나이였으니 그리할 수밖에 없었다. 누군가의 감독이 절대적으로 필요했던 시기이기도 했다.

　나는 밤낮없이 바쁜 나날의 연속이었다. 엄마를 생각할 겨를도 없이 살고 있었으나 그렇다고 엄마를 잊은 것은 아니었다. 마치 잊은 것처럼 살고 있었지만, 오히려 가슴에 묻고 지냈다는 게 더 솔직한 표현일 것이다. 힘들고 괴로울 때마다 내게 힘이 되어준 건 다름 아닌 엄마였다. 늦게 철들은 자식도 기다리며 사랑하신 엄마의 따듯했던 손길을 생각하면 마음이 포근해지고, 주저앉고 싶을 때마다 가슴에 묻은 엄마에 대한 그리움은 나를 일어서게 했다. 그러나 나의 의지와는 달리 세상은 그렇게 쉽고 녹록하게 살아지지 않았다.

19

억울한 당좌사고,
참담한 삶보다는
차라리 죽음으로

그래도 나름 바쁜 속에서 보람 있고 즐거운 나날들이 지나가고 있었다. 그러나 신은 나를 가만히 내버려 두지 않았다. 어느 날 회사에 출근하여 내 방으로 들어서니 소동이 난 듯 중역들까지 직원 모두가 나와 있었다. 경리였던 나는 매일매일 외무사원들이 받아온 어음과 당좌수표들을 결제 날짜순으로 정리하여 금고에 보관하고 있었다. 한데 난리가 난 것은 아직 추심일이 많이 남아있는 여러 장의 어음과 당좌수표가 돌아갔다는 것이었다.

추심일이 아직 많이 남아있는 어음과 수표들, 2~3일 전 아니면 은행에서 받지도 않고 당좌건 어음이건 개인 간에만 '와리비끼(할인)'로 교환하고 지불해야 하므로 그야말로 은행과 거래를 하는 사람들이나 할 수 있는 그런 일이었다. 더욱이 회사 내에서는 어느 누구도 해결할 수 없는 난제였다. 그러니 경리담당인 나, 과장 부장이 줄줄이 사표를 쓰고 형사책임도 져야 하는 사건이었다.

난 정신이 아뜩해졌다. 나를 믿고 회사의 운명이 좌지우지되는 큰돈의 금고를 맡긴 중역들께도 면목이 없어 차마 머릴 들 수가 없었다. 더욱 참기 어려웠던 건 아직 머리에 피도 안 마른 어린 처녀가 간도 크다는 듯한 표정으로 나에게 쏠리는 시선들이었다. 나와 제일 가까웠던 목소리 큰 외무사원의 말이 위층에서 들린다. 그렇게 경리 사원을 보증인 없이 어떻게 채용했느냐는 것이었다. 정말 억울했다. 우리가 살고 있는 전셋집 등기까지 확인해 갔다는

영정사진

소릴 듣고는 난 사람이 가져야 할 기본의 의욕과 희망마저도 완전히 상실하고 말았다.

며칠을 회사에 안 나가고 집안에서 꼼짝도 하지 않았다. 동생들은 '언니가 좀 쉬나 보다', '누나가 휴가를 냈나?' 하고 별 관심도 없었다. 나를 하늘같이 믿고 계신 아버지에겐 이 상황을 도저히 설명할 수도 없었고, 의논할 용기는 더욱 나지 않았다. 아버지도 이해 못 하실 것만 같았다.

그때 내 머릿속을 번뜩 스치고 지나는 게 하나 있었다. 바로 유서였다. 내겐 결백을 주장할 아무것도 없었다. 죽음과 유서만이 나를 증명해 줄 것 같았다. 내 마음속에서 지금 목숨과 맞바꿔야 할 만큼 큰 이 사건! 이렇게 사느니 차라리 엄마를 만나자. 일단 생각이 거기에 미치자 그 후엔 다른 아무것도 생각나질 않았다. 엄마를 뵐 수 있으니 차라리 잘된 거라는 쪽으로 마음이 기울기 시작하자 집착으로부터의 도피는 없었고 다른 생각을 할 틈은 더욱더 없었다.

차근차근 마지막을 위한 준비를 했다. 그동안 내가 해왔던 일들로 약국들과의 알음도 많았고 무엇을 얼마나 먹으면 죽을 수 있는지의 치사량

도 잘 알고 있었다. 불면을 핑계로 약국을 찾아다니며 수면제를 사 모았다. 사진관에 가서 영정사진도 준비한다. 머리 손질하는 것도 귀찮아 머플러를 쓰고 로션 한 방울 안 바른 채 사진을 찍었다. 난 지금도 화장실 입구 powder room 뒤쪽에 세워져 있는 그 대형 사진을 보며 가끔 막막했던 그때의 나를 회상하곤 한다.

나름 완벽하게 마지막 준비를 끝낸 나는 살아온 지난날들을 돌이켜 보았다. 짧았지만 사연 많았던 날이었다. 이만하면 모든 게 다 끝나는 것을! 이제 큰동생 성원이 고등학교 3학년이니 미안하지만 "성원아! 부탁한다. 그동안 내가 사는 모습을 지켜보았을 테니 머리 좋은 성원이 잘하고 살아가겠지!" 나는 그렇게 동생들에게 말 없는 사과를 하고 자신을 위로하며 계획대로 차분하게 죽음으로의 길을 진행했다. 난 결백해지고 모두는 해결되는 것이다. 그리고는 침착하게 이생을 마감하는 깊은 잠의 나락으로 떨어졌다.

하지만 이게 윈 일? 깨면서 눈을 떠보니 병원 회복실이었다. 치사량의 약을 먹었음에도 정말 의외의 우연으로 일찍 발견되어 위세척 후 사흘 만에 깨어난 것이다. 난 또다시 이 지거운 현실과 마주하게 되었다. 그 후 사건은 더욱 커진 듯했고 한동안 내 가슴을 무겁게 짓누르고 있었다. 일주일쯤 지났을 때 여직원이 찾아와 그간의 자초지종을 이야기하고 갔다. 그리 시원한 답은 아니었다. 그러나 그 일은 몇 개월 후 진실이 밝혀질 때까지 나의 가슴을 죄어 왔다.

20

한땀 한땀 꿰듯 일어나 보자

성원이 대학을 가고 셋째가 고등학교, 넷째가 중학교, 막내가 초등학교 다닐 때부터 난 아버지까지 월급제를 해서 돈을 나누어 썼다. 받아쓰는 사람도 목말랐겠지만 난 늘 그 돈을 채워놓느라 안간힘을 써야 했다. 부족한 공납금을 마련하려고 적십자병원에서 매혈(헌혈)한 적도 여러 번 있었다.

한 번은 구세군에서 각국의 우표를 수집한다기에 그동안 모아가며 애지중지하던 외국 우표를 아까워서 벌벌 떨면서도 모두 팔아 돈을 마련하기도 했다. 하지만 그때도 난 나 자신을 비참하다고 생각한 적은 없었다. 실제로도 비참해 보이지는 않았을 것이다. 겉모습을 보면 난 누가 봐도 불쌍한 처녀 가장으로 보일 리 없었다. 키도 체격도 남들보다 큰 데다 성격도 쾌활하고 외모도 자신감 넘치는 멋쟁이 숙녀라는 소릴 듣고 있었고 언제나 웃음 띤 평온한 얼굴에 씩씩하며 패기에 넘처 있었다.

그러나 당좌 사건 이후론 나는 어디에도 나가고 싶지 않았다. 집에서만 지내는 석 달 동안 생각도 정리할 겸 집에 들어앉아 동양자수를 놓았다. 두 쪽밖에 못 놓아 미완성으로 수틀에 끼어 놓았던 와당 병풍 여덟 폭짜리를 하루 서너 시간씩밖에 잠을 안 자며 완성했다. 푼사실[1]을 가늘게 갈라서 꼬아 가며 놓는 동양자수는 원래 내가 제일 즐겨 했던 일이었다. 그것은 엄마와 같이하는 취미이기도 했다. 엄마는 베개 모서리, 수저 집, 댕기머리끈 등에 동양자수를 함께 앉아 수를 놓으시며 내게 많은 이야길 해 주셨다. 그중에도 "이 다음에 네가 무슨 일을 하더라도 가끔은 차분하게 조용히 집념할 수 있는 너만의 시간과 즐겨하고 싶은 취미를 가져야 한다."고 하신 엄마의 말씀은 아직도 가슴에 고이 간직하고 살아오면서 그렇게 실행하려 애썼던 일 중의 하나이다.

그때 완성했던 여덟 폭짜리 병풍 작품을 선배의 권유로 반도 조선 아케이드라고, 그 당시 유명한 자수의 대가들 작품이 많이 수집되어 있던 조선호텔 상가에 진열해 보았다. 팔려나가려니 예상도 안 했는데 그만 일주일 만에 나갔다는 것이다. 내 첫 작품이 상품으로서, 그것도 유명 자수 점에서 팔리며 인정받은 것이 기뻐해야 마땅한데 난 그렇게 나가 버린 내 작품이 몇 달 동안이나, 아쉬워서 아니 그 후로도 오랫동안이나 아까운 생각을 떨쳐버릴 수가 없었다. 그때 돈 30만 원은 우리 식구 몇 달 치 생활비였으니 그 때로선 얼마나 다행이었는지 모르지만, 나는 기쁘면서도 한편으로는 소중한 것을 잃어버린 것 같아서 내내 아까웠다.

---

1) 푼사실: 고치를 켠 그대로 꼬지 아니한 명주실.

그 후에 내가 또 수놓은 미완성 와당병풍

21
취직의 행운은 대학 입학까지

국영기업체에 취업

박정희 군사정권 초였다. 아버지 심부름으로 시청 앞 K 변호사 사무실을 가다가 KCC에서 여직원을 모집한다는 회사 게시판 광고를 보고 비서실로 올라가 자세히 알아보았다. 5·16쿠데타 직후라 원 스타 이상의 추천서가 필요하다는 비서실장의 귀띔을 듣고 고 변호사에게 상의하니 흔쾌히 추천서를 써주셨다. 사람 추천은 처음 해보는 거란 말씀과 함께 써주신 서류와 이력서를 가지고 고 변호사와 함께 당시 국내 두 번째의 큰 국영기업체인 KCC 총재실을 찾아간 건 그로부터 삼 일 후였다. 금테 안경을 쓴 유흥수 총재님은 군인답게 성격이 시원시원했다. 고 변호사와는 막역한 선후배 사이인 것도 내겐 큰 행운이었다. 그 해가 1962년이었다. 시험이라기보다 비서실장의 서류 심사 후 까다로운 몇 가지 질문과 면접시험이 있었다. 대차대조표 손익계산서 각종 시산표 등을 작성할 수 있다는 것은 상당한 인정을 받았다. 인사부장의 면담을 거치고 며칠 후 인사과로부터 발령장을 손에 쥘 수 있었다.

총무부 경리과로의 임명이었다. 발령장을 받은 다음 날부터 출근했다. 첫날은 각 과를 돌며 인사를 다녔다. 회사의 규모도 크고 일할 의욕도 생겼다. 큰 사무실의 같은 줄에 나란히 앉은 직원들이 아주 친절하게 잘 가르쳐 주어 일도 금방 배울 수 있었다. 하루하루 하는 일이 익숙해졌다. 이젠 경리 일이건 총무 일이건 사무직 업무라면 뭐라도 인계받으면 할 수 있는 자신이 있었다.

안정된 직장이 생기자 마음의 여유도 생겼다. 점심도 식당에서 해결하게 되었다. 아마 당시 그렇게 좋은 조건을 갖춘 직장을 구하기란 쉽지 않은 일이었다. KEPCO가 삼사 통합을 하기 전엔 KCC가 가장 큰 국영 기업체였다. 출퇴근 시간이 일정해서 우선 시간이 좀 넉넉했다. 삼선교 집에서 통근 버스를 이용하니 동생들 공부도 봐 주고 함께 보내는 시간도 늘어나서 너무 좋았다.

그때 총무부엔 정부의 체육 장려정책 실천으로 비상근 촉탁 근무를 하는 운동선수들이 여럿 있었다. 육상선수였던 (보스턴 마라톤에 출전해 금, 은, 동을 휩쓴 함기용, 송길윤, 최윤칠) 최윤칠 씨는 뱀 같은 모조 장난감으로 여직원들을 놀라게 하는 등 바쁜 일과 속에서도 오아시스 같은 즐거움을 주신 분이다. 그때 권투선수 정신조 씨도 함께였는데, 이분과 관련된 일화가 하나 있다. 18회 동경올림픽에 출전하는 선수들을 격려할 겸 배웅하러 김포공항에 나간 유홍수 총재님은 인사말에서 누구든지 메달만 획득해오면 과장급으로 진급시켜 주겠다는 불가능에 가까운 어려운 약속을 했다. 그 후 밴텀급 정신조 선수는 은메달을 획득했고 귀국 즉시 과장급 발령이 났다. 과장으로 발령을 받았지만 정작 할 일은 없어 심사분석과 맨 뒷좌석인 대기 발령 석에 우두커니 앉아서 이 사람 저 사람 일을 도와주곤 했다.

가정학과 졸업

이 회사에 입사한 일은 그야말로 내 운명을 뒤바뀌게 할 하나의 변곡점으로 커다란 계기를 만들어 주었다. 고 변호사께서도 이젠 시간이 있으니 하고 싶었던 공부를 계속해 보라는 고마운 말씀까지 해 주셨다. 그때엔 집에서 살림을 해주는 보수도 필요 없다는 적당한 아줌마까지 와 있던 터라 동생들에게 최대한 공부할 수 있는 좋은 환경을 만들어 줄 수 있었다. 그러나 애들은 역시 애들이었다. 방에서 만화책을 보다가 내 하이힐 소리가 나면 다다닥~하고 황급히 만화책을 숨기는 소리가 나곤 했다. 난 그것도 그냥 행복하게 받아들이기로 했다. 그리고 이젠 정말 나의 학교공부를 시작해야겠다는 결심을 하게 된다.

회사에서 5분 거리에 있는 지금의 명지대 전신인 문리 사범대학 가정학과에 원서를 냈다. 학교는 5시부터 공부하는 야간대학이었는데 의외로 그 해엔 지원자가 많았다. 다행히 합격이 되었고 그때부터 난 또 엄청 바쁜 시간을 보내게 되었다. 늦었지만 이제는 공부해야겠다는 일념과 비록 마음에 흡족하진 않지만, 졸업 후에 다른 대학으로의 편입을 목적으로 우선 회사에서 가까운 그 학교를 선택하는데 주저하지 않았다.

그때 그 대학교는 희망하는 대학에 떨어지고 다른 대학으로 가는 초급과정 같은 역할을 했다. 한 번 또는 몇 번 실패하고 재기하려고 입학한 학생들도 많았다. 그래서 같은 학과 학생끼리도 언니, 오빠 동생으로 부르며 함께 수업을 받았고 똑똑한 친구들도 꽤 있었다. 나도 낮엔 국영기업체 직원으로 충실해야 했고 저녁엔 대학 수업에 빠지지 않아야 했으므로 점심시간까지도 아껴서 책을 봐야 했다. 한참 손 놓고 있었던 공부를 따라가야 하니 어려운 점이 많았지만, 열심히 노력하며 시간을 아꼈다.

난 여기에서 새로운 친구들을 많이 사귀었다. 학교에 늦게 입학한 친구들의 사연은 저마다 각양각색이었다. 집안에 어떤 사정이든 있는 친구들이어서 동병상련이랄까? 금방 가까워졌고 학교에서도 밖에서도 아주 끈끈한 사이로 이어지게 되었다.

만자 희춘 능자 영숙 나 경자

그 생활에 조금 익숙해지면서 난 내 학비와 대학에 들어간 큰동생 학비, 줄줄이 고등학교 중학교 초등학교에 다니는 동생들의 학비에다 점점 늘어나는 생활비까지 걱정해야 했다. 돈이 필요했던 나는 우연히 일을 하나 더 벌이게 되었다. 혜화동 로터리 2층에 조그맣게 과외방을 차린 것이다.

그때는 초등학교에서 중학교에 가기 위해 과외공부를 많이 할 때였다. 처음엔 교실 하나로 시작했는데 학생 수강 신청이 많아지면서 강사로 서울대학생 3명을 채용하고 교실도 4개로 늘렸다. 학생도 혜화초등학교 학생 30명 이상을 가르치는 큰 과외방이 되었다. 퇴근 후에 학교를 갔다가 수업을 마치면 밤엔 다시 그곳에 들려 시간표 배정도 해야 되고 서무 일도 봐야 했다. 두 시간 이상 감독을 하고 마지막 정리까지 해놓고 집에 가면 새벽 1시가 넘었다. 정말 눈코 뜰 새 없이 바빴으므로 늘 피곤에 절어 있었다. 학원 규모로 등록하고 늘릴 수도 있었지만 내가 할 수 있는 범위로만 하기로 했다.

나는 그때부터 계속되는 바쁜 생활이 몸에 배고 습관이 되어 아무리 피곤해도 몸이 아주 나빠진 79세 전까지는 낮에는 눕거나 낮잠을 자지 않는 것이 생활화되어 있었다. 그래도 그때 2년 동안의 대학 생활의 즐거움은 이루 말할 수 없이 큰 것이었다. 학번 18번부터 25번까지 여덟 명은 입학 초부터 잘 통했다. 우리들은 생일 순으로 형제를 맺었고 그 후에도 이들은 나의 삶에서 아주 끈끈한 친구들로 지금도 남아있다.

드디어 졸업했다. 4년이나 늦은 졸업이었다. 희춘, 경자, 현숙, 만자, 그리고 나. 영숙, 능자, 미애까지 우리 여덟 명은 이미 마음이 통하는 십년지기처럼 가까워져 있었다. 우리는 즐거운 마음으로 졸업파티 준비를 했다. 두 달 전부터 삼각지에 방을 하나 얻어놓고 만자 오빠 친구들을 동원해 춤을 배웠다. 트로트, 탱고, 왈츠, 블루스, 지르박 등을 배웠다. 우리들의 춤 선생님인 오빠들의 별명을 짓는 건 내 몫이었다. 박자 맞춰 추게 하려고 추썩추썩하는 출석 오빠, 수줍어서 고개도 못 드는 고개 오빠, 일찍 결혼한 (김만호) 아저씨 오빠, 영원한 총각 공군 오빠….

그때 만자의 집은 효창동 철도관사였는데 미닫이문을 다 떼어내면 바로 넓은 홀이 되었다. 돌아가신 우리 엄마와 동갑이었던 만자 큰 언니가 열어주었던 그 집에서의 졸업파티는 얼마나 즐거웠던지! 그땐 그게 정말 내 생활의 큰 낙이었다. 또 잊을 수 없는 건 경자가 간호사로 취직이 되어 플로리다주로 떠날 때 우리 친구들 모두 공항에 나간 건 물론이고 능자 엄마와 만자 언니까지 한 이십여 명이 김포공항으로 배웅을 나간 일이었다.

그때는 공항 시스템이 경자가 비행기 트랩 오르는 걸 공항 라운지 난간에 주-욱 서서 볼 수 있었다. 우리는 경자가 비행기 문을 닫고 들어가

보이지 않을 때까지 눈물을 흘리며 손을 흔들어 배웅했다. 경자는 13년 후 1979년 남편 장 박사와 장 박사를 꼭 닮은꼴 딸 둘을 데리고 박 대통령의 명령으로 원자력연구소에 정착했다. 또 희춘이는 메디컬센터에 취직했는데, 그 친구가 기거하는 기숙사에 엄마 생각이 나서 안 가려고 했더니 "너 부모가 밥 먹고 체해 돌아가셨다고 그 자식이 밥 안 먹고 사는 것 봤니?"라고 했던 냉정한 친구 코끼리 허영숙. 그 친구는 은봉수란 교수와 결혼해 미네소타(Minnesota)주립대 교환교수로 갔는데 내 불찰로 소식이 끊기고 말았다. 인천이 집이었던 영숙에게 너 이번 주 시골 가니? 했다가 인천을 시골이라고 했다고 혼났던 일도 있는데… 지금은 어디에서 어떻게 살고 있는지 정말 많이 보고 싶다.

을지로 6가, 능자네 집 엄마의 훌륭하시던 음식 솜씨. 서울대병원 신생아실에 근무하던 허영숙을 밤에 만나러 가면 배가 고파서 신생아 아기들의 우유를 몰래 빼앗아 먹었던 일로 아기들한테 미안하게 생각한 적도 있었던 이 모두가 재미있었던 추억들이다.

그때는 키가 167cm나 되었던 셋째 현숙이가 제일 먼저 약혼을 했다. 신랑은 부산의대를 1등으로 졸업해서 부상으로 하와이 여행을 다녀온 SJH였다. 졸업 직후 결혼을 하고, 중위로 부산 3육군병원에 근무하는 Dr. 석을 따라 현숙은 부산으로 내려가 신혼살림을 차렸다.

나는 바빠서 못 내려갔지만, 휴가를 낼 수 있는 친구 만자와 능자가 다녀와서 전한 바에 의하면 Dr. 석은 완전 애처가여서 현숙은 행복에 젖어 있더라고 했다. 그는 완전 까처가(처라면 까무러치는 사람)가 되었더라고 하며 깔깔대고 웃던 일. 그 한 달 후 우린 다 같이 신랑을 달기(東床禮) 위해서 팔당으로 놀러 갔다. 형부 형부하면서 보트를 타고 남한강을 유람하며 놀던 날, C-ration box도 동원되는 등 아마도 그때 족히 중위 월급 한 달 치는 다 날렸을 것이다. 정말 그 시절을 생각하면 끝도 없이 떠오르는 즐거웠던 일들로 가득하다.

아버지의 사필귀정

주간 4년제 대학을 가기 위해 난 회사를 1년 정도 휴직하기로 했다. 일단 학사코스를 시작해 보고 1년 후 다시 휴학하더라도 용감하게 돌진하려고 했다. 우선은 학원만 운영할 각오를 하고 가정과 졸업생 함영자와 함께 S여대 편입시험을 봤는데 둘 다 합격이었다. 합격통지서와 공납금 고지서 등을 차례로 받고 보니 이것저것 준비해야 할 것이 많았다. 졸업을 앞두고 신청했던 중등 준교사 교육학 연수받으랴, 졸업 준비하랴, 편입하면 주간에 학교에 나가야 하므로 회사의 휴직 문제로 상사분들과 인사과와도 의논해야 하는 등 몹시 바빴다. 몇 년을 미뤄온 학사를 시작하는 과정은 이렇게 착착 진행되어가고 있었다.

그때 아버지께서는 학교설립을 꿈꾸는 전직 여교장 JJD이란 분과 함께 다니셨다. 아버지는 우리나라엔 농업학교, 공업학교가 부족하여 어중이떠중이(有象無象) 모두 대학들만 가려고 하니 대학 나온 엘리트 무직자까지도 생길 수 있다고 늘 말씀하셨다. 고교 졸업생들이 주축이 되어 농공업 쪽을 발전해나가는 단단한 나라가 되어야 한다는 아버지의 평소 지론과 J교장의 뜻이 서로 맞은 것 같았다.

J교장은 지금의 서울특별시 은평구 불광동 연신내역 근처에 서울특별시장(13대 윤치영 시장, 덕수교회 장로)으로부터 38,000평의 거대한 땅을 불하받았다. 이 일은 당시 신문에 대서특필되었다. 나는 J교장의 수

완에 탄복하기도 했다.

당시 불하받은 곳은 지금의 연신내역 서북쪽 2km 그 당시는 허허벌판으로 논둑을 지나 올라가는 나지막한 야산이었다. 농업학교 부지로는 적합한 대지였다 그러나 난 그때 내 일을 감당하기에도 벅찼으므로 알려고도 하지 않고 참견도 하지 않았다. 취지는 더없이 좋았지만, 한편으로 손에 쥔 것도 없이 아버지가 그런 큰일을 하신다는 것이 불만도 있었고 불안했고 한편 걱정이 되었다. 아버지는 교장으로, JJD 씨는 재단 이사장으로 일이 추진되면서 화일산업이란 회사를 운영하던 작은아버지가 건축 일을 맡으셨다.

나중에 안 일이지만 학교가 설립되고 학교 건물이 지어지기 시작하면서 당좌개설을 하고 수표를 발행하기 시작했는데 교장 직책의 아버지 이름으로 당좌개설을 한 것이었다. 엄밀히 말하면 당좌는 이사장이나 회사 명의로 개설해야 맞는 것 아닌가? 아버지가 그걸 모를 리 없었다. 그러던 어느 날 화일산업은 돌아온 수표를 못 막아 부도가 났다. 아버지는 부정수표 단속법 위반 혐의로 우리나라 제1호 경제사범 지명수배자가 되고 일주일 후 구속되었다.

또다시 들이닥친 기막힌 현실 앞에 나는 아연실색할 수밖에 없었다. 아무런 생각도 나지 않았다. 나는 마치 넋이 나간 사람처럼 아무것도 할 수 없었다. 난 그냥 죽은 사람 같이 그 자리에 얼마간을 앉아 있었다. 아무 생각 없이 집과 회사, 그리고 공부방을 습관처럼 오갈 뿐이었다. 그러던 어느 날 점심시간에 작은아버지가 회사로 찾아오셨다. 작은아버지는 그간의 사정을 간단히 설명하고 네가 빨리 아버지 담당인 박준양 검사를 만나보는 게 좋겠다고 하셨다. 정말 난 이 일만큼은 알고 싶지도 개입하고 싶지도 않았다. 아무 대답도 하지 않았다. 아니, 할 수가 없었다. 아버지 면회를 한번 가보라는 말도 귀에 들어오지 않았다. 내가 지금 무엇을 할 수 있단 말인가. 이 일을 어떻게 해야 할까. 아무것도 하지 않은 채, 아니 하지 못한 채 그렇게 며칠이 지나갔다.

22

다시 미뤄둔 학사의 꿈

찰찰불찰(察察不察)

찰찰불찰(察察不察)이란 이럴 때 쓰는 말일까? 난 그렇게도 완벽하게 준비하고 있던 학사의 꿈을 또 다시 접어야만 했다. 그래도 그때 내가 잘한 일은 그 기막히고 암담한 상황 속에서도 교육학 수업 180시간을 이수하고 준교사 자격증을 취득한 것이었다. 그 일이 터지기 얼마 전부터 엄마가 용서하지 못하고 떠나신 수양 고모를 숙모로 바꿔 부르며 왕래를 하고 있었다. 숙모가 집에 와서 아버지 옷가지도 이것저것 챙겨 가시고 면회도 다녀오셨다.

난 생각 끝에 먼저 담당 검사의 사무장 이수호 씨를 만났다. 기소 내용에 대해서 좀 더 자세히 알아보았다. 내용은 간단했다. JJD란 여자는 경기여고를 나온 전직 교장 출신으로 교회 권사였는데 사기 전과가 있는 분이었다. 그 여자에게 아버지가 완전히 당한 것이었다. 무엇보다 사기꾼의 행방을 파악하는 것이 우선이라고 했다. 재판하기 전에 그 여자를 잡아놔야 형사재판에서도 민사재판에도 승소할 수 있다고 하며 민사재판에 수색영장도 없이 경찰을 대동할 수 없기에 피의자들이 범인의 소재

파악을 돕는 것은 민사에도 큰 도움이 된다고 했다. 수도 없이 여러 번을 찾아가서 겨우 만난 경상도 태생의 박 검사와도 대화하게 되었다. 처음엔 완전 무뚝뚝하던 그는 아버지 상황이 딱했던지 나중엔 호의적이었다.

그때 아버지와 같이 당한 분 중에 김 사장이라는 분이 있었다. 그분은 있는 돈을 몽땅 주었을 뿐 아니라 한강로에 있는 집까지 저당 잡혀 아주 많은 돈을 JJD에게 건네주었다고 했다. 그날부터 김 사장 아들 K와 함께 단 한 번 본적 없는 그분을 신문에 난 얼굴 사진을 오려서 가지고 다니면서 찾았다.

한번은 법원근처 대한일보사 앞을 지나다가 길 건너편에서 비슷한 사람이 걸어가고 있다고 하는 K 말에 급히 육교 밑으로 뛰어 도로를 무단 횡단하다가 교통 경찰관에게 잡히기도 했다. 그때 난 경찰관에게 악을 썼다. 아저씬 아버지를 깜빵에 가게 한 사람이 길 건너에서 걸어가고 있는데 한가로이 육교로 올라가 걸어가다가 놓치겠느냐고. 경찰도 어이없는지 빙그레 웃고는 나에게 빨리 가보라고 했다.

경기여고 졸업생 명단을 찾아 그 동기생들까지 동원하여 동향을 알아보며 찾아다녔다. 그 여자의 고향은 광주군 중부면 산성리로 남한산성의 제일 높은 곳에 있는 동네였다. 그곳엔 집들이 몇 채 있었는데 그곳에도 자주 온다고 했다. 지금은 그 위까지 음식점도 많이 있고 차도 다니지만, 당시만 해도 광주 삼거리에서 버스를 내려 6~7km나 되는 캄캄한 산길을 걸어 올라가야 했다. 거기에 가서 며칠 밤샘을 하며 지켰으나 끝내 그 여잔 나타나지 않았다.

교회에 관계되는 일을 많이 하고 있다고 해서 덕수교회부터 시청 근처에 있는 교회의 봉사단은 빠짐없이 다 찾아가 보았다. 그때는 길에 지나가는 모든 할머니가 다 그 여자로 보일 정도로 환장한 사람처럼 찾아다녔다. 그렇게 그 여자를 찾아 몇 날 며칠을 헤매며 다닌 지 한 달쯤 되었을 때였다. K와 같이 법원엘 들어가는데, 그 여자를 여러 번 봤던 K가 시청 맞은편 쪽에서 길을 건너는 JJD을 발견하고는 소리쳤다. "저기 저 여자 같다."라는 소릴 듣는 순간 나는 미친 듯이 달렸다. 건널목도 아닌 차가 지나는 길을 가로질러 달리는 차를 마구 세우며 덕수궁 맞은편으로 뛰어 건너가 결국 그 여자를 쫓아가 잡았다. K는 그 여자를 붙잡고 있고 나는 사무장 이수호 씨를 찾아갔다. 검사는 곧바로 이미 발부된 영장과 함께 경찰을 보내 그 여자에게 수갑을 채웠다. 그 여자는 바로 구속되었고, 며칠 후 사기죄로 기소되었다. 그리고 얼마 후 고 변호사의 변호로 아버지의 재판이 진행되었다.

재판이 진행되는 동안에 나는 K 공고로 교생실습을 나갔다. 몇몇 선생님들과 간단한 인사 후 짜여진 시간표대로 내 수업을 진행했다. 처음 하는 수업이라 참관 선생님도 여러분 계셨고 많이 떨렸다. 그날 수업내용은 '주부가 처음 주택을 구입할 때 무엇 무엇을 고려해야 하는가?'였다. 특별활동 파트도 정해졌는데 나는 카운셀링반이었다.

첫 실습수업이 있던 날부터 일주일간 난 회사에서 특별휴가를 받았다. 그날도 아버지의 두 번째 증인채택 재판이 있던 날이었다. 종일 마음속으로 기도하고 그 결과를 염려하며 그날 수업을 했다. 아버지의 재판은 증인채택 등 신경전과도 같은 민사재판으로 계속되고 있었다. 남들은 쉽게 치루는 학사로의 길이 불가능해진 걸 마냥 붙들고 있을 수 없던 나는 또다시 학사의 꿈을 당분간 접기로 마음을 정했다.

운명이나 팔자를 믿었을까

심란한 마음을 달랠 길 없던 어느 날 문득 생각나는 사람이 있었다. 견성암에서 보인 스님과 제일 친했던 정화 스님이라고 있었다. 시공관에서 공연했던 연극에서 이차돈 역으로 출연했던 스님이다. 그분의 친언니가 서울 기자촌의 쌍수암이라는 암자에 있는데, 서울사대를 나온 김일장이라고 하며 토정비결에 능하고 팔자를 아주 기막히게 본다고 했던 이야기가 언뜻 떠오른 것이다. 다음 일요일 난 거길 찾아갔다. 구파발 종점에서 내려 기자촌 가는 시외버스를 다시 타고 또 얼마를 가다가 내려서 걸어 들어갔다. 그렇게 찾아간 곳은 암자라기보다는 자그마한 살림집 같았다.

이래저래 해서 왔노라고 찾아온 까닭을 말하니 한 여자가 방으로 안내를 했다. 안내된 방을 무심코 들여다보다가 한순간 나는 섬뜩함을 느꼈다. 방에 좌정하고 앉아 있는 여자는 옥색 한복 정장을 하고 있었다. 열두 폭은 됨직한 넓은 치마를 좌~악 펼치고 앉아 있는 여자의 자세가 범상치 않았다. 들어오라는 눈짓과 앉으라는 이야길 듣고 나는 그의 맞은 편에 공손히 앉았다. 간단한 견성암의 이야기가 오간 뒤 본론인 생년월일을 물었다.

대뜸 "좋아서 쫓아다니는 사람이 있구먼!" 하더니 양부모 중 한 사람을 일찍 여의게 될 운명이라면서 맞느냐는 눈길을 보낸다. 앞으로 아버지 일은 잘 풀리고 장수하실 것이라 했다. 형제들의 우애가 좋을 것이라고도 했다. 또, 내가 제일 답답했던 언제든 공부를 마칠 수 있다는 이야기도 해주었다. 모두 믿고 싶었다. 그래도 가벼운 마음으로 나는 그냥 덤덤하게 거길 걸어 내려왔다. 내가 그런 데를 다녀왔노라고 했더니 친구들이 가고 싶다며 안달을 했다. 그 다음 주 난 친구들을 대동하고 또 거기에 갔다. 가까운 친구 혜훈이가 나에게도 말 안했던 사실을 그곳에 가서 듣고는 난 놀랐다. 친구들이 계속 "나도 나도!" 했다. 하는 수 없이 어느 토요일은 그분이 아예 서울로 출장을 오기도 했다. 내 소개로 아마 50명 이상은 족히 보지 않았을까 싶다.

그로부터 40년 후, 경희의료원에 노환으로 입원한 김일장이란 분이 있다는 소릴 듣고는 내가 좀 안다고 했다. 다음날 담당 김 선생에게서 전화가 왔다. 그분은 아직도 나를 너무 잘 기억하고 있었고, 어떻게 살고 있는지 궁금해하더라고 했다. 그러고 보면 인생 참 무상한 것이 아닌가? 그분은 자기 팔자를 어떻게 보고 어떻게 알고 살았고 자기 점은 맞았을까? 또 그분은 자기가 본 팔자 그대로 살아졌을까? 한번 만나고 싶었지만 김 선생 말이 자기는 태어난 시가 말년을 보는 건데 그 시를 몰라 말년을 잘못 보았노라고 하더란 이야길 듣고 보나 마나 한 만남을 참기로 했다.

나는 한때 16세기 조선시대의 학자 토정(土亭) 이지함(李之菡) 선생의 토정비결(土亭秘訣)에 푹 빠져 지낸 적이 있었다. 율곡 이이(李珥)가 토정(土亭)을 가리켜 '진기한 새', '괴이한 돌', '이상한 풀'이라 했다니 그의 개인적인 풍모를 대변해 주고 있는 것이 아닐까 싶다. 과연 믿어도 되는 비결일까? 나는 아마도 좋다는 운명만 그냥 믿고 싶었던 것은 아닐까?

23

아버지는 집행유예

　세 번의 재판과 결심 끝에 그해 8월 아버지는 집행유예 2년을 선고받고 풀려나셨다. 사기죄(박 검사 이야기로는 사기죄로 구속하기가 가장 힘들고 어렵다고 했다)로 구속된 JJD란 여자는 징역 5년을 선고받았으나 그때 60세가 넘었고 건강이 나쁘다는 이유로 얼마 후 병보석으로 풀려나 불구속 상태로 재판이 진행된다는 말을 듣고. 40대의 남의 집 가장을 전과자로 만들어 놓은 나쁜 사람이지만, 육십 노인을 내 손으로 잡아 구치소에 보내게 된 것이 늘 마음에 걸렸었는데. 그녀가 석방되었다는 소식을 듣고 조금은 머리가 가벼워지며 안심이 되었다.

　그렇게 아버지는 두 번의 큰 시련을 겪으시고 더 이상 꺾이실 풀조차 없으신 데다 마음도 몸도 지치시고 나에 대한 미안함으로 얼굴도 마주치지 않으셨다. 대학에 가면 일 년간 회사도 못 나갈 것을 대비해 모아 두었던 내 학비 동생들 학비 등 전셋집까지 줄여가며 달달 긁어 재판비용과 아버지가 그동안 해결해야 할 돈이랑 모두 갚고 산꼭대기로 이사해야 했던 기막힌 상황에서 난 그때 이런 생각을 했다. 평소 아버지의 꿈이었던 농고, 공고를 세우는 데 참여하여 남은 인생을 바치고 싶어 하셨던 그 포부만 인정해드리자. 이만 아버지를 높게 평가하고 용서해 드리자. 나를 이 세상에 빛을 보게 해주신 것만으로도 충분하지 않은가? 지금 내가 아무리 힘들다 해도 자라면서 아버지께 받았던 그 무한한 사랑만 하겠는가? 아버지께서 주신 그 크고 소중한 사랑을 어디에다 비유할 수 있단 말인가? 아버지의 인자한 사랑과 귀한 가르침으로 지금의 내가 있는 것이 아니겠는가. 아버지는 내 인생의 영원한 버팀목이시다. 하늘의 엄마도 아버지를 이해하라고 하실 것 같았다. 돈이나 학사야 나중에라도 할 수 있는 것 아닌가?

그때부터 아버지께선 어떤 일이라도 하실 듯했다. 손수 일을 찾아 나서신다. 난 그런 아버지가 오히려 자랑스러웠다. 어느 날 법원 앞 변호사 사무실에서 사무장으로 나와 달라는 연락을 받으셨다고 했다. 변호사 사무실로 매일 출근하시는 아버지를 보면서 처지신 아버지의 어깨를 추켜 올려드리며 위로와 힘을 넣어 드린다. 다시 옛날의 멋진 우리 아버지로 돌아오신 것만 같아 기쁘고 좋았다. 우리 집은 안정을 찾아가며 그런대로 평화로워졌다.

돈암초등학교에 다니던 막내가 중학교엘 가게 되어 담임선생님과 상담을 했다. 선생님 말씀이 아주 명랑하고 성격도 쾌활하고 공부도 잘하는데 좀 덜렁대는 게 흠이라면 흠이라고 했다. 다행이다 싶었다. 그것도 없었으면 그 애가 더 힘들었을 것 아닌가?

내가 가지 못한 S여중을 보내고 싶다고 했더니 실력은 충분하다고 했다. 한 반에서 경기, 이화, S을 1, 2, 3등으로 보내는데 당시 혜원은 1, 2, 3등을 오간다고 했다. 하지만 실수를 자주 하니 안심할 수 없다는 것이다. 창덕이나 진명이라면 안정권이라고 했다. 이 상황에서 재수를 시킬

순 없는지라 나는 잠시 고민에 빠졌다. 내일까지 시간을 주십사 하고 집에 와서 밤새 고심하다 선생님 말씀을 따르기로 했다. 안전하게 사립학교인 진명여중을 보내기로 한 것이다. 혜원이 들어간 그해가 마지막 중학교 입학시험이었다.

그때 막내를 대한제국의 황비인 엄비가 세운 세 학교 중 하나인 진명으로 보낸 것은 지금 생각해도 잘한 것 같다. 처음엔 학교 앞에서 뭘 사먹다가 선배들한테 들켜 지적을 당하는 등 작은 일들을 거치며 그 학교에서 차츰 여성이 되어가는 것 같았다. 그리고 인연이 무엇인지 그 학교에 가서 친구가 된 선숙이 성원의 처로 큰 올케가 되어 우리 집 사람이 된 것도 우연은 아닌 행운의 필연일 것이다.

24

쌈닭 같던 새엄마, 천성 고운 딸 미경

1966년 새엄마는 우리 집에 들어오신 뒤로 초등학생인 어린 동생에게 도 한 번 눈을 맞추지 않으셨다. 그뿐만 아니라 거짓으로라도 얼굴에 상 냥함을 내보이질 않았다. 난 그 모두가 그분의 말수가 적은 성품 탓이거 나 쑥스러움 때문일 거라고 혼자 여겨왔다.

그러나 그분은 그 이후에도 동생들의 이름을 한 번도 부른 적이 없었 다. 그 영향인진 모르겠으나 나중엔 자상하시던 아버지까지도 아이들 이 름을 사랑스럽게 불러주질 않으셨 다. 그저 끝에 애. 망우리 사는 애, 치과집 애, 큰 애. 어느 날부터인가 이런 대명사들이 우리들의 이름을 대신하게 되었다. 그렇게 미소 머금 은 사랑스러운 눈길로 자식들 이름 을 불러주시던 아버지셨는데…. 계 모가 오면 아버지도 계부가 되는 건 가…. 그러던 어느 날 막내가 와서

성원이 휴가, 성준이 중학, 엄마 산소에서

미경이란 딸이 새어머니를 찾아 왔었는데 아주 착한 것 같다고 했다. 내가 먼저 만나봐야겠단 생각으로 아버지께 말씀드렸다. 만나 본 미경인 나보다 여섯 살 아래였고 마음 씀씀이가 전혀 새엄마를 닮지 않았다. 천성이 곱고 경우가 바른 그런 아이였다. 네 살 때부터 자기의 고모 집에서 자라서인지 엄마와는 정이 없었고, 요즘도 엄마를 보러 가도 반가워하지 않는다고 했다.

새엄마에겐 남매가 있었다. 미경 아버지와 헤어질 때 사내아인 남자가, 계집애인 미경인 엄마가 기르기로 합의를 보았다고 했다, 그런데도 네 살밖에 안 된 미경이마저도 저의 고모 집으로 보냈다니 새엄마의 인정은 가히 짐작할 만하다. 고모 집에 맡겨진 미경은 고모가 혹여라도 학교에 안 보내줄까 봐 조그마한 게 물 길어오는 것, 방아 찧는 것 등 뭐든지 시키는 것은 다 했다는 것이다. 그러나 그 고모마저도 미경이 열 살 때 돌아가셨다니 그 후 그 애의 고생은 안 들어도 알 수 있는 비극이었다. 그러니 그런 분에게 우리 동생들에게 대한 인정을 호소한 내가 오히려 상황 파악을 전혀 못 한 사람이 아닐까?

처음 만난 미경인 많은 말을 한다. 언제인가 몹시 추운 날 우리 집 식구 아무도 없을 시간을 택해 찾아가 초인종을 누르며 누구라고 했는데도 한참을 기다리게 하고 안 나오시더란다. 얼마나 지나서야 천천히 나오시더니 퉁명스럽게 "이 추운데 뭣 하러 왔누?" 하시더라니, 아무도 없는 시간을 틈타 추운 날 찾아온 친딸 아이. 어찌 그 자식이 불쌍해 마음 아프지 않았을까? 선뜻 이해하기 어렵지만, 성품이 그러셨는지 표현이 그렇게밖에 안 되셨던지. 여러 가지로 달리 생각해본다.

그 후로도 마음 착한 그 아인 항상 나에게 감사한다고 했다. 언니가 있어서 자기 엄마가 우리 집에서 살 수 있었다는 것이다. 2016년 95세에 돌아가실 때까지 풍족하게 주위의 부러움을 받으며 사실 수 있었다고 말하는 미경의 말이 비록 빈말이어도 고마웠다. 워낙 고생을 많이 한 아이이기에 할 수 있는 말일 것이다.

미경은 30이 훨씬 넘어 일본인과 결혼하여 지금은 동경에서 잘살고 있다. 출가할 때 아버지는 그 시댁에 가서서 미경이를 받아서 키운 양녀(貰子=모라이꼬)라고 설명하셨다고 한다. 양자에게 전 재산을 상속하고 가계를 물려주는 것이 상식으로 되어있는 일본은 양자나 양녀에 대한 인식이 우리나라와는 훨씬 다르니 미경을 아무 의심 없이 대우받고 살 수 있게 한 처사이셨을 것이다. 몇 년 후 아버지와 새어머니 두 분을 초청해서 동경 등 여러 곳을 구경시켜드려서 호강하고 돌아오신 적이 있었다. 아버지는 60년 만에 일본

에 가셨으니 얼마나 많은 추억을 떠올리며 감동하실 일이 많으셨을까? 일본어로 교육을 받으신 분답게 유창한 일어를 구사하여 미경 남편 도시오(城)를 놀라게 했다고 들었다.

하지만 그 후에도 새엄마의 심술은 일본에서 사위가 왔을 때도 여전했다. 이불장에 쌓여있는 이불도 내어주지 않아 미경은 시장에서 이불을 사 왔노라고 이야길 하면서 눈물을 흘렸다. 새엄마와는 달리 착한 미경인 아버지께도 매우 잘했다. 아마도 그런 엄마와 사는 아버지가 딱해 보

였는지도 모르겠다. 이젠 세월도 많이 지났으니 다음에 만나면 한번 물어봐야겠다. 지금 우리 오 남매 모두는 그 애가 귀국하면 환대하며 친남매들처럼 잘 지낸다. 얼마 전에도 다녀갔는데 미경은 여전히 착하고 예의 바르고 정직하게 그리고 곱게 나이를 먹어가고 있다.

안 대사한테도 형부! 형부! 하며 잘하고 그 남편까지도 니- 상! 니-상! 하며 아주 좋아한다. 재작년인가 일본 군마겐(群馬縣) 쿠사츠온천(草津溫泉)에 함께 갔을 때도 안 대사 등을 밀어주는 등 늘 자상하게 대해 줬다. 국수를 좋아하는 안 대사와 그 근방 유명한 국수집을 다 찾아다니며 맛있는 국수를 사 먹기도 하고 여러 가지로 잘 해주었다. 새엄마의 유일한 핏줄 미경이는 외로운 타향에서도 잘 적응하며 살고 있다. 일본 음식도 잘 만들고 70세대나 되는 그 만손에서 반장도 맡고 있다. 미경은 나에게, 아니 우리 오 남매에게 새어머니가 주고 가신 유일한 선물이다.

25

아버지 동기간 유복녀 은옥 고모

너무 고마운 어소리 우체국장님!

아버지는 동기간이라곤 삼촌과 단 두 형제뿐이셔서 늘 마음속에 그 여동생을 만났으면 하는 바람을 간직하고 계셨다. 나도 언젠가는 만나게 해 드려야지 하고 늘 생각하고 있었지만 좀 막연하던 차였다. 1983년 9월 어느 날이었다. 정말 우연한 기회. 아니, 이건 천우신조라고나 할까? 한번 보지도 못했고 나이도 어린 고모의 주소만은 기억하고 있었는데.

입원환자의 차트를 보면서 주소의 동네 이름이 똑같아서 우정(일부러의 강원도 방언) 이야기할 기회를 만들어 어소리 사람을 찾고 있다고 환자와 여담을 하게 되면서. 그분이 평택 우체국장이라는 걸 알게 되었고, 혹시나 해서 그 동네 사람 중에 김은옥이라는 사람을 찾고 싶다고 말했더니 이게 웬일인가? 의외로 그분은 너무도 그 집안에 대해서 잘 알고 있었다. 그리고 그 어른은 작년에 돌아가셨다고 했다. 그 따님은 수원으로 시집을 가서 딸 셋을 낳고 잘살고 있으며 할머닌 아직도 그곳 어소리에서 살고 계신다는 것까지 상세히 알고 이야기해 주었다. 따님과 어머닌 지금도 자주 편지를 왕래한다는 내용까지 자세히…. 세상에 이렇게 기

막힌 인연. 그리고 이렇게 고마운 분이 있다니. 인사도 제대로 못 드렸는데 퇴원하시곤 연락도 없으신 그분에게 늦었지만 감사한다.

혜정 미경 나 혜원 은옥

편지 한 장 남기고 사라진 할머니를 만나러

난 그날 저녁으로 남동생에게 이 기쁜 소식을 전했다. 며칠 후가 추석이었다. 동생은 추석마다 아버지를 모시고 엄마 산소가 있는 동탄 엘 간다. 바로 그 추석날 오후 남동생은 아버지 형제를 모시고 자동차 핸들을 그곳 평택으로 돌렸다. 36년 전 짧은 한 줄의 편지만 남기셨던 할머니. 아버지 형제에게 일 년 동안 어머니로 불리셨던 그분을 만나러.

초저녁 어스름한 어둠이 깔린 작은 시골 마을은 제 소임을 다하려 동네를 지키느라 죽어라 시끄럽게 큰 소리로 짖어대는 개들과 자동차 소리로 갑자기 소란스러워졌다. 어둠 속 자동차에서 건장한 세 남자가 내렸다.

나중에 할머니 회고에 의하면 처음엔 간첩들이 나타난 줄 알았다고 했다. 이윽고 안방에선 60이 넘으신 아버지와 55세의 작은 아버지가 할머니께 큰절을 올렸다. "어머니! 죄송합니다." 큰절을 올린 두 아들은 36년 만에 뵙는 어머님께 사죄부터 드렸다. 그때 할머니의 연세는 78세였다. 비록 1년간의 짧은 동안이었지만 모자간으로 지냈던 그들 두 아들의 절을 받으며 할머니의 심정은 얼마나 착잡하셨을까? 말씀도 못 잇고 하염없이 눈물만 흘리시던 할머니는 이윽고 눈물을 닦으며 정색으로 자세를 고치셨다. 지금 생각하면 할머닌 그 시절 상당히 똑똑한 분이셨다.

조금 후 정신을 가다듬고 이어 말씀하셨다. "이제 오늘에서야 내 오랜 염원이던 고민을 풀게 되었어요." 마음속에 묻고 늘 고통스럽게 고심하던 가슴속 응어리… "김씨 성을 가진 할아버지께선 돌아가시기 전까지 늘 말씀하셨어요. 부탁이 있소. 은옥인 내 딸이오. 제발 제 핏줄을 찾아 주지 말기를 바라오."

그분이 고모에게 쏟은 정성은 실로 대단했다고 한다. 할머니는 임신 6개월이 넘어 그 집 뒷방에 숨어 살다가 남모르게 출산을 했다. 김씨 할아버지는 동네 사람 모두에게 함구를 다짐받고 특히 딸에게는 절대로 말을 하지 않고 비밀에 묻어 둔 채 온전히 자신의 딸로 길러내셨다니 대단한 분이시다.

중농이라고는 하나 시골의 살림살이는 그리 넉넉한 편이 못 되었다. 한데 어려운 환경에서도 도시 수원으로 딸을 유학 보냈다. 가을학기 공납금 마련을 위해 남보다 미리 방아를 찧어 쌀을 팔아 등록금을 마련하는 등 이루 말할 수 없이 큰 사랑으로 딸 하나를 반듯하게 키워내셨다.

핏줄 아닌 자식을 옹호하느라 대소가에서까지 큰소리를 접으셨던 그분을, 차마 그런 분을 배신할 수가 없으셨던 할머니는 해답을 못 찾으셨다. 교회에 나가 예배시간마다 하느님 어떻게 해야 합니까? 지척에 엄연한 제 핏줄을 두고 김씨 성을 가지고 살게 하고 그대로 돌아가실 순 없다는 것과 또 하나의 감성으로 할머닌 늘 고통 속에서 지내셨다고 했다.

갑자기 들이닥친 믿음직스러운 딸의 두 오빠와 조카가 정말 고맙기도 하고 한편으론 선뜻 이 현실을 받아들이기엔 너무 부담스러운 꿈만 같았다. 의외의 갑작스런 상황이지만 차라리 잘 되었는지도 모른다는 어떤 하나의 사명감 같은 결심을 한 할머니는 차분한 어조로 "한 달만 시간을 달라! 은옥이가 아직 아무것도 모르고 있으니 알리고 의논할 시간이 필요하다"라고 말씀을 마치셨다니, 얼마나 현명한 분이셨는지 짐작이 가고도 남는다. 그렇게 해서 아버지 일행은 다시 서울로 돌아왔다. 얼마 후 딸의 주소를 보낸 할머니.

36년 만에 본 고모 얼굴엔 단박에 한핏줄임을…

그로부터 열흘 후, 난 하루 휴가를 내어 남동생 성원과 함께 고모가 살고 있는 수원 집으로 찾아갔다. 대문을 열어주는 고모의 아침부터 울어서 퉁퉁 부어 일그러진 얼굴에서 36년 만에 핏줄의 상봉을 예견한 듯 따사로운 초가을의 햇볕조차도 숨어버린 앞뜰, 우린 만나는 순간 한눈에 봐도 부정할 수 없는 우리 피붙이이고 혜정의 모습과 너무도 흡사한 우리 핏줄임을 단박에 알 수 있는 얼굴. 굳이 생각이나 말을 할 필요도 없었다. 우리 셋은 그냥 부둥켜안고 울기를 얼마나 울었을까? 고모는 어디에서 많이 본 듯한 인상이 어딘지 모르게 우리 식구와 똑 닮은 그런 모습을 하고 있었다. 정말 누가 봐도 영락없는 우리 가족의 모습이었다.

속일 수 없는 우리 동기간이었다. 그 피를 누가 속이랴. 왜 이제야 나를 찾아 왔느냐고 울어대는 일곱 살이나 나이 어린 서른여섯의 고모를 보며 정말로 미안하다고만 되뇌고 되뇌인다. 사는 것에 급급하여 핏줄에 소홀할 수밖에 없었노라는 이야기가 목구멍까지 올라왔지만, 거기에선 그 말조차도 사치스러워 꾹 참았다,

그쪽 사촌들의 싸늘했던 눈길들, 가끔 소곤대는 비밀 있는 듯했던 얼

굴들. 뒷방에서 낳았다는 이상야릇한 이해 안 되는 말들 외에도 딸을 왜 그렇게 공부를 많이 시키느냐는 등 할아버지의 지엄한 엄명 때문에 크게 말들은 못 했어도 적잖게 눈치를 보고 살았었나 보다. 그것 모두 그냥 딸 이어서 받아들여야 할 숙명으로 알고 바보같이 속고 살아온 게 너무 억울한 모양이다. 계속 울어대는 고모를 보면서 어쩌면 울기 잘하는 그것조차 우리 식구를 닮았구나 하는 생각을 해 본다.

그 김 할아버지 유산을 엄마와 양자로 들인 사촌 오빠 등 셋이 나눈 것 등으로 사촌오빠가 노골적으로 인상을 찌푸릴 때도 모두가 자신이 딸이어서 받는 설움이라고 생각했다고 한다. 며칠 전 어머니에게 자초지종을 듣고서야 이 모든 사실을 알았다고 하면서. 그때부터 지나온 사연들이 굽이굽이 떠올라 감정의 설움이 북받치더라며 울음을 그치질 않는다. 한참을 지난 후 나는 눈물을 억지로 훔쳐내며 애써 멈추게 하고 말을 이었다.

이 모두가 어른들이 저질러 놓은 잘못이라면 잘못일 것이다. 그분들이 만들어 놓은 이 엄청난 사실인 바꿀 수 없는 역사 앞에서 그저 울고만 있을 수는 없으니, 우리가 앞으로 지금껏 나누지 못했던 사랑들을 바쁘게 더 많이 주고받으며 살아가도록 하자! 이제 우리 고모 조카로 더 재미있게 지내보자! 아버지와 작은아버질 언제 뵐 것인가부터 의논하자고 말하면서 36년 전 그때 할머니께서 내린 처사는 어쩔 수 없었던 것이었고 그리고 곧바로 6.25가 있어서 모두 잊었다기보다는 어떻게 할 수 없는 상황이었다고. 이제 우리 모두 잊고 이해하기로 하자고. 냉정하게 이야길 이어가며 서로의 울음들을 멈추게 하고 결론을 지은 다음 한참 후 우린 그 집을 나왔다.

나와서 차 안에 앉자 남동생이 나에게 막 화를 냈다. 어쩜! 누나는 그 상황에서 그리 냉정하냐는 것이었다. 그냥 더 울게 내버려두지 않았다는 것으로 원망이 가득했다. 그렇다! 나라는 사람은 내가 보기에도 정말 차기는 찬 사람이었다. 그날 이후 아버지 수첩엔 내 이름 그 윗줄에 고모 이름이 쓰이며 내 이름은 그다음 줄로 내려간다. 그 후부터 고모는 그쪽 사촌들이 오면 별로 반가워하지 않다가 이쪽 식구들만 가면 맨발로 튀어 나간다고 할머니께선 말씀하셨다.

그리곤 우리 대소사에 고모는 나보다 어리지만 늘 위 항렬에 끼어 앉게 되고 언제나 어른 대우를 받게 되었다. 요즘도 우리끼리만 만나지 말고 자주 부르라고 항상 성화다. 지난번엔 전화로 큰 조카 늙지 말어! 36년 전 만났을 땐 얼마나 예뻤는데. 큰 조카 늙는 건 정말 아까워! 하면서 고모 아닌 동생 같은 농을 하기도 한다. 그럴 때면 나는 나이 먹는데 안 늙고 안 아픈 사람 있으면 나와 보라고 해! 하고 무엄한(?) 농담으로 맞받아치곤 한다. 가끔 성원은 나를 원망한다. 어렵게 찾아놓고 자주 만나지 않는다고 꾸짖듯 말한다. 그래 미안하지! 정이 많은 동생은 고모와 자주 만나며 아주 잘 지내는 것도 나는 알고 있다. 하기야 그렇게 힘들게 만나진 고모를 외롭게 하는 내 책임 또한 큰 것도 모르지는 않지만, 뭐가? 왜? 그렇게 바쁜지! 그러나 지금 이 나이에도 이렇게 바쁜 나를 이해해주었으면 좋겠다. 모두가 결점투성이의 누나이지만!

이제 고모를 36만에 처음 만난 날보다. 못 만나고 살았던 그 시간보다 더 많은 세월인 37년으로 넘어가고 있으니 인생은 정말 잠간이지 않나?

5장
소처럼 함께 한 그곳에
커다란 행운이

우린 마치 10년 전부터 연애를 계획하고 있던 커플처럼 언제 어디서나 함께 자리했고, 그해 가을을 물들인 멋진 단풍도, 그동안 안 보였던 서울의 아름다운 풍치도, 초겨울을 알리며 뿌려준 하늘의 선물 첫눈도 즐겁게 얼싸안으며, 첫추위도 따사로이 아늑하게 꽉찬 설렘으로 반갑게 맞이하며 재미나게 보내고 있었다.

26

성큼 다가와 처녀 가장을 불하한 털보

회사 공무로 만난 준수한 사람

그 복잡하던 상황에서, 내 운명을 송두리째 바꿀 커다란 인연이 나도 모르는 사이에 찾아오고 있다는 것을 누가 짐작이나 했을까? 내가 어떤 마음을 가지고 있거나 말거나 인연이라는 것은 필연이나 우연을 떠나서 그렇게 조금씩 진행되며 다가오고 있었다. 모든 사건은 항상 그렇게 복잡다단할 때 동시다발적으로 일어나는 것인가 보다. 1966년 1월 초, 비서실에서 연락이 왔다. KEPCO기획관리실에서 회사 약관에 관해 의논하러 왔으니 급히 올라오란다. 구비서류를 챙겨 들고 올라가 이야기 중인 그분에게 묵례하고 요구하는 전반에 관해 설명해드렸다. 그 이후 그분은 수차례 우리 사무실을 찾을 일이 있었고 후에 몇 번은 평직원을 보내도 될 일인데 본인이 직접 들렀다.

첫날 서류를 챙기느라 비서실엘 늦게 내려가 통성명을 못 해 명함은 못 받았으나 언뜻 보기에도 꽤 점잖은 분 같았고 지위도 있어 보였다. 다소 강한 인상에 약간의 경상도 억양도 좀 있었고 인물도 차림도 준수할 뿐 아니라 항상 깍듯이 예의를 갖추는 것이 지식과 교양을 겸비한 사

람으로 보였다. 아무튼, 어딘
가 정돈이 잘 된 사람이라 느
꼈었다. 그리곤 며칠을 까맣
게 잊고 지내고 있는 중 어느
날이었다.

회사 일로 이석호 경리과
장과 심사분석계장 한선옥과

남편   나

함께 일을 끝내고 차를 마시는 자리에 그분이 가벼운 볼일로 모습을 나
타냈다. 그 후로도 그분은 이런저런 구실로 한두 번 만남의 자리를 제의
해 왔지만 나는 회사에서의 일 외로는 시간을 낼 수가 없었다. 난 그때
그분이 누구였다고 해도. 부담 없는 만남의 자리라 해도 그럴만한 상황
도 아니었지만, 마음의 여유가 없었다. 그분이 의식적으로 내게 다가오
는 것을 무의식중에도 느꼈지만, 시간과 일을 핑계로 그와의 먼 거리를
유지하며, 얼마 동안 그러다 그만두겠지, 흔히 있는 일로 여기면서…. 그
런데 그 사람은 자존심까지 구겨가면서 나를 향한 다가섬을 주저하거나
멈추지 않았다.

당시 나는 아버지의 구속으로 난마처럼 복잡하게 얽힌 골치 아픈 일들
과 정성을 다해 추진했던 학교 편입을 접으며 찰찰(察察)이 짜놓은 계획
들을 포기한 아픔이 겹쳐서, 힘든 일속에서는 겨우 헤어났지만, 몸도 마
음도 완전히 기진맥진해 있었다. 쉬고 싶은 마음이 굴뚝같았지만, 퇴근
후에도 12시까지 혜화동 공부방에 나가 일을 해야만 했다. 그 후 몇 번의
거절에도 불구하고 그 사람은 개의치 않고 나에게 다가왔다. 점점 거리
가 좁혀지는 느낌은 피할 수가 없었다.

그러던 중 결정적인 일이 생겼다. 그날 회사 일로 비서실장에게 보고할 일이 있어서 점심시간에 이석호 과장과 서류심의에 관한 검토를 하고 있었다. 회사식당 별실에서 만나 일이 거의 끝나갈 무렵, 그 사람이 마치 약속이라도 한 듯 들어왔다. 알고 보니 그는 이 과장과 같은 부산 출신으로 제일 친한 친구 사이였다. 이 과장은 후에 부산의 백화점 소유주와 상공회의소 회장을 지낸 분이다. 본격적으로 세 사람의 인사치레가 끝나고 몇 마디의 이야기가 오간 후 그는 먼저 자리를 떴다.

그가 가고 난 뒤 그와 가까운 친구라는 게 의외라는 표정을 보내는 내게 이 과장이 말을 꺼냈다. 그 친구는 30명 이상 선을 보고도 마음에 맞는 여자를 찾지 못한 사람인데 누굴 보고 저렇게 호감을 갖는 것은 가까운 친구인 자신도 처음 본다고 했다. 언젠가 나에 관해서 물어본 지도 벌써 6개월이나 되었고 옆에서 도와주려고 해도 "내 알아서 할 테니 너는 모른 체해라" 해서 그동안 가만히 있었노라고 하며 이 과장은 "여자는 자기를 좋아하는 사람과 함께 하는 것이 제일 행복하다"라는 말도 곁들여서 했다.

그 사람은 경상도 사람으로 부친이 황해도 해주에서 근무할 때 태어나 12년을 그곳에서 자라다가 초등학교 6학년 때 부산 우신초등학교로 전학했다. 이후 부산 경남중학교, 경남고를 거쳐 서울대학교를 진학한 사람으로 거칠 것이 없는 적극적인 성격의 남자였다. 조부는 일제강점기 때 상업은행 두취(頭取)를 지내셨고, 부친은 상업은행장 반열에 계신 당시 꽤 잘 나가는 좋은 집안의 아들이었다.

이북 황해도 해주에서 태어나 자란 데다가 부산 기질을 함께 가지고 있어서 그런지 고집이 대단해서 한번 한다고 마음먹으면 반드시 하는 친구라 자기는 아직 한 번도 이겨본 일이 없다고도 했다. 그 사람은 7남매 중 차남으로 KEPCO입사시험에서 수석 합격을 했고 얼마 전 있었던 초급간부 시험에서도 최연소로 일등을 했다며, 한마디로 놓치지 말아야 할 일등 신랑감이라고 하며 그 사람 칭찬으로 입에 침이 마르질 않았다.

하기야 나도 가끔 너무 지치고 힘들 때면 '이런 조건을 갖춘 사람이 나를 좋아해 교제할 수 있다면 더할 나위 없겠다.' 하는 생각을 해본 적도 있었다.

하지만 무엇보다 조건을 우선으로 내세우던 그 시절에, 그 사람이 갖춘 것에 비해 나는 너무도 초라하게 내세울 것 없는 편부슬하에 소녀 가장이라는 것이 마음에 걸렸다. 교제하게 되면 이런 모든 치부를 드러내야 한다는 것에 자존심이 허락하지 않았다.

그러나 계속해서 다가오는 그를 더 이상 응답 없는 상태로 시간만 끌면서 거절할 수는 없었다. 일단은 교제할 수가 없다는 변명이라도 해야 했다. 첫날의 미팅(약속)은 만날 수 없다는 내 입장을 전달하기 위한 만남이었지만 그 사람은 처음부터 내 쪽 사정이나 의견은 아무 상관없다는 듯 전혀 관심 기울여 듣질 않고 자기주장만 내세우며 우스갯소리(가벼운 농담)까지 섞어가며 모르쇠 대화로 일관했다. 그러나 나도 끝까지 불가를 설득해보았다. 그런데도 그의 고집과 추진력은 정말 대단했다. 나중에 찬찬히 생각해보니 그때 그 집은 형님이 늦은 혼사를 치른 다음 해였고 또 셋째가 적령기였으므로 어른들은 둘째의 혼사를 좀 서두름직도 했다. 그러나 그렇다고 해도 그런 정도로 자기 혼사에 영향을 받거나 본인의 일에 정리정돈이 흔들릴 그런 사람은 절대 아니었다.

자존심 구긴 구애와 변명의 만남

당시 나는 결혼을 아예 안 하기로 마음먹고 있었으므로 결혼 준비 같은 건 생각하지도 않고 있었다. 그러나 이젠 어찌할 도리가 없어 이 상황을 아버지께 말씀드리고 상의하기로 했다. 자초지종을 들으신 아버지는 너무 좋아하시며 "너도 이제 결혼적령기이고 무엇보다 부부연이란 일생에 그리 여러 번 찾아오지 않는 법이다."라고 하시며 "그간 네가 고생한 보람으로 집안도 안정되고, 성원도 군에 가고, 아이들도 컸으니 이젠 아버질 믿고 동생들을 맡기고 그 사람 의견을 따르도록 해라."라고 하셨다.

"그리고 지금 이 집에서 네가 빠지면 아무것도 안 될 것 같지만, 이 없으면 잇몸으로 산다는 말도 있지 않으냐? 네가 없어도 내가 어떻게 해서든 동생들 공부는 시킬 테니 집 걱정일랑 말아라."라고 말씀하셨다.

물론 아버지도 몇 년 전의 그 무기력한 아버지는 아니었다. 이미 취직도 하신 상태였다. 네가 그쪽보다 부족한 것은 엄마가 안 계신 것뿐이지 그 외엔 아무것도 없으니, 절대 기죽지 말라는 당부도 잊지 않으셨다.

그리고 며칠이 지났을 때였다. 그가 밤늦게 찾아와 우리 식구 모두를 놀라게 했다. 아버지께서 나를 한번 만나보자고 하셨다며 엄하고 절대적인 아버지의 승낙을 받고 기쁜 나머지 우리 집까지 한달음에 달려온 것이었다. 나중에 듣게 된 사실이지만 한 번도 부모님 말씀을 거스른 적 없는 그 사람이 "아버님! 처음으로 마음에 드는 여자를 만났습니다. 결혼만 승낙해 주시면 앞으로는 절대 부모님 의사 거스르는 일 없이 잘 따르고 행복하게 살 자신이 있습니다."라고 단호하게 말씀드렸다고 했다. 그러자 아버지께서 "네가 그리도 좋다고 하니, 그럼 한번 만나보자꾸나." 하셨다고 했다.

아무튼, 아버지께서 나를 보자
고 하셨단 말을 조심스레 건네는
이야기를 듣고 나는 진지하게 고
민하지 않을 수 없었고 결국 두
손을 들고야 마는 형국이 되고 말
았다. 그로부터 며칠 후, 아스토

시할머니 시어머니 시아버지

리아 호텔 별채 룸에서 그의 부모님을 뵙게 된다.

아버님은 풍채가 아주 좋으시고 점잖으신 분으로 한눈에 보아도 절대
적인 가부장의 권위가 느껴졌다. 어머님은 전형적인 양반 가정의 주부
로 가냘픈 외모에 반해 굳은 심지가 보였다. 눈빛은 자애로웠고 미소를
머금은 얼굴은 온화했다. 어질고 슬기로움이 함께 몸에 밴 분 같았다. 당
시 예산여고를 졸업한 분으로 친정은 예산 부자로 시집올 때 몸종까지
데리고 올 정도로 부유했다. 오빠들은 두 분 모두 와세다대학(早稻田大
学)에 유학하셨다. 은행원이던 아버님과 결혼하여 집안에 살림하는 언
니가 둘씩이나 있어도 환갑이 다 되신 분이 남편 진짓상 차림을 손수 챙
기는 분이시다.

모 사찰 신도회 회장 일을 맡아보고 계셨는데, 항상 편애나 편향 없이
일을 처리하셨다. 겉으로는 차가워 보이지만 인자하고 사리에 밝은 분이
셨다. 생각해보면 그분은 자비로운 천생 보살이셨고 절에서도 많은 봉사
를 하여 뭇사람의 존경을 받는 분이시었다.

상견례가 진행되는 방 밖에선 여기저기 시동생들이 숨어서 지켜보며
평가를 모두 손가락 OK 신호로 교환했다니 얼마나 다행한 일인가? 그날
로 난 아버님 눈에 꼭 차는 그 집의 둘째 며느릿감으로 점 찍히며 이내 결

정으로 이어지게 되었다. 어머님께서는 생년월일 중 생년만 아셨는데도 어떻게 궁합을 보셨는지 원진살이 있다며 꺼리셨다고 한다. 할머니께서는 성씨만 보고도 낙혼(落婚)이라 우려하셨다고 하나, 아버님께서는 두 분 말씀을 다 무시하고 불문에 부칠 것을 가족 모두에게도 당부의 명으로 내리셨다고 한다.

아군을 두 분이나

나도 모르는 사이에 아버님과 당사자 등 가장 강력한 아군을 둔 덕분에 혼사는 착착 진행되었다. 그리고 그해 12월 4일, 정식으로 교제한 지 7개월여 만에 약혼식 날을 받았다. 며칠 후 아버님께서 상업은행 큰길 건너에 있던 정금사로 나를 부르시더니 약혼반지를 고르라고 하셨다. 예상치 못했던 의외의 일이었다. 남편도 나중에서야 그 일을 알았다고 했다.

지금도 그렇지만 당시에도 혼사는 남자가 큰 역할을 하는 편이었다. 남편은 나를 처음 본 날 "아! 내 반쪽이 여기에 숨어 있었구나!" 하고 생각했다고 하는데, 아버님도 첫눈에 "이 처자가 바로 우리 둘째의 천생배필이구나!" 하셨다고 한다.

우리 아버지를 먼저 뵈어야 하는데 차례가 바뀌었다고 진심으로 미안해하며 다음날 우리 아버지께 정식으로 인사를 드리고 나서는 그 사람은 내가 없을 때도 가끔 우리 집에 들러 식구들과 낯을 익혔다. 아버진 그이를 처음 보시고는 70점'이란 인색한 점수를 주셨다. 아버지는 6·25 전쟁 때 경상도에 피난 가 계시는 동안 하도 고생을 하시면서 갖게 되셨던 편견 때문인지 경상도 사람을 아주 싫어하셨고 그 사람은 황해도 이북 말을 더 많이 쓰며 그쪽 인상이 별반 없었는데도 선입견이 작용하신 때문일까?

그리고 우리 아버지께선 누구에게나 그리하셨듯이 끝까지 남편을 하대하지 않으셨다. 아버진 어떤 사람에게도 원래 반말을 잘 안 쓰시는 분이셨다. 반면 삼촌은 만나자마자 말을 놓으셨다고 한다.

아버지가 남편을 몇 번인가 만나고 나서 한 말씀 중 기억에 남는 말이 있다. "우리 큰아인 위기극복을 아주 적절하게 잘하는 아이."라고 하신 말씀이다. 훗날 아버지는 이 말씀 하신 것을 크게 후회하셨다. 내 일이 잘 안 풀리고 남편이 오랜 기간 아프면서 아니 결혼 이후에도 내가 어려운 일이 생길 때마다 공연히 이 말을 했다고 생각하셨다고 한다. 딸이 힘든 일들로 고생하며 지낼 때마다 더욱 그런 생각을 하셨을 것이다. 당시 주위에서 궁합이 어떻고 하는 그런 말들도 돌았었겠지만 사실 우리 부부에겐 전혀 들리지도 않았고 개의치도 않았다.

그때 난 큰동생 성원을 학교를 마치고 보내려는 애초의 내 계획을 바꾸어 군에 먼저 입대하게 한 것으로 내가 있을 때 대학을 마무리 짓지 못한 것에 많은 후회를 했다. 내가 없으면 공부를 잘 안 하는 우리 성원인 누구도 고집을 피워 학사를 만들어 줄 사람이 없을 것 같아서였다. 그때 나는 학교에 다니면서 하루 세 탕을 뛰고 있었으므로 돈은 좀 모여 있었다. 아버지의 일로 큰 차질을 빚기는 했지만. 그래도 내가 없이 동생들 공부는 거의 마칠 수 있을 정도의 큰 적금 탈 것을 준비해 두고 있었다.

일사천리로 시댁과 상견례를 치렀다. 아버지는 결혼 준비를 해줄 엄마의 부재를 안타까워하면서도 그리도 기뻐하셨다. 나는 그동안 기회도 없었고, 또 그 사람도 별로 들으려 하지 않았던 나의 집안 이야기와 내가 처한 상황을 모두 이야기해 주었다. 그는 알 권리가 있었고 들어줄 의무도 있었기에 난 모든 것을 다 털어놓았다. 그 사람은 모든 게 상관없다는 듯 건성건성 듣고 있었지만 난 있는 그대로 모든 것을 차근차근 다 이야기해 주었다. 다 털어놓고 나니 오히려 마음이 가벼웠다.

우린 그때부터 공개적이고 본격적인 연애를 했다. 나는 내가 누구를 이렇게 사랑하게 될 줄은 꿈에도 몰랐다. 그는 거의 매일 나의 퇴근을 애타게 기다렸다. 공부방에서도 우린 함께였다. 만나면 그동안 못 만났던 한이라도 풀듯 무아지경으로 서로에게 빠져든 나날들이었다. 그는 일하는 시간 외에 단 하루도 나만의 시간을 허용하지 않았고, 모든 일에 나의 기를 살려주려고 노력하는 게 역력히 보였다.

시아버지와 아버지

고등학교 때 기계체조 선수였던 그는 운동은 다 좋아했지만, 특히 야구와 권투를 무척 즐겨보았다. 장충체육관에서 김기수와 동남아 선수와의 시합 관람 중에는 너무나 열렬하게 응원을 한 나머지 옆에 앉았던 나를 팔꿈치로 치는 일도 있었다. 얼떨결에 얻어맞고 어찌나 놀랐던지! 시댁 식구가 모두 그랬지만 특히 시어머니께선 권투경기를 즐기셨는데 TV 중계 때마다 잊지 않고 보시며 열렬히 응원하셨던 기억이 난다.

그는 또 영화광이었다. 영화 포스터와 프로그램을 모아 둔 것이 몇 상자나 되었다. 영화 이야기만 나오면 마냥 신이 났다. 연애할 때는 물론이고 그 후로도 그와 함께 본 영화들은 나열할 수 없을 정도로 많다. 특히 '벤허', '티파니에서 아침을', '바람과 함께 사라지다', '황야의 무법자', '사운드 오브 뮤직' 등이 생각난다. 그는 자기가 이미 본 영화도 나와 함께라면 다시 또 보곤 했다. 그와 함께 본 영화는 내 인생에서 가장 잊을 수 없는 영화들이 되었다. 영화 관람이란 그 내용도 중요하지만, 누구와 함께 보느냐도 큰 비중을 차지하는 것 같았다. 무엇을 하건 그때는 하루하루가 기쁘고 재미난 즐거운 날들이었다.

그는 삼선교까지 나를 데려다주고 다시 상도동까지 가니 거의 매일 담을 넘어 집으로 들어간다고 했다. 거짓말이라면 질색을 했던 그는 집에서 일어난 일, 회사에서 일어난 일, 거의 모두를 이야기해 주는 자상함이 있었다. 그래서 한 번도 가보지 않은 그의 회사 사무실 책상 위치까지도 상세히 알 수 있을 정도였다. 우린 마치 10년 전부터 연애를 계획하고 있던 커플처럼 언제 어디서나 함께 자리했고, 그해 가을을 물들인 멋진 단풍도, 그동안 안 보였던 서울의 아름다운 풍치도, 초겨울을 알리며 뿌려준 하늘의 선물 첫눈도 즐겁게 얼싸안으며, 첫추위도 따사로이 아늑하게 꽉찬 설렘으로 반갑게 맞이하며 재미나게 보내고 있었다.

나의 약혼식은 여한 없이 화려하게 했다. 당시 약혼식은 여자 측에서 마련하는 것이 보통이었는데, 나는 마치 나의 단점을 커버라도 하려는 듯 시댁 품위에 맞게 아니 거기서 좀 더 거창하게 치렀다. 약혼식 장소는 광화문 우체국 뒤에 있던 당시 제일 큰 규모이면서 고급이던 중국집 태화 관이었다. 신랑은 신부 화장을 하고 우아하게 입장하는 예비신부에게 큰소리로 "집을 잘못 찾아오신 것 같습니다. 이 집 신부는 탤런트가 아니라 보통 사람입니다!"라고 해서 모두를 웃겼다.

평상시 화장을 안 하고 다녀서 식장으로 들어오는 예쁜 신부를 보고 자기도 내심 많이 놀랐다고 한다. 약혼식 후엔 시할머니도 계신 자리에서 시어른이 내 코트의 단추까지 잠가 주시는 제스처에 모두가 박수를 보내기도 했다. 단추뿐이 아니라 약혼반지까지 직접 나서서 사주신 것은 큰동서 때도 하지 않으셨던 일이고 이후 시동생들 혼사 때에도 없던 일이었다.

약혼식 1966년 12월 4일. 만자 희춘 나 능자 선옥

자칫 동서지간에 오해로도 갈 수 있었던 일인데 우리 큰동서는 그런 사람이 아니었다. 동서는 이해심이 깊은 분으로 그런 일에 상관없이 늘 나에게 잘 대해 주었다. 난 지금까지도 언니(둘이 있을 땐 언니라고 불렀다)와 통화할 일이 있을 땐 눈물부터 나와 둘이 펑펑 울기만 한다. 원주 부자로 유명했던 집안의 딸답지 않게 서민적이면서 나를 많이 이해하고 사랑하셨던 분이며 고마운 동서다.

27

암울함을 털어 던진 화려한 결혼식

약혼 이후 내 결혼은 더 분주하게 진행되었다. 결혼 준비가 전혀 없었던 나와는 달리 시댁에선 금년 내로 결혼을 시켜야 한다는 어머님의 마음이 있으셔서인지 무척 서둘렀다. 나는 시댁이 엄한 집안이라 신경을 많이 써야 했고 엄마가 안 계신 결함의 티를 내지 않으려고 안간힘을 썼다. 혹여 흠 잡힐 일이라도 있을까 염려했는데 그런 내 사정을 잘 아는 만자의 언니와 능자 어머니께서 혼수 준비를 도와줄 테니 아무 걱정하지 말라고 하셔서 마음이 놓였다.

두 분은 마치 자신들의 딸을 시집보내듯 아낌없이 신경을 써 주셨다. 당목을 사다가 볕에 깨끗이 바래서 말려 다듬이질을 해서 이불을 꾸미고 버선도 30켤레나 만들어 주셨다. 신앙촌까지 손수 가셔서 속옷이나 그외 여러 가지도 사 오셨다. 여느 부잣집 딸의 혼수와도 손색없이 하려고 무던히 애를 쓰셨다. 이불은 겨울 양단이불 청홍색으로 한 벌씩 두벌하고 뉴똥 차렵이불, 누비이불, 여름 겹이불, 홑이불, 삼베이불 등 아홉 채를 했고 요는 두껍게 두 채만 하는 것이라고 했다.

그렇게 해서 시할머니 앞에서도 당당했던 예단들과 함 받는 날까지 신경 써주셨던 만자 언니, 능자 엄마의 수고, 그리고 우리 외할머니까지 오셔서 자리를 지켜주셨으니 남부러울 것이 하나도 없었다. 또한, 그이가 소소한 일들을 덮어 준 것도 적지 않았다.

1967년 1월 9일(음력으로 1966년 11월 말일), 우리는 종로예식장에서 성대하게 결혼식을 치렀다. 시댁에서도 시어머님의 궁합 이야기와 시할머니의 낙혼이라는 작은 어려움이 없진 않았겠지만, 신랑과 시아버님의 강행으로 약혼 후 석 달 만에 난 당당하게 경주이씨 집안의 사랑받는 귀한 둘째 며느리로 자리하게 되었다.

결혼 준비로 분주히 돌아다닐 때는 정말 행복했던 시간이었다. 그이가 'Air ticket 예약 완료' 메모를 전해주고 갔을 때, "난 이제 다 되었구나!" 하면서 안도의 숨을 내쉬었다. 정말 바쁜 일정이었지만 돌이켜보면 그 모두가 즐거운 비명이었다.

친척이 많다 보니 폐백이 꽤 길어지고 그 외에도 절차가 많았지만, 드디어 우리는 겨우 예약시간 전에 맞추어 도망치듯 서둘러 서울을 빠져나가 김포공항으로 향했다. 간단한 수속 후의 탑승. 비행기의 굉음이 멎고

부산 김해공항에 도착했을 때에서야 이젠 우리 둘뿐이구나 하며 겨우 한숨을 돌렸다. 그런데 이게 웬일인가? 예정에 없던 친구들의 환영 행사가 우리를 기다리고 있었다. 몇 명인지 헤아리기도 전 얼떨결에 인사를

나누면서 억세고 투박한 고저음의 경상도 사투리가 '정말 대단하구나!' 하고 생각하고 있던 그 순간, 웃지 못할 일이 벌어졌다. 친구들이 호텔로 날 데려다줄 친구 한 명 만 남기고 신랑을 납치해 어디론가 가 버린 것이었다.

한적한 큰방. 익숙지 못한 호텔 분위기. 무섭기도 하고 부산도 타향이라고 낯설고 두렵고 한꺼번에 몰려오는 피로까지, 이리저리 뒤척이다 깜빡 잠이 들었는가 싶었는데, 비몽사몽간에 신랑의 "미안해요!" 하는 소리가 귓가에 들렸다. 어슴푸레 눈을 떠보니 어느덧 아침 햇살이 파도를 타고 들어와 커튼 사이를 비집으며 비춰 들어오고 있었다.

우린 라운지로 식당으로 커피숍으로 여기저기를 돌아다녔다. 지난밤 친구들 일은 본인 의사와 상관없는 일이라 개의치 않기로 했는데도 그인 계속 미안하다고 했다. 동백섬이 그림처럼 떠서 넘실대고 있는 한 폭의 그림 같은 부산의 겨울 앞바다를 바라보며 그 사람은 껴안듯 나를 감싸며 말을 이어 했다.

"당신과 나, 오늘부터 우린 한배를 탔어! 이제부터 둘이 함께 열심히 노를 저어 먼 항해를 시작하는 거야! 바람과 파도 따위는 우리 둘이 힘을 합치고 사랑을 보태서 헤쳐나가면 즐거운 풍랑이 되겠지! 내가 당신을 사랑하고, 당신이 나를 잘 따라만 와 주면, 우리의 항해는 평화롭고 아름다운 순항이 될 거야! 아! 당신을 만난 행운을 이 세상에 존재하는 모든 신께 감사한다. 우리 지금부터 아낌없이 많이 사랑하면서 살자! 당신의 웃는 모습을 이제 아침에 눈을 뜨면 볼 수 있어서 참 좋다! 난 참 복이 많은 사람이다. 이 세상에서 제일 행복한 사람이다! 사랑한다! 혜성아! 나만의 혜성아!"

경상도 사람이라 단박에 여보, 당신이란 말도 잘 나오고 말투도 극존칭에서 경 존칭으로 바뀌었다. 나는 여보 당신이란 말이 쑥스러워 영 입밖으로 나오지 않았다. 그때마다 "서두를 것 없어. 서서히 하면 되지. 그런 말은 살다 보면 자연히 나오게 될 거야!"라고 했다. 그 말만 믿고 있다가 난 한 번도 못 부르고 말았다. 9개월 후, 허니문 베이비로 석헌이를 낳고 '석헌 아빠'란 호칭으로 불렀으니 말이다. 그때 영영 불러보지 못한

그 말들이 그렇게 한이 되어 남을 줄은 몰랐다. 그래서 난 요즘 일부러 '여보', '당신' 그 말을 자주 한다.

우린 서대문구 천연동 한옥들이 모여 있는 동네에 예쁜 한옥 별채에서 새살림을 꾸렸다. 온종일 집에 있어도 사람 구경하나 할 수 없는 조용한 집이었다. 안채에는 연대에 다니는 딸 둘과 늦게 얻어 애지중지하는 유치원생 막내와 부부가 살고 있었다. 우리 신혼살림 짐이 들어오는 것을 구경하며 그 집 딸들과 엄마, 이렇게 셋이서 내기를 했다고 한다.

짐을 들이면서 왔다 갔다 하는 남자들을 지켜보며 시동생 세 명, 내 동생, 신랑 과연 누가 신랑인지 맞추는 내기였는데, 저녁에 모두 돌아가고 나서 보니 새색시와 남은 건 셋이 똑같이 친정 오빠라고 찍었던 남자였다는 것이다. 그러니까 신랑을 맞춘 사람은 하나도 없었다. 그 정도로 우리 내외는 둘이 닮았다는 말을 어딜 가

나 많이 들었다.

　그 집 꼬맹이 아들은 매일 붙어 다니는 우리에게 와서 말을 걸어보고 싶어 했다. "둘이 친한 친구냐? 일가냐? 몇 촌이냐?"라고 물어서 우릴 마냥 웃게 만들었고 세를 처음 놓는 집이라서 그랬는지 호기심 많은 대학생 딸들도 나와 차를 마시며 이야기하고 싶어 했고, 우리 집엘 몇 번이나 왔다가 어머니의 부름을 받고 쫓기듯 나가곤 했다.

28

행복으로 가득했던 나날들

한가하게 분주했던 신혼

남편은 나에게 그동안 너무 힘들었으니 당분간이라도 좀 쉬라고 했다. 그런 다음 서두르지 말고 천천히 내년부터 하고 싶어 했던 학사코스를 하자고 했다. 결혼 전 내 모든 것에 관해 이야길 하면서 편입을 하려다 못했다고 말했을 때 건성으로 들은 줄 알았는데 꼭꼭 기억해뒀다가 그리 말해 주니 가슴이 뿌듯하며 먹먹해졌다. 아! 이래서 결혼이란 걸 하는 거로구나! 남편은 정말 세상에 하나뿐인 내 편이었다. 난 너무나 고마워서 그이 안 보는 데서 눈물을 훔쳤다. 이때 나의 그 행복을 표현할 만한 단어는 세상 어느 사전에도 없었을 것이다. 남편의 마음 씀씀이를 오래오래 잊지 않고 그간 나로 인해 홀로 애썼던 날들도 하루하루 갚으며 살아가리라 다짐했다.

회사에선 사표 수리를 미루고 한 달만 쉬고 출근하라고 했지만 난 남편 말을 따라 사표 수리를 부탁했다. 한 달 후 나온 퇴직금과 나중에 받은 결혼축의금을 합쳐서 동생들 학비에 보태라고 아버지께 드렸다. 그때 남편에게 내가 어려웠을 때 많은 도움을 주었던 준태, 찬구, 종남이 등 친구들을 가끔 만나면 어떻겠냐고 물었다가 면박을 당한 적도 있었다.

"그건 백치나 하는 일이야!" 남편은 한 마디로 딱 잘랐다. 경상도 태생 남편에게 마누라의 남자 친구는 가당치 않았던 모양이었다.

난 양갓집 새색시라는 타이틀을 가지고 한가하고 분주한 나날을 보냈다. 챙겨야 할 시댁 행사도 적지 않았다. 당시 한국에 부임하는 일본 대사는 거의 다 아버님의 서울상대 전신의 동기 아니면 선배였다. 게다가 작은아버님의 경성중학 지금의 서울고 친구 또는 경성제국대 동기도 많았으니 늘 손님이 끊이지 않았다. 손님이 오실 때마다 거의 새벽까지 마작을 하시는데, 밤새 대기하면서 마를 갈아서 들여가고 과일을 대령하고 갖가지 차를 준비해야 했다. 새색시가 시댁으로 출장 가서 잔심부름 등 늦게까지 챙겨야 할 일이 매우 많았다.

경남고교 동창회장이었던 남편은 하루가 멀다 하고 뭔가 한 보따리씩 들고 들어왔다. 동창들이 책이든 건강식품이든 하다못해 전기스탠드까지 가지고 회사로 찾아오면 그게 필요하든 안 하든 무조건 팔아 주는 것 같았다. 하루는 밤 12시에 퇴근한 남편이 이번 수요일에 선후배를 한꺼번에 만날 일이 있으니 준비하라고 한다. 나는 한복을 입고 나갔다.

그날 재동이었는지 안국동 근처였던지 기억이 흐릿한데 민주당사 사무실에서 남편의 선배인 김영삼 씨를 만나 인사를 했다. 한 7~8년쯤 선배였다. 그분은 인사를 마치자 다짜고짜 사투리가 쏟아져 나왔다. "야! 이 자슥, 요란스레 고르데이만 드디어 보석을 찾아냈구마! 우쨌던 축하한 데이. 그라구 오늘은 징말 미안타. 밥이라도 한 끼 묵어야 하는긴데 이런 데서 소홀하게시리 제수씨 첫 대면을 하다이… 제수씨! 죄송합니더! 내중에 내 크게 한턱 쏘겠심더!" 했다. 우리 뒤로도 차례를 기다리는 사람들이 많은 것 같아 우린 이내 사무실을 빠져나왔다.

당시 40세 정도의 김영삼 씨는 너무 멋있는 훈남이었다. 약간 이국적인 느낌도 있고, 세련되게 다듬어진 외모에 몸짓이나 제스처가 아주 멋져 보였다. 그해 제6대 대통령선거가 67년 5월 3일이고 이어서 6월 8일 국회의원 선거를 앞두고 있어 김영삼 씨는 몹시 바빴다. 겸사겸사해서 그의 사무실로 찾아가 몇 명의 선후배에게 인사를 함께하고 왔던 것이었다.

외출시 한복 차려입은 모습

확실히 지방 사람들의 의리는 서울의 그것과는 사뭇 다른 듯했다. 한마디 오고 가는 말들과 눈빛 등에도 정이 듬뿍 담겨 있는 데다 그 풍김이 달랐다. 하지만 그분이 대통령이 되었을 땐 남편은 이미 이 세상 사람이 아니었으니 한턱은 영 못 받아먹고 그 이후엔 한 번도 못 뵈었다. 몇 년 전인가? 거제시 장목면 대통령 기록전시관에 가서 전시관을 둘러보며 그날을 회상하며 쓴웃음을 지었다. 인생은 정말 잠깐의 꿈인 것이다. 그분은 2015년 향년 88세를 일기로 돌아가셨다.

첫아들의 순산

그렇게 풋내기 주부로 지낸 지 두어 달쯤 되었을 때다. 입덧이 통 없는 임신임을 알게 되어서 확인차 병원 검사를 받던 날, 승전이라도 한 듯 좋아하던 남편에게 난 부탁을 했다. 너무 일찍 아이를 가져 부끄러우니 당분간 우리 둘만 알고 있자고 했다. 하지만 약속이 지켜지리라 믿은 내가 잘못이었다. 다음날 시아버님은 오렌지를 한 아름 안고 달려오셨다. 그날 이후로 온 집안이 나는 먹지도 않는 시큼한 과일로 가득 넘쳐났다.

순조로운 예비 엄마 코스를 호강살이로 이수하며 난 결혼 9개월 만에 양가의 축복 속에 허니문 베이비로 3kg의 건강한 남아를 그 당시 유명했던 퇴계로 대평의원에서 출산했다. 예정일보다 보름 빠른 양력 10월 8일, 음력 9월 5일, 정미년(丁未年), 경술월(庚戌月), 을사일(乙巳日), 일요일 새벽 6시였다.

출산 하루 전날인 7일 토요일 오후, 남편은 모처럼 배불떼기(배불뚝이의 강원도 방언) 마누라의 기쁨조가 되어주겠다며 일찍 퇴근했다. 예정일이 보름 남았는데 오후 4시쯤부터 진통이 시작되었다. 그런데 병원엘 가니 원장은 아직 멀었다고 하며 집으로 다시 가라고 했다. 하지만 집에 도착하면서 진통은 더 심해지고 밤새 떠들썩하게 소리를 지르는 통에 안채 식구들까지 모두 밤을 새우게 하고 통행금지가 풀리자마자 택시를 타고 병원으로 달려갔다. 정말 참을 수 없는 진통의 시간이었다. 이윽고 6시 정각, 우렁찬 울음소리와 함께 아기가 태어났다. 아기를 낳자마자 어쩜 그렇게 씻은 듯 아픔도 고요해지는지 정말 신기했다.

아기는 마치 KCC 빼찌(badge) 모양으로 입을 삼각형으로 다물고 있고 꼭 쥐고 있는 주먹 속으로 우리 둘이 손가락 한 개씩을 교대로 넣으면 꼬~옥 쥐면서 꼬무락거렸다. 조막만 한 작은 손을 서로 만지며 우리 부부는 아들과의 첫 대면으로 행복한 하루를 보냈다. 그렇게 천 진난만하게 웃으며 좋아하는 남편을 보면서 나는 온몸으로 행복을 느 꼈다. '그래, 행복은 바로 이런 거지' 그렇게 바쁘다던 남편은 일요일 과 한글날, 이틀을 꼬박 우리 아기에게서 한시도 눈을 떼지 못했다. 평 소 그이답지 않게 마치 자신이 아기라도 된 듯 아기의 모두를 신기해 하면서 말이다.

방문한 손님들이 방해될까 미안해할 정도였다. 필동 시이모님께서 "털보가 아들을 저렇게 좋아할 줄 몰랐구나! 딸을 낳았더라면 쫓겨날 뻔했다" 하시며 크게 웃으셨다. 털보는 수염도 많고 머리에 유난히 숱 이 많은 그이를 두고 집에서 부르는 그이의 별명이었다.

아들 석헌이의 재롱

우리 아기는 그렇게 아빠의 얼굴을 익혀 가며 고모가 김봉수 작명소에서 지어오신 석헌(錫憲)이란 이름으로 명명되었다. 아 이는 풍족한 모유와 무한한 사랑 속에 하루 가 다르게 무럭무럭 자랐다. 백일이 될 때 까지 낮과 밤이 바뀌어서 낮에는 데굴데굴 굴려도 깼다가 바로 곯아떨어지면서 밤엔 눈이 말똥말똥해서 같이 놀자고 보챘다. 그 래서 우리 부부는 늘 잠이 부족했지만, 그 땐 그것 또한 행복이었다. 남편은 석헌이가

입을 다물었다가 벌릴 때 나는 '압~바' 소릴 듣고는 "우리 석헌인 엄마라는 말보다 아빠를 먼저 말했다"며 무척 좋아했다.

하얀 살결을 타고난 석헌은 하루가 다르게 재롱이 늘어갔다. 또한, 한시도 가만히 누워있질 않았다. 씻겨서 잠깐 눕혀 놓고 목욕 물통을 수돗가로 옮기는 동안에도 베개를 뒤통수로 문지르면서 방 윗목까지 치고 올라가며 크게 울어댔다. 좁쌀 베개와 함께 비벼대는 바람에 뒤통수쪽에 머리가 다 빠져서 뒤쪽 머리는 아예 대머리가 된 것 같이 동그랗게 하얀 살이 보일 정도였다. 날 닮아서인지 말도 일찍 하기 시작하더니 돌도 되기 전에 못 하는 말이 없을 만큼 청산유수로 잘했다.

김신조 등 무장공비가 청와대를 습격하러 내려왔던 1968년 1월 초를 지난 중순 석헌의 백일잔치가 있었다. 친구들을 초대하고 백 명 이상 나누어 먹어야 한다는 백설기를 돌리며 요란하게 치렀다. 석헌의 재롱은 날로 늘어나 라디오나 TV에서 하는 선전은 거의 다 따라 하곤 했다. "안경은 동양당~" "건강엔 원기소~", 종알종알 잠시도 입을 다물지 않았다. 그 여름 1898년 개통된 서울의 전차. '땡땡땡' 추억의 소리를 내며 종로 한복판을 달음질치던 전차가 지상 선로와 머리 위쪽으로 얼기설기 얽혀 있던 전선이 말끔히 걷히고 철거되면서 70년 만에 자동차의 대중화에 밀려 사라졌던 바로 그 해였다.

석헌이는 자라면서 우리 부부를 놀래키기도 많이 했다. 삼칠일 전에 눈물 구멍이 다 막혀 조금 울라치면 눈물이 모두 뺨으로만 흘러내려 안과로 안고 뛴 적도 있고, 삼출성 체질이라고 씻겨 놓고 나면 얼굴이 심하게 빨긋빨긋해져 피부과에서 자극적이지 않은 안연고의 단골이었다. 또, 돌 하루 전까지 멀쩡하다가 돌날 손님 청해놓고 가성콜레라로 입원하기도 했다. 그때는 너무 아기 때라 혈관이 안 나와 이마에 주삿바늘을 꽂아 부모 마음을 안타깝고 아프게 했다. 잘 자라고 있는 중에도 잦은 병원 출입으로 엄마 아빠 마음을 애타게도 했고, 또 갖은 어리광과 재롱을 피워 우리 부부를 기쁘게도 해주었다. 찬물을 섞으려고 먼저 떠 다 놓은 뜨거운 목욕물을 윗방에서 순식간에 기어와 손으로 낚아채 엎질러서 화상을 입어 동부시립병원으로 안고 뛴 적도 있었다.

석헌이가 입원했을 때는 초콜릿 잘 먹는다는 소문에 친구마다 초콜릿을 사 왔는데 모두 외국산이었다. 국산 초콜릿 맛이 별로였던 때라 초콜릿 박물관을 차릴 정도로 많은 양의 다양한 나라의 초콜릿을 받았다. 퇴원하고도 두어 달 이상 먹고도 남았을 정도였다. 또 석헌이는 삶은 달걀을 아주 잘 먹었는데 세 살 때였던가, 일하는 아줌마가 장조림 하려고 달걀을 삶아 껍질을 까다가 두고 잠깐 나갔다가 오니 다섯 개가 몽땅 없어져서 한참 찾은 적도 있었다. 그 정도의 삶은 달걀은 석헌이가 거뜬히 먹을 수 있었던 양이었는데 말이다

혜정, 혜원 등 네 동생들의 석헌이에 대한 사랑은 참으로 대단했다. 진명여고 막내 반에서 석헌이 이름을 모르면 이상할 정도였단다. 운동회 때 데리고 갔는데 당시 한국일보 사주이면서 경제부총리이던 장기영 씨와 닮았다는 소리를 들었다 한다. 워낙 크고 통통하고 건실했는데 친구들은 혜원이 말만 듣고 작고 예쁜 아기만 상상하다가 아마 크게 실망했을 것이다.

큰동생 혜정은 남자 친구와 데이트 할 때도 석헌이를 업고 나갔다. 지금의 이모부가 그때 서울치대를 다닐 때였으니. 소공동의 학교 앞에서 만난 모양인데 지금도 한국은행 정문 옆에 걸려 있는 대형 시계를 보고

이모 등에 업힌 오버 속에서 혀를 굴려 '록딱록딱' 시계 소리를 내어 시계가 있다는 표시를 하더라는 것이다. 이모들은 모두 석헌이라면 예뻐서 죽고 못 살 정도였으니 아마도 첫 조카여서 더욱 귀여움을 받았을 것이다. 석헌인 모유 또한 풍부해 소아과에서 우량아 선발대회에 나가길 권장 받기도 했다. 그 이야길 듣고 남편은 "어린애 피곤하게시리… 쓸데없는 소릴 다 한다!"고 딱 잘랐다.

석헌인 아기 때는 신기하게도 엄마 아빠 중 누구도 닮지 않았었다. 내가 데리고 나가면 "아빠 닮았나 봐요?" 그이가 안고 나가면 "엄마 닮았나 보죠?" 했다. 둘이 함께 데리고 나가면 두 사람 얼굴을 번갈아 쳐다보다가는 "누구 닮았어요?" 하고 묻곤 했다. 아무튼, 너무 실해서 안고 다닐 수가 없을 정도였다. 면으로 길게 잘라 만든 업을 띠로 업고 다니든가, 처네 포대기(이북에서 쓰던 처녀를 뜻하는 조그만 이불이란 말)로 덮어서 둘러업고 다니는 수밖에 없었다.

충수돌기염으로 난생 처음 수술

그해 여름 어느 날이었다. 석헌이 돌이 되기 두 달 전이었는데 뭘 먹고 체했는지 배가 살살 아파 와서 회사 부속병원을 갔다. 진찰한 내과 의사는 보호자를 오라고 했다. 겁이 덜컥 난 나는 남편한테 전화하면서 펑펑 울어 버렸다. 놀라서 단숨에 달려온 남편은 외과 과장인 친구를 만나 이야길 듣고 침착하게 나를 달랬다. 급성 맹장염이라 오늘 중으로 수술을 해야 하는데 아침 밥을 먹고 와서 오후 늦게나 수술을 할 수 있다고 하며 마취하고 잠깐 하는 것이니 아프지도 않고 염려하지 말라고 어린애 달래듯 위로해 줬다.

나는 꼭 석헌을 만나보고 나서 수술하겠다고 우겼다. 석헌이를 데려와 준비실에서 수유하는데 나는 마지막 수유일지 모른다며 유언을 하고 울고불고 난리였다. 이 장면을 지켜보던 애 아빠는 얼마나 웃었을 터인데 그래도 참으며, 심각하게 대꾸해주었다.

나는 출산 때 말고는 아파서 병원에 간 것은 처음이었다. 그러니 수술은 물론 처음이었으니 무섭고 두렵고 꼭 마지막 가는 길만 같았다. 수술 방엔 집도의인 친구의 허락하에 남편이 입회했다고 한다. 남편은 배를 가로로 흉터 없이 가르도록 부탁했다고 한다. 그래서인지 지금도 맹장 수술 자리는 나조차도 찾을 수가 없다. 나는 수술도 잘되고 경과가 좋아 다음날 퇴원했다.

회복될 즈음 어느 날 명동을 산보하고 있을 때 남편은 나에게 다음과 같은 말을 해주었다.

"언제까지나 명동엔 영원히 20대가 건강하고 생기 있게 그리고 활기차게 지나가고 있을 거야. 이 길은 엄마 아버지가 지나셨던 길이고 내가 자주 다니던 길이야. 오늘은 내 아들이 지나갈 것이고 내일은 손자가 이 길을 지나갈 거야. 그렇게 이 길은 항상 젊음으로 차 있을 거야. 한 세대가 지나가고 두 세대가 가고 이 순간과 같은 세대들은 계속 이어 바뀔 거야."

남편의 승진

그 무렵 남편은 영업 간부 시험에 1등으로 합격한 일로 새로 발령이 나는 경사까지 있었고, 본인이 원하는 지점으로 갈 수 있는 특혜가 주어져서 동부지점으로 원하여 가게 되었다. 지점에서 제일 젊은 영업부장으로 발령을 받아 우리 가족은 그쪽 가까운 용두동 한옥으로 이사를 했다. 그리고 새로 이사한 그 집에서 둘째를 얻는 경사까지 겹쳤다. 남편은 여러 형제와 자랐는데도 둘째 아이가 생긴 것을 너무 좋아했다. 나는 입덧도 안 하고 뭐든 잘 먹어서 정기검진 외에는 할 게 없었다. 입덧을 전혀 하지 않으니 아이를 가져도 어리광 등 세를 부릴 수 없었다. 여자들은 임신했을 때 신 과일 등 먹고 싶은 것도 많고 의외로 유세가 심하다는데 난 그런 응석 같은 것도 한 번 부려 보지 못했다. 게다가 산달이 되어도 배가 많이 안 불렀다. 안채 할머니도 내가 임신한 줄 몰라서 면 기저귀를 빨아 널고 있는 아줌마에게 "웬? 기저귀냐"고 물었을 정도였다.

남편은 일이 바빠 일찍 퇴근하는 날이 거의 없었다. 백여 명이 훨씬 넘는 부하직원 중 제일 젊은 상관이었다. 회식도 술자리도 많았다. 술 마시는 것까지도 직원에게 지기 싫어하는 그의 성격을 알고 있는 나는 항상 잔소릴 했다. 술자리에선 언제나 안주를 먼저 먹고, 술은 상 밑에 큰 그릇을 놓고 몰래 버리라는 등. 알았다고 대답하는 남편은 "술상에 앉으면 안주 접시마다 마누라 얼굴이 크게 클로즈업되어 안주를 안 먹을 수 없더라."고 했다.

하지만 처음엔 그리해도 거나하게 취기가 오르면 그때부턴 술이 술을 마시게 된다고 했다. 한 사람이 한 잔씩만 따라줘도 몇 잔이라는 변명을 하면서도 그인 항상 미안하다는 말을 입에 달고 살았다. 많은 시간을 나와 함께 하지 못하는 것을 늘 진심으로 미안해했다. 난 그냥 그이의 퇴근을 기다리면서 책도 읽고 태교에 전념하며 오랜만에 내게 찾아온 휴식을 만끽하고 있었는데 말이다. 그렇게 행복하고 평화롭고 즐거운 날들 팔 개월은 또 후딱 지나갔다.

29

우리 둘째가 기형아라니…

둘째 도헌인 아버지 생신날인 양력 1970년 1월 18일, 음력 1969년 12월 11일 기유년(己酉年) 정축월(丁丑月) 무술일(戊戌日) 일요일 아침 9시에 태어났다. 그날은 아버지 생신이라 아버지 댁에 가려고 준비하다가 갑작스럽게 진통이 와서 병원으로 향했다. 밤새고 내린 솜털 같은 흰 눈이 소복이 쌓여 천지간이 맞닿은 듯 온통 하얀 날 아침, 위생병원에서 예정일보다 4주나 빨리 세상 구경을 하러 나온 우리 둘째는 2.7kg의 좀 작지만 건강하고 똘똘한 아이였다. 4주나 조산인데도 건강해서 인큐베이터에도 안 들어갔고. 그렇게 친정아버지와 생일이 같은 외손자가 되었다. 그로부터 23년 뒤 큰 며느리 진희의 사주를 받으니 공교롭게도 음력 12월 11일이었다. 한 집에 생일이 같은 각성바지 세 사람(성이 다른 아버지 며느리 아들)이 있으면 무척 좋다는데 말이다. 눈 덮인 하얀 설국 행운의 세 각성바지로 태어난 둘째 역시 김봉수 작명소에서 지어온 도헌(度憲)이로 명명되고 나는 어느새 두 아들의 엄마가 되었다.

당시 엄마의 동복형제인 이모 한 분이 많은 고생을 하며 사셨다. 경춘선의 종점이던 성동역에는 역 가까이 사는 시골집 아낙들이 농사지은 걸 보따리 보따리 싸 가지고 와서 팔았다. 우리 이모는 새벽부터 거기에 나가 시골 양계장에서 볏짚으로 열 개씩 기다랗게 묶은 달걀 꾸러미를 큰 함지박에 받아서 머리에 이고 다니며 팔았다. 나는 처음엔 그런 이모를 남편한테 보이는 게 창피하고 부끄러웠지만, 남편은 종일 이고 다니며 팔다가 남은 물건을 도로 집으로 가져가며 속상해하시지 말고 아무 때건 전부 집으로 가져오시라고 했다.

종일 돌아다니느라 지쳐서 집으로 들어오는 이모를 만난 어느 날도 남편의 마음 씀씀이가 하도 흐뭇하고 미안해서 난 부엌에서 소리죽여 울고 말았다. 이모께 저녁 식사 대접을 극진히 하고 달걀값도 두둑이 드리고 큰길 차 타는 정류장까지 모셔다드리고 오는 그 사람이 왜 그리도 고맙던지. 자신도 하루 종일 일에 시달려 피곤했을 텐데 말이다. 그래서 마누라가 예쁘면 처가 집 말뚝에다 절을 한다고 하지 않았던가? 그래서 그땐 집에 항상 달걀이 있었으나 냉장고도 없던 시절이라 달걀을 많이 삶아 먹었다. 어쩌면 그래서 그때부터 우리 석헌이가 삶은 달걀을 잘 먹었는지도 모르겠다.

그 무렵 우리 삼촌도 일이 잘 안 풀려 살림이 그리 넉넉하지 못했다. 거기다가 동생들도 아직 어리니 내가 기댈 백이라고는 하나도 없었다. 오직 남편만이 나의 든든한 기둥이었고, 나의 전부였다. 그리고 아직 어리지만 늘 나를 웃음 짓게 하는 든든한 두 아들이 있어 천하에 부러울 게 없었다. 또 내가 믿고 있는 동생들도 잘 자라가면서 꼬였던 내 인생도 서서히 풀려가고 있었다.

산후조리를 하느라 누워있는 동안 근처에 사시는 능자 엄마가 며칠간 발걸음을 하지 않아 이상하다 했더니 엊그제 그 아버지께서 돌아가셨다고 했다. 나는 즉시 쫓아가 어머닐 부둥켜안고 한참을 울다가 왔는데 안 채 할머니가 일주일도 안 된 산모가 상가에 갔다고 막 나무라시는 게 아 닌가? 글쎄, 부정이라는 것이 정말 있는 것일까? 우연인지는 모르겠으나 그 후로 정말 왼쪽 유방이 작아지면서 짝짝이가 되고 그쪽 모유가 확 줄 어들었다. 정말 부정을 탄 것일까? 부정이라는 게 있기는 있는 것일까?

그런데다 아기 도헌이 젖 빠는 힘이 석헌에 비해 어림없었다. 석헌인 다른 아이보다 젖 빠는 힘이 유난히 셌던 아이였다. 큰 동서가 사촌 주연 이를 석헌이 보다 한 달 먼저 낳았는데 젖이 모자라 항상 내가 모유를 주 었다. 그런데 석헌이 물리다 주연일 물리면 빠는 것 같지도 않았다. 석헌 에게 젖을 물리면 어떻게 세게 빠는지 눈물이 날 정도로 아파서 울다가 참다가 하곤 했었다. 그런데 석헌과 도헌이의 힘은 너무 대조적이었다. 한 달이 지나도 여전히 둘째의 입 힘은 약했다. 한 번씩 입을 떼고 숨을 한번 쉬고는 다시 빨곤 했다. 조금만 더 기다려보자, 그러나 한 달 후에 도 여전했고 아이가 자라는 속도도 형보다 훨씬 더디었다.

석 달이 넘었는데도 석헌이 두 달째 만큼의 몸무게보다 훨씬 모자란 다. 아주 더디 자라는 것 같았다. 안 되겠다 싶어 남편과 의논해 서울대 병원 소아 심장내과 예약을 하고 진찰을 받았다. 과장 이영근 교수의 진 단과 지시로 3개월 된 조그만 애기를 입원해서 며칠을 심전도 X-ray 등 많은 검사를 했다. 며칠 후 검사결과가 나왔다. 그건 청천벽력이었다.

도헌이가 선천적인 심장질환이라는 것이었다. 선천적 질환 일곱 가지 중 심실중격결손증이라고 했다. 태아가 뱃속에선 누구나 좌심실 우심실 이 뚫려 있어서 피가 좌우로 왔다 갔다 하다가 출산하면 '와-앙' 울면서 뱃속에서 나오는 순간 닫힌다고 한다. 그런데 도헌이는 닫히지 않은 상태로 나왔다는 것이다. 그러니 피가 좌우로 왔다 갔다 하면서 가슴에 귀를 대면 쏴~ 쏴악~하는 숨소리가 들리고 숨이 차고, 열에 약해 감기에 걸리면 위험하다고 했다. 입술 색이 항상 추운 것 같이 새파래지곤 했다. '선천적 기형아' 보통 10세를 넘기기 힘든 병. 기대하지 말라는 말은 곧 포기하라는 말이었다.

불행이란 항상 오만하게 찾아와서 행복에 차 있는 나를 가차 없이 덮쳤다. 결과를 듣는 순간 하늘이 캄캄하고 온몸에 식은땀이 났다. 형벌이 가해지는 느낌이랄까? 어디 가나 누구에게나 위로의 말로 마음을 달래야 했다. 그 후 도헌이는 약한 감기에도 가벼운 미열에도 맥을 못 추고 축 늘어져서 우리 부부를 깜짝깜짝 놀라게 하고 가슴 조이게 하는 일이 잦았다.

악몽 같은 그해는 1970년 늦은 봄이었다. 남편은 미국 친구들에게 여기저기 연락을 하며 심장병원을 찾아 신청하고 예약만 해놓으면. 아일 데리고 가겠노라는 약속을 했다. 1970년 4월에도 이미 미국에서는 심장 수술을 시도하고 있었지만 흔치도 않았고 성공률도 아주 미미했다.

우리나라에서도 케이스가 몇 번 있긴 했어도 결과는 거의 사망이었다. 그래서 미국 심장병원으로 수술신청을 하든가, 한미재단에 등록하고 기다려야 했다. 도헌이도 한미재단에 등록했다. 당시 심장 쪽 질환은 특히 우리나라가 낙후되어 있었다. 그로부터 2년 후인 1972년부터 2003년도까지 30년간 미국인 해리엇 하지스(Harriet H. Hodges) 씨는 미국 병원과 접촉하여 사형선고나 마찬가지인 심장질환을 가진 어린이 3,017명의 수술을 주선해 주었다. 그 헌신을 높이 평가해 한국국제문화교류협회(KICA)에서는 2007년 11월 겨울에 해리엇 하지스 씨의 일대기를 출간하기도 했다. 70, 80년대 의료기술이 뒤떨어진 우리나라에서 그의 헌신은 구세주와 같았고, 불가능한 심장 수술을 무료로 주선해 주었으니 아이들에겐 새 생명을 찾아준 생명의 은인이자 그 부모들에겐 무한한 하늘과 같은 사람이었다. 그러나 1970년도만 해도 의료시술의 발전을 기다리는 수밖에 다른 방법은 없었다.

감기로 인한 미열로 축 늘어진 아이와 밤샘을 하고 난 아침이면 절대로 포기할 수 없다는 결심만 더욱 확고해졌다. 막연한 기대로 얼마를 기다려야 하나? 그냥 미국 친구네 집으로 직접 들어가서 알아볼까 생각도 해보았지만, 그것도 불가능한 일이었다. 1970년도만 해도 내 친구들 중 유학으로나 취업으로 건너간 친구 외에 이민 케이스는 별로 없었다. 신청해 놓은 한미재단에선 5년 이상을 더 기다려야 한다고 했다. 남편이 알아보고 부탁해 놓은 샌프란시스코 친구 등 몇몇 병원 소식도 기다리

면서. 숨 막히는 더위보다 더 뜨거웠던 그해 여름이 그렇게 지나간다. 다행히 도헌이는 의사들의 엄포(?)와는 달리 큰 무리 없이 10개월을 지나며 체중도 제법 늘고 많이 여물면서 재롱도 늘었다.

남자 녀석이 속눈썹이 길어서 눈을 감고 있으면 뭐라도 깊이 생각하는 사람같이 매력이 넘쳤다. 얼굴도 계집애같이 곱상하게 생기고 착해서 크게 보채지도 않고 순하게 예쁜 짓도 제법 했다. 열 살까지만 참고 감기 안 걸리고 살아주기를 매일 아침 남편과 함께 부처님께

빌고 또 빌었다. 어머님이 다니시는 절에도 열심히 따라가서. 대웅전에 들어가 절을 하고 또 하며 부처님께 애원해 보기도 했다.

　마치 숨통이 막힐 듯 무더웠던 기나긴 여름도 장마가 걷히고 지나가는 듯하더니 말복이 그냥 가기 아쉬운 듯 맹위를 떨치고 있었다. 그러나 절기는 무시할 수 없는 것, 처서 앞에서 슬며시 얼굴을 바꾸고 있었다. 여름 내내 우리 내외는 도헌이만 바라보며 여름이 긴 것도, 더운 것도 못 느끼며 살았다. 그리고 계절은 어김없이 초가을로 접어들면서 제법 찬 공기가 아침저녁 몸으로 느껴질 즈음이었다.

30

여보!
이삼일 검사받고 나올 테니

급성감염으로 입원한 남편

1970년 11월 9일 아침 출장 다녀온다면서 출근했던 남편이 회사 차로 급하게 다시 들어왔다. 의아해하는 나에게 출장이 취소되었다고 하며 이불과 세면도구를 싸라고 했다. 쫓아나가며 묻는 나에게 "입원해서 2~3일 검사만 받고 나올 테니 공연히 아이들하고 수선스럽게 움직일 생각 말고 집에 그냥 있어!" 하며 불안해하는 나를 달래듯 말하곤 웃어주며 나갔다.

가슴이 울렁거리고 일이 손에 잡히질 않던 그 날은 첫 추위로 몹시 을씨년스럽던 아침나절이었다. 그러고 보니 며칠 전 "소화가 좀 안 된다."고 했던 말과 지난달 직원들과 남한강에 천렵(川獵)[1]을 가서 민물 매운탕을 먹었다고 했던 말도 생각났다. 건강한 사람이니 그쯤이야 했던 게 후회도 되고, 연락 없이 하루가 지나자 불안한 마음에 궁금하고 답답해

---

1) 천렵 : 더위를 피하거나 여가를 즐기기 위해 뜻이 맞는 사람끼리 냇가에서 고기를 잡으며 하루를 즐기는 놀이. 특히 삼복(三伏) 중에 주로 이루어진다.

서 견딜 수가 없었다. 아이들을 약국 친구에게 맡기고 부속병원으로 찾아갔다. 방 침대엔 낯익은 이불이 깔려있고 옆에 작은 책상엔 회사에서 가져온 듯한 결재서류 같은 것들이 놓여 있을 뿐 남편의 모습은 보이지 않았다. 간호원이 알려주는 대로 옆방으로 가보니 링거를 꽂은 채로 바둑을 두고 있었다. 나를 보자 "아이들은 어떡하고 왔어! 별일 아니라니까. 그냥 집에 있지 않고" 하면서 방에 가서 잠깐 기다리라고 했다.

담당 내과의 닥터 신은 빌리루빈(bilirubin) 수치가 상당히 높았는데 모르셨느냐고 했다. 우리 집이 서향이라 아침엔 좀 어두워서 흰 눈동자의 노란색이 잘 보이지 않았다. 지금 보니 저렇게 완연한데 말이다. 간에 이상이 있었다. 예전엔 간에 이상이 왔다면 영양부족이라고 생각했었다. 하지만 건강한 데다 식욕도 왕성하고 영양섭취 또한 부족할 리 없지 않은가? 오히려 결혼 후 늘어나는 몸무게 때문에 고민하고 있었는데.

배탈 한번 모르고 하다못해 충치 한 개도 없어 치과도 한번 안 가보고 살았다는 그인 급성간염이란 병명으로 입원을 했다. 며칠 입원하면 간 수치가 정상이 될 수 있다는 담당 의사의 말도 헛되이 6개월의 입원 끝에 겨우 정상으로 퇴원을 했다. 그러나 그해 여름 다시 나빠지면서 다음 해 만성간염으로 진행이 되더니 3년 후엔 더욱 악화되며 간 경변이란 진단을 받았다.

그 후 7년여의 긴 투병 생활이 이어지면서 겪었던 고통 인내 절망 끝에 많은 사람의 염려와 기도도 헛되이 하늘은 야속하게도 그이를 데려가셨다. 3년 10개월의 짧고 행복했던 꿈과 같은 추억의 시간과 네 살, 여섯 살, 여덟 살 아이들을 내게 남겨두고 그인 돌아올 수 없는 아주 먼 곳으로 가 버린 것이다.

간은 침묵의 장기이다. 간 내부에는 신경세포가 없어서 종양이 생겨 커지더라도 자각증상이 없고 7~80%가 손상되어도 일상에 지장 없이 기능이 유지되고 특별한 증상이 없다. A형 B형 C형 간염이 다 그렇다. 혈액으로 전염된다고 하지만 공기, 체액, 음식을 통해서도 전염된다는 설이 있어 조심해야 했다.

급성간염으로 입원한 지 3개월이 지난 구정 전 병원장인 내과의 친구가 남편을 구정 휴가라고 아버님 댁으로 가서 쉬고 오라며 특별외출을 해 주었다.

난 그의 외출에도 아이들을 시댁에 안 보내려 했다. 그런데 그날 저녁 남편이 집으로 왔다. 조용하고 넓은 집에서 쉬지 않고 왜 왔느냐고 물으니 좁아도 내 집이라야 편히 쉴 수 있다고 했다. 오랜만에 아빠를 본 두 아이들이 좋아하며 들러 붙어있으니 냉정하게 떼어 놓을 수가 없었다. 격리하고 싶은 건 내 복안이었다. 아이들에게도 아빠에게도 잔인하단 생각이 들어서 겨우 식사만 격리하기로 했다. 그것도 남편이 눈치채지 못하게 하기로 했다. 그리고 2개월 후 정말 어처구니없는 일이 생겼다. 임신의 조짐이 보이는 것이었다. 그땐 정말 어떻게 해야 좋을지 난감하기만 했다.

자주 집에 와서 일을 도와주던 가까운 친구 정님과 의논해 보았다. 정님은 나중엔 독실한 크리스천이 되어 권사가 되었지만, 그땐 약수동 '예언의 집'을 가보자고 했다. 거기에 유명한 예언가로 그 당시 화제의 인물로 떠오르고 있던 대한불교 예명원 김현정 원장이 있었다. 나는 지푸라기라도 잡고 싶은 심정으로 가보기로 했다. 정님이 예약을 하고 함께 찾아간 예언의 집 분위기는 음산 그 자체였다. 토정 선생의 신비한 비결에 심취했던 적도 있었고, 쌍수암이란 암자에 토정비결로 사주를 보는데도 가보았지만 여긴 좀 달랐다. 조용한 방에 혼자 앉아 있던 그의 앞 상 위 그릇엔 생쌀이 보였던 것 같다. 나는 왠지 공포라고나 할까 두려움 등으로 겁먹어 있었다. 이것저것 인적 사항을 묻고는 작은 소리로 꽤 많은 이야기를 했는데 내가 기억하는 것은 단 한 가지 뿐이었다. 이번 임신한 아이는 남자일 것이고 그 애를 낳아야 형제들 셋이 의가 좋아지고 특히 막내가 형제 사이들을 더 우애 있게 할 것이란 얘기였다. 다른 말은 하나도 귀에 들어오지 않았다.

집으로 돌아온 나는 남편에겐 그런 곳에 갔었다는 이야기는 하지 않는다. 아이가 딸이었으면 좋겠다고 하며 낳자고 했다. 핑계라고 생각할지 모르겠지만 엄마도 유산 후유증으로 돌아가셔서 나는 무섭기도 하고, 그보다 아기가 아까워서 상상하기도 싫었다. 그러니 아빠더러 시댁에 가서 이야길 잘 하라고 했다. 남편은 셋째의 임신도 너무 좋아하면서 이미 꼭 필요한 한 가지를 알아보고 왔다. 자기 몸이 안 좋았을 때였다고 부인과에 가서 그것만 상의했더니 상관없다고 했단다. 둘째가 언제 어떻게 될지 모르는 불안감을 항상 안고 살던 나에게 어차피 뱃속 아이에 대한 선택은 하나였다. 혹시나 그런 일에 대비해 하느님께서 나와 석헌이를 위해 점지해 주신 은혜가 아닌가 하는 생각이 들었다. 우리 지원이 이렇게 우여곡절 끝에 우리 부부의 귀한 셋째로 세상에 나왔다.

오진으로 고생 끝에 담낭 제거

간 수치와 투쟁을 하며 병원엘 들어갔다 나오기를 거듭하던 남편에게 그해 여름부터 심상찮은 징후가 나타났다. 밤이면 한 달에 한두 번 정도

심한 복부 통증을 호소했다. 처음 병원에서는 신경성 위경련이라는 진단을 내렸다. 그렇게 밤에만 찾아오던 고통은 6월말 어느 날, 이발소 가는 길에 그이를 완전히 무너뜨렸다. 통증으로 봐서 담석증인 것 같다고 했다. 당시 남편은 KEPCO본사 발령을 받아 근무하고 있었는데 김 사장님의 소개로 성모병원에서 담석 수술로 유명한 외과의 김 박사를 찾아 입원하고 급히 검사를 했다. 결과는 역시 담석증이었다. 다음날 응급수술이 결정되었고 김 사장님이 담당 의사를 만나고 가시면서 잘 될 거란 말씀도 함께 건네주셨다.

침대에 얹혀 수술실로 가며 날 보는 남편의 눈에 살짝 물기가 비쳤다. 수술에 대한 공포보다는 나에 대한 회한의 정 때문이란 걸 난 감지할 수 있었다. 애써 머릴 끄덕여 답하고 들여보내고는 피 말리며 마음 졸이는 세 시간의 기다림 끝에 흰 가운의 김 박사가 지친 얼굴로 나왔다. 염증이 심하고 담석도 많아 지금의 간 상태로는 담낭을 들어내는 게 옳지 않으나, 시기가 지나서 할 수 없이 아주 포기해야 했다고 했다. 오랜 시간을 부스코판(buscopan)으로 통증을 달랜 게 잘못된 건지, 그보다는 위경련으로 오진을 받은 게 더 문제였는지 알 수 없는 일이었다.

회복실로 들어서자 남편은 탈진한 표정으로 진한 한숨을 토하며 날 바라보았다. 얼마 지나지 않아 남편은 또 심한 통증을 호소했다. 진통제를 맞고 통증이 완화된 남편이 말했다. "수술 한 번의 경험은 인생을 한 번 더 사는 보상과 맞먹는 거야! 시간도 그렇고 고통도 모두, 그러니 수술을 하고 더 산다는 건 그만한 대가를 치르는 것이야"라고 했다. 자주 찾아오는 통증을 참아내는 고역. 병원에서 주는 부스코판(buscopan)이 면역이 생겨 들질 않아 밤이면 더욱 괴로워했다.

더욱이 배꼽 위를 절개한 수술이라 가래가 많이 나와도 아파서 뱉지를 못해 굉장히 고생해야 했다. 나는 나대로 만삭인 데다 임신성 정맥류가 많이 튀어나와 다리가 땅겨서 서 있기가 매우 힘들었지만 아픈 체를 할 수가 없었다. 게다가 어머니가 잠깐씩 교대해 간병해 주는 것도 남편은 불편해해서 내가 꼭 자리를 지켜야 했다.

그래도 난 엉뚱하게 그 수술에 희망을 걸었다. 담석 제거로 간의 수치가 자꾸 오르는 것을 막을 수 있으리란 근거 없는 기대도 해 봤다. 식사는 기름기 없는 것으로만 했다. 수술하고 보름 후, 흔히 하는 속어 중에 '쓸개 빠진 놈'이란 말이 있는데 남편은 정말 쓸개 없는 사람이 되어 퇴원했다.

그리고 연초부터는 통원치료로 의정부에 있는 43병원에 다녔다. 살에는 혹한의 찬바람을 안고, 새벽 5시에 가서 Dr. 바르트만 씨에게 진찰과 상담을 받고 그의 지시를 받아 약을 타 가지고 오곤 했다.

남편의 식단은 철저히 저지방 고칼로리로만 진행했다. 고 박사께서도 뱀은 고단백에 저지방이니 해 먹여 보라고 하셨다. 그렇게 권하는 뱀탕을 다른 사람의 손에 맡길 수 없다는 생각이 들어 힘들어도 내가 직접 끓이기로 했다. 동탄 시골 오빠가 약 뱀을 잡아 산 것을 직접 만질 수 없으니 시멘트 봉지에 한 마리씩 넣어 가지고 왔다. 약탕관의 끓는 물속에 뱀을 담은 봉지를 넣으면 입구가 벌려지면서 뱀이 약탕관으로 들어갔다. 그렇게 들어간 뱀을 꼬박 세 시간 반 이상씩 정성으로 달였다. 예전엔 상상도 못 했던 일이지만 난 한 가닥 실낱같은 희망이라도 붙들려고 안간힘을 썼다. 서너 시간씩 달인 뱀탕을 삼베 보자기로 짜서 한 방울이라도 더 내어 보려고 손에 굳은살이 박이도록 짜고 또 짰다.

셋째를 출산하다

그해 가을, 석헌이의 네 번째 생일인 10월 8일, 셋째 혜정이가 오랜 연애 끝에 치과 인턴인 최성호와 혜화동 성당에서 혼배성사를 올렸다. 우리 식구는 뱃속 아이까지 모두 참석을 했다. 그런데 막달이라 힘들었는지 다음 날 저녁 무렵부터 진통이 시작되었다. 아직 예정일까지는 보름이나 남아있었다. 새벽 4시가 채 안 됐는데 통증이 극도에 달해 더 이상 참을 수가 없었다. 통금이 풀리며 택시를 불러 타고 병원으로 달렸다. 위생병원에 들어간 지 20분도 못 되어 출산했다. 양력 1971년 10월 10일 음력 8월 22일, 신해년(辛亥年) 정유월(丁酉月) 무진일(戊辰日) 일요일 아침 4시 45분, 3.09kg의 건강하고 예쁜 딸을 낳았다. 울음소리도 아름답고 청아했다.

위생병원 신생아 면회실에서 나는 아기를 안고 얼굴을 비비며 "정말 미안해! 잠시라도 널 괄시하려 했던걸!" 하며 진심으로 사과를 했다. 하마터면 버릴 뻔했다는 사실에 끝없는 미안함을 느끼면서 나는 진한 사랑을 담아 꼭 감싸 포옹하며 안아주는 것으로 세상에 하나뿐인 내 딸과의 첫인사를 나누었다. 그러고 보니 난 아이 셋을 모두 일요일 아침에 출산했다. 딸은 식구 중 그런 사람이 없었는데 눈꼬리가 약간 위로 올라갔고 아빠 인상과 많이 닮은 것 같았다.

딸을 본 남편의 기쁨은 말로 표현할 수 없이 크게 보였다. 오랜만에 남편의 얼굴에 화색이 도는 것이 새로운 힘이 솟는 듯했다. 아빠와 나는 이 기쁜 날을 마음껏 축하하고 사랑하면서 우리 딸에게 거듭 감사한다. 아침 회진시간에 의사가 "어지간히 급하셨군요!" 한다. 하긴 병원에 도착하여 분만실로 내려가기 바쁘게 출산했으니 그럴 만도 했다.

31

내가 지금 무슨 일인들 못 할까

그해 겨울부터 남편은 더 자주 피곤해했다. 프레드니솔론(Prednisol on, Steroid)을 계속 복용한 탓인지 얼굴이 약간씩 붓는 듯한 것도, 손마디가 붓고 자주 코피가 나는 것도 나를 점점 불안과 공포로 치닫게 했다. 병원을 옮겨 봐야겠다는 생각으로 그동안 얘기를 많이 들어왔던 아빠 고등학교 선배이며 후에 대통령주치의이자 서울대학병원 부원장이신 내과의 고창순 박사('암에게 절대 기죽지 마라'의 저자)를 찾아갔다.

들던 대로 고 박사는 162cm의 단구에 아주 자상한 분이었다. 인사를 드리고 자세한 이야기를 했다. 일본에서 공부하셔서인지 어떤 면에서 일본인의 부드러움을 그대로 풍기셨다. 사모님은 나중에 뵈었는데 재일교포셨다. 박사님이 대단하다는 것은 익히 알고 있었지만 일에 대한 책임 등 어느 하나에도 소홀함이 없고 배짱 또한 대단하셨다. 50년 동안 스스로 세 번의 암을 이기면서 터득한 나만의 암을 다스리는 책을 쓰신 고 박사님이시다. 25세에 이미 대장암 수술을 받으셨다.

그때 이미 고 박사님은 우리나라에도 하루빨리 전국 의료보험이 생겨야 한다고 늘 말씀하셨다.

우린 고 박사님의 지시대로 김정용 박사님을 주치의로 하고 입원을 했다. 고창순 원장님은 하루도 빠지지 않고 아침마다 병실을 들르셨다. 정말 그 성의가 대단하셨다. 들어오시면 제일 먼저 내 얼굴을 먼저 보신다. 내가 잘 잔 얼굴이면 밤사이 아무 일도 없었다는 것을 알 수 있다고 농담도 건네시면서. 그 후 고 박사님이 우리 부부에게 주신 무한한 사랑과 입은 은혜, 그 고마움은 이루 말로 다 할 수도 없고. 진심으로 베푸신 사랑을 지금도 잊을 수 없다. 한번은 경남고 친구들이 병문안을 왔다가 고 박사님께 혼쭐이 났다는 이야기도 들었다. "느그들은 오랜 병을 앓고 있는 친구한테 꽃다발이 뭐꼬? 돈을 걷어 오란 말이다. 돈을! 지금 한없이 돈을 부어야 하는데 얼마나 심각한지 아나? 그깟 꽃다발일랑은 길에 갔다 떤져 쁘리라!"고 호통을 치셨단다.

　사실 맞는 이야기였다. 그때 월남에 파병된 미군병원에서 들여온 미제 알부민은 무척 비쌌다. 알부민 수치가 떨어질 때마다 급히 종로4가 도매약국까지 뛰어가 사 오는 일이 한두 번이 아니었다. 어느 때는 약이 없어 여기저기로 얼마나 급하게 뛰어다녔던지 병실에 도착해 보니 구두 뒷굽이 떨어져 나가서 오른발 뒤쪽은 땅을 짚고 다니고 있었다. 그런 발로 다녔는데도 전혀 알지 못했다. 병원비 약값 등의 부담으로 많은 사람이 돈 없어 병원을 못 갔던 시절 의료보험은 생각도 못 했던 그때 이미 고 박사님은 우리나라 전국 의료보험의 필요성을 강력히 피력하셨다.

　그때 양주동 박사가 당뇨로 같은 병동에 입원해 계서서 남편과 많은 대화를 나누며 가깝게 지내셨다. 남편 방에 자주 찾아와 남편을 칭찬하곤 하셨다. "남편 잘 간수해요! 한눈팔면 놓치고 말지! 좋은 친구야!"고 내게 곧잘 농담하시곤 했는데 남편이 떠난 다음 해에 그분도 가셨다.

염분을 줄이면서 집중적으로 이뇨제를 복용한 탓인지 몸무게가 급격히 빠지면서 남편의 증세는 호전되질 않고 자꾸 나쁜 쪽으로만 가고 있었다. "당신 정말 왜 그래요? 도헌이 수술이란 커다란 과제를 앞에 두고 당신 이러면 안 돼요! 난 어떡하란 말이에요?"라고 소리치며 울고 싶었다. 내과 의사인 내 친구가 병문안을 왔다 가면서 "성아! 이젠 그만 붙들고 놓아 드려야겠다."라고 했다. 하지만 그때까지 나는 포기란 말 자체를 부정하며 살았다. '포기' 그 말은 너무 잔인했다. 나를 염려해 한 말이었지만 어리석게도 난 한동안 그 친구를 안 보고 살았다. 훗날 나도 의료계에서 일하면서 살게 되었지만 단 한 번도, 한 시간 후에 유명을 달리할 사람이라도 "인제 그만 포기하라"라고 말해 본 적이 없다.

그때 내가 신에게 간절히 기도하며 바랐던 것이 있다면 내 나이 마흔까지만 그이를 살아 있게 해달라는 것이었다. 아니? 우리 석헌이 중학교 들어갈 때까지. 그러면 지원이도 8세이니 아빠 얼굴을 기억하겠지 싶어서 그때까지 만이라도 내 곁에 있어 달라는 것이었다. 그냥 가만히 누워 있어도 좋으니 살아만 있어 달라고 기원하고 또 기원했다. 신은 나의 그 간절한 부탁도 외면하며 끝내 내 편이 되어주지 않았다. 그야말로 가혹하고 야속했다.

32

결혼하면 사표 내던 시절
아이 엄마가 JOB을!

이성이 나에게 명령하고 있었다. 이제 혼자서 천천히 앞일을 준비해야겠다고 말이다. 그러나 감성은 무력감에 빠져 꼼짝 않고 있었다. 다행히 그 무렵 친구 정님이 집에 와 있으면서 고맙게도 나를 많이 도와주고 남편의 뒷바라지도 해주었다. 남편은 "오른손이 하는 일을 왼손이 모르게 하는 사람"이라는 말을 몇 번이고 하면서 그 친구를 극구 칭찬했다.

사랑만으로는 나눔이 불가능한 남편의 아픔을 무능하게 지켜만 보며 지내고 있을 때였다.

우리나라 물리치료사 1호인 최태암 박사에게서 전화가 왔다. 작년 개원한 K대학병원에서 PT 직원을 모집하고 있으니 서둘러 원서를 내보라고 하셨다. 은행 등 모든 직장이 결혼과 동시에 사표를 내야 했던 시절. 기혼자도 가능하다는 조건에 합격자에겐 실습 등 교육이 있다는 기사를 보고 응시를 했다. 당시 보사부 장관이던 고 장관의 추천서가 필요해서 찾아갔다. 고 장관은 나를 많이 믿어주시고 인정해 주시던 분이셨다. "소도 언덕이 있어야 비빌 텐데 널 어떻게 도와줄 수가 없구나! 복덩어리같이 생겨가지고 왜 그리 초년에 파란이 많으냐?" 하시면서 흔쾌히 써 주셨다. 그 후에 1년의 호된 교육을 마치고 재활의학과에서 다시 실무교육을 받았다. 그리고는 얼마 후 한방 PT실에 정식발령을 받아 근무하게 되었다.

중앙의료원 치과병원 한방병원을 함께 개업한 최초의 종합병원이었다. 양방은 이미 기존의 많은 병원이 있었지만, 한방종합병원은 처음이었다. 개원 초엔 양·한방이 서로 협조가 잘 안 되었다. 들리는 소문에 의하면 한방이 양방을 먹여 살린다고 했고, 그걸 참을 수 없다고 사표를 던지고 나간 과장급의도 있었다고 들었다. 식당에서도 복도에서도 서로 외면하고 적대시하는 분위기였다.

그러나 한방병원은 전국 각처에서, 심지어 제주도에서까지 올라온 VIP들로 대형아파트 같은 특실의 예약은 항상 대기로 차 있었고 당일 치료를 받는 분 또한 적지 않았다. 국내 유명인 정치인들의 출입도 많았다. 그때 마침 김무생 주연의 드라마 '허준'을 촬영해서 우리 직원들은 시간 외 근무도 여러 번 했다.

국외에서 귀빈들도 많이 방문했다. 어느 날 오늘 퇴근이 늦어진다는 연락이 왔는데, 아프리카 가봉공화국 봉고 대통령이 치료받으러 온다는 것이었다. 스케줄이 짧아 침구 치료만 받고 가려 했는데 PT 치료도 함께 받고 갔다. 이후 그의 여동생인 국무장관(?)도 치료를 받으러 왔다. 어쩜! 그렇게 자상하고 친절했던지 아직도 치료해 준 초콜릿 우윳빛의 유난히 곱던 살결까지 기억이 생생하다.

병원의 양·한방은 한참 몸살을 앓으며 서로 노력한 결과 몇 년 지난 후에는 몇몇 과에 불과하긴 했지만, 양·한방이 협조전(Consult paper)을 교환해 환자를 서로 보내게 되었다. 물론 몇몇 과에서는 여전히 불만을 보였다.

나는 처음에 오더(Order) 리딩(Reading)이 어려울까 봐 많이 걱정하였으나 다행히도 처방전을 소화하는 데에는 별문제가 없었다. 특히 초대실장인 임 박사님의 배려가 깊어서 금방 배울 수 있었다. 하지만 가끔 타과 처방의 난해함이 있어서 많은 공부가 더 필요했다. 병원 기반이 잡히면서 환자가 점점 늘어나니 계속 PT 선생님들을 더 채용하게 되고 방의 규모는 점점 커졌다. 한방 PT실에는 트랙션(Traction), I. C. T, TENS, Hot pack, Ultra Sound(Sonography), 적외선(Infrared), 저주파(Low frequency) 외에도 많은 기계가 더 들어오고 환자 또한 점점 몰리기 시작했다.

각 방송국에서의 출연 요청도 이어져 점점 더 바빠졌다. 동양방송, 문화방송의 '정소녀의 여러분 잠깐만', '아침 건강', '변웅전의 건강코너' 가정주부를 위한 10분 실기치료법 등등 많은 프로에 출연했는데 이는 대단한 광고 효과로 돌아왔다. 한 프로가 나갈 때마다 환자가 눈에 띄게 늘어나고 잡지사에서도 원고 청탁이 들어왔다. 여성 잡지에 원고도 써 보내고 출연한 프로를 본 사람은 인사를 건네 왔다. 남편 직장 관계로 울산에 내려가 있던 친구 용희도 전화를 했다. TV에서 보았다고. 고 박사님께서도 서울대병원에서 퇴원하는 환자를 보내주셨다.

병원에서는 점심시간도 제대로 쉴 수 없을 정도로 바쁜 데다 집에 가면 남편의 병간호를 해야 해서 잠시도 쉴 틈이 없었다. 남편이 입원해 있을 때는 병실에서 자고 바로 출근했는데 그런 날은 또 아이들이 눈에 밟혔다. 몸이 한 세 개쯤 이었으면 하는 시간이 다시 돌아온 것 같았다.

다음 해 봄 석헌이 유치원을 졸업했다. 졸업식엔 동산유치원 정원석 원장님, 부인 신 선생님, 어린이방송 프로 출연으로 유명했던 하모니카 할아버지까지 참석했다. 입구부터 화려한 꽃으로 장식되어 있었고 그 찬란하게 반짝이는 조명 빛은 모두를 마음 들뜨게 하고 있었지만 내 마음속의 꽃은 모두 시들어 향기를 잃은 것 같았다. 질문시간에 석헌인 손도 안 들고 시무룩했다. 아빠 문제로 기가 죽을까 봐 전전긍긍했던 나는 가슴이 덜컥 내려앉았다. 하지만 그날 석헌이가 그랬던 건 다른 이유에서였다. 며칠 전 사립인 경희초등학교의 추첨이 있었는데 친구들 중 나 혼자만 주사위를 잘못 던져 낙오되었다. 그때 다른 학부모들과 학교계단을 웃으며 내려오는데 석헌이 옆에서 "엄만 뭐가 좋아서 웃으세요!"라고 했다. 난 미안하다고 얼버무렸지만, 석헌인 어린 게 충격이 컸던 모양이었다.

석헌인 어려서부터 누구와의 어떤 경쟁에서도 지는 건 수치이고 '낙오자'라는 얘길 아빠한테 들으며 자랐다. 권투시합 때 간발의 차로 판정패를 당한 선수는 TV에서도 화면에 얼굴 한 번 안 보여준다는 이야기 등. 어릴 때부터 그런 말을 들어서인지 욕심도 많고 승부욕 또한 무척 강했다. 하지만 한편으로 그렇게 크느라 석헌이 자신은 얼마나 힘들었을까 하는 생각도 해본다.

33

아픔과의 마지막 투쟁으로
지쳐가는 남편

병세가 점점 비관적인 쪽으로 기울면서 남편은 매일 병과의 전쟁을 매섭고 지독하게 치르느라 하루하루 지쳐가고 있었다. 우린 서로의 장래에 대한 어떤 이야기도 찾아내 하질 않으려 어떻게든 피하고 있었으며, 내용 없는 엉뚱한 대화를 해서 절망들을 다른 데로 돌리려고 나도 그이도 무진 애를 쓰고 있었다. 그럴수록 가슴은 미어지고 쓰리게 저며 왔다. 그때 내 마음을 X-ray로 촬영할 수 있었다면 분명 온통 칠흑 같은 검은색이었을 것이다.

마치 서로에게 찌푸린 얼굴을 보여주지 않고 좋은 인상만을 남기기로 약속한 사람들처럼 우린 그렇게 보이려고 둘 다 애써 웃으며 헛수고들을 하고 있었다. 돈은 아무래도 상관없었다. 당신이 짧은 일생, 열심히 노력해서 일궈낸 모두를 쓰고 가도, 전부를 두고 가도, 몇 푼을 남기고 가도, 내가 비참하긴 매한가지라는 생각이 들었다. 그런 백지장 차이의 비참함으로 그이의 치료비를 아낄 생각이나 입원실을 줄여 불편하게 하고 싶진 않았다.

훗날 그간의 사정을 알게 된 고 박사는 이렇게 말했다.

"아버님의 원조가 많이 있는 줄 알았는데⋯ 상철이가 참 슬기로운 여자를 만났구나!"

능력 있는 아버님께 한 번도 원조를 청하지 않은 걸 두고 하는 말이었다. 그건 전부 남편의 뜻이었다.

1974년 봄, 석헌이가 청량초등학교에 입학했다. 열다섯 반 중 석헌이는 1반이었다. 그날도 아프고 저린 가슴을 안고 입학식에 갔던 나는 아이 뒤에 망부석처럼 아무 생각 없이 서 있다가 석헌이와 눈이 마주칠 때만 겨우 미소를 지어 보이곤 했다.

남편은 계속되는 투약, 주사, 식이요법, 안정 등 입원과 퇴원을 반복했다. 그 와중에도 끝까지 회사 일을 고집하여 퇴원해 집에 있을 때는 오전에 잠깐씩 회사에 나갔다 들어오곤 했다. 소화가 극도로 안 되어서 괴로워하는 모습을 곁에서 지켜보면서 아픔을 대신해 줄 수 없는 안타까움만이 괴로울 뿐이었다.

석환이가 엄마 안경을 (139번 종점 집)

퇴원해 집에 있을 때는 철저하게 식이요법을 했다. 혜정이는 두부도 집에서 만들고 양평에 가서 산나물도 캐 왔다. 좋다는 것은 다 해보았다. 고기도 살코기로만 해줬다. 고단백에 저지방인 뱀은 계속 복용했다. 압력솥이 없어 현미밥 하기도 두세 시간씩 걸릴 때. 현미밥은 연탄불 위에 큰 들통을 올려놓고 그 속에 바닥이 평평한 burner 같은 솥을 앉혀 두 시간 이상씩 중탕으로 했다. 흰죽, 찹쌀죽, 현미죽, 녹두죽, 콩죽, 고기죽, 야채죽을 번갈아 쑤었다. 그때 하도 죽을 많이 쒀 봐서 지금도 난 다른 건 못해도 죽은 잘 쑨다.

지금 생각해도 남편한테 고마운 것이 있다. 매일 반복되는 똑같은 무염식 음식과 기름기 없는 빡빡한 고기가 지겹기도 했을 텐데, 항상 웃는 낯으로 고맙게 받아먹었다. 얼굴 한번 찡그리질 않고 말이다. 얼마나 힘들었을까? 그리곤 친구들이 오면 "야! 니는 곧 술자리 함 마련하래이! 그동안 못 마신 거 다 마셔야 할 거 아이가?" 하고 우스갯소리를 했다. 천연덕스럽게 병문안 오는 이들과 농담하는 것도 잊질 않았던 그이였다. 난 그런 남편의 모두를 지금까지도 존경하면서 감사한다.

환자인 남편과 세 아이를 데리고 더 이상 전세로 전전할 수 없었다. 외대 앞 139번 종점에 조그만 방 4개짜리 집을 처음으로 마련했다. 방 두 개를 전세 놓고 은행에서 대출을 받았다. 나름 골목 입구 코너에 있는 동남향의 반듯한 집이었다. 아버님께서 형님인 맏아들은 140평의 넓은 집을 사주셨는데 둘째부터는 공부시키고 결혼시켜 방 한 칸 분가로 끝내야 한다고 했던 남편은 그 말을 그대로 지키면서 20만 원 전세금을 받아 나온 게 전부였다. 그때 아버지의 여윳돈은 아버지 노후 자금으로 해야 한다는 그이의 말에 이의를 제기하는 형제들은 아무도 없었다.

제부 최(성호) 서방이 혜정을 우리 집에 두고 월남의 백마부대 군의관으로 파병되어 떠났다. 그 후 혜정이가 형부인 남편에게 보인 헌신은 실로 대단했다. 두부며, 산나물에 식이요법을 직접 개발하기도 했다. 최 서방이 월남 사이공으로 떠나던 날 아침, 부엌에서 나오니 제부가 군화 끈을 거의 다 매어가고 있었다. 형님께 인사드렸냐고 했더니 그렇다고 했다. "큰절 올리지 않고! 그래도 먼 길가는 데. 어서 군화 끈 풀고 다시 들어와요!" 하고는 그이를 정좌시키고 함께 맞절을 하고 가도록 했다. 그때 순순히 말을 들어줬던 최 서방이 참 고마웠다.

34

아빠 말 잘 터
엄마 말 잘 터

최 서방이 사이공으로 떠난 후 첫 번째 보내온 것은 카세트테이프에 담긴 본인의 목소리였다. 온 식구가 마루에 빙 둘러앉아 제부의 음성을 함께 들었다. 다 같이 듣다가 울고, 또 듣다가 웃기도 하면서. 제부는 석헌, 도헌에게도 당부의 말을 잊지 않았다. "도헌아! 엄마 말 잘 듣고 아빠 말 잘 듣고 알았지?" 그때 도헌인 말이 더뎌서 발음을 이상하게 했다. 식구들만 알아들을 수 있었다. 도헌에게 "이모부가 뭐라고 했지?" 하고 물을라치면 "웅! 엄마 말 찰 터! 아빠 말 차 알 터!" 그 말이 재미있어서 모두들 하루에도 몇 번씩 묻곤 했다.

그때 월남 파병 간 최 서방 이름으로 냉장고를 한 대 사서 들여올 수 있었다. 한국까지 공수해 온 일제 히타치 냉장고는 옆집도 앞집도 맛있고 비싼 걸 맡겨놓는 공동용이자 비상용이었다. 석헌이는 제 키보다 더 큰 냉장고를 수도 없이 여닫았다. 여는 재미도 있고 먹을 것도 있고 문을 열 때마다 시원해서 좋았던 모양이다. 그래서 예쁜 코르덴 천을 두 겹으로 해서 커버를 만들어 지퍼로 잠가 두기도 했다.

그해 가을 10월 10일은 딸 지원의 첫 생일이었다. 처음으로 남편의 문

패가 걸린 집에서 지원이의 첫돌을 차렸다. 그때 한복을 차려입고 찍어둔 세 아이의 사진을 보면 그때 왜 남편과 함께한 아이들과의 마지막 가족사진을 찍어두지 못했었을까 후회가 된다. 그때 남편은 얼굴이 망가져서 사진 찍기를 거부했다. 병색이 있으면 있는 대로, 얼굴이 말랐으면 마른 대로 한 장 찍어두었더라면 얼마나 좋았을까. 이제 와서 후회하지만 무슨 소용이 있겠나. 가족사진 한장 찍자고 고집이라도 피워 볼 걸 그랬나 싶다. 아니, 지원이와 한 번만이라고 부탁했으면 들어 주셨을걸! 지원이에겐 아빠와의 마지막 기회인데 결국 지원은 아빠와 찍은 사진이 한 장도 없다. 그렇게 지원이 돌이 지난 며칠 후 남편은 다시 입원했다. 그렇지만 남편의 병세는 통 개선의 징후가 보이질 않고 점점 만성간염(Chronic Hepatitis)에서 간 경변(cirrhosis) 쪽으로 진행되고 있었다. 얼마 후 복수가 차기 시작하면서 남편은 사력을 다하는 투병의 나날이 계속되었다. 그러던 어느 날부터인가 반혼수(Semi coma)의 증세가 오기 시작하더니 점점 그 횟수가 잦아졌다. 본인도 긴 투병에 지쳐 무너져 내리는 의지를 붙들어 보려 애쓰는 게 역력했지만, 한계가 온 듯 아주 힘겨워 보였다. 운명을 거역하는 것은 불가한 일이었다. 특히나 건강과의 타협은 어떻게 해도 안 되는 것 같았다.

그때 또 한 번의 대형사고가 터졌다. 형과 마루에서 장난하며 다투던 중 도헌이가 마루에서 부엌으로 뚫린 문으로 미끄러지면서 떨어지는 바람에 부뚜막에 끓여놓은 큰 주전자와 함께 부엌 바닥으로 나뒹군 것이다. 도헌이는 마침 내가 짜 입혔던 스웨터를 입고 있었는데 이게 벗겨지질 않아 가위로 자르는 시간에 화상은 더 심해지고 경희의료원 응급실로 달려갔으나 이미 3도 화상을 입은 여린 피부는 일그러져 있었다.

그 후 어린 도헌이의 고통은 이루 말할 수 없었다. 켈로이드(keloid)[1] 체질이라 상처가 깨끗하게 치료되질 않고 발가락이 제대로 퍼지질 않아 어린 걸 입원시켜 놓고 몇 번씩이나 성형수술을 해야 했다. 그걸 지켜보면서 또 한참 애를 태우며 뛰어다녔다. 남편 병실, 도헌이 병실, 그리고 집에 둔 석헌, 지원 하루 몇 바퀴를 말이다. 그 후에 난 아이들에게 다시는 뜨개질 옷을 만들어 입히지 않았다.

사실 나는 뜨개질과 인연이 있긴 하다. 수유여중 교장 선생님이셨던 은사 이연희 선생님은 5만 원 이하 수입의 가정을 돌보는 새마을사업에 참여하셨는데 교사 조원자와 내가 그걸 주관해서 했다. 가난한 학부모들에게 편물로 스웨터 뜨는 법을 가르쳐주고 평화시장에서 실을 사다가 계지(gauge)를 내어 실과 함께 나누어주었다. 난 그것의 판매를 사업화시켜 성공 케이스로 만들었다.

처음 명동의 베이비서울과 미도파 등에 납품하고 있다가 경기여고에서 배우 태현실, 개그우먼 권기옥, 탤런트 김자옥 등을 모델로 바자회를 열면서 판로개척에 성공했다. 이후 이대 앞 유명한 루돌프 양품점 등에서 주문이 많이 들어오면서 미도파에선 인기상품이 되었다. 참여한 학부모들 수입도 상당히 많이 올리는 등 대단한 성과가 있었다. 특히 김자옥

---

1) keloid : 상처치유과정에서 비정상적으로 섬유조직이 밀집되게 성장하는 질환.

씨가 팔도강산이라는 드라마에서 입고 촬영한 긴 망토(Manteau)는 대인 기여서 미도파 등에서 주문이 쇄도했다.

학부모들의 참여도 3배로 늘렸고 사업으로 이어져도 잘 될듯하였다. 많은 사람의 권유가 있었지만, 남편 병세 악화는 내 발목을 잡았다. 또 그해 여름에는 폭우가 내려 순식간에 중랑교 둑이 넘쳤다. 휘경동 일대가 물이 차서 집 안마당이 수영장을 방불케 하는 물난리로 높은 지대에 있어 피해가 비껴간 친구 혜훈네 집으로 온 식구가 피난을 가야 했다.

다음 해 나는 생각 끝에 남편을 가까이서 간호할 수 있는 K대병원으로 입원시켰다. 고창순 선생님이 추천해 서울대 한심석 총장의 간 연구 열세 제자 중 막내이신 이창홍 박사 주치의로 입원한다. 이제 남편은 더 이상 예전의 excellent하던 그분이 아니었다. 중환자실에 들어가면 기억을 잃지 않으려고 안간힘을 썼다. 캐비닛 위 주사약 넣어 두었던 상자에 쓰인 단어 'Sunkist orange juice'를 몇 번이나 되뇌이며 읽고 있었다. 그걸 듣는 내 가슴 속은 통곡하며 찢고 찢어지고 새까맣게 타들어 갔다.

"신이시여, 정말 너무 하십니다. 어쩌면 그리도 잔인하십니까? 그렇게도 excellent하고 정확하고 빈틈없는 사람을 어떻게 저 지경으로 처참하게 망가트려 놓으시고, 또 그것을 나더러 지켜보면서 새겨두라 하시는 겁니까?" 난 매일매일 그렇게 낭떠러지로 뛰어내리는 듯 쇠잔해지는 남편을 지켜볼 뿐 아무것도 해줄 것이 없었다. 남편의 증상은 하루가 다르게 악화되고 한 치 앞도 내다볼 수 없는 지경에 이르고 있었다.

30대 젊고 참신한 이창홍 박사의 처방과 성의 있는 보살핌도 병세를 호전시키지 못하고 그 후부터 남편은 계속 중환자실을 들락거렸다. 중환자실로 들어가 있을 때는 나를 제외하곤 다른 가족들은 정해진 시간 외엔 면회도 할 수 없었다. 당시 병원 간호과장으로 있던 동창 최상순 친구가 많은 도움을 주었다. 또 친구네 집에 와 계셨던 상순의 이모님은 가끔 우리 집 앞 계단에 엎드려 우리를 위해 기도를 해 주셨다. 퇴근하는 나와 마주치면 내 손을 꼭 잡아 주시며 안타까움에 눈물을 흘리곤 하셨다. 내겐 영원히 잊을 수 없는 고마운 분들이다. 하지만 그렇게 많은 사람의 기원도 외면하고 목숨을 건 나의 간절한 기도도 다 뿌리치고 남편의 의식은 어디론가 점점 멀리 달아나며 꺼져가고 있었다.

면회를 들어갈 때마다 그인 미소를 잃지 않으려 안간힘을 쓰면서 희미한 눈빛으로 화답하며 인사를 대신하고 있었다. 당신보다 더 사랑하고 아꼈던 사랑하는 아이들의 안부도 묻지 못하고 나에게 늘 보내던 사랑의 눈길도 보내지 않은 지 며칠, 그는 하루하루 안개 속으로 사라지는 어렴풋한 기억을 더듬고 있는 듯했다. 피를 말리는 기도는 울부짖음과 절규로 이어졌지만 신은 내 편에서 점점 멀어져 가고 있었다.

35

신이시어!
당신 정말 너무하십니다

세상은 남편을 버리다

잔인한 달 1월 마지막 날 31일. 토요일 오후 2시, 남편은 병실로 옮겨졌다. 끝까지 의사의 소임을 다해보겠다는 이 박사의. 최후의 노력마저 외면한 채 조용히 눈을 감아 내리는 나의 남편, 나의 분신 나의 그이는 그렇게 아깝고 아쉬운 생을 아련히 버리며 내려놓는다.

어떻게든 이 절망을 이겨내야 한다고 마음속으로 수없이 다짐했지만 나는 하늘이 통째로 무너져 내리는 소리를 분명 들었다. 차라리 비수에 찔린 통증이 나았을 거라는 표현이면 적합할 듯싶다. 슬픔이 극도에 달하면 눈물도 안 나오는 법. 말로나 글로 표현할 수 없는 그런 비애! 활짝 피어보지도 못하고 피기도 전에 시들어 떨어진 저 아름답고 귀한 꽃을 꿈꾸는 듯, 꿈에서 본 듯 꿈같이 보내야 하는데. 가는 길에 뒤에서 슬피 울면 뒤돌아보느라 극락으로의 길이 늦어진다며 의연히 참아내며 아픔을 토하시는 어머님 말씀을 난 어찌 견디어 내야 하나 입술을 깨물고 또 깨물었다.

하지만 어찌 슬피 울지 않을 수 있는가? 이렇게 서운한 미련을 던져야 하는 내 저리고 아린 이 고통의 가슴을 어떻게 누구와 함께 통곡해야 하나? 아무리 영원이란 없는 것이라 하지만 이건 너무나도 짧지 않은가? 내가 그의 아픔을 대신해 줄 수 없었듯이 이 슬픔도 누구와 함께 나눌 수는 없었다.

그날부터 난 무너지지 않으려 무진 애를 썼지만 아무리 정신을 붙들려 해도 거듭 의식의 길을 잃으며 자꾸 나 자신을 놓치고 말았다. 거우 깨어나 정신을 차린 듯하면 또 응급실이었다. 그런 시간이 얼마를 가고 또 가고 난 늦은 오후가 되어서야 상청이 차려진 곳으로 내려갔다. 문상객이 왔는데 상주가 없으면 어쩌나 싶어 부축을 받으며 내려갔더니 아직 조문객이 없을 때인데 커다란 화환 하나가 놓여 있었다. 옆에 물어보니 애들 큰아버지께서 그이 친구가 놓고 간 부의금으로 화환을 맞춰 왔다는 것이다. 이럴 수가? 그 와중에? 어떻게 그런 생각을 하실 수가? 이게 무슨 호상이라고 그렇게 체면을 차려야 한단 말인가? 정말 기막히고 야속했다. 그 일은 오랫동안 나의 마음 한 귀퉁이에서 잊으려 해도 사라지질 않고 서운함이 한 무게로 남아있었다. 그리고 혹여 아이들이 자라서 이런 말들을 어떻게 해석할까가 두렵기까지 했다.

다음날 입관이었다. 내가 서 있는 건지 나를 대신해 누가 서 있어 주는 건지, 아무튼 난 바짝 정신을 차리고 버티며 우뚝 서 있었다. 그때 옆에서 '와~앙' 하고 우는 아이 울음소리가 들렸다. 옆을 보니 언제 왔는지 석헌이가 큰 소리로 울고 있었다. 어머니께서 어려도 장남이니 참석시켜야 한다고 데려오신 것이었다. 내 생각과 달랐지만 어쩔 수 없는 일이었다.

회사원이 와서 그동안의 일을 지켜본 사장님께서 열녀상을 추천하라고 하셨다고 전했다. 난 펄쩍 뛰며 극구 사양했다. 나는 남편을 살리지도 못한 죄인이 아닌가? 남편을 놓쳐버렸는데 이제 와 그게 다 무슨 소용이란 말인가? 그 후 김 사장님은 거금을 보내오셨다. 난 그것마저 사양할 수는 없었다. 너무 고마웠다. 사실 남편이 가는 전 달까지 결재서류를 병원으로 가지고 오고 일을 하도록 해주신 모든 분에게도 말할 수 없이 감사했다. 월급을 받아서라기보다도 남편에게 의지(신념)와 의욕(열정)과 긍지(보람)를 가지게 해주었던 일이기에 더욱더 고맙고 감사했다.

우리 가족의 호주가 된 석헌

그날부터 장남 석헌은 8살 어린 나이에 우리 가족의 호주가 되었다. 호주 '이석헌'이라고 쓰여진 주민등록중을 보며 나는 그것조차도 마음이 아리며 아팠다. 얼마 후 도헌과 지원이 산소엘 가서 산 위를 오르고 내리며 뛰어다닌다. 도헌과 지원이에겐 그냥 우리 산소라고 했으니까 즐겁게 놀며 좋아하다가 엄마의 눈물과 마주칠라치면 정색을 하고는 "엄마, 우

리 산소에서 재미있게 놀면 안 되는 거야?"라고 질문했다. 그러면 대견한 우리 장남은 "아니 괜찮아!" 하고 대답하곤 했다.

겨우 두 살 위인 어린아이가 제 딴엔 형이라고 비밀 아닌 비밀을 지키며 사는 모습이 한편으론 대견하고 다른 한편으로는 언짢아 보이면서. 짠하고 애처롭고 그렇게 자라기도 전에 일찍 철들어버린 큰아들이 엄마가 보기엔 항상 안쓰럽고 가엽기만 했다. 어린이는 어린이답게 자라야 하는 건데, 우리 석헌인 너무 일찍 어른

스러워져서 그것조차도 오히려 늘 미안했다. 혹시 자라면서 성격이 우울하기나 하면 어쩌나 하고 은근히 걱정도 되었으나 다행히 석헌인 활달하고 우스갯소리도 잘하는 아주 유머러스한 어른으로 자라주었다. 본인은 웃지도 않으면서 사람을 배꼽 잡게 하고 웃기는 재주가 있어 지금도 어디엘 가나 인기가 있으니 장남 집은 늘 웃음이 떠나질 않는다. 그러니 그런 자신은 또 얼마나 외롭고 힘들었을까?

장남 석헌이 결혼하고 진희가 손녀 헤레나를 임신했을 때 이야기다. 아내 배를 간질였더니 뱃속에서 아기가 깔깔 웃더라고 해서 온 식구가 한바탕 웃은 적도 있다. 또 얼마 전엔 내가 자서전을 쓴다고 하니까, 엄마는 메모 한 장 없이 어떻게 그 많은 걸 다 기억해서 쓰느냐고 하면서 "나는 언제 결혼한 것도 잊어버렸는데 어느 날 보니 진희랑 살고 있더라."라고 해서 모두들 웃었다. 항상 언제나 능해서 주위를 리드하는 스타일이다. 어떤 모임에서도 늘 앞에 나가 사회를 보고 발표도 잘해서 어렸을 때부터 회장이나 반장을 한 것이 헛일은 아니었구나, 라는 생각을 하게 한다.

오래전 지원이가 큰오빠 직장동료를 만났단다. 친오빠란 이야길 하지 않고 대화를 하는데 "이 부장은 엄청 부잣집 아들"이라고 하더란다. 어디 가서도 기죽지 않고 부잣집 아들 소릴 듣고 산다는 말을 건네 듣고 난 솔직히 혼자서 기분 좋고 흐뭇했다.

지지리 궁상떨며 위축되고 기죽어 사는 것보다 얼마나 다행한 일인가. 또 얼마나 좋은 일인가! 내가 없는 것

엄마가 일찍 퇴근하는 날

을 다른 사람과 비교하면 스스로 초라하고 불행해지지만 내게 있는 것을 다른 사람과 비교하면 오히려 감사한 마음이 들어 더 행복해지기 마련이다. 그래야 남을 원망하지 않고 매사에 긍정적이고 적극적으로 살아가는 사람이 되는 것 아닐까, 라는 생각을 하게 된다. 하지만 우리는 늘 자기에게 없는 것보다 있는 것이 더 많다는 사실을 잊고 사는 것 같다. 모든 일을 긍정적으로 보고 매사에 늘 감사하는 마음으로 사는 것, 내가 아이들에게 바라는 것도 바로 이것이다. 의기소침하다, 의기저상하다 등은 같은 말이지만 이런 말들은 내가 아주 싫어하는 태도의 말들이다.

어머님의 종교가 불교라 집안에선 남편을 당연히 화장하려 했고. 거기에 내가 뭐라 전제를 달 수는 없었다. 더구나 남편은 부모보다 앞서간 불효자가 아닌가? 하지만 장례절차를 의논할 때 난 강력히 우기기로 마음먹었다. "산소마저 없으면 나는 내가 마치 사생아를 낳은 것 같이 허무할 것 같으니 묘를 꼭 만들고 싶다"라고 했다. 이다음에 아이들이 크면 다 함께 산에 가서 빙 둘러앉아 너희 아빠 여기 누워 계신다. 너희 아빠 이런 분이셨다고 이야기할 곳을 만들어 놓고 싶다고 말이다. 그렇게 해서 예외로 만들어진 남편의 묘. 삼우제를 치르고 난 후부터 난 밤낮을 가리지 않고 수시로 산소를 찾아갔다. 내 맘속의 그곳은 나만의 위안처였고 남편이 누워있는 침실 같은 곳이었다.

그곳에서 널브리고 앉아 이야기하며 위로도 받고 울며 소리쳐 보기도 하다가 밤늦게 돌아오곤 했다. 친구들

도헌이 화상으로 다리에 깁스를

은 밤에 무섭지 않으냐고 물었지만, 남편과 대화하다 보면 두려움도 없고 어두워지는 것도 몰랐다. 내려올 땐 몇 번이고 넘어져서 어떤 땐 아예 구두를 벗고 양말 바람으로 내려올 때도 있었다. 겨울이 미처 가기 전 3월 어느 추운 날 산에서 내려오는데 갑자기 비가 쏟아지고 우산이 없던 나는 그 비를 다 맞고 내려오다가 쓰러져 의정부병원 응급실 신세도 지고 폐렴 치료도 받아야 했다. 그래서인지 그 후 나는 '겁 없는 돌문 씨'라는 소리를 들었다. '돌문 씨'는 그 후에도 또 많이 듣게 되지만.

시어른들이 살아계실 때는 빈번하게 오갔지만 두 분이 3년 사이로 돌아가신 뒤론 우리가 가서 뵙는 것 외엔 왕래가 좀 뜸해졌다. 나는 아이들과 시댁과의 유대에 도리를 다하려 신경 쓰며 명절 때는 꼭 셋을 모두 데리고 갔다. 그리고 행여 우리 아이들이 큰아버지와 숙부들과 척이 지지 않기를 늘 기원했다.

아이들의 아빠 산소에서

딸 지원이 결혼하는 날, 큰아버지께선 신부 입장을 같이하실 요량으로 일찍 식장인 하림각으로 오셨다. 그러나 당사자인 신부가 거절하고 있다며 동생 성원이 난처한 듯 뛰어왔다. 지원이 말은 "딸을 둘이나 둔 가장인 친오빠가 있는데, 자랄 때도 아무 보탬이 되어주지 않은 큰아버지 손을 잡고 들어갈 이유가 없다"라며 끝까지 고집을 피운다고 했다. 나는 그 말을 들으면서 '아! 내가 아무 말 안 했어도 다들 알고 있었구나!' 싶어 가슴을 쓸어내렸다. 그런 생각을 해주는 딸아이가 너무 대견하고 오히려 고마웠다. 마치 엄마가 겪은 그간의 설움을 다 알고 있는 것 같았고 내 마음을 모두 알아주는 것 같아서 눈시울이 뜨거워졌다.

큰아버지는 이기적이고 전형적인 장남답게 늘 자기가 우선인 그런 분이시지만 그래도 아빠의 형님이자 너희들의 언덕이지 않으냐고 이야기해 주면서도 이제 다 큰 아이들인데 필요 없는 대화를 하고 있구나 하고 생각했다. 이제 나이 먹었으니 가끔 동서인 언니를 만나서 큰아버지에 대한 흉도 보면서 옛날 아범이 가고 나서 섭섭했던 많은 이야기도 하고 싶지만 그럴 수 없는 사람이 되었다. 요즘도 어쩌다 전화를 하면 둘 다 울기만 하고 끊는다. 언니는 늘 보고 싶은 사람 중 한 분이라고 할까? 그러나 어쩌겠는가.

요즘에 큰댁을 다녀오는 아이들의 이야길 들으면 큰아버지께서도 이젠 연로하셔서인지 예전과는 많이 달라지셨다고 한다. 작년인가는 석헌이가 식탁에 빙 둘러앉아 있는 형제들의 사진까지 찍어 보내주었다.

셋째가 좀 늦게 결혼해 들어왔으므로 한동안 언니와 나 둘이 며느리 역할을 다했다. 시집가서 처음 형님이라고 불러야 하는데 왜 그렇게 그 말이 안 나오던지. 남자도 아니고 웬 형님인가 말이다. 그래서 하루는 용기를 내서 "언니라고 부르면 안 되나요?" 했더니 형님은 "형님 소리가 그렇게 안 나와? 그럼 그렇게 불러! 그런데 어른들 계실 때는 안 돼!" 그러셨다. 난 그때부터 형님 대신 언니라는 호칭을 썼다. 그런데 그 후 셋째 넷째 다섯째 막내가 들어와선 모두 다 언니라고 불렀다. 그런데 그때 여럿이 사용하고 있는 '언니'란 말은 내가 듣기에도 좀 아닌 듯했다.

그래서 어느 날인가 차례 음식을 만들다가 동서들을 모두 한 방으로 모이게 했다. "자네들 모두 이제 언니라 하지 말고 형님이라고 부르게." 그랬더니 "그럼? 둘째 언니는요?" 한다. "그래! 나도 지금부터는 형님이라고 부를 테니까!"라고 하면서 결자해지(結者解之)를 했다.

나를 편애하신 아버님

원래 엄하시고 가부장적인 아버님은 유독 나에 대한 편애가 심하셨다. 결혼하고 얼마 후 아버님의 환갑잔치가 있었다. 시청 앞 아사원에서의 행사는 대단히 크게 치러졌다. 아버님 은행이 바로 가까워서 S은행 직원 전원이 참석한 듯 아예 회사를 옮겨온 것 같았다. 의전 담당으로 두 며느리가 남색 치마에 은회색 저고리의 똑같은 색깔의 한복을 입고 나란히 서서 손님을 맞았다. 아버님께선 VIP 손님이 오실 때마다 소개해 주시며 안내를 시키셨다. 그러다 어머님이 부르셔서 잠깐 안에 들어갔다가 왔더니 조금 화가 나신 듯 "새 애기는 꼭 여기에만 서 있거라."고 하셨다. 그 후엔 한시도 자릴 뜨지 않고 종일 손님을 맞는 의전 책임을 다해 아버님을 흐뭇하게 해드렸다.

그날뿐 아니다. 아버님께선 제사 같은 때나 명절 때도 직장에서 늦게 도착해 동서들한테 미안해하며 들어서는 나를 으레 안방으로 부르셔서 정말 별거 아닌 이야기를 하시며 방에 붙들어 놓으셨다. 부엌엘 나가서 한 손이라고도 거들어야 하는 바쁜 시간인데 말이다. 일하는 언니들 순희와 혜숙은 늘 "할아버진 작은 언니 빽이세요."라고 농담을 하곤 했다. 그런데도 형님은 언제나 제사 때마다 내 한복을 다림질해 가지런히 걸어 두었다가 입게 해 주셨다. 퇴근하고 가면 배고프다고 부엌 뒤 골방에

다 내가 급히 요기할 걸 챙겨주셨다. 다른 동서들한테 "우리 둘째는 배고픈 것을 못 참으니 좀 봐주자!" 하면서 어머님 들어 오실세라 망도 봐주는 그런 정말 정 많고 푸근한 동서였다. 난 처음부터 친언니 같이 따르고 무엇이나 물어가며 배웠다.

친구들도 남들은 동서 시집살이도 한다는데 동서 복을 타고난 거라고 부러워했다. 원래 시어머니 안 계신 집의 동서 시집살이는 시어머니 시집살이보다 더 맵다고 하지 않았던가? 한번은 어머님께서도 해결 못 하실 정도로 아버님 역정이 대단하셨다. 형님이 아침상을 차려 들어가야 하는데 무서워서 도저히 안 되겠다며 빨리 택시로 오라는 것이었다. 난 급히 올라가서 다 차려놓은 상을 들고 들어갔다. 상머리에 앉아 신문도 읽어드리고 오늘 인천 바다 쪽에 썰물에 관한 이야기를 하다가 남해바다에서 올라오는 가오리가 며칠은 시장에 많이 나올 거란 말씀을 드렸더니 "아가! 그럼 오늘 가오리 회나 해 먹자."라고 하셨다. 화가 나셨다가도 금방 어린애같이 풀어지시는 단순하신 아버님이셨다.

어느 일요일 아버님 댁에 가서 지낼 때였다. 다른 식구들은 모두 밖에 나가고 아버님은 안채에 계셨다. 석헌일 혼자 둘러업다가 거울로 뒤를 보니 아이가 하얗게 질린 듯 보였다. 급히 아버님을 불렀다. 아버님은 그 길로 아이를 안고 뛰어 내려가셨다. 그 아래 당시 숭실의원이라고 있었다. 50년이 지났는데 지금 아직 그 의원은 그대로 그 자리에 있었다. 족히 2000m 이상 뒤따라 뛰어가는 내가 못 따를 정도로 아버님이 얼마나 빠르셨는지. 막상 의원에 도착하고 보니 흔들고 뛰어서인지 아이가 멀쩡해졌다. 아버님께선 급한 마음에 신도 짝짝이로 신으신 채였다. 의원장이 나와서 보고 평소 점잖으신 아버님의 행색에 어이없어하며 웃고만 있었던 기억이 난다. 아버님은 그렇게 우리 석현일 많이 사랑하셨다.

손아래로 시누이가 한 분이 계셨다. 동남샤프라는 회사에 TV를 만들어 납품하고 있었다. 처음에는 사업이 잘되었고 집도 크게 짓는 등 여유롭게 지냈다. 하지만 어느 때부터인지 자금이 모자라 은행 대출을 받았고 일이 잘 안 풀리니 계속 여기저기서 사채를 좀 쓰게 되었다. 그때마다 아버님께서는 하나뿐인 딸이니 거절하질 못하시고 보증을 서 주셨다. 시누인 본래 착실한 분이었으니 믿으셨을 거다. 하지만 일이 잘 안 풀리고 힘들어하더니 어느 날 돌아온 수표를 못 막는 지경에 이르자 시누이 부부는 인감도장과 편지 한 장만 남겨둔 채 사라졌다. 그때 아버님은 장자를 부르지 않고 둘째인 남편하고 의논하셨고 남편은 나에게 상의를 했다. 자초지종을 듣고 보니 빚은 꼼짝없이 아버님 몫이었다. 은행 대출과 사채들을 아들들에게도 한 마디 상의를 안 하시고 보증을 해주신 것이다.

장남은 재산이 있어 나설 수 없는 형편이었고 또 나서 줄 분도 아니란 걸 그인 잘 알고 있었다. 게다가 그때 남편은 병중이었다. 남편은 나에게 당신이 좀 해볼 수 있겠느냐고 했다. 나는 우선 고모 명의로 된 집 등기를 떼어보니 아주 적은 금액으로 두 군데 저당설정이 되어있을 뿐 의외로 깨끗했다. 부부가 사라지기 전까지는 모두 알음이 있는 사채인 데다가 아버님도 계시고 하니 믿고 아직은 법적인 조치를 취하지 않고 있었던 것이다. 생각할 것도 없이 편법을 쓰기로 마음먹고 그 당시 필동에서 부자로 사시던 시이모님에게도 빚이 있는 양 서류를 꾸며 이모님 명의로 3번 가차압에 들어갔다.

그렇게 해놓은 집은 사채업자들이 나중에 알고 10번까지 저당권 설정을 하는 등 집은 벌집 쑤셔 놓은 듯 만신창이가 되었다. 하지만 앞의 둘은 소액이고 우린 3번이니 전액을 다 받을 수 있었다. 그렇게 이모님 명의의 돈은 모두 회수되었고 아버진 돌아가실 때까지 궁색하지 않게 사실 수 있었다. 그 후에도 아빠는 그 일에 대해 어떻게 그런 아이디어가 있었느냐고 칭찬하곤 했다.

아버님은 70세에 혈압과 심근경색으로 돌아가셨다. 휴가를 내어 상을 치르고 출근할 때 내 목은 쉬다 못해 꽉 잠겨 있었다. 애들 아빠가 없는 한의 설움까지 겹쳐서 끝없이 울었다. 언니가 그때 그런 말을 했다. "자넨 많이 울어야 해! 우리 다섯 명의 며느리가 받은 사랑을 다 합쳐도 자네만큼은 못 할 거야!"라고.

남편이 가고 나서 가장 믿고 좋아하셨던 아들을 잃으신 충격으로 아버님은 가볍게 중풍이 오셨다. 혈압도 높으셨던 아버님은 평소 협심증으로 늘 숨이 차 하시면서도 그 불편하신 몸으로 방배동에서 회기동까지의 먼길을 버스를 타고 오셨다. 토요일에 오셔서 하루를 묵고 일요일에 가셨다. 그때 우리 친구들은 우스갯소리로 "날 감시하러 오신다!"라고 했었다.

토요일에는 피곤해도 아버님이 오시면 너무 반갑고 좋았다. 안방을 내어 드리고 더운물에 발을 씻겨 드리면 그렇게 흐뭇해하시며 만족해하셨다. 과묵하신 아버님이셨지만 나와는 많은 이야기를 나누셨다. 난 아버님에게서 남편의 분위기를 느낄 수 있어서 좋았다. 어느 주말에 일이 있어 못 오시면 전화로 이야길 나누었지만 늘 부족했다. 그런 지냄도 3년 반 남짓, 아버님도 유언 한 마디 남기시지 못하시고 어느 날 그이가 있는 곳으로 가셨다.

아버님께서 가시는 날 하필 나는 출장이 있어서 여섯 며느리 중 나 혼자만 임종을 보질 못했다. 너무 가슴 아픈 일이었다. 마지막에 날 보고 가시려고 그러셨는지 하루종일 돌아가시질 못하시고 고생하셨다고 하며 언니는 "자넬 기다리셨나 봐."라고 했다. 난 또 그렇게 불효자가 되었다. 정말 그런지도 모르겠다. 얼마나 기다리셨을까. 가실 때 시간이 걸리면 그리 힘들다는데. "아가, 네 남편 '철'일 만나면 무슨 말을 전해주랴?" 하시면서 말이다.

아들에게 한약을 주시고 싶으셨던 어머니

어머님! 우리 어머님! 남편이 병원 생활할 때 어머닌 한약을 무척 먹이고 싶어 하셨다. 그러나 양방에 입원하고 있을 때는 양의들의 엄격한 반대로 집에서 다려 가지고 와서 몰래 가져다 먹이는 경우가 많았다. 나는 양의의 반대도 문제였지만 소화를 못 시키는 환자에게 한약은 부담이 크다는 생각이어서 반대를 했다.

어머니의 친구분 중에 남편의 고교 때 영어 선생님이셨고 그 당시 경제기획원장관 겸 부총리를 지내셨던 김학렬 총리의 어머님으로 모 사찰 부회장 일을 보시면서 회장이신 어머님과 아주 친하셨던 분이 있었다. 본래 몸이 아주 약하셨는데 어느 유명한 한의사 선생님을 만나 치료를 받고 건강하게 지내고 계셨으므로 어머니와 그분은 상당한 한의학 신봉자이셨다. 그 시절 연세 드신 분들은 거의 한약을 믿으셨다. 심지어는 이번에 퇴원해서는 아주 한의에 매달려보자는 의논도 함께 하시기도 했다고 한다. 간 수치가 계속 셀 수도 없이 올랐다 내렸다 하고 병원엔 자꾸 입원하게 되고 하니 어머님도 얼마나 답답하셨을지 이해가 간다.

그래도 어머니께선 막무가내로 나의 반대를 꺾으시지 않으셨다. 언젠가 남편이 동부지점에 근무할 때 용두동에 살 때였다. 외출에서 돌아와 보니 부엌 바닥에서 약간 이상한 냄새 같은 게 나는데 술 냄새 같기도 하고 북어 같은 부스러기가 떨어져 있었다. 어머니와 그분이 오셔서 제(祭)라고 할지 무슨 푸닥거리라도 하신 듯했다. 그 시절엔 며느리가 꺼린다고 그런 걸 못하던 때는 아니었다. 충분히 우겨서 하실 수도 있으셨을 텐데 어머니는 며느리 의사를 존중할 줄 아는, 그 시절엔 정말 보기 드문 어질고 슬기롭고 사리에 밝으신 분이셨다.

남편이 가고 한 6~7년 더 사셨던 황만성(黃晩性) 시어머니께선 늘 절에 다녀오시면 내가 좋아하는 떡을 가지고 오셔서 내놓고 가신다. 가끔 시간 날 때는 아이들과 같이 지내시다 가시곤 하셨다. 추울 때 오시면 기름보일러 스위치부터 돌리셨다. 온 집안이 따뜻할 때까지 안 끄셨다. 절약이 몸에 밴 우리 큰아들 석헌이 집에 들어오면 스위치를 얼른 끈다고 하시면서 어머님은 늘 농을 하셨다. "큰 노랭이가 와서 끄길래 다시 돌리니 작은 노랭이가 와서 또 끄더라."라고. 어머니께서 집에 오셔서 계실 땐 늘 집안이 따뜻했다. 또 주무실 때는 밤새 서너 번 이상 보일러 돌아가는 소리가 들리곤 했다.

석헌이는 어려서부터 근검절약이 몸에 밴 아이였다. 초등학교 6학년 때 이사를 갔는데 샹들리에를 켜면 전기세가 많이 나온다고 하며 전기상회에 가서 조그만 형광등을 사 오더니 천장 귀퉁이에 달아 놓았던 그런 아이다. 그러니 할머니가 보일러를 켜실 때마다 가만히 가서 끄고 또 끄고 그리 했음 직하다.

어머니하고는 또 웃지 못할 아픈 일화가 있다. 한번은 용산고 교사를 하다가 호주로 이민 간 친구가 수소문해서 우리 집 전화번호를 알게 되어서 한번 만나고도 싶고 참한 간호원 한사람 소개해 달라고 연락을 했다. 공항에 도착해 우리 집으로 전화를 했는데 마침 집에 와 계시던 어머님께서 받으셨다. "난 호주에서 온 아무개입니다만. 누구십니까?" 하니 "난 어미 되는 사람이요."하셨다. 그 친구는 순간 깜빡 친정엄마로 착각을 하고 "네! 그렇습니까? 저 혜성이랑 결혼하러 나왔습니다!"라고 농담을 했다고 한다.

그 한마디에 어머니께선 얼마나 충격을 받으셨을까? 나중에 들은 이야기지만 성격이 시원시원한 넷째 동서에게 의논하셨다는 것이다. 거기에 넷째는 한술 더 떠서 "어머님! 이제 형님 놓아주세요."라고 했단다. 아들보낸 것도 기막힌데 며느리까지 남의 집으로 보내야 하는 상상을 하셨을 때 그 마음이 어떠셨을까? 아이들은 또 어떻게 길러내야 하나? 생각하셨을 때 어머니 마음이 얼마나 착잡하고 또 막막하셨을까?.

남편 산소에서 가족이 함께

36

내 삶의 동력이 되어준 동생들

승부욕이 강했던 성원

제일 가까운 사람 내 동생 성원. 혜정 우리 삼 남매는 엄마와 넷이 그 험난한 6.25 전쟁을 함께 겪은 식구다. 우리 집의 장남 성원! 이 사람은 내가 태어나 제일 오래 사랑했고 마음 깊이 염려했고 가장 많이 협력하며 살아온 지금 살아 있는 사람들 중에 제일 오랫동안 거의 80년을 함께한 남매이다.

어릴 적 성원은 남달리 욕심이 많았다. 엄마는 자랄 때 나와 성원을 늘 겸상으로 밥을 차려 주셨다. 보통 밥과 국만 내 앞에 놓고 나머지 반찬들은 중간 위치에 놓아야 하는데 성원은 제 앞으로 다 끌어당겨 제 밥그릇과 붙여야 했다. 손만 뻗으면 금방 닿을 수 있는 위치인데도 특히 제가 좋아하는 것은 제 밥그릇에 바짝 붙여놓아야 마음이 편한 그런 욕심꾸러기 동생이었다.

어려서 동네 친구들과 딱지치기를 하던, 구슬치기를 하던 상대가 가지고 있는 것을 다 따고서야 밥을 먹으러 들어왔다. 나는 성원의 그런 강한 승부욕이 나중에 사업을 한다면 큰 성공 요인이 되지 않을까 하고 생각했다. 그래서인지 정말로 그 어려운 계면활성제업계에서 IMF 때에도 잘 견디고 성공을 한 셈이다. 11576593 성원 군번. 의정부 306 보충대에 가서 군대를 보내고 돌아오는 길이었다. 버스 안에서 난 얼마나 울었던 지 옆에 앉은 아저씨가 한 말이 지금도 생각난다. 누구나 한번은 죽는 거예요. 같이 죽을 수도 없는 거고. 아직 젊은 나이인데 몸 상하지 않게 정신 바짝 차리고 살아요.

성원은 정이 많고 눈물도 많아 마음 약하고 인간다운 데가 많은 남자다. 갓 결혼하고 나서의 일이다. 집에 와서 늦게까지 놀다가 보내야 하는 친구가 아쉬워 죽겠는데 방은 없고 보내기는 싫고 대문 앞에서 그 친구 따귀를 한 대 때리고는 "너 내 맘 알지?" 했다지 않나? 제대하고 취직한 DN회사에 무슨 사건이 있어서 여러 명이 한꺼번에 회사를 그만둔 일이 있었다. 그 후 성원은 같은 계통의 회사 사장으로부터 기술 이사로 와 달라는 제의를 받고는 사장에게 부탁했다고 한다. 나는 아직 아이도 없고 함께 회사를 나온 P 계장은 아이도 많고 하니 같이 일을 하게 해 주시면 월급도 반으로 나누어 쓰고 차도 같이 쓰겠다고 했다니. 이렇게 인간다운 데가 있는 동생이다.

요즘도 말주변이 없어 전화하고도 할 말이 없는 그런 사람이지만. 지금도 며칠에 한 번씩 정기적으로 전화를 한다. "별일 없지? 그냥 했어! 매형도 괜찮으시지? 그냥 안부 전화 한 거야" 그게 전부지만! 우물거리며 쑥스럽게 전화를 끊는 그런 사람이지만! "그냥 안부 전화" 그게 얼마나 중요한지를 아는 사람이다.

남편을 산에 두고 오던 날도, 그 순하게 생긴 눈으로 말없이 나를 바라보았다. 말은 안 했지만, 속으로는 "누나! 아무 걱정 하지 마! 내가 있잖아?" 라고 말하고 있다는 것을 난 충분히 느낄 수 있었다. 남편을 보내고 한 달 넘게 정신 나간 사람처럼 살고 있는 어느 날 성원이 결혼하겠다고 어렵게 말을 꺼냈다. 사실 그의 처 선숙이는 남편이 먼저 보았다. 어느 날 남편 병실에 막내 혜원이 친구였던 선숙이와 성원이 함께 왔더라는 것이다. 그때 남편은 선숙이 칭찬을 마구 늘어놓으면서 "우리 성원이 장가보내자."라고 했었다. 남편도 생전에 찬성 의사를 밝힌 올케 감이라 난 마음이 놓였고 다시 생각할 필요도 없었다. 남편은 사람의 됨됨이를 아주 잘 판단해 알아보는 사람이었다. 남편이 괜찮다고 해서 나쁜 사람이 없었고 안 되겠다는 단점을 말해 주면 그것 역시 거의 다 맞았다.

아버지와 의논해서 급히 날을 잡았더니, 남편의 백일 탈상 전이었다. 잠시 망설여졌지만 다시 재고할 수 없었다. 어쨌든 상주가 결혼식장에 들어가는 건 안 좋을 것 같으니 예식장 밖에 있다가 식이 끝나고 나서 들어가 사진만 찍자 생각하고 있었다. 그런데 결혼식 전날, 어디서 들었는지 성원은 집에 와서 누나가 식장에 안 들어오면 저도 결혼을 안 하겠다고 했다. 내일 결혼할 새신랑인데 잠은 재워야겠고 일단 그렇게 하자고 달래서 보냈다. 그리고 다음 날 식장 밖에 앉아 있는데 왜 그리 눈물이 나오는지 이를 악물고 참았는데도 사진마다 눈이 벌겋게 나왔다. 난 그날 밤 남편에게 갔다. 당신 뜻대로 선숙이를 큰 올케로 맞았노라고 상세한 이야기를 하러….

나의 기둥이고 우리 집 대들보였던 성원은 그렇게 마음에 맞는 제짝인 한쪽 신발을 찾아서 영등포에 방 두 칸을 얻어 남동생을 하나 끼고 신혼살림을 시작했다. 큰 올케는 손발이 뾰족해서 붙여진 뾰죽이란 별명으로 불리게 되었다. 나는 우리 형제와 남편 외에 다른 성을 가진 사람을 그처

럼 예뻐한 적이 없었던 것 같다. 어린 새댁이 방 두 칸짜리에서 시동생과
불만 없이 웃으며 살아주는 게 정말 고맙고 사랑스러웠다.

성원 결혼식 날 사 남매와 제부

특히 큰올케는 막내와 진명여고 친구였으므로 고등학교 때 이미 새엄마에 대한 이야길 많이 들어 알고 있어서 설득하고 말 것도 없이 동생을 부탁했다. 갓 시집온 새 올케에게 나이 찬 시동생을 좁은 집에서 함께 살게 하는 것은 정말 안 되었고 미안했지만 그때로서는 새어머니에게서 두 동생을 빼내오는 방법

이 이것밖에는 없었다. 성원 내외는 그해 여름 아이가 사산되는 아픔을
겪었지만, 다음해인 1977년 첫아들을 보았다. 나의 장조카이자 우리 아
버지의 장손 종우가 태어난 것이다. 지금은 벌써 유능한 변호사로 김소
이를 배필로 맞은 40대 두 딸아이의 아빠이며 키 180도 훨씬 넘는 잘생
긴 가장이다. 다음해에 얻은 딸 지연도 대학 강의를 나가며 탤런트 같은
미대 동창 이민웅과 결혼해 아들을 보았다.

살아 있는 천사 혜정

우리 다섯 형제 중 유일하게 할아버지를 많이 닮은 혜정이는 어려서부
터 됫박이마라고 불릴 만큼 이마가 톡 튀어나오고 커다란 눈에 쌍꺼풀 있
는 것도, 마냥 착하다가도 한번 성질이 나면 깊이 토라지는 것도 할아버

질 많이 닮았다. 혜정이는 어릴 때 몸이 약했고 또 팔을 잡아당기기만 하면 탈골이 되어 그때마다 접골하는 선생님에게 치료를 받아야 하는 약골이었다. 어려서 성원과 혜정이가 아웅다웅하다가 동생을 때리면 "그 쪼끄만 걸 어디 때릴 데가 있느냐?"고 하면서 혜정이 편을 들다 보면 늘 싸움이 벌어졌다. 누나가 혜정이 쪽에 있는 게 늘 불만이었던 성원이었다. 혜정이는 어려서부터 마음이 너무 착해서 남에게 만만하게 보일까 봐 나는 늘 신경을 곤두세우곤 했었다.

13살에 엄마가 돌아가시면서 여섯 식구의 식사 준비를 담당했어도 당연하게 받아들인 혜정이. 오빠한테 밀려 중학교도 1년 후에야 진학해야 했던 혜정이가 국영기업체에 당당하게 합격했을 때는 정말 얼마나 기뻤는지 모른다. 그 후에 바로 전해 들리는 소문은 회사 내의 친구 소개로 연애를 한다는 것이었다. 난 무조건 반대였다. 이제 사회생활을 시작해서 예쁘게 차려입고 다니며 즐겁고 행복한 시간을 만끽해야 할 텐데 정말 앞길이 창창하고, 하고 싶은 것도 해야 할 것도 많을 때인데 이제 치대 본과 2학년생을 사귀며 시간의 구애를 받게 되다니 절대로 안 된다고 생각한 나는 나중에 경희대 학장을 지내신 민병순 학장님의 당시 서울치대 교수실로 찾아갔다.

어떤 학생인지 물어보니 자기 용고 후배라면서 오히려 좋아하신다. 좀 알아봐 주실 수 있느냐고 했더니 "뭘 알아보고 자시고 할 게 있어?" 하면서 당장 불러 내리셨다. 그렇게 어이없이 만나게 된, 162cm나 될까 말까 한 정도의 단구에 아직 고등학생 티도 벗지 못한 순진하고 선량하게 생긴 학생이었던 그 사람이 바로 제부가 된 최 서방, 최성호이다. 그때 날 처음 보았던 인상을 최 서방은 오랫동안 이야기하곤 했다. 내가 시집간 지 얼마 안 되었을 때라서 불아사 흰색한복 치마저고리에 긴 생머리를 그대로 틀어 말아 올리고 갔었으니 감수성이 풍부했던 그의 눈에 아름답고 청초해 보였던지 "제 애인만 예쁜 줄 알았더니 천사가 따로 없더라."라고 했단다.

두 사람은 오랜 연애 끝에 1971년 10월 08일 혜화동 성당에서 혼배성사를 올리고 다음 해 아들 정윤이를 낳았다. 정윤이도 벌써 마음에 맞는 짝 배유리랑 키가 저보다 크게 자란 중학생이 있는 남매의 가장이다.

울 엄마는 생전에 늘 말씀하셨다. "남자는 인정이 있어야 된다."고. 어디 아프면 "병원 가 봐라"라고 하는 게 아니라 "같이 병원 가자" 하고 데리고 가야 하는 인정 있는 남자라야 된다고 하셨다. 최 서방은 그런 말을 새록새록 생각나게 하는 사람이었다. 그런가 하면 또 잠시 딴 여자를 쳐다봐서 동생에게 씻을 수 없는 상처를 주기도 했다. 결국, 본인의 사과와 정리로 일단락은 되었지만, 후유증이 10년은 갔다. 그땐 혜정이 너무 외로운 시간을 오직 믿음으로 견뎌낸 착한 동생이다. 그땐 나도 많이 미워했는데 나에겐 무서워서 다가오지 못하며 살던 와중에도 조카 지원이가 예뻐서 우리 집 창문에 피자 한 판씩 사서 넣어놓고 가는 그런 이모부였다.

이 글을 쓰고 있는 동안 14개월의 오랜 병상 생활을 하다 내 생일을 택해 저세상으로 가 버린 최 서방. 그 사람은 예술적으로 끼가 많은 남자였다. 아직도 혜정이 집에 가면 그가 끼적끼적하다가 두고 간 미완성작품이 여기저기 놓여 있다. 아마 미대에 갔더라면 재능을 펼치면서 마음껏 살았을 텐데 하는 생각이 들면서 자꾸자꾸 보고 싶은 사람이다.

하지만 아버지를 일찍 여의고 형에게 학비를 타서 공부했던 최성호 클레멘스는 먹고살기 위해 치대를 선택해야 했을 것이다. 그래서인지 그가 많이 사랑하고 기대했던 딸은 영어 미술을 전공하고 포르투갈 사람과 결혼해서 리스본에서 예술 관련 전공을 하며 즐겁고 바쁘게 살고 있다.

한 가지 제부 최성호에게 고마운 게 있다. 내가 지금의 남편 안종구와 관면혼배를 할 때 성당에 혼자만 참석하지 않았다. 밤새 술을 마시고는 상철 형님을 생각하며 울었다는 것이다. 자다가 깨어나선 또 형님을 찾으며 울고 또 울고 하더라는 것이다. 처형의 배신이 많이 미웠으리라. 진실로 의리 있는 사람이 아닌가? 최 서방은 대학에 다닐 때 가톨릭으로 개종했고 이후 문씨 가문과 최씨 가문 약 50여 명을 개종시킨 사람이다. 그러니 분명 천국에 가 있을 것이다.

혜정이 시동생은 항상 "둘째 형수는 우리 집안 수호천사다"라고 했다. 혜정이는 둘째 시아주버니가 돌아가셨을 때 남긴 두 형제를 맡아 기르겠다며 손윗동서에게 재가하라고 말했다는 위인이다. 최 서방이 일 년 넘게 혼수상태를 오가며 한시라도 병수발이 필요해 정신없을 때, 내가 40년 전 유명을 달리한 안 대사 전처의 산소를 파묘해 유골 화장할 때, 그 추운 날 혜원과 함께 용인까지 와서 기도해 주었고 지금도 항상 언니 반찬 걱정을 해 주며 매일마다 안부 전화를 하는 그런 동생이다. 아무리 형제라지만 너무 착해서 항상 부담스럽고 미안하기만 한 혜정이. "형수가 없었으면 최씨 집안의 평화가 없었다."라는 시동생 말처럼 우리 문씨 집안도 혜정이의 희생과 배려가 없었으면 이만큼 우애 있지 못했을 거라는 생각도 한다. 형제들의 어떤 잘못도 용서하고 편히 지내는 동생을 볼 때마다 마음이 애처롭고 가슴이 아려온다. 저인들 어찌 가슴이 안 아프겠는가? 남편을 보내고도 명랑한 음성으로 매일 안부를 물어오는 혜정은 최 서방 말대로 우리 집안의 살아 있는 천사이다.

착한 고집에 대기만성 성준

아버지께서는 늘 이렇게 말씀하셨다. "성준이 그 사람이 다 생각이 있어서 공부를 안 한 거예요." 회사 입사 후 똑 부러지게 일을 잘한다는 소문을 들으신 모양이다. 내가 초등학교 6학년 새 학기를 시작한 지 며

칠 지난 봄의 여섯 절기가 다 지나갈 무렵이기는 하나 추위의 잔재가 남아 아침저녁으론 아직 서늘함이 피부로 느껴질 1952년 4월 17일, 음력 3월 23일 오후 학교에 다녀오니 엄마가 아이를 낳았다고 한다. 방엘 뛰어 들어가려 하니 아직 몸이 차니 조금 후에 들

어가라고 하며 돼지엄마는 "아기 울음소리가 우렁찬 게 분명 장군감."이라고 하셨다. 춘 3월 태어난 성준은 바로 위 혜정과 다섯 살이나 차이가 나서 집안의 귀여움을 독차지하고 사랑을 받으며 자랐다. 어려서부터 아주 귀하게 생긴 데다 웬만한 여자아이보다 더 예쁘고 귀염성스럽게 눈웃음을 치니 어른들의 사랑을 한 몸에 받고 태어났다는 이야길 들었다. 언제나 착한 동생이었고 형이나 누나들을 무척 따르는 특히 학교에 간 큰누나를 항상 기다리는 동생이었다. 그러나 그 특유의 고집은 당해낼 사람이 없었다.

아기 때는 가만히 있질 않고 얼마나 바스락댔던지 한 번은 큰일이 날 뻔한 사건이 있었다. 엄마가 아기 좀 잠깐만 보라고 하고 나가셨는데 난 그 새를 못 참고 책에 한눈을 팔았다. 아기는 어느 틈에 마루 기둥과 내

허리와 함께 매어놓은 허리띠 두 개를 풀고 마루 아래로 내려가 마루 밑에 둔 양잿물에까지 손을 뻗쳤다. 마시려는 찰나 돼지엄마가 달려왔고 동시에 성준이 울음을 터트렸다. 양잿물이 목구멍까지 안 넘어갔던 것이 천만다행이었지 하마터면 내가 50년을 감수하고도 남을 사건이었다. 나는 그때 엄마가 무서워서 이층 벽장 속 청동화로 속에서 밤새 못 내려왔다. 엄마가 날 찾으러 나간 사이 아랫목에 누워있는 동생을 내려다 보고 난 깜짝 놀랐다. 입술이 부르터서 퉁퉁부어 있는데 얼마나 겁이 났던지 하느님께 살려달라고 빌면서 밤을 지샌 기억이 아직도 생생하다.

성준은 어려선 말이 더딘데도 만화책을 좋아해서 내가 용돈을 아껴서 사다주면 말도 안 되게 읽으면서 끝까지 다 읽는다. '꽃동산 꽃동산 고기가 있어야지'를 성준은 네 살 때까지 '똥공사 똥공사 고기가 있어야지'라고 읽었으니까.

조금 자라서 여섯 살 때쯤 일인가 보다. 고집이 얼마나 셌던지 한번은 엄마가 시장엘 가시는데 함께 못 갈 사정이 있으셔서 안 데려가려고 집에 있으라고 달래고 나가셨다. 그런데 기어이 숨어서 쫓아오더라는 것이다. 엄마가 다시 돌아가서 안 된다고 하고 가시는데도 또 쫓아오더라는 것이다. 엄마가 화가 나서 다시 가서서 오늘은 절대로 못 간다고 하셨단다. 그리고 한참 가다가 보니 또 쫓아와 골목 안에 숨어 있더라고 하시면서 그 고집은 정말 당해낼 수가 없더란 이야길 하신 적이 있다.

유복한 어린 시절을 보내며 행복하게 살 줄만 알았던 성준은 미동초등학교 2학년 때 엄마가 돌아가시고 누나들에게 의지하며 살다가 중학생이었던 7년 후 새엄마가 들어오시면서 생활이 엉망이 되었다고 할 수 있다. 내가 항상 성준에게 미안하게 생각하는 것은 한참 사춘기에 누나의 잘못된 선택, 아니 누나의 빗나간 안목으로 인해서 해서는 안 될 고생을 너무 많이 했다는 것이다. 그 어려운 새엄마의 성격을 10년 이상 봐 가며 마음고생은 얼마나 심하게 했겠으며 또 얼마나 많은 곤욕을 치렀을까? 누나로서 나이가 제일 어렸던 성준과 막내에게 미안한 마음이 더 들지만, 그때의 내 판단을 나무랄 수밖에 다른 도리가 없다.

또 성준은 한참 일할 40대에 B형 간염이 걸려 큰 걱정을 했는데 이창홍 박사의 인터페론(Interferons)이란 단백질 임상시험 추천으로 치료되어 정말 감사했으나 그 후유증으로 대머리가 되는 마이너스 미남의 곤욕을 치렀다. 60이 넘으면서 등산을 취미로 가지고 있어 건강할 줄 알았던 목과 허리 부분이 안 좋아 몇 년 전, 허리수술도 했는데 가벼운 통증이 있어 요즘도 고생을 하고 있다

지금 성준은 반듯한 가정을 꾸려나가며 가장으로서 우리 형제 중 제일 행복하고 즐겁게 살고 있다. 자식 형제 반듯하게 길러놓아 185cm 키의 건강한 두 아들 종완 종욱도 든든하다. 물론 마음이 맞고 서로 사랑하며 최대로 가정을 위해 애써주는 올케 장덕희 덕분이겠으나 그런 올케가 우리 성준의 반려자가 되어준 것도 감사하며 남편에게 최선을 다하고 사는 게 눈에 보여 항상 가슴이 흐뭇하다. 손위 시누이 반찬까지 챙겨다 주는 성실한 살림꾼인 데다가 며느리 김현정도 잘 보아 서로 잘 돌봐주는 게 말만 들어도 누나로서 흡족하다. 두 손녀딸까지 거느린 가장으로 당당히 지내는 성준에게 정말 감지덕지 하다는 말로 표현하고 싶다.

성준과 나는 어렸을 때부터 체질이 비슷했다. 다른 형제들이 허리가 모두 나빴을 때도 둘만은 허리 아픈 걸 몰랐다. 여러 가지로 비슷한 게 많

아 지금도 내가 어디가 아프다고 하면 DNA가 같은 나를 보면서 제 장래가 걱정되는 모양이다.

함께 어려움을 쌓았던 막내 혜원

한때 내가 살아갈 엄두가 나지 않아 남편을 따라갈까 하는 생각을 잠시 했을 때 보호 감시해주던 열세 살 아래 막내 혜원인 내가 중학교 2학년 말 1954년 12월 7일, 음력 11월 13일 태어났다. 내가 집을 떠나 하숙하고 있을 때라 일주일 후에나 얼굴을 보았다. 살결 하얀 것, 울면 입이 커지는 것까지 모두 아버지를 빼어 닮았다고 하시며 엄마는 삼신할머니께서 남자로 점지하시다가 섞갈려 낳는 이 집의 룰을 지켜주시느라 급히 여자로 바꾸셨나보다고 하시며 아버지 닮은 딸이면 잘생긴 딸이지! 하신다. 엄마 말대로 애기가 정말 시원시원하게 생겼다. 성준과 두 살 차이였다. 3년 후 동생 진기가 아주 예쁘게 태어나며 혜원의 위아래가 모두 여자상인걸 보면 삼신할머니의 헷갈림이 맞았는지도 모른다.

남편을 잊어보려고 집을 옮긴 후의 일이다. 바람 쐬고 온다고 일요일 새벽에 나서는데 혜원이는 악착같이 따라붙었다. 속리산호텔 넓은 정원에서 여름 아침을 만끽하며 즐기고 있는 자매에게 다가와서 친구끼리 정답기도 하다는 말을 걸어온 사람만 없었으면 혜원이 기분도 괜찮았을걸! 아님? 다정해 보이네! 정도였다 해도… 혼자 가서 마음껏 커다랗게 울어보고 오려던 계획을 포기하고 둘이 함께 거닐며 법주사도 둘러보고 문장대 계곡에서 수영도 하고 한바탕 소리소리 지르며 메아리 한풀이를 하고 돌아온 일은 잊을 수 없는 고마운 일. 혼자 갔더라면 청승맞은 일박의 여행이 아니었을까?

여섯 살도 못 되었을 때 엄마가 돌아가셨으니 엄마 얼굴도 모르는 혜원이는 언니 오빠들의 등 뒤에서 잘 자라 주었다. 별로 큰 속을 썩이지 않고 잘 커 준 것도 고맙고, 자주 앓지도 않으면서 학교생활도 알아서 따라가며 오히려 앞서가며 잘해준 것도 감사하다. 언니의 오판으로 선택한 새엄마 때문에 갖은 구박을 받으며 자랐어도 끝까지 명랑하고 똑똑하게 자기 주관이나 고집을 꺾지 않고 그렇게도 쾌활하게 깔깔깔 웃으며 자라던 착한 막냇동생이었는데…. 고등학교 2학년 때 입은 화상 사고로 충격을 입고 진로 자체가 망가지며 흩어져 버렸다. 이제와서 그걸 따져 본들 무슨 소용이 있겠는가마는 막내가 겪으며 지낸 고통이 오죽했었는지 내가 왜 짐작이 안 되겠는가?

엄마가 가시고 언니가 엄마 같은 언니로 보호하고 염려하며 근 20년을 키웠으니 언니지만 엄마로서의 책임감도 사랑도 또한 컸다. 남편을 보내고 함께 지내면서 앞길이 막막했던 나에게 커다란 도움도 되었고 나도 많이 의지했다. 어느 때 보면 꼭 나와 닮은 구석이 있기도 했었으니 우린 어쩔 수 없는 자매지간인가보다 라는 생각을 할 때도 없지 않아 있었지만 열 식구가 다 되는 여럿이 함께 살면서 어느 땐 아직 어린 석헌 도헌 지원과 비교하며 유독 저에게만 엄했다고 여기면서 나에게 불만이 많았으니 그것 또한 계속해서 그것을 그렇게 하도록 하게 만든 원인이 어디 있었을까? 스물다섯 철없는 반항이었는지도 모른다. 돈 번다고 가게를 차리는 등 (1970년대 처녀 아이가 장사하는 것은 지금의 사고와는 아주 달랐던 시절이었다) 완고한 상식을 갖고 있던 나는 이해할 수도 없었으며 섭섭도 하고 야속도 했다. (내가 처했던 20대 그때와는 처지가 다르니 내 말을 들어주길 바라는 마음뿐이었다)

한창 감수성이 예민할 사춘기에 당한 사고. 여자라면 아니 남자라도 그런 화상을 당하면 성격이나 생활 모두가 민감해지는 걸 이해 못 하진 않지만 자기 고집을 강하게 주장하면서 반항하고 대들며 결국 집을 나가는 등 내 속을 태우고 다른 동생들에게선 있을 수 없었던 일을 당할 때는 실망도 많았고 충돌 또한 많았다. 어느 땐 설득도 용서도 할 수 없어 나 혼자서 울기도 많이 했고 그 후에는 따귀까지 손 피할 수 없게 강하고 무섭게 하지 않으면 감당할 수 없었던 나를 누가 이해할 수 있을까? 엄마라면 알아주셨을까? 어떻게 보면 아니 지금 생각하면 주장 강한 동생 하나 제대로 건사 못 한 부족한 언니로 남아있는 결과가 되었겠지만. 지금까지도 내 마음속에 아픔으로 남아있는 이 개운치 못한 감정의 찌꺼기, 가슴속 옹이의 한이 고목처럼 아니 바위처럼 자리 잡아 골로 남아 있으니….

또 그것 모두까지 나로선 감당할 수 없을 때부터는 동생을 그렇게 놓아버리는 수밖에 없었고, 그때 나에게 상의 한마디 말도 없이 연고도 없는 부산까지 내려가 헤매고 다니면서 신랑도 골라오고 했으니 내 마음이 어떠했겠는가? 지금이야 자신의 자식을 서른이 넘도록 키워 보았으니 이해할 수도 있는 나이가 되었지만….

지금 혜원이는 작은 언니 혜정의 영향으로 독실한 가톨릭 신자가 되어 성당에서 많은 봉사도 하면서 착실하게 살고 있다. 아이들도 잘 키워냈다. 첫째인 큰딸 두임이는 제 엄마를 똑 닮아서 공부도 잘했지만, 욕심도 많아서 뭐가 되고 말 것 같은 큰 포부로 외국회사에서 일하면서 얼마 전

유튜브(YouTube)에 나와서 '인생은 타이밍'이란 발표를 하는데 내 조카
이지만 정말 똑소리가 나는 젊은이다. 아들 제설도 예의 바른 미남 청년
으로 굴지의 자동차회사 외국부에 근무하고 있다. 혜원은 베란다에서 간
장, 된장까지 담가 먹으며 김치 담는 솜씨 또한 여간 대단한 게 아니다.
내가 담가줘야 할 김치를 가끔 가져다주면 부끄럽기도 하고 또 그 맛에
감탄하면서 '보고 배우지 않은 엄마 솜씨를 나 대신 닮아주었구나!' 하는
생각이 들곤 한다. 거기다 복지사 1급 자격증을 따서 활동하면서 예산에
작지 않은 텃밭까지 일구고 있다.

　남편 염규찬은 작년에 정년퇴직하고 요즘 집에서 잘 어울려 살고 있으
나 가끔 서로 불만이 있는 것 같아 늘 염려된다. 혜원이가 한번은 남편이
얼마나 자기 차림에 관심이 없는지를 말하며 아마도 집에 퇴근해 들어올
때 현관에 거꾸로 서 있기라도 해야 "니 와 그라고 서 있노?" 할 사람이라
고 했다. 여자의 마음을 몰라주는 남편의 무관심을 섭섭함으로 표현하는
대목이겠지만. 염 서방도 좀 더 나이 먹으면 서로 의지하는 자상한 남편
이 되겠지 하며 기대해본다. 근본은 착한 사람이니….

　어린 나이에 마음 터놓고 하소연할
사람 하나 없이 외로웠을 텐데, 좀 더
잘 해 줬어야 했다. 그 아인 얼마나 나
에 대한 미움이 남아있을까? 세월의
더께가 쌓이다 보니 역지사지를 생각
하게 된다. 하지만 그때가 다시 돌아
와도 언니가 어떻게 부모의 인자함과
엄격함을 동시에 해결할 수 있었겠는가? 후회해 본들 소용없지만, 모두

가 미안한 마음이다. 그리고 내가 잘못한 것이 어찌 하나둘뿐이겠는가? 두 손 모아 기도하며 이심전심을 다시 한번 기대해 본다.

동생들아 고맙다.

내가 지금 느끼는 동생들에 대한 생각도 그렇다. 지금 성원은 서울의 어느 구에서 손꼽을 만한 세금 랭킹 몇 위 내에 들어간다고 한다. 벤츠, 렉서스 아우디 등 고급 차를 타고 차례로 내리는 동생들과 올케들을 바라보며 이제 내가 여기에서 더 무엇을 바라겠는가? 하지만 진심으로 그 아이들에게 어릴 때부터 바랐던 것은 단순히 속물적인 부(富)만은 정말 아니었다. 끼니 걱정을 하면서도 동생들에게 걸었던 포부만은 거창했었다.

물론 어렵고 힘겨운 이 난국에 치열한 경쟁을 뚫고 떳떳하게 성공해서 여기까지 와 준 동생들이 자랑스럽고 훌륭하고 기특하다. 더욱이 이젠 사농공상(司農工商) 중 상(商)이 으뜸인 자본주의 사회가 아닌가? 그 의지와 의욕, 승부의 정신은 대단하게 칭찬해 주고 싶고 더 바랄 것은 없다. 있다면 'Nobles oblige' 정신을 가지고 정직하게 사회에 이바지하면서 살아가는 것. 그러나 그런 것까지 어찌 내가 바라겠는가? 하지만 내게 진실로 바람이 하나 더 있다면 옛날과 같은 그리고 또 오늘과 같은 변함없는 형제간의 우애와 사랑이다.

15대 전부터 보존되어 내려오는 동탄의 선산을 이번에 내려가서 자세히 둘러보면서 참으로 많은 생각을 했다. 몇 대를 수원 현감을 지내시며 청렴결백하게 살아오신 몇 분의 선조 님들의 그 정신이, 그 은공이 그냥 쌓인 것만이 아니구나. 이런 집안에서 꿋꿋하게 어떠한 어려움에도 굴하지 않고 당대에 이렇다 할 갑부가 되었으니 더 무얼 바라겠는가? 맨 아래

편에 누워계시는 부모님께도 부끄럽지 않게 이야기할 수 있겠다.

"내가 나만을 위해서 살았다면 난 뭐라도 되었겠지요? 하지만 아버지! 어머니! 난 후회하지 않아요, 난 정말 최선을 다했어요! 그렇다고 동생들에게 바라는 것은 없어요. 난 그냥 그 애들이 몸도 마음도 건강하게 우애 있는 형제들로 내 곁에 있어 주기만을 바라는 큰 언니이고 큰 누나일 뿐이에요!"

하지만 나도 이제 어쩔 수 없는 노인인가? 가끔은 돈이 없어도 행복했던 예전의 끈끈했던 우애가 애틋하게 그리워진다. 내 머릿속 깊은 곳에 아직도 선하게 각인되어 남아있는 순진하고 착하기만 했던 동생들의 눈망울들! 그래! 난 그걸 아직 못 잊겠구나! 지금의 팔십 노심을 보듬어 주고 말 한마디라도 다독여주는 것을 기대하는 것은 인지상정일까? 아니면 가져서는 안 되는 욕심일까?

6장
다시 찾아온
절망 속에서의 극복

남편의 문패를 처음 달아 놓고 그이와 함께 드나들었던 대문. 집안 곳곳에 그이의 체취로 가득한 그 집에서는 아무 일도 할 수가 없었다. 복덕방에 집을 내어놓자 반듯하고 향이 좋아 금방 팔렸다. 새집을 구해 이사했다. 모든 것을 잊고 마음을 잡아 새롭게 시작하려 한 그 집도 남편이 있었으면 얼마나 좋아했을까 하는 생각을 새록새록 떠올리게 하는 그런 집이었다.

37

세상에서 가장 외롭고 슬픈 일

세상이 온통 텅 비어있고. 풀 한 포기, 나무 한 그루 없는 황량하고 메마른 넓은 벌판 끝없이 펼쳐진 사막 한가운데 나만 홀로 남겨둔 채 그는 떠나갔다. 끝없는 절망과 회의와 통탄 속에 빠져 고민하며 울부짖던 난 움직이면 움직일수록 점점 빠져드는 바닥을 알 수 없는 늪에 빠진 사람처럼 고독과 두려움에 몸부림쳤지만, 그것은 소리 없는 절규에 지나지 않았다.

뭐라도 끼적이지 않으면 견딜 수 없어 '병상 수기'를 써서 잡지사에 투고했다. 가작에 당선되었다는 축하 메시지와 함께 돈도 보내왔다. 그 수기가 알려지면서 잡지사에서 '간병일지'를 써 달라는 원고 청탁이 들어왔다. 안타깝도록 애간장을 녹였던 그이의 눈물겨운 간병 사연이 고스란히 월간지에 실렸다. 하지만 모두 소용없는 일이었다. 절망에 빠진 나를 일으켜 세우고 나에게 살아갈 힘이 되어줄 수 있는 것은 어디에도 없었다. 내가 살아온 34년은 모두 어디로 가고 남편의 그늘 아래에서 지내온 9년만이 내생의 전부인 것처럼 하루하루 그 날들만 되새겨지며 내 머릿속에 그 이전은 아무것도 남아 있지 않았다.

난 스스로에게 수많은 질문을 던진다. "언제나 열정이 넘치는 뜨거운 마음으로 살아온 너였지 않느냐? 어떤 어려움과도 당당히 맞서던 자신감은 어디에 두었으며 죽기를 각오하고 덤벼들던 그 용기는 대체 어디로 갔느냐? 자존심이 꺾일 때는 오기라도 갖고 싸우던 여자가 너 아니더냐? 지금 네 앞엔 그 사람이 남기고 간 알토란같은 세 아이가 여섯 개의 눈동자를 반짝이며 네 정신이 돌아올 때만 기다리고 있지 않으냐? 끝내 아이들의 믿음을 져버리겠느냐?"

같은 질문을 몇 번씩이나 했을까? 마냥 내 슬픔에 주저앉아 아프다고 엄살만 피울 수는 없었다. 나는 남편을 잃은 미망인이기 전에 철부지 세 아이의 엄마였다. 어느 날 석헌이가 집으로 뛰어 들어오면서 2학년 1반 반장이 되었다고 큰소리로 자랑했다. 도헌이는 유치원 가방을 타가지고 와서 예쁘다고 책을 넣어보고 메어보며 신이 났다. 이제 말을 배우기 시작한 지원이는 혼자 인형놀이를 하며 1인 2역 3역을 하느라 온종일 종알거렸다. 그 모습을 보며 정말 이렇게 맥 놓고 있을 일이 아니구나 싶었다. 같은 독백을 몇 번씩 했을까? 이제 저 조그만 주먹들에 뭐라도 쥐여 주어야겠다. 지금 저 아이들 마음도 외롭고 많이 아플 텐데…. 그 상처에 연고도 발라주고 반창고도 붙여주고 덧나지 않게 잘 싸매 주기도 해야 했다. 이제 그만 자리를 털고 일어나자! 수 없이 다짐해도 몸이 제대로 말을 듣지 않았다. 겨우 몸을 추슬러 시계추와 같이 직장과 집만 오가는 단조로운 일상이 한동안 이어졌다.

어머님께 교회에 다녀보겠다고 말씀드렸다. 흔쾌히 승낙은 안 하셨지만 눈감아주시는 것 같았다. 동안교회에서 세례를 받았다. 성령 부흥회에도 간증 예배에도 나갔다. 하지만 어디에 가서도 나는 멍하니 앉아 자리만 지키고 있는 망부석과 다르지 않았다.

어느 날 새벽 문득 눈을 떴을 때 무심결에 스치는 생각이 있었다. 이 모두는 내 운명이고 내 팔자일 뿐, 저 아이들의 것은 아니다. 만약 저 애들에게 다가올 고난이 있다면 모두 나로 인한 것이다. 생각이 여기에 미치자 큰 망치로 뒷머릴 세게 얻어맞은 것처럼 정신이 번쩍 들었다. 무엇부터 먼저 해야 할까? 우선 변해야 했다. 생각만이 아니라 복장도 몸가짐도 과거 전부를 버려버리자. 옛날에 얼마나 잘 살았든 어느 때 얼마나 행복했든 그런 건 더 이상 따지지 말자! 지나간 일은 모두가 지나간 일일 뿐이다!

그래, 난 아직 30대 초반의 건강한 여자, 또 든든한 빽이 셋이나 있는 엄마다. 거기에 성공하고야 말겠다는 굳은 의지도 있다. 부지런히 쉬지 않고 달린다면 남보다 앞서가진 못해도 어깨를 나란히 하고 함께 뛸 수는 있지 않겠는가. 이제 더 이상의 실패는 없을 것이다. 오랜만에 미장원엘 갔다. 남편은 긴 머릴 좋아했다. 내겐 긴 머리가 어울린다고 하면서 늘 생머리를 권했다. 파마도 화장도 좋아하질 않았다. 꼭 남

편을 위해서라기보다는 그냥 그이가 좋아하고, 나도 그게 좋아서 파마도 화장도 잘 안 했었다. 덕분에 시집올 때 해 온 화장품들이 아직도 많이 남아있었다. 이젠 그러면 안 되겠다. 과거를 잘라내듯 머리도 잘랐다. 그리고 파마도 하고 화장도 하기 시작했다. 옷도 신경 써서 입기로 했다.

특히 시댁에 갈 때는 더욱더 화사하게 차려입었다. 추석 차례나 제사 등 집안 행사에 아이들을 데리고 가면 시댁에선 모두 나에게 더 젊어졌다고 했다. 그럴 때면 난 몸이 편해지니 몸무게도 오르고 화장도 잘 받는다며 농담을 했다. 누구에게든 추하게 보이지 않으려고 외모에 더 많은 신경을 썼다. 그래서인지 그때 한약 공부를 함께하던 친구 오경자가 내게 남자 친구가 생겼나 싶어 우리 집 전화기 선에 나 몰래 도청장치까지 해놓는 웃지 못할 일까지 있었다.

이사를 하기로 했다. 남편의 문패를 처음 달아 놓고 그이와 함께 드나들었던 대문. 집안 곳곳에 그이의 체취로 가득한 그 집에서는 아무 일도 할 수가 없었다. 복덕방에 집을 내어놓자 반듯하고 향이 좋아 금방 팔렸다. 새집을 구해 이사했다. 모든 것을 잊고 마음을 잡아 새롭게 시작하려 한 그 집도 남편이 있었으면 얼마나 좋아했을까 하는 생각을 새록새록 떠올리게 하는 그런 집이었다.

이사하는 날 부산에서 춘자를 비롯한 많은 친구가 와서 도와주었다.

그 집은 동안교회도 멀지 않고 내 직장과도 가까웠다. 두 아이의 유치원과 석헌이 학교에서도 멀지 않은 집이었다. 동남향의 코너 집으로 담장을 따라 개나리가 삥 둘러 심어 있었다. 이사하는 날도 노란색 개나리꽃들이 만발해서 새로 들어오는 주인을 반겨주었다. 대문을 들어서면 마치 포도송이처럼 주렁주렁 탐스럽게 달린 보라색 등꽃이 맑고 가

벼운 향기를 뿜어내는 집. 정원석으로 잘 정리된 길게 이어진 담 밑 작은 정원엔 라일락 나무와 나이 먹은 목련이 나란히 자리 잡고 있어 향기가 가득하고 정감이 넘치는 그윽한 집이었다.

아침에 잠에서 깨어나면 습관처럼 그이를 떠올렸다. 남편이 있었으면 지금쯤 장미 꺾꽂이를 해서 싹을 틔워 화분에 옮겨 심었겠지? 집안으로 들어서면 우측 작은 공터엔 아담한 온실도 마련했겠지? 봄이 왔음을 먼저 알리며 희고 탐스럽게 꽃망울을 터트리는 우아한 목련! 향은 그윽한데 꽃이 질 때 지저분해서 그런지 꽃말이 '고귀하지만 이루지 못할 사랑'인가 보다… 라던가. 보라색 라일락은 향이 진하고 오래 가기는 하나 가볍고 간사하다고 내게 말해 주었겠지? 그런 생각이 들면 나도 모르게 미소 지었다가 이내 눈물로 눈을 적시곤 했다. 정말 눈물은 마르지 않는 옹달샘 같았다.

주말이면 우리 집은 형제들로 북적거렸다. 처음엔 나를 위로하기 위해 모이기 시작한 것이 어느새 우리 형제들의 주말 아지트가 되었다. 신혼이던 성원 내외. 이제 막 치과 개원을 해서 바쁠 때인데도 남매를 데리고 주일마다 와 주었던 최 서방 내외, 아직 싱글이던 창기, 그리고 함께 지내던 막내 혜원. 그때 일본에서 사온 소니2580 녹음기와 카메라는 모임에서 빠질 수 없는 구심점이었다. 우리는 만날 때마다 노래와 재미있는 대화도 녹음하고 사진도 찍었다. 그때 동생들은 마치 내가 혹시 딴생각이라도 할까 싶어 올 때마다 정신을 쏙 빼놓곤 돌아갔다. 마치 정신빼기 작전이라도 돌입한 것 같았다. 또, 고마웠던 것은 위로 차 매주 들러주시는 시아버님과 시댁 식구들의 방문이었다. 직장이 가까워 직원들도 자주 들렀다. 외로울 시간도 없이 항상 붐비며 적적함을 잊게 했다. 음력 생일 6월 23일은 시댁 식구들과 양력 생일인 7월 17일은 우리 형제들과 생일 케이크를 잘랐다.

응접실 한 면 전체를 차지하고 있던 커다란 수족관에서 마음껏 헤엄치며 놀던 열대어들, 네온테트라, 엔젤피쉬, 키싱구라미, 스마트라, 어항 바닥 담당 포스트피쉬, 몽크호샤싼타빌라베나 등도 밤이 되면 조용해졌다. 열두 마리가 넘는 강아지들도 잠에 취해 있을 늦은 밤이나 되어서야 그이를 만나고 생각할 수 있었다. 내가 마음을 추스르고 이 세상에 정 붙일 수 있게 해 준 집, 슬픔을 한편에 묻어두고 웃을 수 있는 그런 일상으로 이어지게 해 주던 집이었다.

38

나는 매사에 독한 사람

하루는 의료 원장실에서 나를 찾는다기에 올라가니 원장님이 "왜 식모를 그냥 맨입으로 부려 먹느냐?"고 농담을 하셨다. 그때 우리 집에서 일하던 선애 언니는 마음이 넓고 선량해 나를 많이 도와주었다. 그녀의 아버지는 딸아이가 어려운 가정 형편 때문에 한창 공부할 나이에 남의집살이한다고 안타까워했다. 딱한 사정을 듣고 시동생에게 부탁해 그녀의 아버지를 LG에 경비로 취직시켜 주었다. 그리고 그녀의 아버지와 상의한 끝에 그 아이 이름으로 3년 만기 적금을 들었다. 한데 그녀의 계모가 그 사실을 알고 돈을 달라고 나섰다. 내가 본인에게 주겠다고 했더니 아무개는 사람을 쓰고 돈을 안 준다며 탄원을 하고 원장실까지 찾아간 것이었다. 다행히 의료원장님은 이미 한방원장에게 자초지종을 들어 알고 계셨다. 다음날 만기도 안 된 적금을 찾아 본인에게 건네려 했지만 결국 욕심 많은 계모에게 빼앗기고 말았다.

여자 혼자 살려니 문제 되는 것도 많고, 크고 작은 사건들이 꽤 많이 터졌다. 왜 그리도 돈을 보고 달려드는 사람이 많았던지. 제일 가까운 지인에게 1년에 걸쳐 남편 퇴직금을 몽땅 털리기도 했다. 난 그 지인에게 이

렇게 말했다. 남의 집에 놀러 왔다가 문갑 속에 있는 돈을 보고 순간적으로 집어가는 건 이해할 수 있지만 일 년이 넘는 긴 시간을 두고 계획적으로, 그것도 당사자와 눈을 마주 보면서 사기를 친다는 건 사람이 할 짓은 아니라고 말이다. 본인에게 자인서까지 받아 놨지만 가까운 사람을 구속시키는 일은 안 하고 살아야 하겠기에 모두 접었다. 그 사람과 똑같이 살 수는 없지 않은가?

어느덧 석헌이가 초등학교 6학년이 되었다. 자라면서 석헌이는 남편도 되어주고, 장남도 되어주고, 믿을만한 친구도 되어주었다. 물론 동생들의 형 노릇, 오빠 역할도 훌륭히 해냈다. 내가 어렸을 때, 동생들에게 했던 것처럼 용돈을 모아 제 동생들의 장난감을 사주기도 했다. 유난히 초콜릿과 바나나를 좋아해 누구라도 사 오면 일단 반은 제 앞으로 갈라놓는 귀여운 욕심을 빼고는 나무랄 데 없는 장남이었다. 석헌이를 볼 때 아이 앞에 남겨진 역할들이 너무 무겁고 버거워 딱하기도 했지만 나약한 아이를 만들 수는 없었다. 아버지의 근엄함도 함께 해야겠기에 관엄(寬嚴)하려고 애는 썼지만, 칭찬에 인색하고 체벌로까지 다스려야 했었으니, 엄마의 인자함을 내보이긴 쉽지 않았다. 두 얼굴이 어려웠던 난 점점 독한 엄마로 아이들을 대하고 있었다.

그 후에도, 나는 아이들이 50세가 다 되도록 어디에 땅을 사놓았는지,

재산세를 얼마나 내는지 전혀 모르게 하고 살아왔다. 경제문제를 일체 상의하지 않고 의논을 피해 왔던 건 아버지가 부재인 집에서 그런 것에 마음 쓰지 않고 여느 집 아이들처럼 편하고 순수하게 공부하면서 자라 주길 바랐기 때문이었다. 고생은 엄마까지로만 그치고 그 해결과 운명도 내 팔자로만 끝내자는 의도였다. 좀 큰 다음에 가정들을 가졌을 때도 지나온 엄마의 고통이나 고생을 알리고 싶지 않게 하려고 나름 최선을 다했지만 내 마음의 계획들이 잘 전달되고 모두에게 부담을 주지 않았는지는 아직도 잘 모르겠다.

그러나 교육에서만큼은 절대 관대하거나 너그럽지 않은 엄마였다. 그저 칭찬도 최대한 아끼는 엄하기만 한 엄마였지만 그 바탕엔 버릇없거나 나약하지 않게, 구김살 없이 자라 주길 바라는 마음이 깔려있었다. 이제 와서 생각하니 동생들에게도 그랬고, 내 아이들에게도 너무 인색하고 매섭게만 대해 준 것 같아 미안하다. 어느 땐 살아온 방법이 다른 건가 싶을 때도 있지만, 다시 그 시절로 돌아가도 나는 또 그렇게밖에 할 수 없을 것이란 생각이다. 동생들이나 아이들에게 내 이런 마음이 전해질 날이 있을지 모르겠지만. 다만 내 본심은 안 그랬다는 말만은 전하고 싶다.

39

다시 꺾인 일본 유학의 꿈, 그러나…

그때 내가 근무하던 한방물리치료과
는 양방과 좀 다르게 시술해 보려고 여
러 방도를 강구하고 있었다. 그 일로 늘
임 실장님과 의논했다. 섬나라인 일본
은 해양성기후라서 강수량이 많고 습도
가 높아 신경통 환자도 많고 산모의 산
후조리도 우리의 온돌과 달리 다다미에
서는 허리를 따듯하게 할 수 없어 나이
가 들면 허리가 굽어지는 여인들이 많아
서인지 재활 치료가 많이 앞서 있었다.
침구대학이 있었고 침구사제도가 있었
다. 실습 중에 침혈을 자극해 치료하는
지압(指壓) 과목이 있었고, 지압대학(교

장 나미꼬시도꾸지로우〈指壓大學 校長 浪越德治郞〉)도 있었다. 물론
지압사 제도도 있었다. 일본엔 한의과 대학이 없으므로 당연히 한의사

도 없다.

그래서 임상 자료도 많고 실험 발표도 자주 있는 일본에 가서 통증완화의 특수치료법 등을 배워오자는 의견들이 모여졌고, 그것을 수행할 사람으로 내가 지목되었다. 병원에선 그 학교에 나를 보내기로 하고 1년 유급휴가를 허가했다. 일본 지압대학과 여러 차례의 편지가 오갔다. 그때 기관지내과로 유명하던 KSH 과장님이 일본어 번역과 서류작성도 해주셨다. 나는 테크닉을 공부하는 것이니 일본어는 완벽하게 잘못해도 빨리 가서 공부하며 배워오도록 기숙사에 기거할 수 있는 조건으로 입학허가서를 받았다. 이후 외무부 여권과 비자도 나오고 신원에 관한 보안교육도 받았다. 나는 간단한 일상대화라도 불편 없이 하기 위해 열심히 일본어를 익혔다.

그러던 중에 외무부 영사과에서 문제가 있다는 연락이 왔다. 당시 한국 사회에서 크게 문제가 되었던 일로 인해 싱글인 여자는 일본에 6개월 이상을 보낼 수 없으니 노동부 취업으로 추천서를 받아오라는 것이었다. 그런데 노동부에선 일본 정식학교에 입학해 교육을 받는 것이니 문교부 소관이라고 했다. 문교부 노동부 외무부에서 서로 미루는 난감한 상황이었다. 제일 어려운 일본학교에서의 입학 허가만 받아놓고 일이 늦어져 마음속이 어수선하던 어느 날 점심시간이었다.

식당에서 송 과장님 등 몇 분과 식사를 하고 있었다. 기관지내과 김 과장님께서 식판을 들고 옆자리로 오셨다. 당시 병원에선 제일 연장자셨고 일본과 전화 편지 등으로 도움을 받느라 자주 뵙고 가까워진 분이셨다. 내 옆으로 와서 앉으며 좀 큰 소리로 말했다.

"오늘은 과부 옆에서 좀 앉아서 먹어볼까?"

모두가 당황하며 날 쳐다보는 순간, 채 말이 끝나기도 전에. 난 반사적으로 벌떡 일어서며 먹던 식판을 크게 들었다가 내던지듯 식탁 위로 내려놓았다. 큰소리가 나니 식당에서 밥을 먹던 사람들의 시선이 일시에 모였다.

연세도 많으시던 그분께 난 큰소리로 "이거 정말 너무 하시는 거 아니에요?" 하고 식당을 뛰쳐나왔다. 내 방으로 돌아와 울고 있는데 김 과장이 쫓아 올라와 미안하다고 사과하면서 농담 좀 한 걸 가지고 뭘 그러냐고 했다. 농담 좀 한 걸? 그게 농담이라니. 선생님 자손 중 이다음에 누가 어떻게 될 줄 아느냐고, 그건 농담이 아니고 악담이라고 마음속으로 울부짖었다. 같이 있던 송 선생님도 이 선생님도 문 선생님이 좀 이해하라고 올라와 말했지만 난 도저히 이해할 수도, 용서할 수도 없었다.

원래도 건강하시지는 않으셨던 김 과장님이 얼마 후 15층 특실에 입원하여 날 부르신다는 이야길 들었을 때도 가지 않았다. 가까이 지내던 이 선생님이 와서 이승에서 풀지 않고 돌아가시면 죽은 다음에는 풀기가 어려우니 올라가 보라고 설득했지만 난 끝까지 올라가지 않았다. 또 돌아가셨을 때 장례식장에도 안 내려갔다. 그 정도로 '과부'라는 말은 내게 큰 충격이었다. 당시 일본학교로의 일이 싱글이라는 이유로 미결인 분위기에서 불안했던 내 마음이 만신창이가 되어 상태가 최악이었던 영향으로 '과부'라는 말엔 무척 예민했던 것 같다.

입학 날은 다가오는데 여전히 외무부에선 절대 불가였다. 문교부나 노동부에선 법적으로 정해진 사항이라 오히려 날더러 어떻게 좀 해 보라고 했다. 젊은 여인을 보내면 95%가 불법 체류로 이어지게 되고, 그땐 엔화가 비쌌으므로 어마어마한 돈을 벌 수 있는 요식업이나 주점경영 쪽으로 빠지는 경우가 많아 절대 불가라는 것이었다. 결국, 일본행을 포기하는 수밖에 없었다.

40

또 한 번의 좌절, 그리고 극복

다음 해 1월, 난 한의과대학에 들어가기로 마음을 굳혔다. 며칠을 고민하다가 일단은 저질러 보기로 하고 당시 김 학장실로 올라갔다. 학장님은 그때 조 총장님의 아이디어 뱅크라는 말이 나돌 정도로 머리가 좋은 분이셨다. 해외 출장 중에도 총장님께 일이 생기면 으레 귀국해야 하는 총장님의 브레인으로 통했다. 평상시 나를 잘 봐주셨던 분이라 일단 뵙고 이야기를 했다. 내가 심각하게 이야길 꺼내니 학장님은 문 선생이 한의사가 된다면 훌륭한 의사가 될 수 있을 것이라는 덕담도 해주었다. 그러나 재작년까지만 해도 50~60세 무면허 한의사들이 한의대에 많이 편입학했는데 작년부터는 학칙으로 28세까지로 나이 제한을 정해 놓아 어려울 것이라고 하셨다.

일단 총장님과 상의를 해 보겠다며 총장실로 올라가셨지만 들고 내려온 답은 불가였다. 다만 다른 대학이라도 졸업만 하면, 이 대학에 근무할 수 있게 해 줄 수는 있다는 언약만을 받아오셨다. 학장님은 일단 다음날 원광대에 함께 내려가 보자고 하셨다. 서너 시간 이상 정도 달려 내려가서 원광대 학장님을 만났다. 자초지종을 이야기하고 일단 편입시험을 보기로 했고, 그해 봄 나는 무난히 편입시험에 합격했다.

하지만 또 난감한 문제가 생겼다. 몇 번 편입 의사를 비칠 때마다 대답을 미루어오시던 시어머니께서 도저히 아이들을 돌볼 수 없다고 못을 박으시는 것이었다. 본과 1학년으로 들어가게 돼도 4년인데 도저히 자신이 없으시다는 것이었다. 나는 기가 막혔다. 도대체 세 아이를 4년간 어디에다 맡긴다는 말인가? 그렇다고 친정엄마에겐 어림도 없는 소리였고 설령 새엄마가 그러마고 해도 그분은 나 스스로도 허락할 수 없었다. 나이 찬 여동생에게 맡기는 것도 생각해봤지만 그것 역시 막내의 앞길을 막는 일이라 안 될 일이었다. 서울에서 공부한다는 전제하에 추진했던 일이어서 일단 입학만 하면 끝까지 밀어보려 했던 내 계획은 완전 절망으로 빠지는 듯했다. 심각하게 고민하고 있을 때 신문에 실낱같은 희망을 주는 기사가 실렸으니 바로 서울특별시에서 개업할 수 있는 한약업사(한약사 제도)시험이었다. 김정례 보사부 장관의 인터뷰가 대서특필되며 신문 한 면을 장식하고 있었다.

지금까지의 약종상 제도와는 달리 파격적인 조건이 따르고 있었고 게다가 1~2년 내에는 공부를 끝낼 수 있으므로. 자격시험에 합격만 하면 집을 팔아서라도 종로에 한약업상회를 개업하기로 마음을 먹고 김 학장님과 상의했다. 학장님은 그것도 아주 좋은 생각인데 아마도 1~2년이라면 한약업에 종사하는 수많은 사람이 다 모여들 텐데 보통 어렵지 않을 거란 이야길 하시며 자신 있느냐고도 하신다. 그리고 아직 우리나라에 한약업사라는 제도가 없었기 때문에 그동안 한약업계에 종사하는 수 많은 약종상들의 파워가 적지 않을 거라고도 하셨다.

몇십 년씩 한약계통에 종사한 사람들과의 경쟁이니 하루라도 빨리, 아니 당장 오늘부터 약제실에 들어가서 공부를 좀 하라며 약제과장님을 직접 불러 부탁까지 해 주셨다. 난 그때 다짐했다. 그래, 한의사보다 더 한약을 많이 아는 한약업사가 되어보자! 난 그날부터 한의사를 포기한 한을 풀기라도 하듯 공부에 매진했다. 점심시간은 아예 비어있는 조용한 약제실에 가서 거의 지냈다. 300여 개의 약성가를 외우고 100여 개의 처방전을 거의 다 머릿속에 넣으며 약들의 생김새까지를 익혔다.

그 무렵 다니게 된 학원에서 서울사대 영문과를 나와 모교 영어교사를 하고 있던 오경자란 친구를 만났다. 그 친구를 만난 것은 내 남은 삶에 커다란 도움이 되었다. 혼자된 지 얼마 안 되었을 때였으니 벌써 45년 전 이야기다. 그때 나를 감독한다고 나 몰래 우리 집 전화선에 도청장치까지 해두었던 친구! 내가 집을 살 때마다 늘 그 친구는 자신의 시간을 할애해 미리 여러 개를 봐 두었다가 나 보고 마음에 드는 집을 고르라고 하는 등 나의 수고를 덜어주었다. 또 집을 사서 전세를 놓는 것도 도맡아서 해줬다. 그 후로 내가 집을 사서 살면서 수지를 맞춘 건 거의 다 그 친구가 봐주고 추천하고 둘이 의논해서 샀던 집들이었으니 여러 가지로 많은 도움을 준 정말 고마운 친구다.

충남 예산 태생인 경자는 한약 재료인 나무나 풀 등 곤충의 이름까지도 많이 알고 있었다. 우린 밤낮을 가리지 않고 늘 함께 만나 공부했다. 우리들은 방약합편을 송두리째 외웠다고 해도 과언이 아닐 정도로. 둘이 밤을 함께 새우는 등 정말 죽도록 노력한 결과, 일 년 반 후 학원졸업생 100명 중 우린 공동 1등을 했다. 그것도 대부분이 한약업에 종사했던 사람들 사이에서의 정말 값지고 보람된 성과였다.

그때 교수님 중엔 우리나라 PT사 1호인 최태암 선생님을 비롯해서 사

양 이재영 선생님도 계셨다. 학장님 전언에 의하면 사양 선생님은 초창기에 경희한의대 교수로 초빙하려고 했으나 자신은 재야의 인재를 찾아내어 미래의 명의 한 명이라도 길러내야 한다며 고사했다고 한다. 봄기운을 체험하시려고 움막에서의 생활도 불사하신다는 사양 이재영 선생은 한의학계에서는 정말 놀라운 분이셨다.

교실에 들어오시면 일단 칠판 왼쪽 위부터 작은 글씨로 판서를 시작하셨다. 책이나 메모 한 장 없이 한자(漢字)로만 빽빽하게 써 내려가는데 순식간에 칠판 오른쪽 아래까지 채우셨다. 그리고 나서 설명도 막힘없이 완벽하게 하셨다. 학장님은 내게 사양 선생님을 보면 놀랄 거라고 하셨다. 한의학 실력이 뛰어난 것은 말할 것도 없지만 버스 차장도 돈을 안 받을 정도로 행색이 남루하다고 했다. 또 하나는 강의하는 두 시간 내내 줄담배를 피우신다는 것이다. 직접 강의를 듣고 감동을 받았던 내 좁은 소견으로는 그 시절 국내에서 한약에 대해 가장 다양한 지식을 보유한 분이 아니었나 싶다.

이렇게 우린 훌륭하신 노 선생님들의 강의를 들으며 약 일 년 반 여를 공부에 깊숙이 파묻혀 지냈다. 내년부터 한약 재료상을 하게 되면 꼭 필요한 지식들(한약 재료 외)을 하나하나 머리에 잘 채워 넣고 있었다. 드디어 기다리던 보사부에서 한약업사 시험공고가 났다. 한데 이게 웬일

인가? 문제가 생겼다. 김정례 보사부 장관이 장관직을 걸고 약속했던 한
약업사 제도를 서울에서 개업하고 있는 막강한 기존 한약종상들과의 문
제가 있었는지 그건 알 수 없지만, 서울만은 보류되고 전라도, 경상도로
제한한다고 했다.

난 신문 공고를 읽고 너무 허탈해서 그 자리에 털썩 주저앉고 말았다.
이번에도 또 내가 하고 싶은 일을 못하고 이대로 포기해야 한다고 생각
하니 눈앞이 캄캄해졌다. 그때 하고 있는 물리치료는 따로 개인 개업을
할 수 없었지만 한약업은 개업이 가능했기에 온 힘으로 매달리며 희망을
걸었던 것인데 정말 기가 막혔다. 그때도 친구 경자는 곁에서 나를 위로
해주며 여러모로 도움을 주었다. 자기도 실망하여 힘들었을 텐데 고맙게
도 내게 더 많은 신경을 써 주었다.

41

기형을 극복한 둘째 아들

남편이 떠나고 3년 반이 지나도록 내 머릿속 한편은 딱 한 가지 생각으로 꽉 차 있었다. 남편을 보낸 그 길로 우리 아들을 또 보내서는 절대 안 된다는 것이었다. 서울대학병원 소아심장외과의들과의 오랜 상담 후 많은 고민과 계획 끝에 도헌을 수술하기로 결심했다. 한국에서는 거의 초창기였으며 사망률이 90%였다. 난 과감하게도 10%에 희망을  걸어보기로 했다. 남편이 분명 나와 도헌이에게 행운을 줄 것이라는 믿음이 내 머릿속에 꽉 차 있었다.

입원하자마자 도헌이는 담당 선생님 이름을 당시 유명했던 프로레슬러 '이노끼'라고 부르면서 간호원실 탁자 위를 오르내리며 장난을 쳤다. 그러더니 어느 사이에 간호원 누나들 이름을 다 외워 차례대로 부르면서 "내가 이렇게 멀쩡한데 수술하다 죽으면 우리 엄마 책임~~"이라고 마구 떠들어댄다. 그때 그 장난기로 가득 찬 아들의 얼굴! 그 아일 수술실에 들여보내 놓고는 캄캄하고 텅 빈 하늘을 올려다보며 가슴은 아리고 저려왔지만, 태연한 얼굴을 하고 일터로 돌아와 환자들을 치료했다. 친구들은 내게 보통 독한 여자는 아니라고 했지만 그럼 그 시간에 내가 무엇을 할 수 있단 말인가?

우리 도헌인 예정일보다 4주 미리 세상을 보러 나왔지만 똘똘했다. 하지만 검사를 통해 선천적 심장질환의 하나인 심실중격결손증이란 진단이 나오면서 10세를 넘기기 어렵다는 것이었다. 애기 땐 평소에도 숨이 차고. 열에 약해 감기가 들었을 때 열까지 나면 꼼짝 못 하고 맥을 못 추니 금방 어떻게 될 것 같아 엄마 아빨 가슴 조이게 한 밤들이 부지기수였고 조금 자란 후에는 달리기도 조심하면서 하루하루를 조바심하며 보냈다

그 당시 우리나라에선 빨리 손을 쓸 수도 없는 병이어서 어떻게 해야할지 여기저기 길을 찾던 중 남편의 급성간염 만성간염 간경화로 이어지는 7년간 병상 생활 중엔 어떻게 엄두를 낼 수 없었다. 남편을 못 올 길로 보낸 다음에야 스스로도 살고 싶다는 의욕이 생긴다는 열 살까지의 가슴 졸이는 긴 기다림 끝에 도헌일 돌아보게 된 것이다.

하지만 도헌이는 고맙게도 아빠가 매우 나쁠 때인 여섯 살이 지나면서부터는 우려와는 달리 잘 자라 주었다. 화상을 입었던 사고를 빼고는 씩씩하고 친구도 잘 사귀었다. 말이 더뎌서 친구 형을 '찡옹'이라 부르면서도 친구 형들과 형 친구들과 잘 어울려 다니며 축구를 할 정도였다. "네가 무슨 볼이나 찰 줄 아니?" 하고 물으면 "축구는 못 해도 찌퍼(키퍼)는 잘해요." 하며 땀과 흙이 범벅이 되어 들어오곤 했다. 저보다 목 하나는

더 큰 친구들과 함께 운동하면서 다니고, 운동은 종목을 가리지 않고 다 좋아해서 스포츠라면 TV중계 모두를 즐겨 보았다. 남달리 운동에 취미가 있는 것도 그림에 뛰어난 것도 성격까지도 아빠를 형보다 더 많이 닮은 것 같았다. 유치원도 무난히 졸업하고 초등학교를 들어가면서 공부도 뛰어나게 잘해서 학년을 마칠 때마다 시험을 보면 반에서 늘 1등을 했다.

그렇게 튼튼하고 남자답게 자라는 도헌이를 볼 때마다 대견해 하면서도 한편으로는 늘 불안하고 걱정이 앞섰다. 4학년이 되던 열 살까지 담임선생님이 정해지면 찾아가 과격한 운동도 안 되고, 달리기도 제한해 달라고 부탁해야만 했다. 공부는 늘 1등이라 4학년 1학기 때에도 어김없이 반장이 되었다.

한국에서 수술이 초기 단계라 한미재단에 신청해 놓았으나 대기자가 너무 많아 포기해야 했다. 아이가 너무 나이 먹으면 수술이 더 힘들 수 있어서 우선 심장 카테테르 삽입법(Cardiac Catheteterization) 검사부터 해야겠다고 해서 예약을 했다. 서울대에서 진행하는 검사까지는 열이틀 정도가 남아있었다. 여름방학에 온 가족이 모처럼 여행을 갔다. 도헌이에겐 마지막이 될지도 모를 여행이었다.

부산에 사시는 친구(김춘자) 언니 집에 짐을 풀었다. 아무것도 모르고 함성을 지르며 좋아하는 아이들의 천진난만한 모습을 보면서 많이 미안하고 마음이 아팠다. 독실한 기독교 신자 집안인 언니의 시어머님이 아침마다 '도헌이 수술이 잘 되게 해주십사' 간절한 기도를 해주셔서 많은 감동을 받았다. 그런가 하면 언니의 남편은 매일 송정리 해수욕장까지 승합차로 우리를 태워다 주고 저녁이면 집으로 데려오곤 했다. 열흘 동안 그 번거로운 수고를 마다하지 않았으니 그 고마움을 어찌 말로 다 할 수 있을까. 또 혼자 세 아이를 감당하기 어렵다며 자청해 따라와 준 혜원과 인기의 고마움도 잊을 수 없다.

심장 카테테르 삽입법 검사는 검사 자체가 상당히 위험해서 검사하다가 사망하는 경우도 있었으므로 검사가 진행되는 동안 난 초긴장 상태로 가슴을 졸였다. 무사히 끝났을 때 나는 가깝게 지내던 흉부외과 과장을 찾아가 잠깐 보자고 하고 문을 걸어 잠갔다. 그리고 내 물음에 10분 동안만 생각하고 답하라고 했다. 당신 아들이라면 어떻게 하겠는가? 이대로 제 명까지 살다가 죽게 하겠는가? 아무 일 없이 잘 살아서 장성한다 해도 숨 차는 일은 하지 말고 살아야 하며 성생활도 못 한다고 하는데… 나중에 이 과장은 그때 내 태도가 너무 절박하고 단호해서 정말 10분 동안 꼼짝은커녕 숨도 제대로 못 쉬겠더라고 하며 '무서운 협박이었다'라고 회상했다.

중환자실 문이 열리고 간호사가 나올 때마다 사람들의 시선이 그쪽으로 쏠렸다. 드디어 "이도헌! 엄마 들어오세요!" 하는 소리가 들렸다. 60시간을 기다린 끝의 부름이었다. 터질 것 같은 가슴을 움켜잡고 문안으로 들어선 나의 눈에 아들의 모습이 들어왔다. 사람이 이럴 수가 있나? 130cm도 안 되는 작은 몸에 열 개도 넘는 줄이 매달려 있었다. 발끝에서 이어진 주사병들과 침대밑에서의 줄로부터 더듬어 올라가다 다시 시선이 아들의 얼굴에 이르렀을 때 나도 모르게 소리쳤다. 내 아들 도헌아! 그래! 그래! 살아 있었구나! 정말 살아있는 거구나! 목이 메어 말 한

마디도 입 밖으로 나오지 않고 눈에선 눈물인가 빗물인가 모를 뜨거운 물이 하염없이 볼을 타고 흘러내렸다. 그때 나를 알아본 도헌이가 먼저 말을 했다.

"엄마~아! 엄마, 나 콜라 먹어도 돼?"

그렇게 우리 도헌이는 죽음보다 더 무서운 수술과의 투쟁에서 이기고 살아서 엄마 품으로 돌아왔다. 12시간 수술과 48시간의 회복 공간. 600시간보다 더 긴 그 시각은 내내 두렵고 힘들며 외롭게만 느껴졌던 시간이었다. 하지만 도헌이는 꼭 살려야 하겠다는 일념과 각오로 밤낮 10년 동안 아들의 얼굴을 쳐다보고 기도하며 살아왔던 이 가련한 엄마에게 남편도 하느님도 무심치 않으셨다.

죽음의 갈림길에서 돌아와선 콜라가 마시고 싶다는 우리 아들 도헌이! 내 생에 남은 커다란 하나의 숙제. 틀림없이 아빠가 도와주리라 믿고 나는 수도 없이 남편을 부르면서 남편의 목에 내 마음을 매달아 놓았었다. "살려주세요! 당신이 아파하는 동안도 잘 견디고 열 살까지 살아준 당신 아들이잖아요?" 남편은 하늘에서 무심치 않고 우릴 도와준 것이다. 그리고 비굴하거나 비참하게 사느니 차라리 죽음을 택하겠다는 지독한 엄마 덕분이랄까? 도헌인 회복되면서 제 누이동생보다 작았던 키도 더 크게 자랐고 명랑하고 구김살 없이 잘 커 주었다.

남자아이들이란 아빠의 숨소리라도 듣고 자라야 남자다워진다는 이야기도 있지 않은가? 그래서 난 혹시라도 우리 아들들이 볼링이나 당구 하나 못 치는 좀팽이처럼 자라면 어쩌나 하는 걱정도 많았다. 어느 가정이나 아이들은 엄마의 너그러운 사랑과 아빠의 위엄 있는 교육을 받으며 자라야 하는 건데 하는 그런 엄마의 우려와 두려움은 기우였다. 형제가 무럭무럭 남자답게 잘 자라 주어 진정 고마웠다. 또 집을 비우고 항상 남자같이 나다니는 엄마를 보고도 딸아이가 여자답고 조신하게 자라 주길 바랐던 과분한 염려에 찬 기도도 하느님은 다 들어주셨다.

그리되기까지에는 엄마인 나의 교육 또한 잔인하다 싶을 정도로 매서웠고, 사내아이들은 말을 알아들을 중학 때까지 무서운 체벌을 했다. 도헌이가 일곱 살도 못 되었을 때다. 내가 계산을 확실히 할 줄 모르고 돈을 대강 계산하고 가져 왔다가 지적을 당했다. 아이의 계산이 잘못되었을 수도 있었겠지만 난 용서할 수가 없었다. 아빠 없이 자라는 아이들을 욕할 때 쓰는 말에, 호로자식(胡奴子息)이란 단어가 내 뇌리에 깊이 박혀 있었기 때문에 그때 얼마나 혼을 내고 매를 쳤는지 모른다.

그러고 나서는 몇 년을 얼마나 철저하게 계산하고 감시를 했는지 아마 자기가 더 지겨웠을 것이다. 그래서인지 지금까지 누구를 속인다거나 거짓말을 못 하는 아이들로 성장했다. 하긴 내가 엄하게 했다고 그렇게 자랐겠는가? 다 본인의 의지였겠지만 말이다. 정직하고 사람다운 사람으로 사람 냄새가 나게 커 준 것에 정말 감사한다.

도헌은 어려서부터 이학 쪽으로 명석했다. 제 이모가 공부를 가르치고 있는 옆방에서 공부하다가 그 애가 셈이 틀리면 "그걸 못 맞춰? 누나! 235지"하고 지적해서 이모한테 혼나는 일도 있었다. 그런가 하면 친구를 사귀어도 아주 특별히 좋아하는 친구가 있는 정이 많은 아이였다. 79년도에 개포중학교에 갈 때 강북에 있는 친구들과 헤어지기 싫다면서 안 가겠다고 고집을 피워 혼이 난 적도 있었다. 개포중학교가 처음으로 개교하면서 1학년부터 모집하였으니 2학년 모두가 전학 온 학생이었다. 담임선생님이 들어오셔서 강북에서 일등 한 사람 손들어 보라고 하니 도헌이는 손을 안 들었다 한다. 그래서 왜 그랬느냐고 하니까, 전부가 손드는데 시시하게 뭐 하러 손을 드느냐고 했다.

우리 집은 나, 석헌, 지원 모두 돼지고기를 먹지 않아 집에 반찬으로 오른 적이 한 번도 없었다. 어느 날 도헌이 친구 집에 가서 돼지고기를 먹고 와선 맛있는 것 해 달라고 했다. 양념을 잘해서 내어놓으니 온 식구가 잘 먹었다. 그러니까 우리 가족이 돼지고기를 먹게 된 것은 다 도헌이 덕분이다.

도헌인 서민적인 풍토를 좋아했다, 옷도 그랬다. 하루 종일 입다 벗어놔도 깨끗한 형에 비해 하루에도 몇 번씩 갈아 입혀도 옷이 늘 흙투성이거나 지저분했다.

도헌이는 남편을 닮아 동물을 사랑한다. 그 아들 재성까지도 똑같다. 오죽하면 얼마 전 도헌이 아들에게 전갈을 사다 줬는데 알을 까서 온 집안에 난리가 난 적도 있었다 한다. 열대어, 곤충들을 다 좋아하고 심지어는 모기가 있어도 얼른 잡아서 밖으로 내보낸다. 다른 식구들에게 들키면 죽임을 당한다는 게 이유라니…, 그렇게 마음 약한 아이였다. 사생대회에서 일등을 해 상을 타왔다. 어려서부터 그림을 잘 그렸지만 난 그쪽으로 전공을 시켜보겠다는 생각은 한 번도 안 했다. 하긴 그것도 내 뜻대로는 되지 않았겠지만. 그러나 엄마의 마음은 어려서부터 명석하고 현명한 아이여서 법관이 되었으면 하는 욕심도 있었다. 아니 그랬으면 좋았으련만 결국 이과를 택해 화학을 전공하고 지금은 화학 계통의 회사에서 이사로 근무하고 있다.

대학 친구 만자의 소개로 선을 보게 하고 뉴욕 롱아일랜드 PT 전문병원으로 출장을 간 일이 있었다. 그 후에 도헌이와 연결해놓고 간 다음의 선을 안 본다고 했다고 한다. 귀국해서 알아보니 선을 본 유경이와 좀 더 시간을 두고 서로 알아보고 싶다는 것이었다. 그 겨울이 지나고 2004년 5월 25일 늦은 봄, 끝없이 착하고 어질고 영민한 아내를 맞았다. 평소 보통체격인 여자도 모두 뚱보라고 하더니 도헌이는 아주 날씬한 아내를 만났다. 미대를 나온 유경인 안목이 있어서 집도 예쁘게 꾸며놓고. 남매를 낳아 열심히 공부시키며 행복하게 살고 있다. 잘 어울리는 여자를 만나 오순도순 아들, 딸 낳아 재미있게 사는 걸 보면 얼마나 흐뭇한지 보기만 해도 고맙다.

아들 재성이가 공부 안 한다고 투정하는 것도, 재이가 밥을 펑펑 안 먹는다고 불평하는 것도 엄마인 내겐 모두 재롱으로만 보인다. 며느리 유경은 개신교 집안의 둘째 딸로 어머니께선 권사이시고 어려서부터 교회에서 어린이 선생님도 하며 피아노도 가르쳤다. 어느 날 난 유경 어머니와 점심을 먹는 자리에서 조심스럽

게 말을 꺼냈다. 어렵사리 승락보다는 대화를 하고 유경이도 영세를 받기로 했다. 지금 중학교 2학년짜리 재성이가 아주 어렸을 때인 10년 전이다. 영세 예비자 교육을 안 대사와 함께 받았다. 그때는 엄마를 찾으며 울어대는 재성일 봐주며 밖에서 두어 시간씩 기다려야 했다. 교육이

다 끝나고 영세를 받는 날, 나는 유경이 눈가에 비친 눈물을 살짝 훔쳐보고 정말 미안한 생각이 들었다. 내 욕심이 너무 과했나 싶었다. 석헌이에게 그 이야길 하니 시어머닐 잘못 만나서 원망하는 눈물일 거라고 농담 겸 진담을 한다.

지금은 제사나 설 추석에는 제 동서와 의논해서 음식도 잘 만들고, 크리스천이라면 절대 하지 않는 큰 절을 함께 해주는 것도 고맙다. 하루는 큰며느리 진희가 "어머니, 동서에게 너무 강요하지 마세요. 30년을 믿어온 종교인데 그렇게 금방 바뀌겠어요? 서서히 하세요."라고 했다. 맞다. 일요일마다 성당 미사를 함께 나가길 바라는 건 내가 너무 욕심을 부린 게 아닐까 싶다. 지금껏 무탈하게 살아준 것 만으로도 도헌이는 나에게나 아빠에게나 큰 효도를 한 것인데… 사람의 욕심이란 한이 없어 자꾸자꾸 더 원하는가 보다.

우리 도헌인 무엇보다 항상 사람 냄새가 난다. 그리고 형 동생 위아래의 기둥 역할도 잘하고 있다. 일주일에 한 번씩 들러 체크해 주고 노인들의 필요한 것이 어떤 것인지, 내가 좋아하는 게 뭔지도 척척 알아서 해준다. 바쁜 중에도 늘 배려해 신경 써주는 것도 잘 알면서 나는 화가 나면 으레 가까이에 있는 도헌이에게 먼저 화풀이를 하곤 한다. 그럴 때마다 그 화를 그날로 풀어주는 자상하고 아주 세심한 아들이다.

42

씻을 수 없는 커다란 시련과 오점

그때 나는 PT의 선진국이라 할 수 있는 일본의 세미나에 자주 참석했다. 도쿄, 교토 등에 주로 많이 갔다. 그리고 그들을 초청해 두 번이나 세미나를 주최하는 등 바쁜 나날을 보냈다. 워커힐에서 주최하는 세미나 도중에 과로로 쓰러져서 응급실로 실려 가는 일도 있었다.

일본은 섬나라인데다 또 다다미방에서 생활하는 일본부인들은 어깨, 허리 등 척추가 휘어진 경우가 많다. 재래식 온돌에서 산후조리를 하는 우리나라 부인들과 비교하면 환경이 훨씬 열악하다. 그래서인지 일본의 침구대학은 안마 실습시간이 갖추어져 있으며 일찍부터 안마사 제도가 있었고, 일본의 물리치료 연구는 어느 선진국보다 기계, 기술 등이 앞서 있어 배울 점이 많았다. 몇 년 전 일본 시아쓰대학(指壓大學)을 못간 건 마음 아픈 일이나 난 세미나를 자주 다닌다. 따라서 일본 세미나 참석과 연구자료 교환 등으로 얻어지는 이론이나 시술은 환자를 보는 데 많은 도움이 되었다. 한방 PT실이 안정을 찾아가고 아이들도 집도 자리가 잡혀갈 즈음 병원에서 대형사건이 터졌다.

절대 금지로 되어있는 가정 방문 치료가 문제가 되었다. 병원에서 입

원 치료를 받다가 퇴원
하는 환자의 부탁을 거
절할 수 없어서 한두 선
생님이 방문 치료를 해
준 것이 문제 되어 감사
실에 올라가 조사를 받

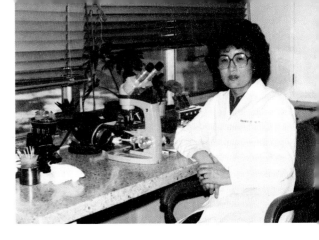

던 서모 선생의 한 말이 화근이 되었다.

예를 들어 한 분 정도 치료한 것을 가지고 위에서 자꾸 얼마를 벌었느
냐, 몇 명이나 치료했느냐? 하며 종주먹을 대니 홧김에 "모두 다 월 500
만 원씩은 벌었을 것이다"라는 말도 되지 않은 말을 하고 사표를 내던지
고 나가버린 것이었다. 정말 터무니없는 이야기였지만 이 일은 일파만파
로 퍼졌고, 마치 진실인 것처럼 기정사실로 굳어졌다. 결국, 선량한 피해
자가 다수 발생하고 의식주가 걸린 많은 젊은 가장들이 피해를 보는 일
로 발전해 버렸다.

홧김에 허투루 한 말이 남은 모두에게 낙인이 되었고, 결국 우리 과 전
체 직원이 사표를 내는 사태가 발생했다. 비 의료부문 담당 오 국장님이
어떻게 수습하면 좋겠냐고 하셨다. 전부는 아니지만, 일부는 사실이었으
니 없던 일처럼 깨끗이 수습될 수는 없었다. 감봉으로 끝난 나는 부서를
옮기면서 만회를 해보려 했지만 만족할 만한 해결책이 없었다.

마침 종로구 동대문 근처에 건물을 새로 짓고 종합의료팀을 만들어 개
원하려고 하는 엄마 쪽 친척이 있었다. 실은 건축하기 몇 년 전부터 이
야기가 있었지만 엉키고 싶지 않은 촌수였고 또 돌아가신 엄마 쪽이기
도 해서 거절한 적이 있었다. 이번에도 몇 번이나 함께 해 보자고 말씀하

셨지만 난 거절을 했다. 하지만 병원이 그렇게 된 이상 다른 길을 찾는 편이 나을 수밖에 없었다. 또 건물의 2층, 3층에 정형외과와 신경외과까지 들어오기로 했다는 흔치 않은 경우라서 같이 개업하는 쪽으로 마음이 기울었다. 결국, 나는 새 각오를 하고 손을 잡기로 했다. 어떤 손해를 보든 또는 불미스러운 일이 있더라도 엄마 무덤 앞에서 떳떳할 수 있도록 처신하겠다고 결심을 하며 계약을 체결했다.

그러나 쫀쫀하고 소심한 성격의 오너는 환자가 잠깐만 없어도 안달복달하며 들락거리는 성격이었다. 또 돈을 버는 것만 알고 쓰는 것은 전혀 모르는 사람이었다. 하다못해 층층마다 사용하는 환풍기조차도 내가 신경 써야 할 정도로 엉킨 문제가 한둘이 아니었지만, 소소한 문제를 제외하곤 그런대로 잘 운영되는 편이었다. 어디에서 무슨 일이든 돈 문제를 양보하면 안 되는 일은 거의 없었다.

그때 나에게 오너의 됨됨이 같은 것은 하나도 중요하지 않았다. 어쨌든 그 건물에서 한 층을 소유하고 운영하며 재활의학의 오너로 보낸 시간은 나를 크게 성장하게 하는 계기가 되었으니 말이다. 개업하면서 독일에서 심혈을 기울여 리스로 사들인 기계들의 달러 가격이 올라가 한동안 힘들기도 했지만, 환자가 늘어나면서 그런대로 잘 버텨나갔다. 외국 의료기들은 통증 완화 등 환자 치료에 많은 도움이 되었으나 주파수나 사이클이 우리와 달라 고장도 잦고 사용하는데 애로사항이 많았다. 그리고 지금 생각해도 고마운 건 K대병원에서 세 명이나 되는 의료진이 나를 따라와 주었다는 것도 일하는 데 큰 도움이 되었고 감사한 일이었다.

43

친구 배려로 일본학과에 편입

1997년 1월 초에 친구 박부자가 대학편입을 같이 하자고 일본학과의 원서를 사다가 우리 며느리 진희한테 맡겨놓고 갔다고 했다. 연세대 수학과를 나온 친구는 그 학교에서 학사 석사 모두 마치고 다시 단국대에서 석사, 박사학위를 받고 그 학교 강사로 나가고 있었다. 일단은 친구를 만나서 일본학을 하려는 이유를 듣기로 했다. 나는 매일 아침 화장실에서 우유 한 잔을 마시며 그날의 일들을 계획하고 확인하는 습관이 있다. 그날도 친구가 가져다 놓은 원서를 보니 마감일이 바로 오늘이 아닌가! 이거 안 되겠다 싶어 며느리에게 제출할 서류를 급히 부탁하고 출근을 했다.

그날따라 아침부터 일이 바빴다. 월간잡지 '주부생활'에서 부탁한 원고 독촉을 팔뚝만 한 'Cellul ar phone'으로 받느라 차내에서 음악과 함께 비우는 머그 커피 한 잔도 식은 숭늉 마시듯 하고. 출근 후 급히 원고를 정리해 넘

송년회에서 선배를 만나서

기고 바로 시작한 일이 12시가 지나서야 겨우 끝이 났다. 점심을 먹고 차트를 보니 오후 일정도 꽉 차 있었다. 그 당시 우리 병원은 종로구에서 PT 환자를 가장 많이 보는 병원으로 그 규모에 어떻게 그 많은 환자를 소화할 수 있느냐 해서 보건소의 의심(그날 보지 않은 환자를 치료한 것처럼 하고 보험 청구하는 일)을 받기도 했다. 실은 직원 모두가 일사불란하게 오더 받은 대로 분담치료를 진행해서 감당할 수가 있었다. 당시 종로구 보건소 소장이었던 이성세는 나의 가까운 고등학교 친구였으나 와서 보고는 이해할 수 있다고 평가했다.

사실 노련한 간호사들의 힘이 컸다. 간호사 세 명이 교대를 하다 보니 점심시간 한 번 한가히 쉬지를 못했다. 그래도 불평 한마디 없는 게 너무 신통하고 고마워서 가끔 선물로 인사를 대신하였다. 그게 2층, 3층까지 소문이 나서 간호사 모두들 우리 방에 오기를 희망했다고 한다. 지금 생각해도 미스 조 같은 경력의 간호사들은 다른 간호사들에 비해 두 배는 일을 했다. 그러니 그 정도의 bonus는 아무것도 아니었다.

오후에 진희에게서 전화가 왔다. 일본학과가 작년에 신설되어 2학년밖에 없다는 것이다. 애초 3학년에 편입해 2년 동안에 끝내려 했던 학사 계획은 수포로 돌아가고 2학년으로 편입하는 수밖에 없었다. 일본학과이니 대부분의 학생들은 일본어를 잘하는 게 기본이었다. 친구인 부자는 박사학위 때 제2외국어를 일본어로 했기 때문에 나보다는 일본어 실력이 있었으나 일본어에 서툰 난 그야말로 발등에 불이 떨어졌다. 편입한 학생이 어학기초도 모르니 보통문제는 아니었다. 게다가 부자는 그날이 마감일인 걸 모르고 등록을 못 했으니 동료도 없었다.

그날부터 홈플러스에서 교육하는 일본어 기초반에 등록하고 들어가 일본어 공부에 매진했다. 아침 6시 학원 문을 열 때부터 들어가 공부하고 또 퇴근하면 바로 가서 공부를 다시 시작하는데, 어학은 늘지를 않고 특히 중세문학에 고전이 많이 나오니 쫓아갈 자신이 없었다. 일단 골프 등 운동은 모두 중단을 하고 정말 기를 쓰고 공부에만 몰방(沒放)했다. 하다못해 식사시간까지 쪼개어 가며 일본어 단어랑 숙어를 외우고 다녔다. 그렇게 일 년을 학원 입장은 일등으로, 퇴장은 제일 마지막으로 하며 노력한 결과 3학년부터는 어느 정도 일본어를 따라갈 수 있었다. 아마 옛날에 이렇게 열공했으면 그 어떤 것도 되었을 것 같았다. 나의 중고 시절엔 이승만 대통령의 일본과의 봉쇄 정책으로 일본 역사를 전혀 접하지 않았기 때문에 일본과 중국의 근대사를 배우며 한국의 근대사에 접목하여 대조하니 너무 새로운 걸 알 수 있었다. 그러다 보니 어렵지 않다고 여겼던 한국사를 소홀히 해서 학점미달이 나와 재시험을 보기도 했다.

겨우 학점도 70~80점 정도가 되고 같은 과 학생들의 얼굴을 조금씩 알아볼 즈음에서야 중세 문학의 내용이 겨우 귀에 들어오기 시작했다. 하루는 친구 부자가 집에 왔다가 내가 한자 공부하는 걸 보고 두 손 번쩍 들고 가 버리고 말았다. 함께 편입하

친구 박부자의 박사 학위 수여식 후

자며 서류까지 준비한 친구인데, 그 친구는 못 하고 나 혼자만 시작한 셈이다. 그 친구는 그로부터 2년 후, 능인선원 불교학과에 들어갔다.

이후 친구 부자는 '삼계교연구'라는 일본불교 서적을 출간했다. 700페이지에 달하는 방대한 양이었다. 그 책으로 학술원에서 수여하는 우수도서 번역상을 받기도 했다. 그런가 하면 2018년도 8월 24일엔 78세의 나이로 동국대학에서 수여하는 철학박사 학위를 받아, 두 개의 박사학위를 받았으니 정말 대단한 친구라 아니 할 수 없다. 그 친구에 비하면 나는 아무것도 아닌 것 같은데. 나는 나대로 얼마나 힘들었는지….

이영 교수와 함께 수학여행

그렇게 어렵사리 시작한 일본학 공부를 하는 3년 동안 내가 기울인 노력과 고생담은 일일이 열거하기 어려울 만큼 많다. 그리고 그 어떤 순간에도 공부에 대한 열정과 목표를 이루어 내겠다는 마음만은 늘 비장했다. 공부는 비록 힘들고 어려웠고 그걸 어떻게 이루 다 말로 표현하랴마는 시험을 치르고 목표하는 바를 성취했을 때의 희열은 몇 배로 더 컸다. 덕분에 4학년 1학기에는 장학생이 되기도 했다. 4학년 기말시험이 끝났을 때였다. 하루는 지금 과학기술처 서기관으로 일하는 석호라는 후배가 "선배님 같은 분은 처음 보았다."고 했다. 한 번도 피곤해하거나 힘들어하는 표정을 못 보았다면서 어쩜 그리도 한결같이 부잣집 막내 마님 같은 얼굴을 하고 있을 수 있느냐며 그 비법을 좀 알려달라고 했다. 난 나대로 얼마나 힘들었는데 그렇게 보였다면 다행이지 않은가?

난 웃으면서 너무 과분한 칭찬이라고 했지만, 기분은 나쁘지 않았다. 그리고 그 후배 말대로 내 앞날의 인생도 그리되었으면 하는 바람을 마음속에 품었다. 우리 일본학과의 친구들은 나이도 환경도 천태만상이었으나 우리는 돈독한 우정을 쌓았다. 20년이 지난 지금도 네이버에 블로그를 만들어 서로 소통하며 우정을 나누고 있다. 거기에서도 나는 왕언니로 활동하고 있다. 그렇게 나는 2년이면 마칠 수 있다고 생각했던 학업을 3년에 걸쳐 해냈다. 30여 년 전, 남편과 약속했던 학사의 꿈을 마침내 이룬 것이다. 그것도 환갑 되던 해, 종로의 재활의학과를 개업하고 운영하면서, 신사동 Cafe 겸 Restaurant Zoom을 경영하면서 마친 것이다.

곧이어 한 친구와 함께 석사과정에 들어가려 했으나 병원이 계속 감사에 걸리는 일로 바빠 도저히 이행할 수가 없었다. 그렇게 또 석사과정 공부를 보류해야 했으니 내 인생에서 학업의 길은 단 한 번의 탄탄대로는 없이 엉망인 것 같다. 그러나 이젠 차라리 서두르지 않으련다.

일본학과 졸업기념

44

일사불란하게 오늘도 달린다

환자에게 최선을

PT실(물리치료실)을 처음 차리고 몹시 긴장된 나날을 보냈다. 환자를 치료한다는 건 늘 긴장해야 하는 일이지만 나는 특히 더 그랬다. 오진이나 의료사고는 개인병원에서 더 민감했다. 더욱이 재활의학 분야의 전신치료를 할 경우 혈압과 관계되는 중환자들을 다루어야 했으므로 세심한 주의가 필요했다.

예전 종합병원에 있을 때 같이 일하던 박홍○ 선생이 입원환자를 치료하려고 막 들어가서 이야길 하려는데 환자가 갑자기 사망에 이른 일이 있었다. 그 일로 박 선생은 오랫동안 검찰청에 드나들어야 했다. 비단 의료사고가 아니더라도 일단 환자를 본다는 것은 항상 주의를 집중하고 있어야 한다. 자화자찬이라고 할 수 있겠지만, 그때 우리 병원에서 치료받은 환자들 중에 내 노력에 감탄하지 않은 사람은 없었다고 감히 말할 수 있다.

'늘 환자에게 최선을 다하자'란 지침으로 김 선생님 이하 간호사 미스 조를 비롯한 모든 직원은 항상 일사불란하게 움직였다. 모든 환자에게 친절하고 치료에도 최선의 노력을 기울였다. 단 하루 점심시간을 함께 편안히 앉아 쉬지도 못하고 교대로 식사를 하며 환자를 치료했다. 그 결과, 병원이 위치한 종로 제일의 PT실로 유명세를 얻었고, 직원 수와 대비해 상상할 수 없는 인원의 환자를 치료한다고 해서 아이러니하게도 감사대상에 오르게 되었다.

당시 나의 일과는 항상 똑같았다. 아침 5시에 기상해서 화장실에 앉아 신문

환자의 애로사항을 듣는 나

을 보고 하루 일정을 점검한 후 우유 한잔을 마시고 집 근처 논현 골프 연습장에서 30분간 공을 쳤다. 지금 생각해도 나처럼 성질 급한 사람이 어떻게 골프는 그리도 정석대로 꼼꼼하게 쳤는지 모르겠다. 안 대사가 처음 나의 폼을 보고 감탄을 한다. 집에 돌아와 샤워하고 바로 차를 타고 가면서 음악을 들으며 커피 한잔을 마셨다. 그리고는 출근을 해서 7시 반에 직원들과 간단하게 회의시간을 갖고 8시부터 진료를 시작했다.

미스 조는 내 친구나 개인 손님이 찾아 왔을 때도 한가한 담소 시간을 허락하지 않았다. 환자가 기다리고 있다고 칼같이 자르고 진료를 하게 했다. 또 내가 아무리 커피를 좋아해도 하루 다섯 잔 이하로 제한하기도 했다. 한번은 점심시간이 지나가고 있는데도 환자를 더 들여보냈다. 차트를 보니 나와 같은 1941년생 뱀띠 여자 환자였다. 여수에서 올라왔다고 했다. 나와 동갑인데 완전 할머니다. 무릎 수술을 했는데, 여수에 아는 분이 여기 와서 치료를 받으라고 권해서 올라왔다고 했다. 한 달 이상

은 치료를 받아야 할 것 같다고 말하면서 오늘 하루만이라도 처방대로 치료해주었다. 환자를 보내면서 농담을 했다. "오순희 씨! 왜 그렇게 늦었어요?" 그랬더니 "고생을 너무 많이 해서 그러유… 아를 일곱씩이나 낳고 내 땅은 없고… 동갑내기를 갑장(甲長)이라고 하지 않나?" 며칠 후 다시 올 때는 더 열심히 치료를 해줘야 하겠다는 다짐을 했다.

1990년 봄 나는 Y대 경영대학원에 등록을 했다. 나름 경영자의 일을 하고 있으니 여러 가지로 많은 도움이 될 것 같아서였다. 실무 위주의 커리큘럼과 CEO 특강 등을 통해 경영이론과 실무를 함께 배울 수 있었다. 원래 나는 이과 쪽이 잘 맞아서인지 문과인 송자 교수님의 회계학이나 김 학장님의 경영학, 김 교수님의 경제학은 처음에 거리가 조금 있었지만 이내 머리에 쏙쏙 들어오고 재미있었다. 문리사대 친구 임경자 남편인 장인순 박사도 강사로 초빙되어서 자연과학 강의를 했다.

나중에 장 박사님은 '한국인이 뽑은 과학자 1위'로 신문에 실리기도 했다. 또 하나, 학교를 다니면서 감회의 정을 느꼈던 것은 30년 전 합격통지서를 찢어버렸던 그때의 그 교정이어서 수업할 때마다 마음이 좀 짠했다. 사실 3년 전에 둘째 손녀딸이 Y대학 서양회화과에 입학했을 때, 본인은 홍대가 안 됐다고 아쉬워했지만 나는 "비아야! 네가 57년 전 할머니 한을 풀어 준 거다." 하고 혼자 속으로 뿌듯했다. 바쁜 와중에도 틈을 내어 적성에 맞는 책을 보며 강의를 듣는 그 기쁨, 그 즐거움을 어디에 비교할 수 있을까? 일 년의 과정 중에 만난, 나이 비슷한 여덟 친구 또한 내 삶과 동행하는 친구들이 되었다.

특히 강릉에서 강의를 받으러 오던 김도연은 결강이 없었다. 양명희, 박찬길, 김춘자, 이화지, 고옥자, 김경애 등 이 친구들은 나의 좋은 동반자가 되어주었다. 특히 필리핀 민도로 섬에도 세 번이나 가서 보름씩 신나게 바다 수영을 했던 일은 잊을 수 없다. 이 친구들은 모두 기반이 있는 친구들이었다. 골프면 골프 운전이면 운전, 수영이면 수영. 수영도 내가 제일 빠지는 모두 베테랑들이었다. 이토록 마음이 맞으며 기준 비슷하고 능력까지 닮은 친구들을 어디서 또 만날 수 있을까? 어울려 사는 즐거움은 이렇게 서로 같은 또래 친구들이 많다는 것이 아닐까.

지금도 강릉에 가서 전화하면 화살같이 튀어나와 횟집으로 데리고 가는 친구 도연. 왜 자주 안 오느냐고 성화하며 이런데(바닷가)에 사는 친구 실컷 써(부려)먹으라고 농담도 자주 하는 그런 도연이다.

워커힐에서 내 생일날

45

아킬레스건 수술 32세 가장의 죽음

그해 11월, 교토 세미나는 마치 일본 침구사 전원이 모여든 듯 대단한 규모였다. 호텔도 구하기 힘들었다는 후문이었다. 2주간의 바쁜 일정 중 토요일에 필수 아닌 선택 프로그램에 특별한 내용이 있었다. 나는 최 선생님과 5시간짜리 그 강의를 듣기로 했다. 말하자면 팔 종아리 등에 나는 털을 Injection으로 제거하는 주제 발표였는데, 나는 우리나라 여성들도 이 부분을 많이 고민하는 걸 봐 왔기 때문에 다음 주 다시 1주간 강의를 더 듣고 나서 간단한 테스트를 받고 자격증을 받아왔다. 그리고 그 기계를 구입해 들여왔다. 하지만 문제는 그때부터였다.

다음날 보사부에 들어가니 우리나라는 아직 피부외과가 없어서 기계를 사용할 수가 없고 그런 치료를 허가하는 부서도 없다는 것이다. 그럼 어떡하느냐를 그 문제 담당할만한 비슷한 과를 찾아가 다시 의논하니 이건 정말 말문이 막힌다. 우리나라는 아직 미용사만이 머리카락(hair) 종류의 팔, 종아리 등의 털도 취급할 수 있다는 것이다. 기가 찬다. 고가로 들여온 기계를 놀릴 수가 없어서 나는 미용사 자격증을 따기로 하고 등록을 했다. 주산, 부기, 조리사, 정비사, 하다못해 택시운전기사 자격증

등 10개도 넘는 자격증을 땄어도 대부분 별 쓸모가 없었는데, 또 미용사 자격증이 필요하다니… 아무튼 그렇게 해서 기계를 병원 한편에 비치하고 관련 시술을 시작했다.

그렇게 바삐 살던 어느 날이었다. 여느 아침처럼 차 안에서 커피 한 잔을 비우며 7시 20분 정도 병원에 도착했는데, 이게 어찌 된 일인가? 주차장 바닥이 온통 붉은색 낙서로 칠해져 있고 기동대에서 파견 나온듯한 교통순경들이 들어오는 차들의 주차를 막고 있었다. 주차장 중간에 소형 장의차가 세워져 있는데 '살인자는 나와라'라고 쓰여 있고 옆엔 소복 입은 가냘픈 여자가 서 있었다. 정말로 소름 끼치는 장면이었다.

길 건너 은행에 차를 세우고 들어가 이야길 들으니 말이 안 나온다. 어제 낮, 2층 정형외과에서 32세의 남자가 아킬레스건 수술을 받다가 그만 사망에 이르렀다는 것이다. 이 원장을 만나러 원장실에 가보니 이미 몸을 피했는지 자리에 없다. 1층 손 원장은 자리에 있어 자초지종을 들어보니 이 일을 해결하기 전에는 병원 전체에 환자를 볼 수 없겠다는 것이다. 그런데 이 원장이 없어져서 지금 여기저기 찾고 있는 중이라고 했다. 온종일 아무 일도 못 하고 앉아 있는데 저녁 퇴근 시간이 훨씬 넘어서 연락이 왔다.

결국, 돈 문제였다. 나는 실수든, 어쩔 수 없었던 의료사고든 간에 어린아이가 둘씩이나 있는 그것도 32세밖에 안 되는 가장을 사망에 이르게 했으면 유족이 요구하는 대로 줘야 한다고 생각했다. 그러나 이 원장은 어떻게든 보상금을 낮춰볼 요량이었다. 나는 환자를 며칠 더 못 보는 한이 있더라도 인간의 도리를 다해야 한다는 마음이었다. 하지만 법적인 한도, 그 기본도 하지 않으려는 이 원장의 의도를 보고 그나마 이어진 인간의 정들이 모두 소멸되는 기분이었다. 이층복도에 헛관(거짓관)과 상청을 차려놓고 시위를 하고 있다고 간호사들이 전한다. 유족과의 중간에 다른 사람을 내세우고 숨어서 시간을 벌며 나중엔 우리 방 침대에 내려와 잠을 자고 있는 이 원장을 보며 어이도 없었고, 돈이라는 더러운 물건이 또 말썽이구나 싶어 비위가 상했다. 정말 며칠간 잠도 못 자는 괴로운 시간이 연속으로 이어지고 있었다.

결국, 돈 문제가 해결되고 유족이 시신을 인도하고 마무리가 거의 되던 날, 난 우리 직원들과 함께 저녁을 하다 술을 과하게 마시고 설움이 북받쳐 크게 울고 말았다. 32세 가장의 목숨과 그 목숨의 값! 죽음에 지불하는 돈의 액수라니. 그게 얼마나 내 마음을 괴롭게 했는지 모른다. 왜 그렇게 모두가 원망스러운지, 세상이 온통 어두워진 느낌이었다. 조물주까지 들먹이며, 그날 난 선생님들의 부축을 받을 정도의 술을 마시고 집으로 돌아왔다. 젊은 가장이 갔으니 미망인과 남은 아이들의 긴 여정은 또 어떻게 될까? 아마 연결 짓기 싫어도 그날 잠깐 보았던 소복 차림의 가녀린 여인의 앞날과 얽힌 상상과 내 설움이 한데 어울린 그런 상상이었으리라. 그날 밤 난 아이들 몰래 얼마나 울었는지 모른다. 그 후에도 한동안 우울증에 시달렸다. 우리 아이들은 절대로 그렇게 살게 하지 말아야 하겠다는 마음속 다짐을 하고 다시 또 하면서.

46

뒤늦게 도박으로 치른 비싼 수업료

내가 살아오는 동안 정말 해서는 안 될 일을 해서 크게 후회했던 일이 두 가지 있다. 무슨 일이든 누구에게 문의하거나 상의할 사람은 없었으니 늘 혼자 결정하고 처리했지만 그래도 언제나 신중하게 해서 크게 실수한 일은 없었다고 자부하며 살아왔다.

1994년 나는 아버지가 사시던 집을 대수리하기 시작했다. 그간 유럽 등을 다니며 관심 있게 보아두었고 머릿속에 늘 구상하며 그려왔던 카페(Cafe) 겸 레스토랑(Restaurant)을 만들기로 했다. 그 당시 우리나라는 유럽이나 선진국들처럼 고급주택가 안에 조용히 자리한 평화롭고 아름다운 그런 우아한 카페 겸 레스토랑이 없었다.

신사동 부유한 주택가를 뒤로하고 2만 평이 넘는 자연의 풍치를 낀 전원의 도산공원 정문 앞 은행나무거리에 있는 집이다. 정문 앞 입구부터 철로로 쓰던 검은 철도 침목으로 바닥 모두를 깔고 작은 정원엔 70수 된 단풍을 심고 코너엔 겐까이(한계, 限界)로 변형시킨 조선소나무로 운치를 살리고 실내엔 유럽풍의 가구, 장식, 소품 아낌없이 투자한 그림과 함께 그윽한 불빛과 음악이 있는 여유 공간에. 마지막엔 심오한 coffee 맛으로 승부를 걸었다. 한 달을 고민해서 지은 이름! 그 이름은 'Zoom'이라고 했다. 친구와 추억을 만드는 시간과 함께, 즐거운 만남을 주고받는 '줌' 모두를 크게 작게 확대 수축시킬 수 있는 우아하고 거창한 'ZOOM'으로 말이다. 한 달 이상 고민하며 내가 지어낸 이름이었다. 나는 그때 'ZOOM'의 특허를 내놓지 못한 것이 지금도 못내 아쉽다.

나의 'Zoom' 전경

처음 공사부터 남에게 시킨 카페 운영은 쉽지 않았다. 전면에 나서지 않았다는 게 남들이 나를 속이는 빌미를 주게 된 것이었다. 인테리어를 맡길 때부터 숱하게 사기를 당했다. 수건 한 장에 4만 원이라니 말이 되는가? 건넨 돈은 오리무중인 채 오픈 날부터 테이블, 의자, 장식장, 온풍기, 오디오값까지 외상값을 받으러 오는 사람들이 줄을 이었다. 우아한 운영을 위해서 모든 책임을 내가 짊어져야 하는 상황이니 지하층에 남몰래 빚 받을 사람 모두를 모았다. 열두 명이었다. 나는 한 사람씩 해결을 봤다.

직접 앞에 나서지 않고 예술(?)의 멋을 좀 아는 월급 사장을 내세웠던 내 마음의 사치, 쓸데없는 피해의식이었던 아이들을 생각해 앞에 나서지 않는다는 것을 악의로 이용한 일들이었, 이 모두가 나의 허술함이었다. 그 후에 나는 많은 것을 생각했다. 내 생각이 짧아서였을까? 그래도 끝까지 아이들 때문에 내가 직접 나서서 운영하지 못했던 것은 여자 혼자서 그런 카페나 하면서 아이들을 길렀다는 말은 정말 듣고 싶지 않았다. 그 시절엔 어쩔 수 없었다고 변명을 하지만 생각할수록 난 바보가 아니었던가 싶다. 요즘 생각하면 후회가 된다. 지금 트럼프 대통령의 할아버지는 열여섯에 독일에서 미국으로 불법이민을 와서 돈을 벌려고 호텔경영에 매춘업까지 했다는데. 그러고도 손자가 대통령까지 되었지 않은가. 나는 왜 그렇게 넓게 생각하지 못했을까? 뭐가? 남의 말이 무서워서? 아님 나 자신이 겁이 나서인가? 다시 한번 변명해 본다. 그때로써는 어쩔 수 없었고 그때의 사고방식은 그랬었고 등 아무런 이유로도 직접 운영하지 않은 것은 나의 잘못된 판단이었다. 내가 직접 운영했다면 분명 실패하지 않았을 것이라는 생각을 이제야 하고 있으니 지나간 차 뒤에서 손드는 격이니 아무 소용없는 일이지 않은가? 언젠가는 조리사가 하도 권세를 부려서 바쁜 시간을 쪼개어 내가 직접 조리사 자격증까지 취득하기도 하는 성의를 보였고 아침 매상까지 제 주머니부터 챙기는 예술 운운하는 놈을 하루아침에 자르고 성당에서 중책으로 바빴던 전업주부 셋째 혜정을 불시에 불러내어 운영을 맡기는 비상운영도 해 보았다.

어느 땐가 내가 아주 힘들어할 때, 아버지께서 날 물끄러미 쳐다보시면서 "혜성아! 너무 그렇게 애쓰지 말거라. 일은 억지로 애쓴다고 되는 건 아니야. 모든 일을 순리대로 풀어나가거라."라고 하셨다. 그때 난 속으로 외쳤다. "아버지! 오만한 순리를 턱 바치고 앉아 마냥 기다릴 수도 없을뿐더러 난 아버지처럼 살 수는 없어요! 그리고 이대로 모두를 포기하고 주저앉을 수는 더욱 없고요"

"사람은 태어날 때 자기 먹을 것은 가지고 태어난다."라는 말이 있다.

하지만 그런 무책임한 말이 어디 있겠는가? 만일 내가 아버지같이 살았다면 어떻게 되었을까 하는 것이다. 난 그렇게 살 수는 없었다. 매섭고 독하게 마음먹고 순간의 끈도 놓지 않고 힘들고 어렵게 노력하며 악을 쓰고 살았는데도 난 이런 잘못을 수도 없이 저질렀고 소중한 시간은 또 얼마나 많이 놓쳤으며 또 얼마나 많은 후회 할 일을 만들었는데.

그러나 2004년 심혈을 기울여 만들어 놓았던 '카페 Zoom을 매도한 일'은 아무리 생각해도 뭐에 홀린 것 같은 기분이었다. 그때 인천 땅이 갑자기 해약되는 일이 벌어져 지불할 돈의 약속은 잡혀있고 마음이 몹시 다급했을 때이다. 'Zoom을 팔면 얼마나 받을까' 하는 생각을 하다가, 아니, "시세만이라도 한번 알아보자" 하고 부동산에 문의해 보았다. 그날 밤 9시에 부동산에서 잠깐 만나자고 해서 혼자 나가면서도 그날로 계약이 되리라고는 전혀 예기치 못했다.

혼자 나갔는데 부동산엔 그 집을 사고 싶어 하는 사람이 나와 있었다. 부동산과 그 사람의 이런 말 저런 말을 들으면서 밤 12시가 지나서 판단에 혼돈이 오며 얼떨결에 계약서를 썼다. 집에 가면서 다시 생각해보니 도저히 안 되겠다는 마음이 들어 해약하겠다고 통고를 하고 밤을 꼬박 새우고는 다음 날 새벽 계약서에 있는 주소를 찾아 매수자의 아파트로 찾아갔으나 만나주질 않았다. 그날 오후가 되어서야 나온 부동산 말에 의하면 낮 비행기로 일본엘 갔다는 것이다. 나중에 생각난 일이지만 법원에 계약금 공탁을 걸어 놓았으면 24시간 내에는 가능했던 일인데…. 그 건 미처 생각하지 못한 것이다. 그때 난 얼마나 후회를 했는지 모른다. 마치 중요한 서류가 가득 담긴 가방을 강물에 떨어트리고만 허전한 느낌 이랄까? 큰 충격의 실연으로 혼이 다 나갔거나 나사가 하나 빠져나간 사 람 모양, 멍하니 앉아 있거나, 아무튼 그때의 나를 어떤 표현으로 장식한 다 해도 과장은 아닐 것이다. 24시간 내내 머릿속에 그 생각으로 꽉 차 있었다. 마음을 잃어버린 사람처럼 아무 생각 없이 그냥 일상의 일들만 하고 있었다. 정말 너무 허무하고 허탈했다. 후회막급이었다. 왜 그렇게 경솔하게 팔았단 말인가?

내가 나를 이해 못 하며 자기 합리화를 시켜보려고 애쓰고 있었다. 막 상 'Zoom'을 없애고 나니 그 공간이 그토록 나의 많은 부분을 차지했었나

Zoom에서

싶을 정도로 넓게 자리매김 하고 있었다는 것을 알게 되 었고, 막막하고 공허한 마음 으로 하루하루 후회하며 우 울하게 지냈다. 사실 'Zoom' 은 내게 의미가 있는 공간이 었다. 커피를 좋아하는 내가 항상 누구든지 만나 볼일을 보면서도 대화하며 어떤 차

라도 한잔을 오랜 시간 마실 수 있는 곳. 가끔은 시원한 Budweiser나 Cass를 마시던가, 독일 바이엔슈테판(Weihenstephan) 수도사양조장 의 크리스탈바이스(Kristallweissbier)도 한 병 주문해 마셔도 보고 즐

겨듣는 클래식이나 팝을 들으면서 피곤함을 달랬던 곳. 작은 동창회도 하고 친구들이 모여서 부담 없이 어울릴 수 있던 곳. 나뿐만 아니라 내 친구들이 더 좋아하며 즐기던 공간이었다. 또 그곳은 유명세를 타고 많은 연예인들이 드나들고 영화나 드라마를 많이 찍었으며 유명 인사들도 많이 와서 쉬며 음악을 듣는 곳이기도 했다. 신촌에 소재한 대학생들도 Zoom을 모르는 이가 없을 정도로 이미 알려져 있었다. 요즘같이 Cafe나 Coffee Shop 같은 데서 Computer를 할 수 있는 공간은 상상할 수 없을 때였다.

초대 민선 권문용 강남구청장과의 대담. Zoom에서

"언제나 네 위치를 알고 신중하게 일 처리를 하라." 난 늘 내 아이들이 경솔하게 행동했을 때 이런 말로 나무랐는데 이번엔 내가 내 위치를 모르고 신중하지 못하게 덤벼든 것이다. 한 번 더 생각해보고 더 버텼어야 하는 건데 경솔하게 처분을 해 버린 나에게 거듭 실망을 했다. 나는 막연히 나이가 들면 'Zoom'에서 더 많은 시간을 보내야지 하며 기회있을 때마다 LP, CD를 사들이면서 노후의 안식처로 생각하고 스스로 위안 삼았던 것도 심한 허무함의 큰 이유였을 것이다. 하지만 이미 엎질러진 물이요, 흘러간 강물이었다. 그래서 난 "한때 자신을 미소짓게 했던 것에 대해 절대 후회하지 마라"라는 옛 명언을 떠올리며 더 이상의 미련을 갖지 않기로 했다. 오로지 'Zoom'을 정리한 남은 돈을 어떻게 유용하여 늘려 볼 수가 없을까 하는 한 가지 해결책만을 생각하기로 했다.

평소 잡기로 여겼던 주식

돈의 투자처를 찾던 중 어느 날 문득 주식이 생각났다. 혹시 이것이 전화위복의 기회가 되지 않을까 하는 막연한 기대까지를 걸어보면서 말이다. 당시에는 경제 흐름을 좀 알고 세계 경제가 돌아가는 분위기를 제대로 파악할 수만 있다면 손해는 보지 않을 거란 생각을 하게 되면서 또 어리석게도 몰두하며, 신경 써서 잘 만하면 많은 이득을 남기게 될 것도 같았다. 물론 그것은 지금 생각해보면 되지도 않는 가정이고 계산이지만 말이다. 그러다가 친구의 권유를 받는 순간 그쪽으로 생각이 완전히 쏠렸다.

그렇게 2000년, 난 평생 처음 주식이라는 것을 사들이기 시작했다. 처음에는 잘되는 듯해서 이성을 잃고 푹 빠져들고 말았다. 수지가 맞을 때마다 다른 돈까지 무리해서 한군데로 쏟아부었다. 몰빵(?)투자는 가장 몰상식한 투자라고 여겼던 나인데도 마치 화투짝 하나 못 맞추는 사람이 노름에 빠진 격이었다. 난 주식에 손을 댄 후, 아니 그걸 하는 내내 잠시도 긴장을 늦출 수가 없었다. 그러니 당연히 다른 사람들과 여유 있게 만날 시간도 없이 늘 마음이 바빴다. 어딜 가나 집에 오고 싶어 조바심하고 현재 이 순간만이 투자의 적기인 것만 같은 오판은 컴퓨터 모니터 앞에 앉아 있어야만 뭐가 이루어지고 있는 듯 안심이 되었다. 그렇게 주식에 발을 들인 나는 거의 7년을 거기에서 헤어나지 못했다.

처음부터 잘못이었다. 또 내가 직접 보면서 투자할 수 있는 개별종목에까지 손을 댄 것은 아주 더 크고 잘못된 판단이었다. 아무튼 난 그렇게 개별종목과 펀드를 같이 하면서 수도 없이 어리석은 오판을 했고 그때마다 많은 손실을 봤다. '무릎에서 사야 하고 어깨에서 팔아야 한다.'는 중

시의 묘법을 실행하기란 좀처럼 쉬운 일이 아니었다. 경험치고는 너무 늦은 나이에 아무 쓸 데도 없고 또 바람직하지도 않은 길로 빠져들어 버린 경험이었다고나 할까? 아이들이 주식을 하겠다고 했을 때도 꾸짖기는커녕 종목을 추천할 정도로 취해 있었으니 그때를 생각하면 내 자신이 한심하기만 하다. 남편의 말처럼 난 늘 내가 저질러놓은 일에 후회 같은 건 하지 않았으나 그래도 이것만큼은 곧 뉘우치고 거둬들였어야 했다. 이제와서 돌이켜 보면 한참 잘못된 생각이었다. 소위 개미투자자들이 도저히 돈을 벌기 힘든 분야가 바로 주식이라는 것을 알면서도 나만은 예외의 한탕을 할 수 있고 그 후에 바로 나오겠다는 일념으로 거기에서 헤어나질 못하고 있었다. 이제야 나는 감히 이것을 잡기라고 표기하고 있다.

그때쯤 일본학과 L 교수님이 전화를 하셨다. 요즘 공부는 어떤 걸 하고 있느냐고 하시기에 "이제 일본어 공부는 안 할래요. 전망도 없고 차라리 중국어를 할까 봐요."라고 답했다. 원래 일본어 고전이론에 푹 빠져 있던 내 입에서 그런 말이 나오니 교수님은 큰 충격을 받으셨는지 학교로 좀 오라고 했다. 교수님은 석사 코스로 수원에 있는 H대에 원서를 제출해 보라고 하셨다.

일단 원서를 사러 대학원에 들렀다 오면서 석사 코스를 하는 학생을 찾아가서 만났는데 내가 하고자 하는 분야인 중세문학에 대한 이야기를 나누다 보니 좀 절망적이었다. 시작한 지 4년이나 되었다는 것이다. 지도 교수도 없고 전망도 없다는 울적한 마음에 차만 아니면 술이나 한잔 거하게 취하고 싶었다. 젊었을 때 그렇게 하고 싶었던 공부를 그놈의 돈 때문에 못 했는데 이제 나이 60에 그리 흔하지도 않은 일본 고전문학 석사 코스를 동료 하나 없이 또다시 혼자 시작해야 하는가?

집에 돌아오니 또 안 대사에게서 많은 메일이 와 있었다. 재혼이냐, 석사냐 아니면 병행이냐 하는 문제로 마음이 복잡했다. 그런데 지금 생각해도 신기한 것은 그날 안 대사에게서 온 많은 메일을 읽고 난 다음 날 내가 마이너스 종목들을 모조리 포기하고 정리해야겠다는 생각이 들었다는 것이다. 늦었지만 말이다. 도박이나 잡기 같은 것엔 소질이 없다는 것도 다시 깨닫게 되면서 증권회사를 찾아갔다.

사실 내가 무슨 일을 하면서 이처럼 맹하게 끌려다닌 적은 한 번도 없었다. 정확한 계산, 실수 없는 판단, 후회 안 할 정리 등 내 사고나 의지와는 상관없는 무조건의 해지, 돌이켜보면 지금도 나 자신마저 이해 안 되는 무모함을 저질러 보려고 증권회사로 차를 몰아가는 내 머릿속은 그냥 하얀 백지장 그 자체였다. 당시 어떤 것으로 얼마를 손해 보았는지도 모르는 채 나는 한 건씩 한건씩 차례로 매도를 했다. 살면서 이렇게 신중함을 배제한 바보짓을 한 것은 아마도 처음일 것 같다. 어쨌든 눈을 딱 감고 정리해버렸으니 수업료치고는 엄청 비싼 수업료를 지불한 셈이다. 그렇지만 그때 만일 그런 마음의 계기라도 없어 아직까지 컴퓨터 모니터만 바라보고 있었다면 지금 나는 어떻게 되었을까? 상상하기도 싫은 장면이니 후회 같은 건 앞으로도 하지 않으려고 한다.

47

재혼이라는 과감한 용단

재혼을 결심하다

나의 재혼 용단은 아주 큰 사건이었다. 대학교수들까지 초청해서 60세
(안 대사는 59세라고 우기지만) 재혼파티를 했으니 말이다. 소문이 크게
나면서 적극적으로 반대하는 단짝 친구들도 있었지만 축하해주는 친구
들이 더 많았다. 반대파 친구들은 "결혼은 좀 젊었을 때 하는 거지, 그렇
게 좋은 자리 났을 때는 그리도 강력하게 버티더니 이제와서 무슨 망령
이냐?" "네가 지금 뭐가 부족해서 이 나이에 재혼을 하는 거냐? 남이 해주
는 밥 편안히 먹고 살다가 늘그막에 고생이나 하고 싶어서…" 라고도 했
다. 모두가 맞는 말이었다. 하긴 정말 난 밥이나 반찬을 하지 않고 살아
온 날들이 꽤나 오래되었다. 하지만 난 한 번 내 주장대로 고집 피워 보
기로 용기를 내어 큰 결단을 내린다.

첫째, 재혼을 결심한 것은 내 아이들이 마음 고생하는 일을 덜도록 하
기 위함이었다. 이렇게 말하면 구차한 변명으로 들릴지는 모르겠으나 그
때 내 마음의 진심은 둘도 없는 효자들, 효성 깊은 아이들이 혼자 있는 엄
마 때문에 신경 쓰며 살게 하고 싶지 않다는 것이 내가 마음먹고 있었던

큰 이유 중의 하나이며 나의 솔직한
생각이다. 하지만 또 하나 마음 한편
으론 아주 단순한 내면의 이유도 있었
으니, 나도 남들처럼 운전해주는 남자
옆에 타고 앉아 성당에도 함께 다니고
영화 관람도 같이 가고 마트에 가서
나란히 이것저것 쇼핑도 하고 공원도
걷고 부부 친구들과도 어울려 이야기
도 하며 밥도 같이 먹고 자디잔 대화
도 재미있게 나누며 그렇게 한번 말년
을 살아보고 싶었다. 거의 30년을 혼
자 지내면서 가까운 친구들까지도 자

기 남편과의 대화마저 꺼리며 쳐다보던 그 기분 나쁜 눈길도 마음 한구
석의 설움이라면 설움이었으니까…. 가벼운 일이라고는 하지만 그런 것
도 한이라고 하면 한인 것을 풀어보고 싶었다. 그까짓 거 살림 못 하는
건 마늘도 함께 까고 콩나물도 같이 다듬으면서 미숙하지만 둘이 해 먹
으면 되지 않겠나?

그러나 아이들을 설득하는 것이 가장 큰 문제였다. 장남 석헌이 회사
로 찾아갔지만, 평소와 같이 점심을 먹으며 엉뚱한 이야기만 늘어놓는
다. 하기야 아들 회사로 점심 먹으러 간 일이 있었는지조차 생각 안 날
정도로 흔치 않았지만. 어색한? 식사 후 한참을 망설이다 차를 마시자
고 했다. 옥상 커피숍으로 올라가 어렵게 이야기를 꺼내니 갑자기 얼굴
이 굳어진 아들은 처음부터 "네, 네, 네" 이렇게 한마디로만 대답했다. 그

렇게 헤어지곤 연락이 없었다. 끊었던 담배를 다시 피우고, 그것도 줄담배를 피워서 기관지가 갑자기 나빠지는 바람에 한양대병원 응급실로 들어가 입원했다는 이야기를 딸아이한테 전해 들었다. 석헌이는 계속 "엄마는 내 지주였는데… 지주였는데…" 하며 같은 말만 계속하더라고 했다. 며느리 진희가 달래고 또 달래고 "당신 결혼할 때 엄마는 어떠셨겠느냐?"고 말해도 아무 소용없더란다. 그러더니 한 20일 만에 아무 일 없었다는 듯 소식이 왔다.

그러니 마음 약한 둘째는 또 어떻게 해야 되나? 많은 고민 끝에 퇴근하고 집에서 만나기로 했다. 둘째 도헌인 나와 함께 살다가 이사 내보낸지 얼마 안 되었을 때였다. 가끔 그리했듯이 둘이 방에서 불을 끄고 누워 이야기를 꺼냈다. 내 이야기를 다 듣더니 얼굴을 내 가슴에 묻은 채 그냥 날 부둥켜안고 엉엉 울기만 했다. 생사를 가늠할 수 없는 큰 수술을 무사히 마치고 살아 돌아와 준 것만으로도 감사한 우리 도헌이… 늘 엄마를 살뜰하게 챙기고, 그날 일은 그날 풀어주고야 마음 편안한 우리 빤또(어렸을 때 코가 납작하다고 형이 불러준 빨랑코를 도헌인 말이 더뎌 빤또라고 했다). 자잘한 것까지도 세심하게 마음 써주는 그렇게 마음 약한 우리 둘째는 계속 캄캄한 침대 위에서 얼굴을 파묻고는 날 껴안은 채 계속 울기만 했다. 엄마가 미국으로 떠나야 한다는 사실은 두 아들에게는 청천벽력 같은 일이었을 것이다.

마지막으로 하나밖에 없는 우리 딸 지원이는 어떻게 설득해야 하나? 한 달을 망설인 끝에 어렵게 이야기를 꺼냈다. 큰 애는 "네, 네, 네" 둘째는 "엉, 엉, 엉", 셋째는 말 없는 참담함, 그 자체였다. 가슴속으로 울던 우리 딸, 마음이 약해 울기도 잘하는 지원이. 난 그 속마음을 너무나 잘 알고 있었기에. '그냥 모두가 미안하다, 사랑한다.'로 일관하고 있었다.

하기야 자식이라고 어찌 내 마음을 다 알겠는가! 살을 에는 듯 추웠던 겨울 같은 고독을 운명처럼 받아들이며 많은 일들, 그 고민들이 닥칠 때마다 혼자 해결해야만 했던 쓰라린 괴로움의 시간들…. 아이들도 이제 겨우 그런 엄마를 조금은 이해할 나이가 되어 그 받은 사랑만큼 아니, 그보다 더 많이 사랑하면서 살아야겠다고 마음속으

치앙마이에서 아들 내외와 사위

로 다짐하고 있었을 텐데, 아이들의 당혹스러웠을 그런 마음들을 내가 설마 모를 리야 있겠는가?

다음 주 나는 가족들에게 선배 안 대사의 모두를 소개도 할 겸. 서로 간에 유대를 쌓아 볼 생각으로 치앙마이로 가족여행을 떠났다. 한두 번의 식사시간 외엔 만남이 없었으니 서로들 쑥스러워하는 열 명의 가족들을 대동하고 아름다운 자연과 오랜 역사가 어울린 태국의 북부 치앙마이행 비행기를 탔다. 보름 동안 거기에서 머물며 놀고, 먹고, 자고, 함께 지냈다. 무지무지하게 더워 괴로웠던 밤. 악착같이 달려드는 모기떼와의 전쟁을 치르며 공을 멀리 보내야 하는 야간 골프시합…. 멤버를 바꿔가며 쳐보는 내기 경기도 하며. 함께 뒹굴고 어울리면서 안 대사는 가족들과 유대를 가졌다. 그렇게 자연스레 서로를 알아가면서 스스럼을 없애고 그늘 없는 가정을 만들어 보려고 애쓰고 있었다.

생일인 17일 논현성당에서의 관면혼배

그리고 장대익 신부님의 주례미사로 논현성당에서 7월 17일 내 생일을 결혼 날로 잡아 관면혼배를 올렸다. 십여 년 전 1989년 잠원동성당에서 장대익 신부님이 본당에 계실 때 영세를 받고 'Francesca Romana'라는 본명으로 살아왔다. 나의 남은 앞날. 이제 모두 건강하고 편안하고 즐거운 일만 있게 해주시길 성모님께 간절히 기도하며. 많은 고통을 이기고 여기까지 온 당신 딸의 간절한 기도를 들어 주십사! 하고 가만히 성모님을 불러보았다. 성모님도 알았노라고, 조용히 미소 지으신다. 친구 몇 명과 양가 가족, 손자 손녀들이 참석한 조촐한 자리였다.

손자 손녀들과 가족사진을 찍으며 난 좀 쑥스럽기도 하고 부끄러웠다. 한우리에서 간소한 피로연을 마치고 한강 유람선을 탔다. 늦었지만 내 인생의 두 번째 막을 올렸노라고 흐르는 강물에 인생 보고를 했다. 워커힐로 향해 가는 저녁 길, 몹시 기뻐하는 그를 보며 "우리 이제 행복하기만 해도 짧은, 남은 시간을 정말 재미있게 살아보자."라고 말했다. 워커힐 쇼를 보고 난 늦은 시간 우린 밤늦도록 라운지에서 와인을 마시며 많은 이야기를 나누었다.

내가 살고 있던 큰 집을 처분했다. 짐을 줄이고 산 밑의 작은 집을 찾아보았다. 얼마 후 우린 서울대 후문 근처에 자그마한 아파트를 구하여 살림을 시작했다. 나의 살림 솜씨가 못 미더운 아이들은 전화 올 때마다 "엄마 오늘 진지 지어 잡수셨어요?" 하고 묻곤 했다. 그 후 2007년 안 대사도 둘째 며느리와 함께 영세를 받으며 대건(大建 Andrea)란 본명을 받았다. 요즘 우리 부부는 함께 낙성대성당의 저녁 영어미사에 매주 나간다. 서울대에서 공부하는 외국유학생들이 주로 참석하는 뉴질랜드

Patrick 신부님의 집전 미사다. 대건 Andrea는 유학생들이 예약하고 못 읽는 독서를 땜빵으로 읽기도 하고, 미사가 끝나면 젊은 유학생들과 어울려 치맥을 즐기는 등 일요일을 보내고 있다. Patrick 신부님은 한국에 오셔서 봉사하시는 성인이시고 우리 부부가 가톨릭 신앙생활을 하는 데 큰 도움을 주시는 분이시다.

사실 나는 용단을 내려놓고도 내심 불안했다. 내가 철부지같은 욕심을 부린 것은 아닐까? 아니 생각이 부족하지는 않았을까? 새어머니와의 얽힌 삶을 보고 살며 재혼은 절대로 하는 게 아니라고 심지를 굳히며 살아온 나였다. 세상에 아버지만을 사랑하여 다음에 크면 아버지와 꼭 결혼하겠다고 하던 어린 시절부터 사춘기를 지나 거의 20년! 돈, 불행, 고생 같은 건 나와는 상관없는 것인 줄 알고 마냥 행복하기만 해서 남의 부러움의 대상이었던 때에도 난 그냥 아버지는 부엌엔 안 들어가는 사람으로 알고 살았다.

그 후 27세에 이름 석 자가 남의 호적에 오르고 오이도 거꾸로 먹는다는 까다로운 시댁 쪽에 적응하면서도 남편이 부엌에 들어가는 건 아예 바라지도 않았다. 으레 숭늉을 쟁반에 받쳐서 남자에게 가져다주는 그 댁의 풍습을 아무렇지 않게 받아들이며 살았다. 어쩌다 남편이 무더운 여름날 부엌에 들어가 냉수라도 한 사발 떠 마시는 걸 보면 오히려 미안한 생각이 들 정도였다.

나이 60에 재혼을 하자고 결심했을 때 나의 가장 큰 바람은 부자가 되는 것이 아니었다. 나의 노후를 건강하고 행복하게 만드는 것은 영원한 좋은 관계라고 생각했다. 고독을 줄이고, 이 세상에서 외롭지 않도록 관계의 질이 높은 단 한 명뿐인 나만의 친구를 만들자는 것만이 희망이었다. 욕심 하나가 더 있다면 둘 다 기억을 잃지 않고 많은 대화를 나누며 함께 오래 행복한 말년을 보내자는 것이었다.

그리고 자질구레한 여러 가지 중 나의 큰 결점이었던 30년을 안 해 본 세 끼니가 은근히 마음에 걸렸다. 이 사람이 과연 집안일을 얼마나 도와줄까? 아이, 이런 걱정까지는 말자! 하면서도 난 몇 번이나 묻고 다짐을 받았다. 염려 말라는 큰 소리를 믿고 싶었지만, 나의 우려는 보기 좋게 맞아떨어졌다. 하도 오랜 시간 외국 생활에 익숙해 있었고 주로 대사 생활을 하며 많은 사람을 부려만 보았지 직접 집안일은 전혀 안 해 본 사람이었다. 사과 한 개 깎지 못하고, 못 하나 박아보지 못한 그야말로 가정생활엔 완전 빵점인 구세대 초보였다. 거기다 나역시 살림이 서투르니 그동안 살면서 얼마나 힘들고 피곤했겠는가? 그래도 두 며느리와 딸의 원조 덕분에 별 무리 없이 생활할 수 있었다. 어떤 때는 여동생들과 올케도 반찬을 해다 주었다. 하지만 그간 나에게 말 못 할 힘든 괴로움이 있었던 것을 누가 알까? 내가 선택하여 내가 짜놓은 이 각본, 내가 벌려놓은 이 상황에 대해서 누구에게도 말 못 할 많은 스트레스를 받으면서 살고 있다는 이 애로를…. 어느 날 한 친구가 말한다. 날더러 복이 많은 행운아라고…. 어떻게 그 나이에 서로 사랑하는 사람을 다시 만날 수 있느냐며 부러워했다. 그렇다. 나도 그렇게 생각하고 싶다. 기왕 나의 마지막 선택으로 멋있게 출발했으니 화려하고, 근사하게, 그리고 또 한 번의 후회를 더 만들지 말아야겠다고 스스로에게 다짐하고 또 다짐하면서 어떻게 살아가야 하느냐의 절실함도 포함하여, 포기를 모르는 나에게 포기도 가르쳐주고, 이젠 모든 기대는 하지 말라는 암시까지 내려주며 내 마음에게 보내준 선물 같은 사람이니까.

요즘 안 대사는 병원과 친하게 지내느라 더 바쁘다. 2015년 자가 면역성 췌장염으로 입원한 것을 시작으로 신경과의 기억력 퇴행인지도 체크 등 혈압약 복용. 2015년 침대에서 떨어져 팔이 부러져 열두 바늘이나 꿰매는 등, 2018년 1월엔 은행 입구에서 넘어져 허리가 심하게 골절이 되어 종합병원에선 수술을 안 해주니. 할 수 없이 개인병원에서 수술을 받고 지팡이에 의지해  걷다가 요즘 겨우 지팡인 떼었으나, 1000m만 걸으면 쉬어야 한다. 이런 일련의 사태로 졸업 60주년 기념행사로 50명이 함께 한 멕시코 크루즈 여행도 포기해야만 했다.

우린 아침 다섯 시 반부터 헬스와 스트레칭을 하러 나간다. 나도 물론 해야 하지만 안 대사를 위해서 아이들이 5년 전 생일선물로 보내준 운동 치료 프로그램이다. 그런데도 본인인 안 대사는 운동을 열심히 하지 않는다. 어려운 건 못해서 안 하고, 쉬운 건 하기 싫어서 안 하니 매일 잔소리로 내 얼굴은 붉어지고. 그를 감시(?)해야 하는 나는 거의 매일 스트레스를 받는다.

이젠 나도 허리협착수술에 무릎관절수술까지, 24시간 계속 울려대는 왼쪽 귀의 이명도 다스려야 하고, 위암 재발도 걱정해야 하고, 심장에 스탠스, 박동기 관리 등 리모델링을 한 곳이 한두 군데가 아니니, 이젠 누

구에게 코알라 엄살도 응석도 한번 부려보고 싶은데…. 어리광은커녕 주중 행사로 두 사람 싣고 병원에 다니느라 아직 운전병 사표도 못 내려놓고 바쁘게 뛰는 날들의 연속이다.

내 인생을 바꿔준 김덕산

내 인생의 후반기 20~30년을 송두리째 바꿔 놓은 환자가 있었다. 이름은 김덕산. 처음에는 오른쪽 편마비가 심하고 언어장애까지 와서 겨우 의사소통만 되는 분이었다. 나중에는 의료기계를 많이 구입하는 성의를 보이며 열심히 재활운동을 하더니. 얼마 후 상태가 호전되어 기사, 간병인의 동행 외출 때는 걸음걸이도 의사소통도 어느 정도는 되었다.

내 일생을 나는 어떤 만남들과 같이 걸었는가? 돌이켜보면 생의 전환점에 맞춰 나타난 분이 바로 그 사람인 것 같다. 안 대사와의 인연을 생각하면…. 지금 하늘에서 우릴 지켜보고 있을 김덕산 씨! 그는 의료원장님이 따로 불러 소개한 환자였다. 이주 공사를 운영하다 혈압으로 쓰러졌다고 했다. 난 누구의 부탁이 없어도 어느 환자에게나 친절했지만 열심히 노력하는 환자에게는 각별히 신경을 쓰게 된다. 그렇게 지낸 육칠년, 그 환자 역시 나를 대함이 극진했다. 한 번은 멋진 안경을 사 왔다. 선물의 고마움이라기보다도 몸이 불편해 혼자는 외출도 못 하는 사람이 어떻게 그리도 내게 딱 맞는 우아한 안경테를 골랐는지 묻고 싶었다.

하루는 문산 나루터에 반구정이라는 장어를 잘하는 집이 있으니 같이 가자고 했다. 그러자고 대답했지만 그게 쉬운 일은 아니었다. 그분이 움직이려면 간병인과 기사가 모두 따라야 했고, 나 역시 하루하루가 바빠 시간을 내기가 힘들어서 몇 달을 별러서야 겨우 서로 시간을 맞출 수 있었다. 여의도 광장아파트 친구 집에 내 차를 주차하고 그 앞에서 그분의 차에 타기로 약속했다. 그는 미국에서 온 친구가 한 명 있는데 동석해도 괜찮겠느냐고 하기에 좋다고 했다.

차에 오르니 옆에 남자 한 분이 타고 있었다. 김 사장님은 미네소타주에 사는 친구라고만 소개했다. 차 안에서의 짧은 인사가 끝나고 뒷좌석 한가운데에 하이힐을 신고 앉아 있으니 옆에 앉은 친구분 얼굴은 보이지 않았고 고개를 돌려 돌아보기도 불편했다. 공기가 아주 어색해서 난 분위기 다듬기 작전으로 먼저 말을 걸었다. 무얼 하시느냐? 물었더니 칼럼을 쓰신다고 했다. 난 가까운 친구가 결혼해서 미네소타주립대 교환교수로 갔는데 소식이 끊겼다는 이야길 했더니 나중에 인적사항들을 적어주면 찾아봐 주겠다고 했다. 그렇게 쑥스럽고 좁은 차 안의 공기를 커버하면서.

예약해 놓은 장어집에 도착하니 실내는 깔끔한데 이북과 가까워서인지 밖으로 보이는 무시무시하게 얽힌 철조망이 섬뜩했다. 처음 가본 집에 낯선 사람까지 있어, 자리를 잡고는 앉았으나 선뜻 누가 먼저 대화를 잇지 못하기에 서먹한 공기를 풀어 가르며 "김 사장님은 자주 오시나 봐요. 장어가 참 맛있네요." 혼자 이런저런 분위기 조정을 하며 앉아 있었다. 숯불 위 장어가 두어 판쯤 구워졌을 때였다. 갑자기 맞은편에 앉아 있던 미네소타 친구분이 큰소리로 나를 향해 이렇게 말했다.

"야! 넌 사람 좀 쳐다보면서 이야기해라." 갑작스런 반말에 이 사람이 미쳤나 생각하며 얼굴을 쳐다보는데 "야!, 문혜성! 그렇게 사람을 몰라보니? 나 모르겠어? 종구!" 한다. 그리고 보니 어디서 본 듯한 얼굴이었다.

그래 맞다! 40년 전 매주 만나 같이 영어 공부하던 그 바인클럽 회장 안종구 선배. 난 그제야 화들짝 놀라며 "어머, 어머 왜 이렇게 늙었어요!"라고 말해 버렸다. 항상 말끔하고 똘똘하고 트럼펫을 불던 밴드마스터. 그 상냥하고 다정다감하던 학생은 어디 가고 웃을 때 보이는 가지런한 치아에서만 겨우 옛 모습을 찾아낼 수 있었다. '그래, 선배였구나!' 당시 그는 서울 고등학교 2학년이었고, 나는 고1이었다. 그는 그때부터 영어를 잘해서 우리 20명이 모여서 공부할 때도 늘 리더였고 AFKN을 듣는 실력자였다. 또, 그때 밴드의 악기 규모가 대단했던 서울고등학교 밴드부에서 밴드마스터에 트럼펫을 연주하던 멋쟁이 선배였다. 매일 등사판을 밀어서 그날 수업할 것을 준비해주던 그 선배는 나에게 꽤나 잘 해주었다. 그때 내가 우리 집 사정이 안 좋아지면서 갑자기 어이없는 행방불명으로 숨어 버렸을 때도 나를 많이 찾아다녔다는 후문의 선배 안종구.

이후 그는 외교관이 되었고 해외 발령 날 때, 가끔 신문 지상에서 보곤했다. 한번은 시카고로 세미나를 갔다가 케네디홀에서 한인회 파티가 있다고 해서 한인회장과 함께 가는 중이었다. 총영사님도 오신다고 자랑하기에 우연히 총영사가 누구냐고 물었다가 '안종구'라고 해서 가던 길을 되돌아온 적도 있다. 다른 친구에게서 들은 바로는 결혼도 잘해서, 그의 아내는 키가 170cm나 되는 Y대 메이퀸에 큰 갑부집 딸이라고 들었다. 당시 나로서는 만나면 내 자존심이 많이 상할 것 같아 정말 만나고 싶지 않았던 잘 나가는 사람이었다.

그런데 어떻게 이런 막다른 골목에서 만날 수 있단 말인가? 난 순간 투명인간으로 변신해서라도 도망쳐 나오고 싶었다. 장어가 몇 판 구워지고 내 앞 접시에 구워진 장어를 의식 없이 두어 점이나 입에 집어넣었을까? 아주 짧은 순간이었지만 지난 세월의 추억들이 주마등처럼 뇌리를 스치고 지나갔다. 만날 수도 없고, 만나서도 안 되는 두 개의 레일인 줄만 알았는데 이렇게 만날 인연이었던가? 결국은 이렇게 만날 것을 40여 년간을 왜 그리 숨어 살았었나? 어수선한 생각으로 머릿속이 복잡해지고 있을 때 고맙게도 김 사장이 가기를 재촉하며 자리를 털고 일어섰다. 우린 잠시 후 문산을 빠져나왔다.

선배는 은퇴하고 지금은 사우스다코다대학에서 강의를 하며 조선일보, 한국일보에 칼럼을 쓴다고 했다. 학위를 또 하려고 공부도 하고 있다고도 한다. 우리는 구산동 자그마한 커피숍에서 커피 한 잔씩 나누며 곱고 건강하게 나이 먹어줘서 고맙다고 서로를 치하하고 근황과 함께 43년 전 옛날이야기도 짧게 회상했다. 선배는 선배가 상상했던 대로 내가 변해서 여의도 아파트 앞 차를 타려고 밖에 서 있을 때부터 한눈에 알아봤다고 했다.

그 후 우린 서로 이메일을 교환하며 전화도 주고받았는데, 그는 두 달 후 다시 귀국했다. 선배는 오랫동안 외국에 나가 살아서인지 말도, 음식도, 서울지도도 제대로 아는 게 없었다. 그러다 보니 둘이 만나면 흘러간 40여년 전 이야기만 신나게 나누게 되었다. 내가 식사를 쏜다고 해도 그 말을 못 알아들어 마치 대원군 시절의 타임캡슐에서 나온 사람 같았다.

선배는 아내가 아들을 낳고, 다음날 저세상으로 가버렸다고 했다. 그 해가 바로 내 남편이 하늘나라로 간 같은 해였다. 여자인 나도 이렇게 힘들었는데 어떻게 혼자 아이들을 키우며 살았을까 싶었다. 그 후로도 우린 계속 많은 메일을 주고받으며 인연의 끈을 놓지 않았다. 내가 한국어 사랑 회장을 하면서 미국 현지의 한국어 교육실태 등을 알아볼 일이 있을 때도 그는 많은 도움을 주었다. 당시 그는 박사학위 공부도 또 하고 있었는데, 여전히 공부하는 데는 이력과 타고난 소질이 있었다.

그러던 어느 날 메일에서 그는 이제 모든 걸 다 버리고 한국으로 돌아오겠다고 했다. 깜짝 놀랄 일이었다. 그는 미국에서의 모든 계획, 대학교수, 칼럼 그리고 학위까지 모두 팽개치고 한국으로 오겠다고 하며 그게 아니면 내게 미국으로 와 줄 수 없겠느냐며 그 답을 듣기 위해 다시 귀국했다. 참으로 어려운 문제였다. 당시 나는 벌여 놓은 일도 많았다. 둘째 도헌이가 아직 장가를 가지 않아서 지금은 아니라고 이야기를 했다. 우선은 왔다 갔다 하면서 차근차근 알아가며 더 만나 보자고 그를 달래어 돌려보냈다. 부동산 등 한국에서 해결해야 할 문제도 많았다. 처음 입주 때부터 살았던 아파트라 주민들이 부녀회장을 맡아달라고 부탁했지만 극구 사양하며 일을 줄여나갔다. 아마 내 인생에서 가장 한가한 시간을 맞고 사는 것 같았다.

그러는 동안에도 그에게선 수백 통의 메일이 왔다. 그사이에 둘째도 짝을 만났고 나도 더 이상은 미룰 수가 없었다. 어느 날 나는 그와 함께 눈의 도시 시카고로 갔다. 그곳에서 그의 서울고 선배로 김상돈 전 서울시장의 아드님인 제이 킴과 아동문학가 윤석중 선생님의 막내 아드님인 윤혁 씨에게 많은 도움을 받으며. 살만한 집을 찾아다녔으나 시카고는 집들이 거의 오래된 데다 적당한 곳을 찾지 못해 서너 달을 지내다 안 대사의 아들, 딸이 있는 LA로 갔다.

1975년생인 딸 수지(Suzy)와 1976년생인 아들 존(John) 남매가 LA에서 살고 있었다. John이 LA Beverly Hills에 콘도를 얻어놓았다. 우린 거기에서 머물며 집을 보러 다니기도 하고 전 목사 부부를 비롯한 교민들과 어울려 지낸다. LA도 아주 넓어서 교통이나 동네의 분위기를 보고 집을 구하는데, 좀 좋은 곳의 집은 상당한 돈이 필요했다. 미국에 집을 산다는 건 쉬운 일이 아니었다. 특히 지리를 모르는 곳에서 집을 구하기는 어려웠다. 우린 LA방송국 임 PD 부인 수경과도 많은 집을 보러 다녔지만 끝내 마음에 드는 집을 구하지 못하고 당분간 렌트해서 살기로 했다. 한국에서는 여러 가지 일로 계속 전화가 왔다. 당분간 서울 집으로 들어왔다. 귀국해보니 그동안 집을 비워둔 문제로 가산금 포함한 세금 고지서 등 해결할 것이 미국에서보다 더 수북이 쌓여있었다.

우리는 우선 미국에도 머물면서 한국에 들어와 일도 보고 하면서 그렇게 왔다 갔다 2년여를 함께 해본 후에야 비로소 내가 서울을 떠나기가 너무 힘들다는 것을 그 사람도 나도 알게 되었다. 우린 한국에 정착하

기로 합의를 보았다. 영주권 포기 등 여러 가지 일들을 마쳤다.

한국을 선택하면서 안 대사는 아주 많은 것을 버려야 했다.

40여 년의 기반이 미국에 있었으니 얼마나 많은 것을 두고 왔겠는가? 딸 지원인 항상 이렇게 말한다. "엄마만 보시고 오신 분이니 엄마가 뭐든 양보하고 잘해드리세요!"

지난 추석 John과 Suzie가 앞서거니 뒤서거니 귀국했다. 작년 모친 파묘 때도 못 오고 지난봄 Daddy의 팔순 잔치엔 자식들이 꼭 참석했어야 했다는 것과 Daddy가 아직도 지팡이 신세를 지고 있는데 병문안도 왔어야 했다는 내 잔소리의 영향으로 따로 방문하던 남매가 이번엔 같이 어렵게 휴가를 낸 것 같았다

이 아이들을 보니 역시 내가 품어야 할 아이들이었다. John은 지금 LA에 집을 짓고 있다. 우리들 방도 따로 설계했다고 자랑을 하고 갔다. 게스트하우스로 설계했다고 하기에 'Daddy house'로 하라고 했다.

John은 집을 짓고 있는 중이라 바빴겠지만 잡은 날이 하필 추석을 중간에 낀 날들이었다. 당연히 형님댁으로 가야 할 아이들이지만 금년 차

례를 못하게 되어 장남 석헌 집으로 데리고 가서 어색해하는 아이들이랑 추석 차례를 함께 지냈다. 우리 아이들도 안 대사는 늘 함께해서 쑥스럽지가 않은데 잘 아는 사이이면서도 두 아이랑은 서먹한 분위기였다, 전통제례로 차례

를 지내는 것을 처음 보았다는 남매는 어리둥절 의문투성이인데 반해 우리 아이들은 좀 겸연쩍어하며 그렇게 추석을 보냈다.

형인 안종익 씨는 부인의 알츠하이머 초기 증세가 좀 심각하여 올해부터는 미국에 사는 장남과 의논하여 아예 차례 등을 안 지내기로 했다는 것이다.

과연 한 부모의 형제인가 싶을 정도로 두 분은 달라도 너무 다르다. 형님 안종익 씨는 한국에선 정말 보기 드문 애처가이다. 대학교 2학년 때 결혼하여 60주년 회혼식이 3년이나 지났는데도 그 사랑엔 변함이 없으시다. 들은 이야기이지만 워싱턴 D.C에 근무하실 때 뉴욕에 가셨다가 아내가 좋아하는 순대를 사 가지고 비행기를 탔다가 그 역겨운 냄새 때문에 고역을 치른 적도 있다고 했다. 평소에도 아내의 옷 방을 손수 정리해 주며 헌옷을 삼십 벌 폐기처리 하면 새옷을 열 벌 사주겠다고 제의를 하셨다니 얼마나 자상한 연하의(2세) 남편이신가. 물론 거절당하셨다고 하지만…. 이런 소소한 이야기들을 수도 없이 많이 가지고 있는 분들이고 보면 누가 들어도 부러워할 부부이다. 지금 형님이 한 2년여 동안 가벼운 노환을 앓고 계시는데 그렇게 많던 모임에도 일체 안 나가시고 오로지 병간호만 하신다고 말씀하시며 요리사, 간병인, 세신사 면허를 다 따야 하겠다고 농담도 하셨다. 어느 때는 둘이 함께 죽고 싶을 때도 있다고 하면서도 절대로 요양병원엔 안 보내겠다고 하시니 85세의 남자가 얼마나 힘드실까?

그와 반대로, 안 대사는 냉장고 안에 썰어놓은 김치도 못 찾아 먹을 정도이고, 세탁기 하나 작동할 줄 모르니 어쩌면 달라도 그렇게 다른지.

안 대사에겐 여동생이 한 분이 있다. AJS 10년 전 한의사였던 남편을 폐암으로 떠나보내고 아직도 아파트에 가실 생각이 없이 넓은 집에서 치과 의사인 아드님 따님과 함께 살고 있다. 성품이 조용한 분이라 대화를 해도 목소리가 한결같으시고 처음 뵐 때나 지금이나 변함이 없이 묵묵히 자신의 일만 하는 그런 분이다. 안 대사가 외국 생활을 할 때는 아예 오빠의 서재 겸 방 하나를 만들어 놓고 올 때마다 머물게 했다고 한다. 자동차도 늘 고급 차로 내어주셨다고 들었다.

안 대사는 처음부터 우리 집안에 큰일이 있을 때마다 나와 함께 참석했고, 남편의 산소에도 늘 함께 다녔다. 어색하기보다는 늘 그냥 자연스러운 행사였다. 내가 한국에 사는 한은 빠질 수 없는 나의 대소사 참여에 대해서 처음 안 대사의 처신을 어떻게 해야 하나 고민한 적도 있었지만 늘 집에 혼자 두고 나다닐 수도 없어서 나는 처음부터 함께하기로 그렇게 자연스럽게 결정하고는 그대로 이행했다.

안 대사를 남편의 산소에도 데리고 가서 인사하게 했다. '학교, 나이, 자리, 무엇으로 따져 보아도 어떻게 해도 누워 계신 분이 선배가 되시니 형님으로 모시겠다'와 '혜성이 고생을 안 시키겠다.'라는 결심의 인사도 했다고 들었다.

48

너희들 기르는 낙으로 살았단다

아이들을 위한 이사 아니? 외로운 나의 결단

혜원이는 기어이 내 마음을 꺾고 돈을 벌어보겠다는 일념으로 부산으로 가고 말았다. 혜원이가 집을 비운 지 얼마 후, 그러니까 그 겨울이 지나고 나는 집을 팔아버렸다. 그 집은 내가 잊지 못할 집이었다. 남편이 가고 처음 정붙이고 살았던 그래도 아기자기했던 집. 오 남매가 자주 모여서 떠들고 웃으며 주말을 보냈던 집이었다. 동생 혜원도 없고, 일을 봐주던 선애도 시집을 가고, 교사 안 하겠다며 건설회사 취업준비 하시느라 집에 기거하시던 석헌이 담임 김성경 선생님의 친구 이권재 선생님도 취직이 되어 나갔고, 내 친구 인기도 싱가폴로 떠나고 없었다. 우리 가족만 옮기는 단출한 이사였다.

새집은 2층 양옥으로 붉은색과 브라운색 얼룩진 돌로 쌓아 올려 지은 운치 있는 큰길가 앞 코너 집으로 저택이라 해도 손색이 없는 집이었다. 건축설계 소장이 자신이 살려고 심혈을 기울여 지었으나 회사 사정으로 내놓게 되었다는 것을 우연히 친구인 ENT 과장님으로부터 듣고 알게 된 집이었다.

도헌 신혼 때 유경 임신 재성은 뱃속에

기름보일러를 채우려면 한 번에 50만 원의 기름값이 들어간다는 게 좀 벅차기는 했지만. 집의 대문을 나가서 한 바퀴 우측으로 삥 돌면 집 건물 뒤로 아이들 초등학교 정문 앞에 가게가 7개나 붙어있는 있는 집이었다. 난 욕심도 생기고 앞을 내다보면 승산이 있을 듯해서 며칠을 고민하다 어떻게든 꾸려볼 심산으로 그 집을 구입했다.

다음 일요일엔 의정부의 나무농원에 가서 10만 원을 주고 주목 두 그루를 사다가 현관 올라가는 계단 양옆에 심으니 운치가 흐르는 정원으로 돋보이는 듯했다. 2층 전체를 치주과 교수 이만섭 과장님이 소개한 치대 일본 유학생 두 명에게 전세를 주고 대문 앞 정원 올라가기 전에 있는 기사용 방까지 세를 주고서야 겨우 돈을 맞출 수가 있었다. 여담이지만 그후 이층입구에 맥주병이 쌓여 지저분할 때는 이 교수가 점심식사 후 커피를 마시러 제자 집의 아래층 방문을 했다. 그때마다 이층 전체는 입구부터 말끔하게 청소가 된다. 도헌이 묻는다. "엄마! 교수가 그렇게 무서운 거야? 이층 형들이 후다닥 깨끗하게 다 치웠어!" 한다. 일본 학생들 깨끗하게 치우고 살게 하는 방법은 그랬다.

초등학교 바로 앞집이어서 석헌, 도헌, 지원이 담임선생님께 엄마가 학부모 역할을 잘 못 하니 필요한 건 뭐든 집에서 가져다 쓰게 하라고 학교와 연락망도 짜 드렸다. 세 아이는 모두 1등을 하는 쾌거를 올렸다. 내 앞길은 아직도 많이 남아있지만, 좌절이나 포기를 하지 않고 기다리며 그동안 흘린 땀을 생각하면 그래도 희열을 느끼게 해주는 집이었다. 친구들을 초대했다. 남편이 세상을 떠났을 때 상가에 와서 보고는 "혜성이 불쌍해서 어쩌니? 내일 산소엔 차마 눈뜨고 못 가겠다."고 했다던 그 친구들에게 내가 씩씩하게 일어나, 세 아이와 힘을 합쳐 이렇게 또다시 출발하려고 하고 있다는 모습을 보여주고 싶었다. 그렇게 바쁘게 지내고 있는 동안 석헌이는 6학년에서 회장에 선출되었다. 그때 우리나라에서는 최초(?)로 양식 뷔페를 한다는 스칸디나비아에서 선생님들에게 한 턱을 냈다. 그게 그 학교의 관례로 되어있었다. 나도 회장을 하게 해달라고 미리 와이로(蛙利鷺) 쓰는 것은 싫지만 당선되고 나서의 인사는 쾌히 할 수 있었다.

다음 해 C중학을 1200명 중 1등으로 입학한 장남! 근처의 여러 사립학교를 제치고 공립학교에서의 일등입학은 처음 있는 일이라고 그 당시 청량초등학교 황채 교장 선생님으로부터 인사를 받고는 얼마나 기뻤던지! 그렇게 중학 생활을 시작한 석헌. 운동을 좋아하지 않더니 한번은 자전거를 사고 싶다고 한다. 경기용 일제 18단을 사줬더니 그걸 타고 태릉까지 달렸다는 석헌이.

어느덧 중학 3년을 졸업하고 강남에 사립 Y고등학교를 가게 됐다. 도헌이는 집 가까운 경희중학교에 입학했다. 첫 기말고사에서는 1학년 전체에서 1등을 하니 3반을 빛나게 했다고 담임선생님께서 매우 좋아하셨다. 지원이는 5학년 5반 반장을 하며 걸스카우트에서도 활발히 활동했다. 그렇게 우리 알토란 세 보석들은 엄마를 한없이 기쁘고 즐겁게 그리고 행복하게 만들어 주었다. 매우 가끔이지만, 학교를 찾아갈 적마다 선생님들이 우리 애들 칭찬을 하실 때면 어깨가 으쓱해져 나오곤 했다. 그때 나에게 그보다 더한 낙이 또 어디 있었겠는가?

다만, 그 기쁨을 남편과 함께 나누지 못하고 혼자서만 누리는 것이 미안하고 안타까울 뿐이었다. 남편은 얼마나 좋아했을까? 아이들을 그리끔찍이도 사랑했던 그이인데 나 혼자만 효도를 받는 것 같아 늘 미안했다.

듬직한 장남 석헌

장남 석헌인 어려서 건강하면서도 잔병치레를 많이 해서 동생 둘을 키우는 것보다 더 힘들었다. 그러나 초등학교 1학년 때 아빠 가신 걸 혼자 알고 지내며 갑자기 어른스러워진 아이가 엄마는 왜 그리도 안쓰러웠는지 모른다. 하지만 공부나 처신 책임감 등은 초등학교 때부터 남달랐고 중학교, 고등학교까지 엄마를 기쁘게 해주는 아들이었다. 고등학교에 입학 후 같은 학교 선생님이 석헌이가 옆 동에 산다는 걸 아

셨다. 선생님은 매일 같은 시간에 정문 앞에서 석헌이를 만나 태워주셨는데 늘 한 정거장 전에 내려 달라고 하기에 이유를 물으니 아이들이 아는 것이 싫다고 하더라는 이야길 하시며 다른 아이들이라면 오히려 선생님 차를 타고 다니는 걸 자랑스러워할 텐데! 하고 칭찬하셨다. 고3초에는 담임선생님이 안 계시는 시간에 아이들이 책상 위를 올라가며 싸우는 등 법석을 하다가 선생님께 들켜서 꾸중을 듣는데 "야! 이놈들아 석헌일 좀 보아라! 아버지도 안 계시는데 얼마나 젊잖으냐?" 선생님은 학년초 생활기록부를 보고 아버지가 안 계시다고 기록되어 있어서 1~2년 전에 가신 줄 알았는데 10년이 넘었다는 걸 들으시고 공부도 잘하지만 괜찮은 아이라고 생각하고 있던 차에 그런 일이 있으니까 칭찬을 하셨단다. 그런데 조금 후에 석헌이 교무실로 오더니 선생님 저는 친구들이 아버지 안 계신 걸 아는 게 싫습니다. 왜? 그런 말씀을 하셔서 친구들이 다 알게 하셨느냐고, 원망스럽게 이야기를 하니 선생님은 미안하다고 사과를 하셨단다. 저녁에 집에 와서 자초지종을 이야기하기에 선생님께 올라가 따진 건 네가 잘못했으니 내일 가서 당장 사과드리거라 하면서 "아버지가 안 계신 건 떠들고 자랑할 것은 못 되지만 부끄러운 건 아니니 친구들이 알고 모르는 게 무슨 상관이냐"라고 타일렀다. 다음날 선생님께 잘못했다고 사과를 했다기에 무난히 넘어갔지만 엄마 마음은 아들이 입은 상처로 억장이 무너진다. 그러나 고등학교를 마치고 대학을 떨어지는 고배를 여러 번 마신다. 고3 담임 이대훈 선생님(후에 교장 선생님이 되신)께서 엄청 추웠던 1월 3일 케이크까지 사 들고 집에 오셔서 나를 설득하며 재수를 권하셨다. 그러나 다음 해에도 낙방 또 삼수를 하게 되

미덥고 고마운 석헌이와 진희

니 군대 영장이 나왔다. 할 수 없이 공대에 입학해 학적을 두고 종로학원에 들어가서 우수 반에 편입되었으나 서울의대를 또 낙방한다. 다음 해 4수할 때도 고3 담임선생님은 또 한 번

만을 권했다. 결국 동생도 같이 대학시험을 보게 되는 상황이 되자 석헌이는 노트표지마다 써 놓았던 '서울대 자연과학대 이석헌'을 지우며 포기해야만 했다.

거의 재수하면서 대학을 마치고 늦게 공군장교로 입대한 석헌이는 1993년 겨울, 중위 때 리베라호텔에서 약혼식을 하고 다음 해 3월 19일 명동성당에서 결혼식을 올린다. 며느리는 미국에서 디자인 공부를 하다 돌아온 이진희였다. 7월에 제대를 하면 유학을 함께 가기로 하고 당분간 내 집에서 신혼살림을 시작했다. 어느 날 석헌이는 퇴근하다 오산을 지난 중간지점에서 중앙분리대를 넘어가는 커다란 교통사고가 있었으나 차는 엉망으로 망가져 폐차되었지만, 천만다행으로 몸은 안 다쳤다. 그때는 얼마나 진심으로 하느님께 감사했던지! 그리고 이번에도 아빠의 가호였으리라! 마음속으로 믿음을 가지며 고마워했다. 그 겨울 진희는 첫딸 재연을 낳는다. 그 후 우여곡절 끝에 석헌 내외는 유학을 포기했다. 그리고 석헌은 서강대에서 석사과정을 마쳤다.

내가 일본학과에 다니던 때였는데 그때 같이 공부하던 친구 중 우리

큰 며느리 진희의 음식을 안 먹어 본 친구가 거의 없었다.

웨딩드레스 샵을 하면서도 부지런해서 친구들과 모여 공부를 한다는 말을 들으면 새벽에 일어나 김치 빈대떡을 30장씩이나 부쳐놓고. 친구를 20~30명씩 초대해도 거침없이 해내는 그런 며느리였다. 미국에서 석사 공부를 하다가 내가 결혼 허락을 했더니 그달로 돌아와서 석헌과의 결혼을 진행한 며느리다. 나중에 서울에서 석사 공부를 마치긴 했지만, 유학하다 중도에 돌아온 건 정말 아까웠다. 제 남편이 집안일을 도와주지 않는데도 혼자 척척 해내는 부지런둥이다.

그 애가 시집오고 꼭 3년을 같이 살다가 시집을 간 지원이도 언니를 보고 배워서인지 시어머니께 칭찬을 많이 들었다. 친정에 왔다 가는 시누이에게 음식을 해서 싸 보내는 큰 올케였다. 지원이 시어머님께서 맛있게 잘 먹었다고 전화가 오면 난 아무것도 모르고 있다가 황당하게 전화를 받을 때도 많았다. 진희는 그렇게 뭐든 수선스럽게 드러내놓고 하지 않는 그런 며느리였다. 이제는 두 딸을 반듯하게 키워내어 큰딸 재연은 경제를 전공해서 취직준비 중이고 재은은 서양회화과를 가을에 졸업하고 University of the Arts London 그래픽 미디어 디자인 석사과정을 가을학기부터 입학할 예정이다.

얼마 전 진희가 목에 석회가 있어 목 디스크 수술을 했다. 며느리가 아픈데 그렇게 가슴이 저리고 아팠다. 정이 깊어서일까? 정이 깊다는 건 이제 진희는 내게 딸과 다름없는 며느리가 다 되었다는 것이리라. 진희 아빠와 대기실에서 기다리며 석헌이 외조를 너무 안 한다는 말과 함께 "우리가 진희를 너무 부려 먹었나 봐요" 했더니 진희 아버지 대답은 "내버려두세요. 저희끼리는 아주 재미있게 살아요." 하셨다. 그 말씀을 들으며 고마운 마음과 함께 그분에게도 우리 석헌이는 틀림없이 장남 같은 사위일 것이란 생각을 했다.

며느리도 사위도 잘 보았다고 친구들이 나에게 늘 이야기했다. 석헌이는 자다가 애기가 울면 "진희야! 잠 좀 자게 애들 좀 데리고 나가라"라고 할 남자이고, 지원이 신랑은 "지원아! 내가 애기 봐 줄게, 너는 자거라" 할 남자이고, 도헌이는 어떻게 할 줄 몰라 유경이랑 애들을 붙들고 같이 울 것 같은 남자라고 친구들은 농담을 했다.

요즘 나이 먹어가며 중년이 되어가는 석헌일 보면, 나는 마음속으로 상상하며 보고 싶었던 멋있는 남편의 중후한 모습이 보인다.

오래전 이야기이지만 개성에서 피난 나온 가까운 친구가 있다. 그 집에 어머니는 연세가 꽤 많으셨다. 그 친구 큰오빠는 한때 장관을 지내신 분이다. 친구 말로 큰오빠는 한 달에 한 번씩 꼭 어머니와 데이트를 한다고 한다. 올케 몰래 극비로 말이다. 어머니와 점심을 먹으며 옛날 고생했던 이야기도 하고 요즘 애로사항도 듣고 어떤 때는 서로 올케 흉도 본다는 것이다. 어머니는 며느리와 문제가 있어 한 달 내내 사고무인(四顧無人)의 쓸쓸함을 느끼며 살았다 해도 아들에게 모두 풀어 버리게 되니 아마 거뜬했을 것이다. 아무도 모르게 오직 내 친구만 이 사실을 안다고 한다. 만약 내 자식 중에 그런 자식이 하나 있으면 난 무슨 부탁을 먼저 할까? 무슨 이야길 할까? 그 시간에 아들도 내게 무슨 청이 있을까? 사람은 참 희한해서 자식에게 아무것도 바라지 않는다고 더 이상 바랄 것이 없다고 하면서도 주위에 그런 친구가 있으면 부러워지는 건 또 무슨 마음일까? 그래서 욕심은 무한한 것인가보다.

지원아! 엄마가 미안해! 그리고 사랑한다

사람마다 자식이 귀중하고 애틋하고 사랑스럽고 오죽하면 자식을 분신이라 했겠는가? 또 자식 중에도 딸만큼 엄마를 정확하고 똑바르게 평가해줄 사람이 이 세상 어디에 또 있을까? 엄마와 딸은 그런 사이다. 누구에게나 딸은 속된 말로 눈에 넣어도 안 아픈 존재이겠지만 특히 내게 있어서 우리 지원인 다른 딸과도 같지 않다. 아빠가 아팠을 때 가져서 네살 때 아빠의 얼굴도 모른 채 아빨 저세상으로 보내고 내 마음 안에 아빠와 함께 담아서 키워낸 가슴 아린 딸이다. 그런데 지원인 나를 안 닮았다. 자기 아이들을 대하는 일에나, 무슨 결정을 내릴 때 보면 제 아빠와 똑같이 기억력 판단도 정확하고 또 차가울 때는 정떨어질 만큼 냉정한 것도 얼굴까지도 아빠를 꼭 내려 받은 나의 단 하나뿐인 딸이다. 초등학교 때에도 TV에서 어쩌다 요리 프로그램이 나오면 '잠깐만' 하고 채널을 고정시키며 요리 프로를 시청했던 지원인 요리 잘하는 것. 인정 많고 현명하고 울기 잘하는 것 등은 한번 뵙지도 못한 외할머니를 그대로 빼닮았다. 자라가는 딸아일 볼 때마다 아빠가 계셨더라면 자기와 발가락까지 닮은 딸을 보며 얼마나 좋아했을까? 하는 생각을 하곤 했다. 아빠가 많이 아팠을 때 집에 와서 어린 지원일 안고 물고 빠는 것을 보면 흐뭇하면서도 혹시나 하는 전염 때문에, 염려가 많았었으니 나는 정말 냉정한, 아니면 우매한 엄마였을까?

정서도 풍부하고 예의 바르고 자기를 내세우지 않는 겸손한 우리 딸, 이제 군대에 간 아들 호준과 대학생이 된 딸 유진 남매를 여기까지 키우느라 그간 몹시 바쁘게 지냈었으니, 몸도 건강하지 않은데 이젠 좀 쉬엄쉬엄 살았으면 좋겠다. 남매가 모두 기숙사에 들어가 있었던 지원은 금요일이면 애들이 집에 온다며 음식 해 줄 준비에 약속도 안 잡는다. 그렇게 지극정성으로 부부 모두가 아이들에게 대하는 것을 보며 기특하면서도 애들이 너무 버릇이 없을까 걱정이 되기도 했지만 그 또한 나의 노파심이 아니겠는가?

지원이와 형석

네 살에 아버지를 보낸 그 아인 아빠에 대한 기억이 전혀 없다. 그런데도 우리 지원인 아주 착하고 현명하게 아빠와 똑같이 잘 자라 주어 정말 고맙다. 자랄 때도 늘 두 오빠를 배려하는 착한 아이였다. 내가 퇴근해서 돌아와 앉으면 오빠와 양 무릎에 앉아 있다가 다른 오빠가 들어오면 슬그머니 방바닥으로 내려앉는 아이였다. 두 오빠가 다투고 있을 때, 내가 들어가 "지원아 어떻게 된 거니?" 하고 물을라치면, 누가 금방 뺨을 내려친다 해도 정확한 심판을 해 주는 아이였다. 학교에 가서도 예쁘고 얌전하고 공부 잘하는 모범생이었고. 어려서부터 직장이랑 집안 안팎의 일로 거의 밖에서 지내는 바쁜 엄마를 늘 그리워하며 사랑에 목말라했다. 그걸 잘 알면서도 나는 항상 엄하고 냉정한 엄마로 살았다. 딸에게만은 좀 인자했어도 되었으련만.

지원이가 초등학교 1학년 때 홍릉으로 소풍을 갔다. 병원 근무가 원래 항상 응급상황이 많은 곳이지만 다행히 그날은 별일이 없어 점심시간에 외출해 소풍 간 홍릉으로 가볼 수가 있었다. 저쪽에서 지원이가 먼저 나를 보고 생끗 웃으며 좋아하던 모습이 아직도 눈에 선하다. 그때 일기장을 보니 자기 반 엄마 중에 울 엄마가 제일 예쁘다고 써놓았다. 대학을 졸업하고 마케팅 일을 잠깐 하더니 임용교사 시험을 보고 일산고교에 교사로 취직해 제 적성을 찾아갔다.

내가 고등학교 동창회장을 맡고 있을 때 한해 선배 언니가 인턴을 하고 있는 아들과 지원일 만나게 하자고 해서 소개해주고 교제해 보도록 했으나, 별 반응이 없었다. 그 아들은 지원일 보고 '캡'~ 이라고 했다고 해서 근 이년을 두고 봐도 진전이 없었다. 그러던 중에 또 다른 친구가 중매를 넣어왔다. 이번엔 변호사였는데 지원이가 별로 좋아하질 않았다. 여름방학이 지난 어느 날 동료 선배 선생님이 "이 선생님 애인 없으시죠?" 하더란다. "있어요!" 했는데도 지원이 대답은 무시하고 벌써 만남을 마련했다고 한다.

그 남자는 방학 동안 그 선생님들과 한 달간 유럽 배낭여행을 한 청년이었는데, 사람 됨됨이가 너무 마음에 들어 우리 지원에게 소개해 주었던 것이다. 그렇게 소개받은 사람이 이형석, 바로 지금의 사위다. 난 처음엔 반대를 많이 했다. 시아버지가 돌아가시고 안 계셨다. 대위로 제대할 말년에 돌아가신 시부를 20년 전에 돌아가신 이쪽에서 탓할 형편은 아니었겠지만 결혼해서 시부 사랑이라도 듬뿍 받았으면 하는 마음에서였다. 그리고 또 한 가지 어머님이 권사이신 개신교 신자였다. 그때 지원이는 가톨릭에 빠져있었고 성당에서 주일학교 교사 등 여러 가지 일을 하고 있었다. 또 한 가지는 하필 그 위험한 비행기 운전을 하느냐는 것도 내가 반대하는 이유 중 하나였다. 지금의 사위 이야기가 나오기 그 전 일이지만 지원이와 나는 난생처음 큰소리를 내며 다투게 되었다. 그때 난 처음으로 딸아이한테 못들을 소릴 들었다. 엄마를 많이 존경했는데 엄마도 역시 '속물이다'라는 것이다. 그렇다, 아무것도 빠질 것 없는 사윗감을 마다할 엄마가 어디 있겠는가?

얼마 후 친구들과 인도 여행을 가는데 형석이가 공항에 등장하더니 우리 세 친구에게 커피를 대접하면서 "저 지원이 친구 이형석입니다." 하며 꾸뻑 인사를 한다. 초면에 인사도 잘하고 붙임성이 있었다.

우리 친구가 "저렇게 적극적인데 다른 신랑감이 당해낼 수 있겠니?"라고 했다. 그래서 나는 생각 끝에 선배 언니에게 아깝지만 정중하게 거절을 했다. 그 뒤에 그 선배 언니가 아파서 병원에 가 있는데 형석에게서 전화가 왔다.

"어머니 거긴 왜 가서 계세요. 얼른 오세요!"라고 한다. 남자가 여자에게 정말 진정한 마음이 가 있으면 결혼은 성사되게 마련이 아니겠는가? 양가 인사를 하고 힐튼호텔에서 약혼식을 올렸다. 그리고 1997년 3월 22일 하림각에서 성대히 사위를 맞았다. 지금 난 사위를 많이 좋아한다. 여러 가지로 자상하고 작은 것까지 신경 써주어 고마운 게 많다. 팥빙수도 잘 만들어 주고 여행계획도 대신 짜준다. 작년에도 호주 골드코스트 친구 집에 다녀오면서 시드니 관광을 했는데 코스가 너무 좋았다. 형석이의 작품이었다.

난 형석이를 항상 셋째 아들이라 여기고 있다. 동갑이지만 생일이 10개월이나 빠른 형이고 저보다 늦게 장가간 둘째 처남 도헌이 선보는 날엔 미리 와서 옷 입는 걸 봐 주면서 늘 말했다. "형님~ 인물은 6개월이에요~." 그러면 도헌이는 "알았어~ 자넨 재수 좋게 지원이를 만나서 그러는 거야~~."했다. 면박을 받으면서도 선보러 갈 때마다 그 말은 계속되었다. 우리 셋째 아들은 집에 오면 버리고 싶은 게 엄청 많은 친구다. 집에 지저분하게 늘어놓는 것도 싫어하고, 날 보고도 머리 염색할 때가 지났다며 서둘러 하라고 재촉하는 아들이다. 5년 전엔 우릴 전주 한옥마을에 보내놓고 집에 와서 짐들을 버릴 계획을 세웠다.

그때 내 골프채 한 채를 버리고, 또 한 채를 버리러 나갔더니 그새 누가 가져갔더란다. 그래서 안 되겠다는 생각이 들어 그냥 다시 들고 들어왔다고 한다. 하기야 나는 너무 버리는 걸 못한다. 골프를 10년째 안 치고 있지만, 허리가 나아지면 쳐야지 하고 버리지 못하고, 자전거도 발 저린 게 나으면 다시 타야지 하고 못 버린다. 나아질 가망도 없는데 말이다. 요즘도 가끔 딸과 가벼운 말씨름을 한다. 3년 동안 안 입은 옷들은 좀 버리라고. 딸은 그러면서 틈틈이 옷도 자주 사 온다. 딸에게도 그렇다. 내 마음은 정말 안 그런데 귀여운 투정을 좀 받아주면 어때서 항상 나무라기만 하고 냉정하게 구는지 모르겠다. 번번이 후회하고… 자괴감을 느끼면서 도대체 왜, 난 좀 세련된 엄마가 되지 못할까. 어려서부터 여성스러웠던 딸은 칭찬만 해 주면 시키지도 않은 심부름을 나서서 신나게 하는 스타일이라 나는 아예 가정부에게 일을 시키지 못하게 했었다. 그러면서 한편으론 딸이 아무것도 못 하는 여자로 자라면 어쩌나 걱정했었다. 하지만 시집을 보내고 나니 다 기우였다. 딸아이는 지금도 복날이면 초계탕, 삼계탕에 또 동짓날은 팥죽을 척척 만들어낸다. 지난 동지에도 팥죽을 끓여와 우리 동창들 모임 장소로 가져다주어 잘 먹었다. 시어머니께 당신 세 며느리 중 제일 잘 배워서 시집왔다고 칭찬을 받을 정도로 내 체면을 세워주는 딸이다.

시집가기 3년 전, 큰올케 진희가 들어왔을 때부터 어찌나 둘이 가깝게 지내는지, 지금도 어느 시누이, 올케가 저럴 수 있을까 싶게 잘 지낸다. 10년 전, 이사를 하면서 큰 오빠네 옆 아파트로 쫓아갔을 정도이다. 진희 아버지께서도 그런 올케와 시누이는 처음 보았노라고 언젠가 말씀하셨다. 이번 봄에도 둘이 자매처럼 상해 여행을 다녀왔다.

진희와 지원

처음 도헌이 장가들고 작은 올케가 비집고 들어갈 틈이 없어서 왕따 당하면 어쩌나 하고 걱정했었는데, 서로 잘 어울리며 잘 지내주어 고맙게 생각하고 있다. 지원이를 보면 내가 내 자식들에게 베풀어주지 못해 정작 본인은 받아보지 못한 사랑을 몇 배나 더 나에게 내어주고 있는 게 대견하고 미안하고 고맙다. 지난 결혼기념일에도 사위가 제일 하고 싶은 게 뭐냐고 물었더니 엄마와 맛있는 것 같이 먹는 거라고 하더라며 둘이 집엘 같이 왔다. 만두전골을 먹으며 전골 맛보다 딸의 마음 씀씀이가 더 맛있어서 눈시울을 적신다. 항상 다녀가면 냉장고가 가득 차고, 부엌에 주걱, 가위, 도마까지 바꾸어 챙겨주는 딸이다. 어릴 때 엄마가 세심하게 건사를 못해주어 소아병의 하나인 '모야모야'라는 병을 찾아내 주지 못해 항상 미안하다. 희소병에 등록되어있는 딸은 자주 머리가 아파 괴로워하면서도 아픈 체를 안 한다. 왜 또 관절까지 나를 닮아 좋지 않은지….

부디 아프지 말고 씩씩하고 명랑하게 늘 행복했으면 하는 것만 엄마는 늘 기도한다.

안 대사 팔순잔치

7장
텅 빈 세상 나와 부딪혀
날 밝혀준 인연들

나의 인생에서 사랑이라고 이어진 세 사람 중 그는 그렇게 끊어지지 않은 인연이 되어 늘 내 앞에 나타나곤 했다. 그것이 영원은 아니라는 것은 알았지만 어느 날 갑자기 아름다운 추억의 향기만 남긴 채 목련같이 허무하게 떠났다는 소식은 너무나 큰 허전함으로 다가왔다. 봄을 보낸 여름 내내 가슴 한편에 우울함으로 남는다. 하늘을 떠다니는 뭉게구름을 바라보다가도 문득문득 무심한 그가 생각났다.

49

스승을 버리고 제자를 택하신 선생님

하루는 외래환자를 보고 있는데 밖에서 소동이 난 듯 시끄러운 소리가 들렸다. 간호사에게 무슨 일이냐고 물으니 어떤 환자가 나를 꼭 만나야겠다고 해서 조금만 기다리라고 했더니 큰소리를 내신다고 했다. 혹시 정신이상이 있는 환자인가 싶어 급히 나가보니. 아! 이게 웬일인가! 김기석 선생님이다. 고2 때 담임이셨던 대수 선생님, '선생님!' 하고 손을 잡기도 전에 난 선생님께 편마비(Hemiplegia)가 와 있다는 걸 한눈에 알 수 있었다.

얼른 방으로 모시고 들어가 차를 대접하며 안정을 시켜 드렸다. 과장님을 뵙게 하니 입원 치료가 필요할 것 같다고 한다. 그러잖아도 입원 준비를 다 하고 오셨다고 했다. 성격이 급하신 선생님은 그 후에도 치료받으러 내려오시면 차례를 기다리는 문제로 다른 환자들과 타협을 못 하여 종종 충돌하시곤 했다. 첫날 난 차트를 보고 깜짝 놀랐다. 우리 동기 중제일 나이가 적은 나보다 꼭 열 살 위이시니, 나이가 좀 많았던 친구와는 5~6세밖에 차이가 안 나셨던 거다. 처음 부임하여 교실에 들어오시어 얼굴이 빨개지시며 학생들 얼굴도 못 쳐다보시던 그 날로 '햇병아리'란 별명을 얻었던 분이시다.

서울사대 수학과 출신의 엘리트로 동국대 학장을 지낸 분의 아드님이라고 들었다. 그런데 몸집도 자그마하시고 총명하신 분인데 40대 후반에 벌써 중풍이 온 것이다. 입원하시던 날 난 선생님과 약속을 했다. "선생님! 교감 선생님 한번 해 보셔야지요. 그러시려면 수업을 더 하셔야 하고 수업하려면 왼손으로 알파벳과 로마 숫자를 쓰셔야 하겠지요."라고 말씀드리고 작은 화이트보드(white board)를 하나 사다 드렸다. 하루에 1,000까지의 숫자 연습과 알파벳을 매일 열 번씩 쓰시게 했다. 오른손을 예전과 같이 쓸 수 없다는 절망감도 감내하시고. 왼쪽 손목이 부어서 식사도 못 하실 정도로 쓰시는 연습을 하셨다니 그때 우리 선생님 정말 고생 많이 하셨다. 석 달 만에 퇴원하셔서 다시 수업도 하시고 금란여고 교감 선생님이 되셨다. 하지만 10여 년 후 안타깝게도 재발이 되어 겨우 60세를 채우고 돌아가셨다. 그분이 살아계실 때 이야기다.

내가 개업하고 있을 때 병원장의 소개로 온 외래환자 중에 ○○교 교장 선생님이 계셨다. 김기석 선생님과는 서울사대 5년 선배로 조교 시절부터 수학과 강의를 했다고 한다. 머리가 비상하고 성격이 아주 괴팍하다고 알려진 분이었는데 하루는 어떻게 내 모교를 알았는지 내게 "김기석 선생님을 아느냐?"고 물었다. 담임선생님이셨다고 했더니 그날부터 자기 제자의 제자라면서 거의 반말 투(套)로 나를 대하기 시작했다. 병원에서 무례하게 구는 것은 그런대로 참을 수 있었지만 수시로 집에 전화를 거는 건 정말 곤란했다. 막 퇴근하며 현관에 들어서자마자 전화가 왔다고 해서 받으면 어딜 다녀오느냐, 일찍 일찍 다녀라, 라고 하질 않나 일방적으로 마치 애인 대하듯 했다. 안 할 말로 정말 혼자 보기 아까울 정도로 그의 행동은 무례하기 그지없었다. 휴대폰도 없던 시절이라 집안에 아이들도 있는데 난감하기 이를 데 없었다.

하루는 김 선생님께 그 이야기를 했더니 선생님은 몸도 완전히 성치 않으신 분이 화를 버럭 내시며 그 선생님을 함께 만나자고 하셨다. 약속한 날은 비가 억수로 쏟아지는 저녁 시간이었다. 미도파 5층의 한 중국집에서 세 사람은 서로가 어색한 분위기로 만났다. 음식이 나오면서 교장 선생님은 자연스레 먼저 이야기를 꺼냈다. "김 선생, 이렇게 모두 모였으니 제자가 제자 중매 좀 하시죠!" 그러자 김 선생님은 예의를 갖출 여유도 없이 일거에 단호한 어조로 "내가 내 제자에 대해서는 누구보다 잘 압니다. 이 친군 지금 결혼할 생각도 없을뿐더러 선배 같은 분과는 결혼 못합니다! 한다고 해도 제가 말릴 겁니다."라고 하셨다.

그때 교장 선생님의 황당해하던 모습이라니. 그날 김 선생님은 그분이 나에게 다시는 추근거리지 못하게 해 주셨으니 나는 한없이 고마웠지만, 선생님은 교수이자 선배 한 분을 잃으신 것이 아닌가? 지금 생각해도 정말 고맙고 죄송하고 미안한 일이다.

50

진형 언니, 꿈에라도 한번 봤으면

사랑이라고 하면 누구나 남녀 사이의 그것이 대표적이라고 말할 수 있겠지만 사랑엔 여러 형태의 사랑이 있다. 내가 사랑하는 동생들에게, 자식들에게 주었던 사랑들, 누굴 얼마나 더 많이 사랑했을까? 사랑이란 주는 사람의 입장과 받는 사람의 처지에 따라 각자가 생각하는 그 양(量)의 크기는 확연히 다를 수밖에 없으므로 내가 똑같이 사랑을 주었다고 생각해도 받는 사람의 위치, 사정, 형편에 따라서 측정할 수 없이 크게 나작게 받아들여질 것이다. 내가 그들에게 쏟아 부어준 사랑의 양도, 내가 받는 사랑의 양도 어느 것이 큰 것인지 알 수 없는 게 사랑일 것이니까.

내가 성원에게 주었던 사랑과 혜정에게 주었던 사랑의 양이 똑같다고 해도, 그들이 받아들인 것과 지금 내게 돌려주고 있는 그것은 어떤 차이가 있는 것일까? 또 내가 석헌에게 쏟았던 그 첫정? 그 정을 나는 다른 자식에게도 똑같이 주었는데도 지원은 큰 오빠보다 덜 받았다고 한다. 좀 부족했다는 것일까? 옛말에 열 손가락 깨물어서 안 아픈 손가락이 있겠느냐는 말이 있듯 난 똑같이 부어주었는데 각기 불만이 있고 섭섭한 부분이 있었다는 것이다. 그건 저희들도 나이 먹으면서 자식을 길러보면 자기 자식에게서 또 다른 그런 어떤 걸 느끼겠지!

친구에게 받는 사랑도 그렇다. 한 30년 전쯤인가? 가까운 친구가 넌 참 인복이 많은 사람이야! 라고 하면서 자기의 초등학교 친구를 인사시켜주면 저보다 나를 더 좋아하더라고 했다. 그건 정말 맞는 말인지도 모른다. 나는 친구를 좋아했다. 그래서 늘 친구가 많았고. 난 그들을 사랑했고 또 그들에게 많은 사랑을 받았다.

그 사랑이란 것은 서로 사랑을 했던 길이와도 상관없는 것 같다. 나에겐 가슴 속에 크게 자리 잡고 있는 필연의 사랑이 하나 있다. 바로 진형 언니. 사진 한 장 없어 이젠 아스라이 떠오르는 66년 전의 그 언니가 지금도 그립고 자주 보고 싶다. 어느 땐 어쩌면 꿈에라도 한번 나를 보러 와 주지 않나 하고 야속한 생각이 들기도 한다. 그 언니와 지냈던 시간은 1년 남짓이었지만 언니가 내게 쏟은 사랑은 다른 사람과 수십 년 함께 한 정보다 더 깊고 더 큰 사랑이었다. 어쩌면 내 가슴 속에 이리도 깊은 그리움을 남기고 가려고 그리도 잘 해주었던가 싶기도 하다.

언니가 서울로 떠나던 1954년 2월 27일 아침, 신풍동 사거리에서. 이삿짐 트럭을 세워놓고 언니와 어머니, 나, 그렇게 셋은 다시는 못 볼 사람들 모양 울며 서럽게 긴 이별을 했다. 트럭 운전사 아저씨의 재촉으로 어머니가 먼저 차에 오른 뒤에도 언니와 나는 한참을 더 부둥켜안고 울었다. 그것이 언니와의 마지막이 될 줄은 꿈에도 몰랐다. 알았다면 오직 신만이 아셨을 것이다. 난 그 후로 그곳을 몇 번이나 가보았다. 그 후 친구가 수원여고 교장으로 발령이 났을 때도 지금은 너무도 달라진 학교 뒷길을 더듬어 그 자리를 찾아가 눈시울을 적시며 돌아오곤 했다.

서울로 간 언니는 새로 시작한 대학 생활로 아주 바쁘다고 하면서 여름방학이 되면 네가 오든지 내가 가든지 하자고 굳은 약속의 편지를 보내왔다. 하지만 여름방학이 되어도 연락이 없더니 다음 겨울방학이 되어서야 긴 편지와 사진 한 장을 보내왔다. 다음 여름방학엔 꼭 날 보러 오겠다고 하면서 보내는 사진을 꼭 간직하고 있으라고 했다. 하지만 그 편지를 마지막으로 방학이 두 번이나 지나갔는데도 언니에게선 연락이 오지 않았다. 엽서 한 장 없었다. 그런데 난 어쩌다 나와 닮은 것 같았던 언니의 멋쟁이 대학생 사진을 잘 보관하지 못하고 잃어버렸는지 생각할수록 후회막급이다.

그다음 해 내가 서울로 고등학교를 오면서 언니가 다니는 Y 대학을 찾아갔다. 언니는 2학년을 마치고 휴학한 상태였고, 학교에 남아있는 언니의 제기동 주소로 이틀을 헤매서 찾아갔더니 이미 2년 전에 이사했다고 했다. 언니 가족에 대해 아는 사람은 그 동네에 한 사람도 없었다. 아마도 내가 3년 후 언니와 같은 대학 같은 학과를 지원한 것도 혹시 복학하는 언니를 만날 수 있지 않을까 하는 실낱같은 희망이 있지 않았을까? 물론 엄마와 상담 선생님의 의견도 있었지만. 그 후에도 난 언니를 잊은 적이 없다. 아니 잊혀지질 않았다. 무슨 인연인지 가끔 그렇게 문득문득 생각이 났다. 무슨 일일까? 어머니께서 병환이실까? 언니를 만산으로 갖고 낳아 몸이 약해지셨다는 어머니. 성함도 모르면서 산업대학까지 찾아갈 용기는 없었지만, 어느 땐 그것조차도 후회를 해 보았다.

아무 연관도 없는 아현동 굴레방다리와 애오개를 지날 때도, K중학교에서 교생실습을 할 때도 난 언니를 생각했다. 하지만 언니의 흔적은 어디에서도 찾을 길이 없었다. 그리고… 언니와 헤어진 지 25년이 지나간 1979년 봄이었다. 어느 날 임 실장님이 K대학장으로 정년퇴직하신 선배인 홍 학장님 댁으로 왕진을 다녀와야 하겠다며 '문 선생님과'라고 메모판에 써 놓고 나가셨다. 2년 전 우연히 홍 학장님과 식사를 함께 했던 기억이 있어서 실장님의 그 뜻을 알아차리고 일정을 조정하여 실장님과 불광동 홍 학장님 댁으로 왕진을 갔다.

보통 중환자가 있는 집은 가족 모두 정신이 없어서 대강 청소만 해 놓고 사는 게 보통인데 홍 학장님 댁은 집에 들어서니 현관부터 깔끔하게 잘 정돈되어 있었다. 집안에는 티끌 하나 없이 깨끗하고 정갈한데 한눈에 들어오는 먹감나무 차탁이며 조선시대 소나무 돈궤. 한쪽으로 정돈된 전주반닫이 등 많은 골동품이 잘 진열되어 있어 대단한 골동품 수집가구나 하면서 들어갔다. 집안 분위기에서 두 분의 고상한 인품이 돋보이게 드러나 보여 내심 감탄을 하면서 안내하는 대로 안방으로 들어갔다. 이년 전 뵈었을 때 보다 초췌해지시고 몰라보게 야위신 홍 학장님을 뵙고 안타까워하며 조심스레 몇 가지의 기계 치료를 해 드리고 이야기를 나누다가 실장님이 침구 치료를 하시는 동안 혼자 방을 나왔다.

부인이 차를 준비하는 동안 소파에 앉아 기다리는데 한 장의 대형 가족사진이 눈에 들어왔다. 마치 한 100년은 됨직한 묵직한 골동 사진틀에 잔잔하게 넣어져 있었다. 나는 무심코 그 안의 인물들을 더듬다가 다시 자세히 들여다보았다. 그때 내 시선을 사로잡은 낯익은 듯한 얼굴의 한사람! 그 속에 눈길이 머물며 혹시 잘못 보았나 싶어 눈을 비비고 다시 들여다보다가 나도 모르게 소스라치게 놀라 하마터면 소리를 지를 뻔했다. 다름 아닌 진형 언니가 사진 속 거기에 있는 것이 아닌가.

내가 늘 꿈에서도 그리워하던 진형 언니가 그 안에서 웃고 앉아 있었다. 약간 마르고 세련된 차림이 좀 다를 뿐 분명 진형 언니였다. "어머,

어머! 언니가 왜 여기 있지?" 난 나도 모르게 혼잣말로 중얼거렸다. 너무 놀라 크게 나왔는지? 그 말을 들은 홍 교수 부인이 "누구? 누구 말이에요?"하고 물으셨다. "여기 진형 언니가 있네요!" 하니까 부인은 오히려 나보다 더 깜짝 놀라며 진형일 어떻게 아느냐고 했다. "우리 언니예요." 하며 나는 그만 울컥하여 눈물을 쏟고 말았다. 그러자 부인도 같이 따라 우셨다. 그냥 그렇게 우린 둘 다 아무 영문도 모르고 무슨 어떤 다른 생각으로 한참을 울었다.

겨우 울음을 그친 부인이 말을 꺼냈다. 부인에겐 서울대 공대를 다니던 시동생이 하나 있었는데 나이 차가 많은 편이어서 항상 형수인 자기에게 모든 것을 의논했다고 한다. 시동생은 대학교 1학년 첫 미팅에서 진형 언니를 알게 되었단다. 두 사람은 금방 친해졌고 겨울 캠핑을 함께 다녀올 정도로 가까워졌다고 했다. 얼마 후 진형 언니의 임신이 알려지며 이 사실을 알게 된 가족들은 모두 놀랐고 친정어머니는 그 충격으로 쓰러지셨다가 얼마 후 그만 돌아가셨단다. 홍 교수 댁에선 언니 혼자 출산하게 둘 수 없어 그해 여름에 서둘러 결혼을 시켰다고 했다.

예쁜 딸을 낳았단다. 다음 해 시동생은 휴학하고 지원해서 군대를 갔고, 얼마 지나지 않아 언니는 연년생으로 또 임신한 걸 알았다는 것이다. 시동생은 너무 좋아하며 하루가 멀다고 편지를 보냈다고 했다. 한데 3개월 후 군대에서 시동생의 사망 소식이 전해져 왔다고 하는데 어이없게도 부대 내 총기 사고로 인한 예기치 못한 죽음이었다. 그 후 언니는 심하게 우울증을 앓게 되었고. 그리고 출산한 지 1개월 만에 언니는 산후우울증을 이기지 못하고 한 살짜리와 1개월짜리 두 딸만 남겨둔 채 스스로 목숨을 끊었다는 것이다.

이런 기막히고 어이없는 일이 또 어디 있단 말인가? 자초지종을 듣고는 난 너무 기가 막혀 눈물도 나오지 않았다. 그저 멍하니 앉아만 있었다. 진형 언니의 두 딸은 시할아버지 유산으로 미국으로 보내 사촌 언니와 공부를 하고 있다고 했다. 큰아이는 대학생이고 작은아이는 고등학교 졸업반이라고 했다. 그 후에 모두는 내 귀에 들어오지 않았다. 그리고 이어지는 한 가지 더 가슴 아픈 이야기는 진형 언니가 그분 동서에게 "내 사랑하는 동생을 꼭 찾아야겠다."라는 말을 여러 번 했다는 것이었다. 언니는 날 잊지 않고 있었던 것이다. 언니는 내가 보고 싶었던 것이다. 엄마와 남편을 한해 걸러 한꺼번에 보내는 그 숨 막히게 돌아가는 현실 속에서 찾아온 우울증. 날 만나 의논하고 싶었을 것이다. 얼마나 외롭고 힘들었을까? 왜 내겐 연락도 안 하고 어쩌자고 그 많고 어려운 일들을 혼자서 감당하며 참아내다 종내 죽음을 선택했단 말인가?

　부인은 언니가 쓰던 작은 보석함 하나를 나에게 건네주며 "언니 생각 날 때 보세요." 하시며 예쁜 봉투에 넣어 주셨다. 그날 집으로 돌아와서 며칠 동안 난 언니 생각을 하느라 거의 넋이 나가 있었다. 이토록 박복한 언니가 또 어디 있단 말인가? 불쌍한 언니! 안타까운 소식을 알고 나니 더 보고 싶어졌다. 그러면서 나와 연락만 되었어도, 아니다, 언니도 나를 찾으려고 했었는지 모른다. 더 많이 찾고 싶었을 것이다. 나를 만나기만 했어도, 언니가 그런 극단적인 선택은 하지 않았을 것만 같은 생각이 자꾸만 들었다. 소용없는 일인 줄 알면서도 그런 생각이 자꾸 드는 건 집착의 미련때문일까. 아픈 아쉬움 때문일까.

51

내 친구 Volker Braun과 Anne Marry

Anne Marry

내 친구 Volker Braun과 그의 처 Anne Marry는 독일 Heidelberg와 Leimen의 중간지점 Sandhausen에 살고 있다. 전기·건축업을 하는 회사에 다니던 Volker Braun은 지금 은퇴를 하여 조그마한 농장을 하며 10여 가지의 과일주(독일은 개인 집에서도 허가만 맡으면 술을 제조판매가 가능하다고 함) 등을 제조해서 도매하며 아주 조용하게 여생을 보내고 있다. 여행을 좋아하는 그들 부부는 해마다 농사철이 지난 11월이면 반드시 긴 여행을 떠난다.

필요한 물건을 차에 가득 싣고 몇십 시간이고 운전하여 오스트리아, 헝가리, 이집트 등을 다니는데 한 군데 가서 2~30일씩 푹 쉬고 오는 것이 그들의 목적하는 여행 방법이다. 130kg의 거구였던 Braun은 요즘 허리 수술과 오랫동안의 식이요법으로 100kg 미만으로 빠져서 좀 날씬(?)해졌다. 독일을 자주 다니는 미국인 친구로부터 독일 남자들은 신사라고 말하는 것을 들은 적이 있는데 Braun은 정말 신사 중의 신사다. 외모와 달리 Braun은 성격이 너무 좋아 저절로 정이 가는 친구이자 친구 남편이다. Anne Marry 또한 언제 보아도 한결같은 마음을 가지고 있고 성경을 많이 읽어서인지 하느님의 말씀을 받아 모범적으로 착하게 사는 친구이다.

Anne Marry는 지금 나이 들어 몸집 좋고 잘생긴 아줌마로 변해버렸지만 젊었을 때는 정말 미인이었다. 사진으로 본 젊었을 때 얼굴을 지금과 대조해보면 믿기지 않을 정도로 예뻤다. 영화 '춘희'에 나오는 크레다 가르보 만큼이나 아름다운 미인이었다. 오죽하면 Braun은 죽으려 해도 아내가 다른 남자 친구를 사귈까 봐 죽지 못한다는 말을 하겠는가. 물론 Anne Marry도 Braun을 그만큼 사랑하겠지만. 요즘 TV에서 가끔 듣는 김지미 목소리 같은 탁음도 Anne Marry가 나이 들었음을 말해 준다. 하기야 배우자를 고를 때 인물은 그다지 큰 비중을 두지 않는 사람도 있다. 영국의 황태자도 지금의 부인을 보면 처음엔 누구나 놀랐었다. 다이애나 같은 미인을 마다하고 아니 싫어하고 지금은 콘윌 공작부인이 되었지만 카밀라 파커볼스를 선택한 영국 황태자 찰스를 생각해보면. 부부는 예쁜 것하고는 별 상관이 없는 사람도 있는가 보다. 좀 드문 경우이긴 하겠지만.

8년 전인가? 독일 친구 영애네 집에 갔다가 올 무렵 한 열흘을 Braun 집에 머물며 그 부부의 안방을 차지하고 지내다가 왔다. 그 친구들은 우리가 가고 올 때 공항에 환영이나 마중 나오는 건 물론 내가 짐을 쌀 때도 함께 도와주고 가방의 무게도 달아 주며 무슨 일이고 달려들어 해주고 여러모로 신경을 써 주는 사람들이다.

그다음 해 친구 내외는 난생처음으로 한국을 방문했다. 열이틀 동안 우리 집에 머물며 민속촌, 박물관, 남산, 청계천, 경주, 포항 등을 함께 여행했다. 브라운은 키가 너무 커서 우리 집에 있는 큰 요도 작고 침대도 작아 제일 큰 안방 침대를 내주었다. 열흘 남짓 자고 갔을 뿐인데 침대 매트리스가 내려앉을 만큼 두 사람의 몸무게가 만만치 않았다.

Braun 부부, 영애, 우리 부부

인천공항에서 Braun에게 한국에 대한 인상을 물었더니 한국의 서울 하면 아파트와 자동차밖에 생각나는 게 없다고 했다. 중앙박물관을 비롯하여 경주 포항까지 좋은 곳들을 데리고 다니며 보여주고 독일어에 능한 안 대사와 영애가 일일이 설명까지 해주었는데 자동차와 아파트만 보였단 말인가? "아! 이건 너무하다?" 하긴 가는 곳마다 교통체증으로 고생이 심했던 터라 그런 말이 나오는 것도 무리는 아니었다.

이 친구 부부의 종교는 삼위일체를 부정하며 예수님을 피조물로 여기는, 파수대라는 성경 관련 잡지를 출간하는 여호와의증인이다. 한국에 와 있을 때 함께 데리고 갔던 여호와의증인 하느님의 왕국은 지금도 잊을 수가 없다. 겉으로 보기엔 초라한 2층인데 낯선 독일인 부부를 처음 데리고 갔는데도 대학생 같은 젊은 안내원들이 정장 차림을 하고 극진하고 일사불란하게 안내했다. 어느 틈엔가 준비한 독일어 예배를 보기 위한 프린트를 내주어 우리를 감탄케 했다. 그날의 예배는 창세기였는데 교인 모두가 토의하는 식으로 성경공부를 진행했다. 교인 전체가 얼마나 성경에 박식한지 다시 한번 놀랐다.

집 근처에 있는 하느님의 왕국이지만 무심히 지나치던 곳이었는데, Braun이 재작년에 우리 부부를 또 초대했다. 부모님 생전에 부부가 사용하던 그 집 한 개 층을 통째로 내주어 기거하다 왔다. 우리가 가기 한 달 전부터 침대 시트, 커튼 소품까지 다 정리해 놓고, 우리에게 만들어 줄 음식 재료까지 다 준비하여 지하에 있는 냉장고를 꽉 채워놓았다. 그뿐

Braun 내외와 영애

만 아니라 스위스, 프랑스 등의 성지를 다 구경시켜 줄 계획을 짜놓고, 또 집에 있는 날은 요리를 잘하는 Braun이 점심마다 특식으로 독일 요리를 만들어 주었다.

아침마다 6시면 빵을 새로 구워 문을 여는 독일 골목마다의 빵집에서 브뢰첸(작은 빵) 등 아침마다 다른 많은 브롯(빵)을 새벽같이 사다가 먹게 해주었다. 식탁에 매일 올라오는 치즈는 어느 날 세어 보니 열 가지나 되었다. 또 버터 말고도 늘 식탁엔 농장에서 열리는 복분자같이 생긴 열매인 'Shimmel' 외 갖가지 열매로 만든 잼과 살이 두꺼운 빨간 고추, 토마토 등이 가득 놓여 있어 정성이 넘쳐났다.

그리고 이 친구는 부모가 버린 고아 여자아이를 데려다가 자식들 남매와 똑같이 키운 천사 같은 마음씨를 지녔다. 위층에 사는 Anne Marry의 언니 Hundsrose는 Weibdorn이라는 잼을 만들어다 주는 등 아들딸 내외의 극진한 대우까지 받고 왔다. 내가 돌아올 때 그 친구 Anne Marry

에게 받은 선물은 구두 세 켤레였다. 나보다 발이 약간 큰 Anne Marry
가 맞춰 놓은 구두는 내 큰 발을 편안하게 해서 신을 때마다 고맙다는 생
각을 한다. 독일 구두는 안정감을 주며 모양보다는 튼튼함을 추구한다.
나는 구두를 새로 맞춰 신을 때마다 발이 아파서 고생하는 사람인데 얼
마나 잘 되었는지 모른다.

50년 전 내 친구 영애는 연대 음대 졸업 후 유학을 가서 공부하다가 대
학 선배를 만나 연애를 했다. 그리고는 부모들 반대에도 불구하고 그곳
에서 결혼하여 연년생 아들 둘을 낳았다. 직장을 다니며 아이들을 맡길
곳이 없어 발을 동동 구르고 있을 때 아래층 아파트에서 자청하고 나서
서 아이들을 맡아 돌봐주던 독일 미녀가 있었다고 했다.

그 독일 미녀가 바로 지금의 Anne Marry다. 그 후 그들은 오십 년을
하루같이 서로 가까이 왕래하며 어려운 일이 있을 때마다 도와주며 지
낸다. 이젠 남이라고 생각되지 않을 정도로 가깝다. 내가 처음보기에
도 그들은 남남인 것 같지가 않았다. Braun 집 냉장고엔 고추장도 김
치도 늘 들어 있다. 가톨릭 신자인 친구와 종교가 같았으면 얼마나 좋
았을까 하는 생각이 들 때도 있지만 그들은 종교에 관한 이야긴 서로
안 하고 지낸단다. 지금도 화장실이 고장 나거나, 대문 열쇠가 망가져
도 으레 Braun이 동원된다. 정말 따뜻한 아랫목 같은 가슴을 지닌 친
구들이다. 그런 사랑과 마음을 함께 품은 좋은 친구가 있어서 나도 영
애도 참 행복하다.

그곳에 가 있는 동안 쾰른(Koln)이라는 곳에 가서 피정도 하고 폴란드
(Poland) 성지도 다녀왔다. 폴란드는 얼마 전까지도 공산주의 국가였던
나라 같지가 않았다. 웅장한 성당 성지도 많았고 아우슈비츠(Auswitz)

수용소의 비참함은 사상을 떠나 마냥 가슴을 아프게 만들었다. 내년쯤 건강이 허락하면 다시 가서 벨지움(Belgium) 성지도 다녀오고 라인강가도 한번 더 거닐어 보고 싶다. 6년 전에 가보았던 프랑스 성지 Lourdes에 가서 두 시간을 기다려서 차례 돌아온 30초의 침례의식이 너무 아쉬워 Once more를 했던 기억. 그것도 한 번 더 해 보고 싶다. 맛있는 치즈도 먹고, Anne Marry가 밭에 갈 때마다 한 소쿠리씩 따다 주는 Shimmel도 실컷 먹고 오고 싶다.

사람과 사람 사이는 거리가 아니라 마음이라 하지 않았나? 나도 그들도 서로 그리워하면서 먼 곳에 살고 있는 친구가 가끔 보고 싶을 때는 서로 문자도 하고 동영상도 보낸다. 오늘도 WhatsApp으로 통화하며 안부를 묻는다. 지난여름엔 Braun과 Anne Marry가 똑같이 피부암이 얼굴에 생겨서 수술을 받은 사진을 보내와 우리 마음을 안타깝게 했었다. Braun은 살이 많이 빠져서 Andrew(남편) 옷을 몇 벌 보내 달라고 말도 안 되는 농담도 한다. 금년에도 어김없이 Braun이 담가 보내주는 포도주와 40도가 넘는 과일주가 우리 집 술 장을 장식할 것이다. 이번에는 초콜릿과 Haribo도 같이 보냈다는 소식이다.

호주친구 Maureen Bishopp

가깝게 지내는 친구 중엔 호주 'Gold Coast City South Port'에 살고 있는 Maureen Bishopp이라는 아주 미인이고 멋쟁이인 친구가 있다. 20년째 한국에 살고 있는 딸과 옆집에 살게 되면서 소개받은 친구로 Maureen은 나와 동갑이다. 그래서 나와 만날 때는 언제나 얼굴 주름이 화제인데 아무래도 백인의 피부는 황인들보다 약해서 그런지 자기가 주름이 더 많다고 늘 나를 부러워한다. 지난번 왔을 때 마사지 크림을 사주며 열심히 문질러 보라고 했다. 나를 부러워하는 또 하나는 몸무게 때문에 신경을 쓰지 않는 나에 비해서 이 나이 먹도록 평소 먹는 음식에 많은 주의를 한다는 것이다. 미용보다 혈압이 높으니까 고단백보다는 야채 쪽으로 취향을 바꾼 것 같다. Maureen은 젊었을 때 유명한 여성복 전문매장에서 매니저로 일을 했다. 그래서 그런지 옷에 대해서 관심이 많고 옷을 아주 잘 코디해서 입는 세련된 친구다. 그림도 또 수준급으로 잘 그려서 생일카드도 직접 그려서 보내준다.

지난 내 생일에도 카드에 노란색의 해바라기를 아주 예쁘게 그려서 보내오고, 몇 년 전 가을엔 공작꽃을 그려 사진틀에 예쁘게 넣어 보내주는 조용하고 천생 여자인 친구다. 또, 케이크와 쿠키도 아주 맛있게 구워 Maureen이 한국에 와 있으면 홈 메이드 과자도 빵도 자주 먹게 된다. 딸둘에 아들 하나를 둔 엄마로 지금은 아들 내외와 살고 있다. 작은딸이 한국인 유학생과 결혼하여 한국에 20년을 넘게 살아서인지 한국을 무척 좋아한다. Maureen과는 어제도 카톡으로 장문의 문자를 주고받았다. 호주는 무더위에 땅이 바짝바짝 갈라지며 마른다는 말과 함께 서늘한 한국에 오고 싶다고 했다.

정원에 가지런히 피어있는 예쁜 꽃들도 찍어 보내고 큰딸이 사서 선물했다는 일제 자동차도 찍어 보내며 자랑한다. 초창기 호주 정착민들은 많은 사람이 영국 범법자들이었다고 들었다. Maureen의 아버지는 1차대전 전에 호주가 살기 좋다고 해서 건너온 독일인이고 어머니는 호주인이라서 그런지 전형적인 백인 미인이다. 남편은 젊었을 때 정부 관리로서 측량 계통의 일을 하다가 개인 사설 측량업을 했다고 한다. 나중에는 담금주를 주조해 판매하며 부를 축적했다고 한다. 언젠가 Maureen 이 가족력을 자랑하는데 시댁 쪽도 아주 부자였었던 것 같다. Brisbane 과 Gold Coast 중간에 있는 Tamberain Mt 남쪽에 Bishopp가(家)가 초 기에 정착했다고 한다. 거기서 넓고 많은 땅을 개척했고 지금까지도 많 은 후손이 거기에서 살고 있단다. 공원 부지를 기증해서 그 이름을 딴 Bishopp Park도 있을 정도로 유명한 가문이라고 자랑을 했다.

딸이 한국인 유학생과 연애를 하고 결혼할 때 외국인을 맏며느리로 받 아들이는 것을 반기지 않았음 직한 서울 근교 농촌 가정에서의 풍습 등 분위기를 알았는지는 한 번도 묻지를 않아 모르겠지만, 내 짐작과 얼핏 들은 바로는 서로가 어려움이 많았으리라 짐작이 간다. 지금까지도 큰일 때마다 가서 일을 거들지 않는 큰 며느리가 시댁 입장에서는 예쁠 리가 없었겠지만 지금은 마치 깎아 놓은 조각처럼 예쁘게 생긴 손자(Saxon) 와 손녀(Sierra)가 있는데 누가 감히 어떤 불만의 소리를 할 수 있겠는가 하는 생각이 든다.

Maureen은 한국에 오면 박물관 등 관람하기를 좋아하고 음악을 즐겨 듣는 조용한 여자다. 한 번은 행복한 동행 박정희 화가의 그림 전시회에 데리고 가서 박 화가와 점심을 먹으며 이런저런 이야길 했는데 관심이 보통 많은 게 아니었다. 하다못해 전통 찻집에 가서 차를 마시면서도 접 시 잔에 그려진 그림 하나도 그냥 지나치는 법이 없다.

지난번 왔을 때는 안 대사가 허리를 수술한 지 얼마 안 되었을 때라 휠 체어를 직접 밀고 다녔다. 예술의 전당에서 독일 심포니오케스트라도 함 께 관람했는데. Maureen은 음악회에서도 언제나 감상에 심취하며 즐긴 다. 예술의 전당 내에 있는 모차르트 카페는 전면이 다 보이니 밖을 내다

보며 가벼운 식사를 대신할 수 있어서 Maureen과는 자주 즐겨 찾는 아름다운 집이다.

언젠가는 홍대 앞 난타도 관람했는데 Maureen은 그들의 공연에도 몰두하며 정신없이 재미있어했다. 근처 골목에서는 매워서 눈물을 참으면서 매운 떡볶이 등 한국 음식을 먹어보기도 했다. 몇 년 전엔 안양 산마을 우물가라는 초가집에서 한국 전통음식을 먹으며 나물 종류가 다양하니 너무 신기해했다. 오히려 바비큐나 뷔페 같은 곳은 다이어트를 하느라 별반 좋아하지 않는다.

몇 년 전인가, Maureen 집에 놀러 갔었다. 5월이었는데 예쁜 집들이 나란히 자리하고 있는 조용한 동네 속에 아름다운 운치를 만끽할 수 있는 아담한 Town House였다. 집안 곳곳에 계단 올라가는 모퉁이마다 꽃이랑 자기 작품이 정돈되어 있었고 정원도 아주 잘 가꾸어 놓았다. Maureen은 집도 그의 성품같이 가지런히 정리해 놓고 살고 있었다. 우

리 집에 올 때는 좀 창피할 정도로 아파트 가득히 책들과 약들이 널려 있어서 늘 많은 변명이 필요했다.

호주 하면 캥거루와 단식성 습성으로 유칼립투스의 잎만 먹고 나뭇가지에 올라앉아 23시간 잠만 자는 귀여운 코알라와 끝도 없이 펼쳐진 넓고 푸른 공원을 잊을 수 없다. 이번 산불로 많은 캥거루가 타죽고 화상을 입어 살릴 가망 없는 코알라 사진을 뉴스로 보며 안타까워했는데 그들이 멸종될 수도 있다는 뉴

스는 그 살아 있는 귀한 명물들을 더는 볼 수 없다면 어쩌나 싶어 아쉽고 마음이 아프다.

저녁 초대로 Outback을 관람(?)하며 하는 식사를 하러 갔었다. Gold Coast에서 얼마쯤 달렸을까? 경마장을 상상할 규모의 크기로 웅장하고 넓은 모래사장에 등장했던 많은 사람과 말과 코끼리 등 각종 동물의 거대한 쇼를 보며 우리는 관람석 스탠드에 식탁을 놓고 스테이크를 먹는 것 같은 기분이었다. 거기에서 카우보이모자를 쓰고 으스대며 셋이 찍은 사진을 볼 때마다 또 가보고 싶어지는 멋진 곳이다. 다음에 가면 규모가 훨씬 더 크고 산간에 있다는 Outback을 관람하며 며칠 머물다 오려고 한다.

어디에 가나 한가하고 공기 좋은 넓은 정원이 있어 바닷가 어디서라도 바비큐를 만들어 먹을 수 있는 준비가 항시 되어있는 곳. 나는 호주가 너무 좋았다. 호주의 커피 또한 내가 마셔 본 커피 중에서 제일 맛있는 커피 같은 커피가 있는 곳이었다. 커피숍에선 언제나 컵이 넘칠 정도로 105%씩 가득 담아주는 그 넉넉한 인심과 함께 향이 포근하고 내음 또한 오래 코끝에 남아있는 커피. 블루마운틴 산상에서 마신 그 맛이 혀에 맴돌면서 향긋한 맛이 그만(절정)이던 그곳의 커피가 가끔 아니 자주 마시고 싶어진다. 영국에서 의사를 하는 친구 아들 훈이에게 좁아터진 영국에서 북적거리지 말고 넓고 한적한 호주로 가서 넉넉하게 살면 어떠냐고 했더니 그래도 저는 영국이 더 좋단다.

향수병을 열면 주위가 향기로워지듯 Maureen과 만날 때면 언제나 좋은 향기가 난다. 난 이런 향내 나는 친구가 내 곁에 있어 늘 행복하다. 미주알고주알 말이 통하지 않아 유감이지만 Maureen! 네가 언젠가 말

했지? 나를 많이 사랑한다고. 실은 내가 너를 더 많이 사랑한단다.~ 너
도 알고 있지?

52
1995년 4월의 유럽

1995년 동창회장을 맡고 있을 때이다. 어느 날 한 친구가 유럽여행을 하는 것이 소원이라고 하는 소릴 우연히 듣게 되었다. 그 후 나는 바쁜 중에도 그 생각이 자꾸 떠오르며 머리 안에서 떠나질 않았다. 그렇다면 유럽을 못 가본 친구들, 가고 싶은 친구들이 마음 맞는 친구들을 모아서 가도록 주선해 보면 어떨까 싶은 생각이 들어 그 친구를 만나서 그래 한 번 해 보자고 약속을 했다. 다행히 계명여행사에 아는 친구가 있어 만나보고는 여행계획을 구체화하며 추진하게 되었다.

어떻게 모으다 보니 30명이다. 비용을 줄이기 위해 15명당 한 명에 해당하는 가이드도 내가 보조하겠다고 하며 최대한 비용을 줄였다. 설명회 등 여러 가지 절차가 진행되고 가이드 Mr. 민과 30명은 여행사와 긴밀한 연락으로 수속을 하며 항공권 구매까지 모든 준비를 마쳤다. 드디어 떠나는 날 나는 김포공항에서 여권들을 모두 걷어 챙기며 놀랐다. 여태 모르고 지냈는데 무려 다섯 살이나 더 먹은 동기생이 있는 것이었다. 나는 속으로 5년 후에는 환갑잔치도 차려 주어야겠다고 생각했다. 물론 5년 후엔 조촐한 환갑모임도 해주었다.

우린 김포공항에서부터 재미있었다. 공부깨나 하던 친구들! 그동안 가정에 충실하느라 여행을 뒤로 미뤄 두었던 고교동기생 30명은 시종 즐거워서 어쩔 줄 모른다. 왁자지껄 시끄럽다가도 지시를 받을 때는 일사 불란 그 자체다. 공항에서부터 권순복이 웃긴다. "얘들아! 너희들 내 얼굴을 자세히 봐라. 하나하나 보면 얼마나 잘 생겼는지 모른다. 그런데 배열과 진열이 잘못되어서 미인이 안 되었다"고 하는 말로부터 모두를 웃기기 시작했다. 친구는 고등학교를 졸업하고 집에서 아이들만 기르다가 20여 년이 지난 어느 날 권승희라는 친구 소식을 알았고, 서울역 앞 시계탑 밑에서 만나기로 했다는 것이다. 처음 서로 얼굴을 알아보고도 둘 다 한참 존댓말을 하고 있었다고 했다.

우리는 짜여 있는 스케줄 대로 버스로 서유럽을 돌았다. 가는 곳마다 일단 30명을 내려놓으면 쇼핑하는데 시간이 많이 지체되었다. 지금같이 유로화가 있거나 카드가 보편화 되기 훨씬 전이라 모두 다 환전해 간 달러로 내야 했다. 더구나 영국에선 Pound로 독일은 Mark로, 프랑스에선 Franc을 다시 Dollar로 환산해 지불해야 하니 계산이 더욱 복잡했다. 거기다가 쌍둥이 칼이면 칼, 버버리 코트면 코트, 한 사람이 사면 너도나도 사는 바람에 한꺼번에 계산대로 사람이 몰려 더 많은 시간이 걸렸다. 가령 더블 버버리를 모두 샀다가 한 사람이 싱글을 사서 입고 나와 예쁘

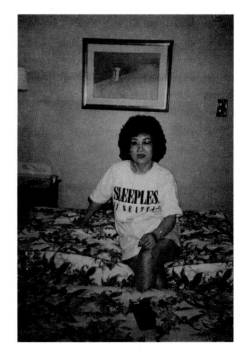

다고 하면 우르르 들어가서 모두 바꾸는 식이었다.

　빡빡하게 짜인 계획에 차질이 자꾸 생겨 관광에 지장이 많아졌다. 궁여지책으로 이후로는 제시간에 못 오면 벌금을 내는 것으로 정했다. 그 시간 이후 첫 번째 늦은 한 친구가 5불을 물었다. 그 일로 그 친구는 종일 삐져서 나와 말을 섞지 않기도 했다. 벌금이 아까워서가 아니고 자기는 그날 처음 늦었는데 너무 억울하다는 것이 이유였다. 그때 나는 떠나기 전 영국 Pound 독일 Mark 프랑스 Franc등 대표적인 돈을 쓸 만큼만 바꾸어갔다. 버스로 다니는 서구라파 화장실은 갈 때마다 코인을 사야 했다. 벨지움인가에선 할 수 없이 코인을 하나 얻었다. 코인은 하나뿐인데 조금 전에 화장실을 다녀왔던 친구들까지 모두 내려 쫓아 들어왔다. 할 수 없이 난 문을 열어놓고 연달아 친구들을 들여보내고 또 들여보냈다. 아마 다른 사람이 보았다면 종일 웃을 일이었다.

　또 한 번은 코인을 안 내는 커다란 규모의 공중변소에선 물이 폭포처럼 벽을 타고 흘러내리는 남자들 소변보는 곳이 있었다. (지금은 그런 곳이 많이 있지만) 그런데 한 친구가 그곳에 들어가서 쪼그리고 앉아 있는 황당한 일도 있었다. 그 나라 글자인 신사 숙녀를 구별 못 한 사건이었다. 호텔에 들어가 라운지 커피숍에서 기다리는 동안 가이드가 설명을 한다. 이 나라는 맹물이 더 비싸니 시원하게 맥주를 마시라고. 그러나 단 한 사람도 맥주를 마시지 않았다. 방을 배정받아 각자의 방으로 올라간 뒤에도 소소한 문제는 계속 생겨났다. 카드로 방문 여는 방법들을 몰라 분주히 다니면서 문을 열어주고 나면 이번엔 수돗물 트는 방법이 한국과 달라 여기저기서 연신 나를 찾아댔다. 정말로 즐거운 분주였다. 로마에선 소가구들을 보니 갖고 싶은 것이 많았지만 나는 가이드 하느라 쇼핑은 엄두도 못 냈다.

비엔나의 푸른 다뉴브강은 상상했던 것보다 너무 초라해 보였다. 베네치아에선 몇 명씩 배를 타는데 도착하는 시간에 차이가 있어 서로 배들이 닿을 때마다 오랜만에 본 듯 반가워하며 너무 재미있는 포즈를 연출했다. 강가의 벤치에서 스스럼없이 키스하는 연인들의 모습, 우리 동양에선 아직 상상이 안 되는 광경, 내겐 이런 것들도 모두 부러웠다. 긴 여행 끝에 김포공항에 비행기 바퀴가 땅에 닿으니 한 친구가 그제야 한숨을 몰아쉬며 "휴우, 이제야, 안심이다"라고 말했다. 그 친구는 혹시 모를 비행기 사고에 대비해서 부부가 함께 비행기를 타지 않는다고 했다. 정말 정확한 친

베네치아에서 배를 타며

구가 아닌가? 일행들에게 짐을 챙기게 하고 앞서 트랩을 내려 입국 절차를 밟았다.

가이드 Mr.민은 아내가 첫 아이를 낳기 직전이라 빨리 집에 가야 한다고 해서 도착하자마자 가보라고 했는데, 손경자 짐이 하나 없어졌다. 경자는 Mr.민을 붙잡고 짐을 찾아 주고 가라고 사납을 부렸다. 그리고 또

장일남 선생님 회갑공연. 세종문화회관에서

이상한 건 통관 직전에 우리 팀 것이 분명한 짐 두 개가 더 남아 있는 것
이었다. 친구들 이야기가 짐은 분명 김인원의 것이란다. 로마, 비엔나 등
지에서 테이블보 등 고급 소품들까지 많이 산 친구였다. 이것저것 가구
까지 샀다가 다시 물리며 많은 것을 더 사더니 짐 통관에 앞서 겁이 나
니 가방 두 개를 그대로 두고 먼저 집으로 가버린 것이었다. 혹시 김인원
이 없어진 경자 짐을 바꾸어 가지고 갔나 하고 알아보고 있는데 경자 짐
은 동경에서 찾았다고 연락이 왔다. 두 개의 남은 짐은 분실한 것과 바뀐
것은 아닐 것 같아 일단 Mr. 민과 내가 하나씩 맡아서 처리하기로 했다.
내가 맡은 백엔 명품가방이 두 개나 들어 있었지만, 여자라서인지 그냥
통관되었으나 핸드메이드 소품이 많았던 Mr. 민 쪽의 가방은 압수되어
나중에 벌금 20만 원을 내고 찾아갔다. 손경자 남편은 대학교수로 아주
너그럽고 이해가 빠른 분으로 초면인데 아주 호남이셨다. 그분 설득으
로 손경자의 짐은 내일 동경에서 오는 대로 찾아가기로 하고 돌아갔다.

프랑스 아틀리에에서 감상했던 반 고흐의 초상화와 고흐가 그린 카페
의 주인 지누 부인, 붉은 포도밭, 고갱의 어두운 배경의 가난한 여인들,

목숨을 건 경기 후에 노예들이 영웅이 되었다는 Coliseum의 스탠드에서

위대한 두 화가의 만남과 동거 이야기를 들으며 비교 감상하면서 많은 생각을 했던 일은 지금도 잊혀지지 않는다. 김금자가 오페라하우스에서 부른 칸소네(Cansone), 금자의 멋있는 인상과 폭넓은 가창력은 소프라노 가수 못지않았다. 웅장하고 넓은 검투사 원형경기장 콜로세움의 스탠드에 울려 퍼지는 시스템을 보며 그 옛날 로마인들의 끝없었던 발전상을 다시 한번 느꼈다.

이탈리아 중부 피사 시의 두오모 광장 피사대성당의 종탑은 마침 붕괴 위험으로 보수작업을 하고 있어 안타깝게도 들어갈 수가 없고 그 앞 잔디밭에서 사진 찍는 정도의 관광만 허락되었다. 세계 3대 미항으로 로마시대부터 황제의 별장이 있었다는 나폴리 항구는 기대에 비해 작은 규모였다. 하기야 개인적으로 가보고 싶었던 유명한 산타루치아 항구의 델로보성 누오보성도. 환상적인 절경이라는 카프리섬을 뒤로하고 오면서 다시 또 오마! 라고 한 다짐도 아직이지만…. 상상했던 것보다 보잘것없던 푸른 다뉴브강을 보며 실망했던 일. 그러나 이탈리아 남부의 식당마다 아코디언 등 악기를 들고 와 함께 춤추자며 신나게 칸초네(Cansone)를 부

르던 흥 많던 이태리 남부 사람들. 그곳 둥그런 황토아궁이 속에서 구워
져 나오던 심플한 피자의 맛은 지금도 못 잊어 가끔 먹고 싶다.

한미자, 이정림, 이춘자, 고인기, 박영순, 권승희 등과 미8군에서

53

내 친구 고인기

경산으로 시집갔던 친구 인기가 집에 와 있는 동안 그 친구 방에 전화를 한 대 놓아주고 외제 물건을 받아다 팔게 했다. 주로 우리 동기들이 고객이었다. 일 년 후 인기가 취직되어 싱가포르로 떠나고 난 후에 일이다. 그 친구 아버지가 70세에 가평 폐광이 있는 친구 집에서 계시다가 중풍으로 쓰러지셨다. 인기 아버지는 4대 독자인 데다 자식은 인기뿐이었다. 동생 리디아 혜정이 성당에서 여기저기 계실 곳을 찾아 수소문했다.

혜정의 주선으로 마침 인도 테레사 수녀가 운영하는 독거노인, 행려병자만 기거할 수 있는 곳인 삼선교 '사랑의 선교회'로 모셔올 수 있어 다행이었고 또 감사했다. 날씨까지 보태주느라 아침부터 비가 억수로 쏟아지는 날 임 실장님과 가평군 조종면 현리로 향했다. 선생님께는 너무 죄송했지만 달리 방법이 없었다. 산속이라 빗길에 바퀴가 빠져서 고생고생하며 아버지가 계신 곳으로 갔다. 아버진 고령이시고 생각보다 심각했다. 편마비(Hemiplegia)로 혼자선 거동이 불편하신 데다 재발할 확률도 커 보였다. 침 치료 등 응급처치를 하고는 앞이 안 보이는 빗길을 뚫고 서울 삼선교로 모셔왔다.

무연고자만 모실 수 있는 곳이니 내가 친구 아버지의 보호자가 되어

윤중식 선생님 개인전에서. 임송자, 노혜미.

열흘에 한 번씩 찾아뵈었다. 중환자실격인 2층 큰 방엔 네 분이 계셨는데, 아버지를 뵈러 갈 때마다 한 분씩 돌아가시어 또 다른 분으로 바뀐다. 거긴 항상 나의 마음을 우울하게 했다. 그곳엔 수사님을 비롯하여 혜정이 같이 헌신적으로 봉사하는 분들이 많았는데 그중엔 고창순 박사님 부인도 계셨다. 인기 아버지는 그곳에서 10년을 넘게 사셨다. 그 시절엔 그래도 경기고보를 나온 엘리트이신데 얼마나 답답하셨을까? 그곳에 다녀올 때마다 인생의 무상함을 느끼곤 했다. 거의 모든 분이 자식이 있어도 끝까지 안 밝히고 그대로 외롭게 사시다가 돌아가신다. 자식의 장래를 위해서일까. 아니면 본인 자신을 위한 것일까. 결국, 부모를 배신한 자식들인데. 그런 자식까지도 사랑하는 부모만의 마음이며 사랑일 것이다.

자식이 부모님께 드리는 사랑이 부모의 그것에 절반만 해도 효자라 했던가? 자식은 어렸을 때는 부모 밑에 있지만, 부모는 늙으면 자식 그늘에 있어야 한다는데.

54

이시가와겐(石川縣)의
데라쿠보(寺久保)

한의사가 없는 일본에서 한방병원을 찾아오는 일본인 환자는 상당히
많았다. 난 그때 일본어를 잘못해서 임 과장님의 통역 도움을 받곤 했다.
어느 날 일본 본토 이시가와겐(石川縣)의 와지마시(輪島市)에서 박물관
장 겸 데라쿠보(寺久保) 전기주식회사 사장 모리히도(森人) 상이 병원장
의 소개로 혈압과 당뇨의 진료 차 한방병원을 찾았다가 PT실도 소개를
받고 와서 치료를 받고 간 일이 있다. 그 뒤로 그분은 5년간 일 년에 서너
번씩 와서 치료를 받으며 가까이 알게 되었다. 며칠씩이라도 치료를 받
고 가면 활동하기가 훨씬 수월해진다고 했다.

개인박물관을 가지고 계신 분이라 한국의 골동 고전 풍습 등에 관심
이 많았던 그분은 한국의 가정집을 한번 방문해보고 싶다며 임 실장에게
부탁했다고 한다. 임 실장이 우리 집이 어떻겠냐고 묻는데, 실제로 우리
집이 병원에서 제일 가까운 데다 내 환자이니 거절할 수가 없었다. 그분
친구인 가토오(加藤) 상과 함께 집으로 초대해 조촐하게 한식을 대접해
드렸다. 시집올 때 해왔던 보료에 방석까지 내어놓는 등 한국풍습을 보
이느라 나름 정성을 들였다. 데라쿠보 상은 하나하나 반찬들의 재료까지
묻는다. 잡채가 맛있었다는 걸 얼마 후까지 이야기한다. 개를 좋아하여

마당에 뛰어노는 '찜'을 보고 '찜상'이라고 해서 모두들 웃었다.

서너 달 후 동경에서 세미나가 있었다. 그 사실을 미리 알아두었던 데라쿠보 상이 동경까지 마중을 나와서 자기 집으로 초대를 했다. 거리도 멀고 엄두가 안 나서 얼른 대답을 못 하고 미경이 남편이 일본인이라 상의를 해 보았다. 미경의 남편 죠(城)씨에 의하면 일본사람이 자기 집으로, 그것도 여자를 초대하는 것은 보통 가깝게 생각하는 것이 아니란다. 또 먼 길까지 마중을 나왔으니 가는 게 맞는다는 것이었다. 그래서 난 그날 그를 따라 신칸센을 타고 가서 고마츠(小松) 비행장에 세워둔 그의 차에 동승했다. 그 추운 겨울날 2~3일을 공항 벌판에 세워둔 닛산차가 금방 시동이 걸리는 걸 보며 놀랍고 신기했다. 당시 우리나라 자동차들은 추운 곳에 하루만 세워둬도 시동이 안 걸려 뜨거운 물을 부어야만 했다.

차창 밖으로 펼쳐지는 시골 풍경은 절경이었다. 한적한 시골농촌인데도 집집마다 세워져 있는 자가용을 보며 우리나라 시골은 언제나 저렇게 살 수가 있을까 하고 부러워했다. 데라쿠보 상은 도로가의 수은등을 가리키며 여기서부터 거리 40Km 정도를 자기 회사에서 설비 공사를 했다고 내가 알아들을 수 있도록 영어단어를 섞어 가며 떠듬떠듬 이야기했다. 교대를 해주고 싶었지만, 일본차는 운전석이 반대로 있고 더욱이 빨리 달려야 하는 시골길이라 엄두도 내지 못했다. 한 시간 이상 차를 타고 가는 동안 이것저것 내다보는 호기심으로 내 눈은 정신없이 바빴다.

날이 차차 저물어 가고 창밖 풍경에 어둠이 드리워지기 시작했다. 차는 잘 닦인 도로를 계속 달리고 있었다. 이윽고 눈이 내리기 시작하더니 조금 지나자 눈송이가 커지며 펑펑 내리붓는다. 이미 검은 도로 옆은 흰 눈으로 덮이기 시작했고 전조등 불빛에 비친 도로 위는 눈이 쌓여 장관을 이루고 있었다. 차에서 내다본 시야는 온통 하얗게 물들어 천지를 분간하기 어려워진다. 낯선 땅, 그것도 생전 처음 가보는 길, 도로인지 눈밭인지 구별이 안 되는 창밖을 내다보던 나는 슬슬 겁이 나며 무섬증이 들기 시작했다.

초조한 마음에 얼마나 남았느냐고 물었더니 반쯤 왔다고 했다. 나를 안심시키려는 듯 애써 웃고 있는 데라쿠보 상을 쳐다보면서도 불안한 마음은 좀처럼 가시지 않았다. 잔뜩 긴장한 나에게 그는 원래 눈이 많은 지방이라 눈길 운전을 많이 해 봤다고 큰소리로 안 하던 허풍까지 떨며 나를 안심시키려 애를 쓰고 있었다. 초조함을 가까스로 참으며 조바심하고 있는 나를 상관 않고 두어 시간 이상이나 계속 내리며 쌓이는 눈길을 충직히 달리던 자동차는 드디어 속력을 늦추며 마츠리(祭)의 도시 이시가와겐(石川縣) 와지마시(輪島市) 이정표가 내 눈에 머물고서야 안도의 숨을 쉬게 했다. 밤에 보아도 말 그대로 그냥 아담한 어촌이었다. 하오리를 입은 부인이 입고하는 자동차 소리를 듣고 달려 나오더니, 이내 복도에 쪼그리고 앉아 세배하듯 무릎을 꿇고 '이락샤이마세!(어서 오세요)'를 연발하며 극진하게 나를 맞아주었다. 두 분은 내가 지낼 방의 요 밑의 난방을 들락날락 보살펴준다. 금요일 늦은 밤이 깊어가고 있었다.

토요일, 일요일 이틀을 데라쿠보 씨가 운영하는 전기회사와 박물관, 그리고 그 동네 친구들과 가또오상(加藤樣)의 소유라는 작은 백화점도 가보았다. 무엇이든 한 가지 고르라는데 특별히 갖고 싶은 것이 생각 안 나 머플러 하나를 집었다. 바닷가 생선 시장에선 고등어 회를 먹었다. 내가 가보고 싶어 하는 마츠리(祭)도구 가마 등을 두는 제(祭)집은 옛날 우리나라 마을 뒤쪽 멀리 외따로 떨어져 있었던 상엿집 같아서 섬뜩했다.

눈이 온통 하얗게 쌓여있어 그런지 더 조용하고 한산해 보이는 바닷가를 바라본다. 저 건너 멀리쯤엔 강릉의 해변이겠지! 이웃 나라 바닷가 마을에서의 인심은 어디를 가나 후했다. 가는 곳마다 나름 고급 생선을 내어 놓는다. 비위가 상해 못 먹겠는 처음 보는 이상한 생선도 고마워할 수밖에 없었던 한국 손님은 종일 구경하느라 바빴다. 월요일 떠나오려는데 눈이 더 많이 내려서 출발하지 못하고 다음 날 올라와야 했다. 눈이 그치니 순식간에 쌓인 눈길을 잘 닦아놓아 화요일엔 올라올 수 있어서 그나마 다행이었다. 부득이 화요(火曜)세미나에 불참해야 했다.

그로부터 서너 달 후 이른 봄 데라쿠보 상이 몇 명의 낯익은 친구들과 함께 왔다. 지난번 환대에 대한 인사로 대접을 하려 하니 여러 명이 함께 가서 자리할 근사한 집을 쉽게 찾을 수가 없었다.

그렇다고 유명한 음식점을 가자니 숫자가 많아 미리 예약을 해야 했는데 적당한 집을 찾지 못해 고민하다가 문득 이종사촌 동생 종득이 생각이 났다.

123회관 영업부장이라는 말만 들었던 곳. 그곳을 찾아갔다. 입구 계단을 올라가려는데 우락부락하게 생긴 사내 둘이 이런 곳에 어울리지 않는 촌스런 객들을 보고 어떻게 왔느냐고 퉁명스럽게 물었다. "저기 저 전종득 이라고, 여기에 근무한다고 들었는데요."라고 묻자 말이 채 끝나기도 전에 두 사람은 차렷의 부동자세를 취하며 조금 전과는 다른 상냥한 어조로 "저희가 안내해 드리겠습니다. 따라오십시오."라고 했다.

그날 우리 일행은 낙원동의 캬바레 겸 술집 123회관에서 상다리가 휘어지는 안주 요리들로 최고의 대우를 받고 왔다. 절대로 음식값을 받지 말라는 종로 대포 종득 동생 덕분에 음식값은 계산도 못 하고 겨우 팁만 넉넉히 놓고 나왔다. 일개 소대나 되는 체격 좋은 건장한 남자들이 정중하게 입구까지 나와 인사를 했다. 그들을 뒤로하고 나오는데 여기 오길 잘했다는 생각이 들며 마음이 뿌듯했다. 그 일로 데라쿠보 상도 친구들에게 얼굴이 섰고, 나 또한 일본 이시가와현에서의 신세를 제대로 갚은 셈이 되었다. 아는 사람은 어떤 사람이던 언제 어디에서도 많아야 한다고 하신 아버지 말씀이 생각났다.

55

동서의학 최 실장님

어느 날, 한방 중환자실이 동서의학으로 이름이 바뀌면서 실장님이 새로 오셨다. 메디컬센터 외과 과장님으로 계시던 최○○ 선생님이었다. 사무실이 같은 3층 옆방이라 평소에도 우리 방엘 자주 들리시고 우리 방 식구들과 잘 어울리셨다. 최 선생님의 환자들은 한방치료를 목적으로 입원한 중환자들이라 응급치료는 양의가 하고 조금 호전되어 병실로 갈 때는 한방 병실에 한의 치료를 받을 분들이었다. 그래서인지는 모르겠지만 최 선생님은 오시자마자 한의에 심취되어 한의학을 3차원의 세계라고 극찬하는 한의학 예찬론자가 되시었다.

점심은 늘 식당에서 같이 먹었다. 그날 저녁은 회기동 사거리에 새로 개업한 아구찜 집에 초대를 받았으니 같이 가자고 하셨다. 퇴근길 난 별생각 없이 따라가서 생전 처음 아구찜을 먹어보았다. 옛날엔 잘 먹지 않던 생선이라는데 입이 커서 아구란 이름이 붙었다고 했다. 미더덕과 콩나물 미나리 등을 잔뜩 넣고 찜을 했는데 맛이 그런

제일 가까웠던 이정자 선생님과

대로 괜찮았다. 우리 집에서 불과 200m밖에 안 되는 거리여서 난 아이들과 한번 와 봐야 하겠다고 생각하며 먹고 있는데, 이런저런 말씀을 하시며 술을 드시던 최 선생님이 뜬금없이 "문 선생님, 한 일 년쯤 지나면 재혼을 하세요. 돌아가신 분도 그걸 바랄 겁니다."라고 하셨다. 난 그 말을 듣는 순간 어이없고 기가 막혔다. 남편이 세상을 떠난 지 얼마나 됐다고 어떻게 저런 말을 할 수 있단 말인가. 황당해하는 나는 아랑곳하지 않고 최 선생님은 계속 "난 내가 죽으면 우리 마누라에게 재혼하라고 할 거예요!" 하며 또 말을 이어가려 했다.

난 더는 그 자리에 앉아 있기가 민망해서 먼저 가겠다고 얘길 하고 그 자리를 나와 버렸다. 집으로 오는데 언젠가 어떤 여자의 수필집에서 읽은 글이 생각났다. 여자가 혼자 살아가는데 가장 어려운 것이 있다면 세상이, 아니 많은 사람이 혼자 사는 여자를 깔본다는 것이었다. 그땐 그냥 혼자 사는 이의 하소연이거니 하고 무심히 읽었는데 이젠 마음속에 절실하게 느껴졌다. 남에게 무시당하는 것처럼 가슴 아픈 일은 없을 것이다. 그런 생각이 들자 무엇에 놀란 듯 정신이 번쩍 들었다. 이제 더욱 기운을 내야겠다고 속으로 다짐하면서. 집에 돌아와서도 분하고 서운한 생각에 계속 화가 났다. 다음 날도 그다음 날도 복도에서도, 사무실에서도 식당에서도 최 선생님은 만나지 않았다. 일부러 피해 다닌 건 아니지만….

그로부터 며칠 후 아침 출근 시간이었다. 바삐 병원 옆 주차장을 지나가는데 동서의학 최 박사님이 차를 세우고 있었다. 그때 처음 나온 국산차 Pony였다. 작은 차에 주차 공간이 넓은데도 불구하고 주차를 못 하고 계속 들락날락하고 계셨다. 출근하여 아침 일상의 준비를 마치고 치료실엘 내려가려는데 동서의학 실장님이 중환자실엘 들어가셨다고 했다. 무슨 말인지 몰라 중환자실? 잠시 어리둥절했지만, 곧 이해되었다. 아! 아까 그래서 주차를 잘못하셨구나!

그날 오후 평소 혈압이 높으셨던 최 선생님은 영 못 오실 길을 가셨다. 엊그저께 임 실장님과 저녁 식사 중에 하신 말씀이 아직도 귀에 쟁쟁한데. "문 선생님! 재혼하세요. 이건 진심이에요. 난 가톨릭 신자이지만, 내 마누라한테도 만일 내가 죽으면 꼭 재혼하라고 할 거예요. 한 번뿐인 인생인데 왜 그렇게 살아요? 이다음에 후회하지 말고 한살이라도 더 나이 먹은 내 말을 들어요." 난 그때 그 모든 말씀이 무시당한 듯 야속하기도 부끄럽기도 해서 그 후엔 선생님과 단 한 번의 대화도 못 해왔는데….

최 선생님 가신 날은 내 생일 전날이어서 기억할 수가 있었다. 일 년 후, 근무하다가 갑자기 생각이 나서 임 실장에게 최 선생님 부인과 딸들의 안부를 물었다. 그런데 임 실장이 한참을 머뭇거리더니 그 부인은 재혼해서 아이들을 데리고 지난달 미국으로 들어갔다고 하며 뭔가 뒷말을 하려다 끊는다. 나는 실장님의 크게 웃으시던 얼굴과 장례식장에서 슬피 울던 부인의 얼굴이 오버랩 되며 머릿속이 복잡해지면서 기분이 착잡해졌다. 최 실장님의 진지하던 말씀을 떠올리며 마음속으로 진심이 닿는 사과를 했다. "최 실장님! 정말 미안해요. 제가 옹졸했어요! 선생님의 진심을 못 읽고 화를 냈던 그 날의 졸렬함에 죄송합니다."를 몇 번이고 되뇌었다. 그날 임 실장에게 들은 말들은 며칠을, 아니 더 오랜 시간 귓가에 머무르며 최 실장님 음성과 중복되기도 하고, 많은 생각을 하게 했다. 난 왜 그렇게 최 실장님께 죄송했던지 모르겠다. 최 실장님! 미안해요! 난 그냥 마음이 편치 못하고 부끄러웠다.

56

한국어 사랑

2004년, 처음으로 한국어 능력시험 공고가 났다. 국문과 졸업생들이 반년만 공부하면 된다면서 한번 해보자고 여럿이 와서 제의를 해왔다. 그래. 한번 해보자. 일본학을 공부하던 끝인데. 한국말을 60년이나 해왔던 사람이니 설마 어려우랴? 먼저 국립대학에 등록하여 6개월 교육을 받아야 한다고 해서 서류를 작성하여 등록하고 국문과 졸업반 학생들의 도움을 받기로 하고는 아침 7시 도서관에서 만나 함께 공부하기 시작했다. 그런데 막상 시작하고 보니 만만치 않았다. 영문법보다 더 생소한 국문법의 품사론, 통사론, 어조, 높임법, 발음, 한글맞춤법, 외래어 한글 표기법 등 공부할 게 여간 많은 게 아니었다. 특히 형용사 표현법은 생각보다 복잡했다.

그달부터 시작해 6월 말 시험에 응시하려고 계획하고 공부에 전념했다. 전화 같은 건 통 못 받았다. 그러다 보니 팔아야 할 아파트 매매 시기를 놓쳐 금전적인 손해도 많이 보았다. 그렇지만 기왕 시작한 공부 끝을 보기로 작정하고 일체 잡념 같은 걸 사절하고 한국어에 몰입한지 6개월. 서울대에서 시행하는 시험이었다. 시험 끝나고 나오는데 국문과 졸업생들이 어땠느냐고 묻는데 "4지선다형 보다 5지선다형은 읽다가 끝이 날

지경이어서 도대체 감을 잡을 수가 없고 그 소리가 그 소리만 같아서 구별이 난해하고 마음은 초조한데 너희 국문학과 학생들은 후딱 답을 쓰고 나가니, 앞뒤에서 일어나 나갈 적마다 한 번 더 읽어보고 좀 천천히 나가라고 소리 지르고 싶었다. 다음부터는 원서를 함께 내지 말아야지 수험번호가 나란히 있으니."라고 말하니 모두 웃었다.

한 달을 기다려 합격자 발표가 나던 날, 나는 혹시라도 창피한 경우가 생길까 싶어 결과를 보러 가지 않았다. 그런데 국문과 졸업생 황현종이 소릴 지르며 합격자 명단에 선생님 이름이 있다고 했다. 인터넷에 합격자 명단이 떴고, 생년월일까지 발표되면서 내가 최고령 합격자란 소식도 들렸다. 나는 합격생 중 제일 나이가 많다는 것과 성적이 상위권이라는 이유로, 여러 사람의 추천이 있어 얼떨결에 '한국어사랑' 회장이 되었다. 자의 반 타의 반으로 회장이 되었지만, 기왕에 맡았으니 최선을 다해 봉사하기로 했다. 국문과 출신도 아닌 사람이 '한국어사랑'의 회장이 되었으니 열심히 하는 것 외엔 달리할 수 있는 것이 없었다.

'한국어사랑'은 노동부 산하단체로, 전국의 금년 합격자 중에서 1,000명의 회원을 대상으로 하고, 하는 일은 주로 동남아의 노동자들 중 한국으로 취업한 사람들에게 우리나라 말의 기초를 가르쳐주는 것이 목표였다. 원래 능력시험 응시자는 한 나라의 외국어를 할 수 있어야 자격이 부여되었기 때문에 말하자면 1,000명의 회원 중에서 찾아 노동부 산하 중소기업에 취업한 외국인 노동자를 연결시켜 주되 불어, 스페인어, 영어 등 외국어가 가능한 회원 즉 취업자들이 사용하던 언어와 일치하게 연결해 주어야 했다. 몇 명의 임원이 도움을 준다고 해도 많은 사람을 대상으로 해야 하고 인터넷으로 최소 하루 3시간 정도를 작업해야 했으므로 외로운 봉사였으며 바쁘고 힘든 일이었지만 참으로 행복했다.

한국어사랑 임원등산회

때로 한국어를 배운 사람들이 서툰 우리말로 "회장님 고마워요", "구로동 김운자 씨가 잘 가르쳐줘서 공단에서도 불편 없이 일 잘하고 있어요!" 하는 전화가 올 때마다 참으로 보람을 느끼며 행복했다. 나아가 난 전 세계에 SNS 연락망을 쳐놓고 브라질, 멕시코, 시카고, 플로리다, 시애틀 등의 한국 이민 1.5세들이 어떻게 한국어를 접하고 배우고 있는지 다니며 알아보았다. 한국어사랑 주간지를 발행하여 여기저기 외국 교민에게 보내주기도 하고, 전 세계에 널리 퍼져있는 한인 2세들이 한국어를 어떤 식으로 배워야 하는지, 또 어떻게 한국어를 가르쳐주어야 하는지 도움이 되어주려고 나름 활발하게 여기저기 뛰어다녔다.

다음 해에 또 능력시험이 있었다. 이번엔 방송통신대에서 알던 사람들도 많이 응시했다. 인원이 늘어났지만 1,000명으로 제한하고 역할이 없는 사람은 탈퇴시켰다. 예를 들어 일본어를 외국어로 응시한 사람 같은 경우는 필요가 없었다. 일본에서 일자리를 찾으러 오는 사람은 거의 없었기 때문이다. 일은 점점 많아지고 바빠졌다. 그렇게 즐거운 비명으로 매일 실수 없이 하기 위하여 긴장하며 컴퓨터 자판을 두드렸다. 월 정기회의를 열어 국문과 졸업생 교사 출신의 강사를 뽑아 국문법 강의도 시행하며 내실 있는 회원을 양성하기도 했다. 나는 회장 임기도 3년으로 정하고 국문과 출신이며 의욕이 왕성한 부회장 황현종을 회장으로 임명하고 인계한 후 1기 회장으로 나는 그 일을 영광스럽게 마무리했다.

자전거

72세에 자전거를 배웠다. 등록하는데 나이 제한이 있었다. 1941년생을 1947년생으로 슬쩍 고쳐 써놓고 나이를 속여 배운 것이다. 우리 남자는 자전거를 배워 공원만 빙빙 돌아다닐 줄 알았다고 한다. 하지만 난 한 강변의 자전거도로를 따라 잠실 탄천까지도 가보고 반대편으로는 도림천을 지나 목동교까지 거의 매일 새벽 자전거길을 달려 보았다.

아침마다 함께 자전거를 타던 사람이 무슨 사연이 있는지 폐지를 줍고 있었다. 모아 두었던 신문 다발과 묶은 책을 모두 가져다가 손수레에 실어주고 몇 장의 지폐를 건네주고 온다. 언제나 도서관에서 만나 함께 책 읽기 봉사를 하던 친구가 포장마차에서 떡볶이를 만들어 팔고 있었다. 남은 전부를 포장하게 해서 싸가지고 오면서 앞치마 주머니에 지폐 봉투를 찔러넣어 주었다. 이처럼 영수증 없는 봉사를 하고 나면 난 그것으로 만족한다. 체육관에서 청소 등 복도에서 일하는 친구들에게 매점 커피를 사주는 아줌마로 불리는 것 그것이 얼마나 소박한 이름인가? 영수증을 받아서 소득공제 구비서류에 첨부해 할인을 받을 수는 없겠지만.

축복은 아니어도 친절을 베푼 정도는 아닌가? 그냥 그렇게 소박하고 멋있고 상냥한 아줌마로 남고 싶다. 헬스장 샤워실 저편에서 날 보고 와서 웃으며 썩썩 비누질해 등을 밀어주는 성도 모르는 젊은이에게도, 헬스장에서 같은 시간에 같은 기계를 하려고 도착했을 때 웃으며 양보해주는 출근 전 시간 바쁜 청년에게도, 늘 묵례하며 인사하는 사람에게 말을 건네는 상냥함을 보이고 싶다. 나를 접하는 모두에 감사하면서 웃음을 보내주면. 이 모두가 베푸는 봉사가 아닐까?

57

2017년 윤달에 한 일

59년 전에 돌아가신 엄마와 11년 전에 돌아가신 아버지를 합장해서 거의 60년 만의 해후를 하셨다. 그리고 할아버지 할머니를 화장해 납골당으로 모셨다. 가끔 아버지 산소엘 가면서도 그 위쪽 선산이나 몇 년 전, 만들어진 납골당은 한 번도 올라가 보질 않았다. 작년에야 큰댁 오빠를 따라 올라가 보니 5대조까지는 아래쪽에 계시고 그 위 일곱 분은 널찍한 선산의 뒷자락을 크게 차지하고 잠들어 계셨다. 자세히 보니 5대조 할아버지 비석엔 양옆에 부인이 두 분이 계셨다. 큰댁 오빠에게 물으니 첫째 할머니께서 손을 못 보시어 둘째 부인을 정식으로 맞이하셨다고 했다. 그 시절에는 법으로 허용되었겠지만.

지금은 신도시 개발지구로 잘 알려진 경기도 화성시 동탄면 신리 358번지가 큰댁 주소이고 13대조 할아버지께서 자리 잡으셨던 곳이다. 수원현감을 지내셨던 분으로 응(應)자, 상(相)자를 쓰시던 분이셨는데 산세와 경관이 너무 좋아 조용히 책을 읽으며 여생을 보내시려고 자리 잡으신 곳이란다. 몇 년 전 아버지께서 그곳으로 가서서 누우실 때쯤, 동탄 2지구 개발로 마을 모든 집이 헐릴 때 문씨 일가가 마지막으로 마을 입구 늙은 느티나무 밑에서 찍은 사진은 100년 후에 열릴 타임캡슐에 담겨

묻혔다. 내가 이 글을 써 보리라 예상하고 큰댁에서 구해진 그 사진 속의 주인공들은 시골 사람들이 아닌 모두 멋쟁이 아저씨 아줌마들이었다.

그리고 한 가지 더 정리를 잘한 일이 있다. 지금 나의 늦은 반려자인 안종구의 전처이자 John과 Suzie 두 남매의 엄마인 장소군(張小君) 씨의 방치된 묘를 화장하여 납골봉안소에 안치한 일이었다. 그녀는 John을 낳다가 다음날 먼 이국땅에서 생을 마감했다.

바레인에서 주검으로 실려 와 용인공원에 안장되었으나 친정아버지가 돌아가신 후로는 누구 한 사람 찾아오는 이 없는 묘가 되었다. 남편이랑 아이들이 모두 외국에 있다 보니 묘비조차 낡아 이름도 찾기 힘든 그곳을 파묘해 화장 안치하기로 했다. 이날저날 벼르다가 윤달에 용단을 내렸다. 윤달의 마지막 날, 음력 2017년 11월 29일은 일찍 찾아든 추위가 기승을 부리며 매서운 바람이 온몸으로 스며들고 있었다.

미국에서 두 아이는 못 오고 형님께 전화했더니 군대 간 외손자 면회 가기로 미리 약속되어 못 오신다고 하셨다. 할 수 없이 우리 내외만이라도 할 각오로 걱정하고 있었다. 그런데 뜻밖에도 동생 혜정과 혜원이 함께 가겠다고 연락이 왔다. 천군만마는 이럴 때 쓰는 말일 거다. 두 동생이 있어 훈훈한 마음으로 파묘하는 걸 지켜보고 기도해 주어서, 덕분에 용인에서 유골을 거두어 성남에 가서 화장하여 합동 납골소로 모시는 일을 무사히 끝냈다.

그때 혜정인 최 서방이 병원에서 희미한 의식으로 누워있었고 간병인은 일요일마다 쉬어야 하므로 교대를 해주어야 할 때인데도 교대를 월요일로 바꾸고 와 주었다. 정말 언니로서 고맙기 그지없는 일이었다. 재혼 언니형부의 전처, 그것도 42년 전에 고인이 되어 얼굴은 물론 촌수

혜정 혜원과의 한때

도 없는 분을 위해서 그렇게도 추운 날 옷을 겹겹이 껴입고 군밤 장수 같은 벙거지까지 준비하고 와 주었으니 얼마나 고마운 일인가. 그렇게 1971년 결혼해 1976년까지, 짧은 결혼 생활 끝에 30세도 안 된 나이에 가신 아이들 엄마를 안치한 일은 다시 생각해도 잘했다는 생각이 든다.

58

Patrick McMullan 신부님과 Lydia

난 아직 신앙생활에 대해 많은 회의를 하고 있다. 신앙이란 어떤 대상을 굳게 믿으며 그를 따르고 그 가르침을 지키는 것이다. 하지만 그 믿음의 대상에 의심 한번 품어 보지 않은 신자는 없으리라고 본다. 무조건 복종하며 불확실한 대상을 확실하다고 믿는 것이 어렵긴 하겠지만 믿어지며 올바른 신앙을 갖는다면 무한한 행복일 것이다. 그러나 많은 사람이 고민하고 고통스러워하는 부분이 있는 것도 사실이다. 그렇지만 인간관계로 인하여 개인에 대한 실망 때문에 신앙 전체, 또는 그 자체에 의구심을 가지게 되는 것은 어리석은 일일 것이다. 인간은 약한 마음에 그런 어리석음이 있을 수 있겠으나 현명한 사람도 때론 어리석은 일을 저질러 버릴 때가 있는 것이 아닐까?

출가하여 부유한 집으로 호적을 옮겨 살 즈음 시댁은 상도동이었다. 시아버님께서 현직에 계실 때이니 집안엔 늘 손님이 많았고 자연히 일손도 많이 필요할 때였다. 붙박이 가정부가 둘이나 있어도 파출부를 자주 불러 쓰고 정원사 외에도 이런 일 저런 일 하는 사람들이 집에 많이 드나들곤 하였다. 새색시였던 나는 집안에서 맡아 하는 일이 별로 없었으니 그들에게 차를 대접하는 일은 언제나 내 몫이었다. 차를 내어다 주며 난 그들에게 인사차 어디서 왔느냐고 묻곤 했다. 그러면 그들 모두는 봉천동에서 왔다고 했다. 난 그때 봉천동이라는 동네가 어떤 동네이기에 오는 사람마다 그곳에서 왔다고 할까 하고 궁금했다. 지금같이 도로가 크게 뚫려 있었으면 차로 한 번쯤 넘어와 보았을 텐데 그때는 좁은 고갯길이었다. 어머니께서 "그리 궁금하면 한번 고개를 넘어가 보자구나." 하셨는데도 뭐가 그리도 바쁜지 한 번도 못 와 보았다. 그리고는 40여년이 지난 후에 동네 이름이 바뀌긴 했지만, 그 고개 너머에 내가 와서 살게 될 줄은 상상도 못했다.

30년 이상 주민등록을 두었던 강남에서 이쪽으로 이사 온 지 얼마 지나지 않았을 때의 일이다. 딸네 집에 볼일이 있어 먼저 가 있는 내게 안대사로부터 전화가 왔다. 원마트 사장이라는 분이 전화를 했는데 경품 당첨이 발표된 지 오래인데도 안 찾아가서 연락했노라 하며 도장을 가지고 나오라는 연락이 왔다는 것이다. 난 경품이 가루비누 정도이겠지 하고 큰 비닐봉지나 하나 사서 넣어서 이리로 그냥 가지고 오라고 했다. 한참 후에 다시 전화를 한 안 대사는 아무래도 비닐봉지에는 담기지 않겠다고 농담을 했다. 글쎄! 우린 재수 좋게도 기껏해야 2~30만 원 정도밖에 안 팔아준 마트에서 경품으로 내어놓은 새빨간 모닝(morning) 자동차 한 대의 횡재를 했던 것이다.

아무튼 강감찬 장군의 호를 딴 이 인헌동으로 이사 오자마자 예감이 좋았다. 며칠 후 여동생들과 점심을 하고 차 한 잔을 나눈 집은 서울에서 가장 작다는 낙성대성당 안의 아담한 찻집이었다. 그곳에서 가두 선교를 하는 김봉남 까따리나라는 분의 소개로 리디아를 비롯하여 아가다 등 많은 훌륭한 교우들까지 알게 되어 미사 보러 나가도 여기저기 아는 분이 많았다. 본당 이재을 신부님 또한 행동으로 모범을 보이는 훌륭하신 분으로 내가 영세를 받고 처음으로 마음에 드는 신부님을 만나 즐거웠다. 자연스럽게 가톨릭에 심취하게 되었다. 마른 수건에 물이 스며들며 젖어 들듯 믿음의 진리에 깊이 빠져들었다. 이 모두가 나와 만나면서 신앙을 알게 된 안 대사와 함께 하는 행운이라고 여기며 열심히 교회 봉사를 하였다.

그때 우리는 성당에서 '사랑방모임'이라는 소모임을 운영하는 교육도 받았다. 성당공동체가 임원 몇몇 위주로 운영되므로 그 외의 신자들은 냉담을 많이 하게 되는 현실에 모두 다 참여하여 서로 말씀을 나누는 소공동체모임이 있어야 한다고 주장하던 이재을 신부님은 '사랑방모임'을 적극적으로 추진하시며 작은 성당에 100개의 소공동체를 만드시고 그 취지와 내용을 책으로도 펴내셨다. 안 대사도 영어 책자로의 번역을 도우며 주중행사로 있는 사랑방모임에도 참석했다. 주로 성당에서 모임을 했지만, 우리 집에서도 하고 매주 이집 저집으로 장소를 옮겨 모임을 가지며 일주일 동안 일어난 이야기와 신앙에 관한 토론 등으로 간증도 들을 기회를 얻기도 했다. 또한, 신부님은 봉사 차원으로 국제선교회 모임을 통해 수년 동안 여러분의 신부를 배출하여 신부가 부족한 파나마나 칠레로 파견하는 외방선교일도 하고 계셔서 거기에도 참여할 수 있었다. 모두가 봉사라는 것이 무엇이고 희생이라는 것이 어떤 것인지 알게 해준 모임이었다.

한주에도 두세 번씩 봉사를 나가 가난한 쪽방촌 사람들에게 밥을 해드리고 기도 모임을 갖는 교우들과 함께 어울리며 그들의 철저한 믿음에 대화도 많이 했고 난 언제나 거기에 심취해 가며 참여했다. 솔뫼성지

(김대건 신부님의 생가)를 시작으로 공세리성당 등 우리나라는 초창기 천주교 박해 때문에 세계에 유래 없는 교회를 지키기 위한 많은 순교자가 있었다. 3,000명을 생매장한 해미성지, 병인박해 때 체포된 8,000명이 목이 잘리는 형을 당했다는 절두산성지. 청양 줄무덤. 새남터. 황새바위 등 국내 성지를 다니며 천주교 역사를 배우고 어디에 어떤 일로 가도 그들이 하는 일은 존경할 만한, 천생 신앙인으로 연결 지어졌다. 또 얼마 전 일본학과 졸업 리포트로 제출한 일본소설 엔도슈삭쿠의『침묵』을 번역했던 일은 생소한 단어가 많아 힘은 좀 들었지만, 일본 천주교 뿌리를 이해하는 데 큰 도움이 되었다. 가신을 신봉하는 일본의 전통적 풍습으로 크리스도교 입성이 어려웠을 것으로 이해할 수 있었고 실제로는 풍신수길 때부터 박해가 있었다.

아직도 배워야 할 것이 무궁무진하지만 이제 신앙은 나의 일부가 되었다.

유아 세례로 기독교 신자가 되신 아버지의 맏딸로 태어나 일제강점기와 해방 후의 격동기, 그리고 6·25동란을 겪으면서도 철들기 전엔 부유하게 보냈다. 그러나 4·19를 당하고 5·16전에 엄마를 떠나보낸 뒤 나이 19세에 말할 수 없는 인생의 시련을 겪으며 엄청난 마음의 방황을 하기도 했다. 나를 잊을 만큼 살아갈 의욕을 완전히 잃어서 우는 것조차도 사치라고 여기며 살던 스무 살 즈음에도, 막연히 스님이 되어 세상 모든 것을 버리고 산속 어느 암자에서 마음의 도를 닦아 심오한 경지에 다다르는 삼매경에 이르고 싶었던 적도 있었다. 하지만 거의 두 달을 절에서 스님들과 함께 지내면서 매일 염불을 외우며 불교서적을 보면서도 뭔가를 깨우치거나 깊이 빠져들지 않았다. 심경의 동요나 가슴으로 뭔가를 의지하려던 마음이 절실하지 않았던 것은 결코 아닌데 왠지 나는 어떤 종교의 믿음이 받아들여지지도, 미친 듯이 가슴에 와 닿지도 않았다. 나 스스로 뭔가 어느 종교라도 좋으니 믿음에 의지하며 나를 잊을 정도로 매달려 봤으면 하고 원하면서도 그게 잘되지 않았다. 어느 누구로부터 강한 영향을 받은 일이 없어서라고 말한다면 그건 하나의 변명이나 핑계에 지나지 않을 것이다.

아버지께서도 나에게 교회나 신앙에 대한 어떤 이야기도 권하거나 들려주지 않으셨다. 지금 생각하면 아버지 스스로도 신앙심이나 깊은 믿음에로의 큰 신뢰를 갖진 않으셨던 것 같다. 그냥 어려서 초창기 기독교에 열성이셨던 외할머니를 따라 매주 예배드리러 정동교회를 나가셨던 것뿐 마음속 깊이 신앙의 뿌리를 심지는 않으셨던 것이 아닐까? 아버지도 당신의 차녀 Lydia의 영향으로 1970년대부터 가톨릭 신자 돈 보스코란 본명으로 40년을 사시다가 10년 전에 하늘나라로 가셨다. 85세 이후 미사에 못 나가실 때는 은퇴하신 장대익 루도비꼬 신부님께서 집에 오시어 미사를 봉헌해 주시곤 하셨다.

나는 결혼을 한 뒤로는 불교신자이며, 신도회 회장 일을 맡아보시던 시어머님을 따라 자연적으로 절에 나가게 되었다. 절에 가면 으레 대웅전에 올라가 평안을 기원하며 쉬지 않고 부처님께 절을 올렸다. 그 후 남편을 보낸 후 영혼을 절에 모시니 거의 매일 절엘 가서 남편의 극락왕생을 빌고 또 빌었다. 그러나 탈상을 한 그 후엔 직장 관계로 주중에 치러지는 불교의식엔 참여하지 못했다.

허탈감에 빠져 마음을 못 잡고 헤매고 있을 때 어딘가에 의지하면 마음이 잡힐까 하였으나 그 무엇도 진심으로 믿어지질 않는 건 매한가지였다. 일단 세례부터 받고 열심히 일요예배에 참여하고 간절히 기도를 드리면 의심 없는 깊은 믿음이 생길까 싶어 예수교장로회 세례를 받고 10년을 간증이며 신앙집회 등에 참여했으나 그 또한 의심이 생기면서 점점 회의에 빠져들고 심경이 어지러워졌다.

그러던 어느 날 아주 가까이에 있는 천사를 만나게 되었다. 문 Lydia! 그녀의 남편이 늘 불러주던 이름 '살아 있는 천사', 여동생 문혜정이었다. 50년을 함께 산 동생이자 10년을 같은 아파트 아래 위층에 살면서도 단한 번도 "언니 성당에 나가자"고 한 적이 없었다. 어려서부터 천사 같았던 동생을 보며 어느 날, 아! 성당엘 나가보자. 하는 생각이 들었다. 그리고 그날부터 일요일이면 미사 참석을 했다. 그러니까 Lydia는 자신의 삶 그 자체로 모범적인 선교를 한 셈이다. 난 스스로 1989년도에 천주교 영세를 받아 'Francesca Romana'란 본명을 받고 가톨릭 신자로 거듭 태어났다. 그렇게 한 30년 동안 난 동생 Lydia의 큰 영향을 받으며 가톨릭에 의탁하면서 성경의 진리도 부지런히 익혔다. 동생은 어느 날 집에 와서는 내 머리가 산만한 걸 보고 "언니! 미장원에 가서 예쁘게 하고 부활절 맞아." 하기도 했다. 그러면서도 나는 그냥 바쁘다는 핑계로 냉담만 안 했을 뿐 주일미사에만 참여하며 안정을 찾는, 말 그대로 주일 신자로 지냈다.

그러다가 안 선배와 관면혼배를 올린 후 논현성당에서 견진성사를 받고 안 대사는 최유경안젤라(Angella)와 교리 공부를 마치고 영세를 받으며 대건 안드레아(Andrew)란 본명을 받아 함께 성당엘 나가고 있다.

그러다 서울대에서 낙성대성당을 빌려 외국 유학생과 그 가족들을 위한 미사를 시작하면서 뉴질랜드 출신이며 콜롬방 소속 Patrick McMullan

신부님이 집전하는 미사에 나가게 되었다. 한국에서 30여 년을 지내시면서 한국인을 위해 봉사하는 훌륭한 성직자인 신부님은 나에게 처음부터 감동을 주셨고 우린 곧 가까워졌다. 성당이라는 공동체를 떠나 더 마음을 트며 형제같이 따르고 서로에게 신뢰를 주며 지내게 되었다. 막걸리와 돼지 삼겹살을 즐겨 드시는 신부님은 평화방송 'Hellow Father'에도 출연하셨던 분으로 아주 모든 면에 배려 깊고 자상하고, 어느 때는 외국인인 걸 잊게 할 정도로 한국어에도 능통하시다. 늘 친밀감을 갖게 해주신 분이다.

우리 셋은 함께 많은 행사에 참석했다. Alex라는 한국인으로 어려서 외국에 입양되어 한국어를 전혀 못 하는 채로 유학 왔던 친구가 서울대 교수 여자를 만나 시청홀에서 결혼을 했다. 주례는 물론 Patrick McMullan 신부님이셨다. 우린 Alex도 축하하고 신부님도 축하하기 위해 참석했다. 몇 년 전엔 신부님 서품 30주년 기념행사에 참석하기도 하였다. 신부가 되시기 전부터 한국엘 오셔서 사귀신 40년 된 친구도 있었다. 참석한 장애인 아이들을 보면서 어떻게 남의 나라에 와서 저렇게 장

Patrick McMullan 신부님

애인에게 한결같은 봉사를 할 수가 있을까 하고 감탄을 했다.

5년 전 어느 날 내가 새로 사서 타고 나간 차를 축성해주시면서 긴 축성으로 해주랴? 짧은 축성으로 해주랴? 하고 물으셨다. 기왕이면 긴 걸로 해달라고 했다. 유머가 대단하신 신부님이시다.

요즘 신부님은 수원(가톨릭대학교)신학대학 강의도 나가시고 명동대성당 영어신학성서 연구반 ENTS(Lecturer for  English New Testament Studies)에서도 강의하신다. 번역도 하며 늘 바쁘게 지내신다.

가톨릭 신자로서 마음의 평화를 얻기 위해서는 꿈을 먼저 기도로 바꾸고 영적으로 서로 통하고 있다는 것을 믿고 하느님 안에서 해결해야 한다는 그 진리를 믿어야 한다. 프란체스카 로마나 성녀가 자신의 자식 셋을 잃고 절망에 빠져 스페키의 탑에 올라가 기도할 때, 내 마음의 칼을 내가 직접 뽑을 수는 없지만 남의 칼(고통)을 뽑아주다 보면 내 칼도 누가 뽑아주지 않겠나? 하고 기도했더니 그날 밤 꿈에 성모님께서 나타나셔서 성녀 마음의 칼을 뽑아주니 성행하던 전염병이 말끔히 사라졌다는 것이다. 성녀 프란체스카 로마나가 내 영명이 되었음을 영광스럽게 생각하며 감사드린다.

원고를 넘기기 직전 가톨릭상지대학교 총장님으로 계시는 정일 가브리엘 신부님으로부터 〈새롭게 교회되기〉라는 평생 쓰신 논문집을 보내셨다. 어렵고 이해 안 되는 부분도 많지만, 논문집 중 '오늘의 과제'에서 몇 자 옮겨 본다.

"평신도는 교회와 세상 안에서 하느님 백성의 사명을 자신의 고유한 사명으로 알고 수행하도록 불림을 받은 신분이다. 평신도 자신이 자신의 신원에 대한 자각과 부여된 사명과 역할에 대한 인식이 더 한층 요구된다."

59

내 80년 세 번의 사랑 중 첫사랑

가슴 깊이 묻어둔 찬구라는 친구 이야기를 해야겠다. 지난해 1월 나는 들지 말았어야 할 소식을 들었다. 찬구가 알츠하이머와 파킨슨병으로 10년째 아무도 몰라보고 아주 비참하게 살고 있다는 것이다. 만사에 긍정적인 친구라 퇴직하고 말년을 잘 보내고 있겠지! 그리 믿고 산 10년 무소식 끝에 들은 이야기라 더 충격이었다. 찬구는 내가 열아홉 살 때 처음 만나 60년을 진솔한 친구로 인연을 맺은 내 생애에서 단 한 명의 남자친구였다. 누가 뭐래도 나를 제일 많이 알고 이해했으며 솔직하게 이성을 떠나 깊이 사랑했던 친구다. 끈질긴 인연으로 만나고 헤어지며 또 그렇게 60년을 이어졌다, 끊어졌다, 했던 친구는 금년 1월, 저세상으로 가버렸단다. 그 소식을 듣고 나는 얼마나 오열했던지! 찬구! 찬구…. 이 친구야!

찬구는 내가 고교 졸업 후 청량리를 지나 넓은 논밭으로 이어진 벌판 한가운데 마누라 없인 살아도 장화 없이는 못산다는 답십리라는 생소한 곳으로 가서 미래가 너무나 암담했을 때 엄마와 새로운 삶을 시작하려고 할 그 무렵 그러니까 찬구는 울 엄마가 나보다 먼저 알았던 유일한 남자친구다. 아니 울 엄마에게서 내가 소개받았던 친구다. 엄마와 내가 가게를 한다고 한참을 바쁘게 준비하고 있을 때, 그도 목표로 하는 대학에 떨

어지고 놀고 있었고 큰 마당 건너에 있던 동사무소에 근무하던 준태와 함께 알았던 친구다. 장사 같은 걸 할 것 같지 않게 보였던 엄마에게 먼저 다가와 말을 걸며 양담배 이름도 맥주 이름도 과자 이름도 가르쳐 주고 이야길 먼저 걸어왔던 친구. 엄마도 처음 하는 일이라 인사나 계산조차도 서툴 만큼 답답했던 때에 많은 말을 나누었던 친구, 그렇게 엄마와 함께 알았던 친구로 엄마를 보내 드리고 그 슬픔을 주체할 수 없을 때 준태랑 찬구는 함께 찾아와 많이 위로해주었고, 후에는 진학문제 취직문제까지도 의논했었다. 그들도 목표로 하는 대학입시에 낙방하고, 대학편입을 목적으로 입학한 문리사범대학을 공부한 친구다. 그 후 군대를 마치고 K대에 편입하여 졸업하고 공무원 시험에 응시했다.

경기도 용인군 외삼면 S부잣집에서 아들 다섯 중 넷째아들로 태어난 그는 훤칠한 키에 부드러운 인상을 지닌 매우 착하고 성실한 친구였다. 나와 가깝게 지내던 고등학교 친구 명자 아버님은 당시 외삼면 면장이셨는데 S부잣집 앞을 지나실 때는 대문 밖에서도 고개를 숙이고 지나치셨다고 들었다. 친구 말에 의하면 찬구는 그때 서울에 와서 공부하는 여학생들의 선망의 대상이었다고 한다. 그 시절 그 친구는 흠잡을 데 없는 잘 생기고 멋있는 고등학생이었고 그 후 나에겐 나무랄 데 없는 착실한 남자친구였다. 그와 나의 인연엔 우연도 사연도 많았다.

우리가 이사 갔던 답십리에 그 친구의 누나가 살고 있었고 가장 친한 친구 준태의 직장이 있어서 매일 우리 동네를 찾아왔다. 난 그때 매우 어려운 시기였고 친구와 준태 우리 셋은 그 변두리 어디에서든 자주 만났다. 지금 생각하면 "죽기엔 너무 젊고 살기엔 너무 가난하다(김남순 저)"라는 그 말은 그 시절 나에게 꼭 맞아떨어지는 말인 것 같았다. 청량리 역전 뒷동네 가난이 철철 흐르는 골목 다방, 우리 셋이 앉으면 가득하던 빵집, 의자가 쪼그마해서 앉으면 코가 서로 닿을 듯 하던 짜장면집, 조금이라도 비쌀 것 같은 집은 안 들어갔다. 아니 못 들어갔다. 모두 돈이 없는 것은 아니었지만 당시 나의 가난한 집안 사정은 마음까지 그렇게 옹색하게 만들었다. 장소야 어떻든 그 친구들은 만날 때마다 나의 마음을 '사는 수밖엔 없다'라는 정리된 결론으로 잡아주었다. 준태 또한 열악한 환경에서 삶에 회의가 수북하던 친구로 능한 말주변은 항상 나를 다운시켰다.

그러다 친구는 학교를 졸업하고 간부후보생으로 군대에 갔다. 소위 계급장을 달고 외출을 나왔을 때도 우리 셋은 청량리 조그만 음식점과 다방을 찾아다니며 많은 이야길 나누었다. 나는 그때 내 곁에 이 친구들이 있어서 명주실 같은 희망을 이어갈 수 있었다. 그러던 다음해 내가 경리 사무를 보고 있을 때 4.19기념일이었다고 기억한다. 충주에 내려가 있던 준태에게서 전화가 왔다. 친구가 군대에서 사고가 났다고 했다. 의정부 야전병원으로 실려 갔는데 매우 위독하다는 것이었다. 난 그 전화를 받고 창피한 것도 모르고 사무실에서 그냥 큰 소리로 엉엉 울었다. 놀란 경리과장은 빨리 가 보라며 서둘러 외출증을 끊어주었다.

준태와 나는 급하게 버스를 타고 의정부 야전병원으로 달려갔다. 국방색 천막으로 쭈~욱 지어진 야전병원. 즐비하게 이어져 있는 장교 침상 중 맨 끝인 입구에 그가 뉘어져 있었다. 친구가 우릴 먼저 알아보고 반가워서 웃고 있었다. 수도 없이 박힌 파편 조각들은 무서우리만치 검은색으로 얼굴을 덮어 일그러져 보였다. 유독 가지런히 하얗게 드러낸 치아만 보일 뿐이었다. 난 쳐다보기는커녕 기절할 것 같이 무서워서 금방 밖으로 뛰쳐나왔다. 그 친구는 보병이었는데 포병장교의 대리 근무를 하다가 지뢰 묻는 작업을 하는 도중에 지뢰가 터졌다고 했다.

지휘를 하던 그는 다리에 부상을 입고 쓰러졌고 산산이 흩어진 파편 조각들은 수도 없이 튀어서 그의 몸과 얼굴에 박혀 버렸다. 웃고 있는 얼굴 전체는 박힌 파편 조각들로 피부가 온통 까맣게 타버린 느낌이었다. 그 친구는 그로부터 몇 년의 병원 생활을 해야 했다. 서울수도육군병원으로 이송되었다가 얼마 후 경주육군병원으로 또 옮겨가게 되었다. 후에 들은 이야기지만 준태가 내 사진 한 장을 몰래 경주병원으로 보내주었는데 그 친구는 항상 그걸 책갈피에 끼워두고 있었다고 한다. 그러다가 친구 소위를 좋아하던 간호 장교에게 들켜서 미움도 많이 받았다고 했다. 그렇게 그는 오랜 기간 소위에서 진급도 못 한 채 고통스럽고 지루한 병원 생활을 하다가 소위 만기 제대를 했다.

약 1년 반쯤 지났을까? 어느 날 친구가 같은 소위 계급장을 달고 휴가를 얻어 서울에 올라왔다. 정말 오랜만의 만남이었다. 퇴근 후 함께 시청 앞 개풍빌딩 앞을 지날 때였다. 순식간에 일어난 일이라 자세히는 보지 못했으나 언뜻 보아도 친구보다 훨씬 어려 보였고, 중위 계급장을 달고 있었다. 골목으로 불려간 친구가 한참 만에 나왔다. 한대 얻어맞았는

지 싹싹 빌었는지는 알 수 없지만, 진급이 안 돼서 새까만 후배에게 혼이
난 것이다. 그는 군대란 그런 거라고 씁쓸히 웃었다. 그 후에도 두어 번
의 휴가가 있었다. 동대문에서 컴컴하고 지저분한 기동차를 타고 뚝섬
에서 내려 또 배를 타고 한강을 건너면 지금의 강남 경기고등학교 근처
리베라 호텔 정문의 길 건너쯤에서 내렸다. 그때는 전부 벌판과 야산이
었다. 난 하이힐을 신고 그는 군화를 신고 야산을 넘어가면 봉은사라는
절이 있었다. 그때 돈 200원이면 절에서 반찬이 열 가지도 훨씬 넘는 정
갈하고 맛있는 밥 한 상을 차려주었다. 절밥을 먹고는 거기 뒷산에 올라
가 앉아서 많은 이야기를 나눴다. 그 친구와는 정말 못할 얘기가 없었다.

난 우리 엄마 이야길 많이 했다. 그 친구는 엄마를 그리워하는 나에게
몇 번이라도, 똑같은 말이라도, 들어주고 있었다. 생전 처음 가 보는 청
량리 밖 그것도 남의 집 방 한 칸으로 이사 갔을 때, 엄마가 아이들과 다
시 살아보겠다고 죽을힘을 다할 때도, 또 엄마가 돌아가셨을 때도 그 후
에도 아니 어떤 무슨 상담역까지도 마다하지 않고 심각하고 성실하게 들
어 주고 읽어 주며 진솔한 답을 보내주고 많은 위로의 조언과 또 고민의
해결을 의논해주었다. 겨우 두 살 위인데 그 친구는 늘 어른 같았다. 그
래서 내가 부르던 그 친구 별명은 '애 늙은이'였다.

그는 여러 가지 장애를 거치고 소위 만기 제대를 하게 된다. 대학을 마
치고 공무원 시험으로 서울에서 공무원 생활을 하던 친구가 지방으로 발
령이 나면서 사표를 냈다는 이야기를 들었고 나는 복잡했던 병원사고 등
으로 한참 소식을 못하고 있었다. 동대문에서 개업하려고 준비할 때이
다. 독일에서 리스로 의료기계를 들여와야 하는데 S은행만 그 일을 취급
한다고 했다. 지점장을 만나 독일 기계의 품목, 기구 이름과 금액 등 복잡

한 계약서를 작성하고 기계가 들어오면 지점장이 병원으로 오기로 했다.

그런데 마침 그날 본점 회의가 있어서 새로 온 차장이 갈 거라는 전화가 왔다. 그리곤 잊고 있었는데, 친구가 병원으로 들어오는 게 아닌가? 이렇게 해서 다시 불가분 이어진 친구와 나의 인연은 또 그렇게 가까이하게 되고 그때도 병원에 많은 도움을 주며 지내게 되었다.

나의 인생에서 사랑이라고 이어진 세 사람 중 그는 그렇게 끊어지지 않은 인연이 되어 늘 내 앞에 나타나곤 했다. 그것이 영원은 아니라는 것은 알았지만 어느 날 갑자기 아름다운 추억의 향기만 남긴 채 목련같이 허무하게 떠났다는 소식은 너무나 큰 허전함으로 다가왔다. 봄을 보낸 여름 내내 가슴 한편에 우울함으로 남는다. 하늘을 떠다니는 뭉게구름을 바라보다가도 문득문득 무심한 그가 생각났다. 온 누리가 텅 비어 있지 않은가? 이런 야속한 사람!

에필로그

멋쟁이 여자로 남고 싶다

이 또한 지나가리라.

유대인들이 즐겨 쓰는 말이다. 기쁠 때 교만하지 않고 절망이나 시련에 처했을 때 용기를 주는 이 말을 난 항상 간직하며 살아왔다.

꿈 많던 한 소녀는 철들기 전 진학의 문턱에서 원통하게 어머니를 잃고 재앙같이 찾아든 불행 앞에 무릎 꿇으며 이상, 희망 등은 무참히 무너지고, 어느 날 정신 차리고 보니 졸지에 여섯 식구의 가장이 되어있었다. 꿈과 포부 그 모두는 용기와 함께 접어야 했고 닥쳐온 가난을 헤쳐나가기 위해 고픈 배를 움켜쥐고 내 동기간의 내일만을 위하여 외롭고 힘겹게 악착같이 질풍노도(청년시절)를 뒤로 한 채 살아내야 했다. 잠시의 틈도 없이 짜인 일정 속을 뛰어야 했던 나는 늘 혼자였고 언제나 긴박한 생계, 철저한 교육, 아직 철없는 맏이가 단숨에 잡아야만 했던 가정의 질서 등 어려운 선택, 악역을 자처한 그 모두는 나를 힘들게 했다. 이제는 성공한 성장을 하여 풍족한 가정을 이루고 사는 동생들을 보면 한없이 고마우면서도 한편엔 더 잘 해주지 못해 측은한 마음과 미안함이 아직 아픔으로 남아 있다.

　서른이 넘어 혼자되어 자식들을 기를 때도 아이들에게 너그럽지 못했던 건 매한가지였다. 내가 조금이라도 관대한 아량으로 느슨하면 해이해진 아이들이 버릇없이 자라서 아비 없는 놈들이란 말을 들을 것 같다고 여겼으니, 그 점이 가장 겁나고 두려웠다. 그래서 아이들이 착한 일을 하거나 공부를 잘해서 좋은 성적표를 받아왔을 때도 가슴속으로는 눈물로 감사하면서도 정말 잘했다고 칭찬해주고 등도 두드려 주었어야 했는데 난 그러질 못했다. 오직 무거운 과제는 저 작은 꼬맹이들을 언제 어느 세월에 잘 키워내 나와 지난 오늘을 이야기할 수 있을까. 더디게 가는 날들이 얼마나 안타까웠는지. 지나고 보니 별반 그렇게 긴 세월도 아닌 것을! 나름대로 그때그때를 즐기고 좀 더 여유 있게 지냈어도 되었을 텐데 뭘 그리 조바심내고 초조해했을까.

　이제 중년이 된 자식들을 보면서 바쁘고 엄한 엄마 밑에서 외로움을 견디며 어린 나이에 보채지도 않고 성실하고 든든하게 자라주어 늘 고맙고 대견하다. 요즘 듬뿍 사랑받으며 자라는 손자 손녀들을 보면 "불쌍한 내 자식들!" 하면서 가슴 속이 뭉클하여 눈물 적신 적도 많았다. 아버지가 계셨더라면 많은 사랑을 받으며 자랐을 텐데 우리 아이들이 얼마나 사랑에 목말라 했을까 생각하면 불쌍하고 미안하기 그지없다. 나도 다시 태어난다면 선한 누나와 언니, 그리고 웃음으로 칭찬해주는 상냥한 엄마로 불리며 살아보고 싶다, 이제는 내 형제들 모두와 내 아이들이 건강하게 서로 사랑하며 어떠한 일이 있어도 옛날만 같은 우애와 좋은 남매의 의리로 살아줬으면 하는 소원뿐이다.

어느 날 소녀 가장에게 주어졌던 행운과 행복이었던 결혼과 남편을 꼭 움켜쥐고 안 놓으려 무던히도 애를 썼지만 속수무책이었다. 그리고 남겨진 과제에 매달려 손에 땀을 쥐며 숨차게 달려왔지만, 한숨 돌리니 내 나이 벌써 팔십 고개가 되었다. 꿈꿔온 것들을 다 채우지 못한 채 내세울 것 없는 그냥 그런 아줌마, 할머니로 나이 먹고 있지만, 생명이 다하는 날까지 어디에서든 무슨 일이든 멋지게 최선을 다하고 싶다. 그리고 모두의 추억 속에 '멋쟁이 여자'로 기억되고 싶다.

시간은 흐르는 물과 같아서 막을 수도 역류할 수도 없다. 언제 끝날지 모르는 나의 여정 앞에 인생의 진정한 의미를 깨달을 즈음이면 남은 시간이 별로 없다는 것을 알게 될지도 모른다. 그때 가서 그 순간을 후회하지 않기 위해 돈보다 더 귀중한 남은 시간을 좀 더 아끼며 살아갈 것이다. 인생에서도 지독한 그리고 몹시 시린 추위의 겨울은 지나가고 반드시 봄이 온다, 그리고 지루하고 긴 여름은 또 찾아올 테니까. 고즈넉한 산책길을 혼자 걸으며 사색이라는 사치스러운 것도 한번 해 보고 싶다. 그렇게 살다 시간이 허락된다면, 조용한 여행지에서 둘만의 한가로움을 즐기며 행복한 여생을 보내면서, 아이들에게 고생 안 시키고 오래 앓지 않고 며칠만 아프다 자는 듯 가기를 기도해 본다.

종합검사 예약으로 며칠 운동을 못 나가니 동료들이 나의 소식을 궁금해했다. 다시 만나는 아침, 반가운 얼굴로 손잡고 안부를 건네며, 땀 흘린 운동 후의 커피 한 잔, 오가는 대화 속에 피우는 웃음꽃과 어울려 나누는 즐거운 시간. 함께 나이 먹어가는 친구가 때로는 가족이나 애인보다 소중하다고 느끼는 요즘이다. 진솔한 친구가 한 명쯤 있다면 더없이 행복한 인생이라고 하지 않나. 새벽마다 우리 부부 건강을 진심으로 기도해주는 조용한 친구 한미자가 있어 나는 무한 행복하다. 실로 인생에 있어서 의미 있는 순간은 사소하고 조용한 이런 것들이 아닐까? 그러니 내게 남은 시간을 좀 더 여유를 가지고 그런 환상의 순간순간들을 만끽하며 천천히 또박또박 그리고 꾸준하게 남은 삶의 마무리를 엮어가고 싶다. 오늘 건강하게 살아 있음에 감사하며 내일 아침에도 일찍이 아침 운동을 나가련다.

명자꽃, 해마다 이른 봄 진한 녹색의 잎사귀 사이로 수줍은 듯 숨어 곱게 피는 꽃, 화려한 노란 꽃술을 품고 선명한 꽃빛마저 살짝 감추며 은은한 향을 뿜어내는 명자는 신뢰, 겸손의 꽃말을 갖고 있다. '명자꽃' 믿음과 사랑과 행복을 함께하며 여든 해의 나를 엮어 놓은 명자의 지난날을 읽어 주신 모든 분과 '명자꽃'을 극찬해주신 꽃을 아는 시인 백승훈 님께 감사와 행운의 소망탑을 드린다.

마지막으로, 60년 전 내 가슴에 사랑을 묻어두고 홀연히 애처로이 억울하게 떠나가신 우리 엄마와 나에게 사랑만 깨우쳐주고 사랑과 미움의 영혼을 들고 그리움의 여운만 남긴 채 안타깝고 애석하게 요절하여 별이 된 당신에게 이 글을 보낸다.

추 천 사

하루하루 삶 하나하나가
다 놀라운 삶의 경의

정일 가브리엘 신부
(가톨릭 상지대학교 총장)

조선시대 유교사상의 자랑거리이며 일상의 사소한 것들을 기록했다는 기록문화의 고장 안동에 살고 있습니다. 이곳은 조선시대의 중심사상이었던 유교사상이 뿌리 깊이 전해 내려오는 고장입니다. 그래서 선비들이 학문을 연구하고 가르치며 몸소 그 가르침을 살아낸 흔적들이 많이 묻혀 있습니다.

우리대학 강의를 하던 남편 안 대사와 이곳을 내려왔을 때 헛제사 점심을 함께하며 안동댐, 월영교 등 안동의 이곳저곳을 구경한 지도 벌써 몇 년이 지나갔군요.

문혜성 여사의 수상록(隨想錄) Essays 출판을 진심으로 축하드립니다. 일생을 살아낸 삶의 흔적들을 찾아내고 곱씹으며 하나하나 기록하고 다듬는 기쁨이 얼마나 컸으리라 짐작이 갑니다. 그야말로 옥동자를 낳는 기분이 아닐까 생각하는데 독자 여러분들도 동의하시겠지요?

나의 삶을 벌거나 원하거나 내가 기여한 것이 조금도 없음에도 불구하고 수많은 인연이 삶을 윤택하게 하고 의미 있게 했음은 하나의 큰 은총이었음이 분명합니다. 우리의 삶이 하나의 커다란 무상의 선물일진대 희로애락으로 점철된 삶 그 모든 국면들 하나하나가 다 놀라운 삶의 경의가 아닐까 합니다.

진심으로 축하를 드립니다.

다사다난했던 일들이
잔잔한 복으로

박부자
(이학 철학박사, 전직 교수)

아름다운 여학교 교정에서 만난 우리는 저 친구는 어떤 환경과 과거를 가졌을까 하는 생각보다 그저 만나 얘기할 수 있어 좋았고 매일의 문제를 의논할 수 있어서 좋았고 새로운 미래를 설게 할 수 있어서 마냥 좋았다.

고등학교를 졸업하고 가냘프고 천상여자인 이 친구에게 여러 가지 수난이 닥쳤을 줄은 상상을 못 한 채 수년이 흘렀다.

어느 날 바르고 꿋꿋하게 아이들을 키우며 살아가는 친구와 재회하면서 우리는 바싹 가까워졌다.

이 친구의 사무실은 동창들의 사랑방이었고, 사정이 어려워진 친구들, 외국에서 고국을 방문하는 친구들은 거의 그의 집에서 얼마간이고 묵었다

절친에게 빚을 덮어쓴 기막힌 사연이 있은 후, 힘들었을 때에도 이런 보살핌은 계속되었고 지금까지 이어지고 있다.

이제는 다사다난했던 일들이 잔잔한 복으로 다가와 아름다운 노년을 보내고 있다. 무엇보다 아들딸들이 훌륭하게 자랐다.

친구여 늘 행복하여라

친구 혜성아! 명자꽃 출간을 축하한다

이현영
(전 평촌고등학교 교장)

그간에 이 긴 이야기를 쓰느라 고생하였네.

나이 80에 글을 쓴다는 것이 비록 자기가 살아온 이야기라 해도 보통 정성과 끈기없이는 쉽지 않은 일인데. 2년 만에 이 같은 장문의 글을 지난 삶을 돌아보면서 완성 출간하게 됨을 진심으로 축하하네.

책 이름을 명자꽃으로 정하기까지 고민 좀 했을 거야! 자신의 이름을 따 붙인 것처럼 느낄 것 같은 염려로. 하지만 잘 정한 것 같아! 자신의 이름 자가 들어있어 친숙하고 정겨울 뿐만 아니라 우선 그 꽃의 빛깔로부터 밝고 선명함을 느끼게 되고 꽃의 아름다움이나 꽃말이 지니는 신뢰 겸손도 의미가 있어 이름이 주는 산뜻함이 친구를 떠올리게 하니 마음에 드는군.

책 내용에서 일부 장황한 자신의 감정표현으로 책장이 많아진 것이 흠으로 남을 수 있겠지만 독자에게는 작가에 대한 인간적 상황파악이 될 수도 있을 것 같군! 작가 본인의 말처럼 단순 자서전의 형식을 떠나서 에세이 형태로 쓰겠다고 한 말대로 자신의 삶에서 경험한 사실뿐만이 아니고 그때의 감성으로 작용했던 감각적이고 감정적인 느낌 표현까지 하느라 수고가 더 컸을 것으로 생각되는군.

친구야! 정말 수고가 컸네. 이제 남은 과제는 생이 끝날 때까지 어떻게 살 것인가의 삶에 대한 새로운 각오와 계획을 마련하여 제3기 삶의 계획이 필요하다는 조언을 끝으로 하면서 이글을 마무리 하겠네. 다시 한번 축하하네 친구야!

멋쟁이였고 앞서가는
60년 절친 문혜성을 기억한다

손공자
(전 고교 교사. 현 실버넷 TV 편집기자)

문혜성.

그녀는 일찍이 개화된 친구였다. 미몽으로 각성이 부족했던 1950년대 친구들과 비교하면 6.25를 겪은 우리 세대는 미개하기 그지없었지만, 그녀는 일찍이 문리에 터득하고 눈뜨는 총기가 있었다.

수줍어하고 숙기도 없는 친구들과는 달리, 자신감과 세련됨으로 항상 앞서가는 기수와 같은 친구였고, 그 세련된 아름다움으로 모두에 주목받고 빛을 발하는 친구였다.

자신의 일에 열정적이고 도전적이고, 뛰어난 두뇌, 타고난 언변과 설득력으로 자녀 셋을 훌륭히 키워 사회에 기여 하는 큰 일꾼으로 자리매김 시키고 부모 형제에게 지극한 효녀로서의 역할에 충실하고, 그리고 자신의 자유로운 삶을 만끽하고 누릴 줄 아는 독립가적 여성으로 독보적 존재였다.

자신의 일을 사랑하고 폭넓은 봉사정신으로 사회에 기여한 친구였고, 모든 기기를 누리고 자기 삶을 개척할 줄 아는 앞서가는 첨단적 현대인이었고 그 발자국을 남길 줄 아는 현명한 여성이었다.

매사에 부지런하고, 진취적이고, 적극적이어서 마음만 먹으면 다해내는 능력 있는 여성이고 앞서가는 탁월함을 지닌 친구이며, 자서전을 생활 에세이로 활용해 쓸 줄 아는 친구임을 자랑한다.